MATTHIAS WITTEKINDT

SPUR DES VERRATS

HISTORISCHER KRIMINALROMAN

WILHELM HEYNE VERLAG
MÜNCHEN

Penguin Random House Verlagsgruppe FSC® N001967

Originalausgabe 06/2023

Redaktion: Lars Zwickies/Joscha Faralisch
Umschlaggestaltung: Das Illustrat, München
unter Verwendung von Motiven
von © Shutterstock.com (f11photo)
und © Bridgeman Images (Everett Collection)
Karte auf Seite 5: Das Illustrat unter Verwendung eines Motivs
von © Shutterstock/Cartarium
Satz: Leingärtner, Nabburg
Druck und Bindung: GGP Media GmbH, Pößneck
Printed in Germany
ISBN: 978-3-453-42615-3

www.heyne.de

HEYNE <

Das Buch

Ein Sommertag in Berlin. Zahlreiche Besucher flanieren durch den Tiergarten, eine Blaskapelle spielt, ein Elefant führt Kunststücke vor. Plötzlich Schüsse, jemand ruft etwas auf Russisch, mehrere Menschen gehen getroffen zu Boden. Die Täter können im darauffolgenden Tumult unerkannt entkommen. Wer waren sie und was trieb sie dazu, am helllichten Tag in der kaiserlichen Reichshauptstadt einen kaltschnäuzigen Mord zu begehen? Rasch werden die Ermittlungen der Sektion III b übergeben, dem preußischen Geheimdienst. Während Agentin Lena Vogel die Befragungen vor Ort durchführt, reist ihr Vorgesetzter, Major Albert Craemer, zum 8. Internationalen Sozialistenkongress nach Kopenhagen in der Hoffnung, dort Einblick in die russische Dissidentenbewegung zu erlangen. Schneller als gedacht, führen ihre Nachforschungen die beiden wieder zusammen – und offenbaren eine Verschwörung von internationalem Ausmaß.

Der Autor

Matthias Wittekindt, geboren 1958 in Bonn, aufgewachsen in Hamburg, ist Autor von Theaterstücken, Hörspielen und Kriminalromanen. Seine Werke wurden mit dem Kurd-Lasswitz-Preis, dem Berliner Architektenpreis sowie zweimal mit dem Deutschen Krimipreis ausgezeichnet. Matthias Wittekindt lebt in Berlin.

Lieferbare Titel

Mit Rainer Wittkamp: *Fabrik der Schatten*

EUROPA IM JAHR 1910
STOCKHOLM
KGR. DÄNE-MARK
KOPENHAGEN
Königsberg
Danzig
Hamburg
KGR. NIEDERLANDE
BERLIN
DEUTSCHES KAISERREICH
KAISER-REICH RUSS-LAND
GHZGT. LUXEMBURG
Prag
Krakau
Straßburg
WIEN
Budapest
BERN
SCHWEIZ
KAISER- UND KÖNIGREICH ÖSTERREICH-UNGARN
500 km
Belgrad

1

(ERSTER TAG – SCHIEBEREI IM ZOO)

Fjodor Judin hatte Angst.

Als er und seine Genossen die Lichtensteinbrücke überquerten, waren seine Augen immerzu in Bewegung. Das Gleiche galt für Fjodors Gedanken.

Sie könnten eine Frau schicken.

Die Eingebung war neu. Sie kam ihm erst jetzt, auf der Brücke. Ein schrecklicher Einfall, der aber zu seiner Gemütsverfassung passte. In Fjodors Geist war eine Art Drehbewegung entstanden, ähnlich einem Strudel. Und der zog auch noch die unbedeutendste Beobachtung zu einem Zentrum hin, wo sie ihm nichts als Angst und Sorge gebar. So kam ihm beim Anblick einer Passantin in einem gelben Kleid die geradezu absurde Vorstellung ... *Sie könnte einen Auftrag haben.*

Einige Genossen, so ging das Gerücht, hatte die Zaristische Geheimpolizei von Frauen ermorden lassen.

Die Ochrana kennt keine Scham.

Auch auf dem belebten Droschkenplatz neben dem Eingang zum Berliner Zoologischen Garten versuchte er jede Bewegung, jede Person im Auge zu behalten.

Nicht nachlassen, dachte er wieder und wieder.

Es wurde immer schlimmer. Als er, Sergej und Witalij den Zoo betraten, zuckten seine Blicke so wild hin und her, als sei er von einem Wahn befallen. Und etwas in dieser Art war es ja auch. Ein Wahn eingebildeter Gefahr. Mit dem Blick eines gesunden Menschen hätte er lediglich den alltäglichen Sonntagnachmittag unter einem bedeckten Berliner Himmel gesehen. Frauen und Männer flanierten durch den Zoo. Einige standen in Gruppen herum. Eine Dame stieß ihren Mann an und wies mit der Spitze ihres Sonnenschirms in Richtung des Pavillons, in dem sich gleich ein Blasorchester versammeln würde, um die Zoobesucher zu unterhalten. Zwei kleine Jungen liefen ihren Eltern voraus, in Richtung des Käfigs mit den Braunbären.

»Gerade noch zeitig«, sagte die Frau mit dem Sonnenschirm und zeigte dezent auf einen Mann mit einer Tuba, der gerade den Platz vor dem Pavillon überquerte.

»Gut, dass wir die Droschke genommen haben und nicht die Tram«, antwortete ihr Mann. Dann blickte er kurz nach links, wo eine ausnehmend schöne junge Frau stand, die etwas verloren oder doch wenigstens suchend wirkte. Ihr Kleid war hellblau, mit ganz schmalen muschelgrauen Borten. Und in der Taille so eng geschnürt, dass sich der Gedanke aufdrängte, sie könne darin doch unmöglich atmen. Da er sich darüber freute, dass sie seinen Blick für beinahe drei volle Sekunden erwiderte, korrigierte er den Sitz seines Zylinders ein wenig, indem er ihn, von schräg hinten her drückend, ganz leicht in Schieflage schob.

»Nun komm, Theo«, mahnte seine Frau. »Nicht dass wir am Ende wieder ganz hinten stehen und sich deine Augen ständig verirren.«

Sie mahnte zu Recht zur Eile, denn die Mitglieder der Kapelle, die bereits ausgepackten Instrumente teils geschultert, fanden sich soeben in dem muschelförmigen Musikpavillon ein, wie sie das an jedem Sonntag um exakt diese Uhrzeit taten.

Das alles und noch einiges mehr sah Fjodor und hätte es wohl für alltäglich gehalten, wäre da nicht seine Angst gewesen.

Besser noch mal überprüfen.

Seine Hände bewegten sich, tasteten. Zwei Revolver, beide geladen.

Neben ihm liefen die Genossen Sergej und Witalij. Die Augen der beiden waren ruhig. Ihre Blicke gingen mit natürlicher Neugier in Richtung des Restaurants, des Musikpavillons, der Käfige und natürlich der Damen.

Bären, dachte Fjodor, als er den Käfig sah.

Aber da war noch mehr; der Wind trug ihm gerade einen Geruch zu, den er aus seiner Heimat kannte.

Flieder.

Im Garten seiner Großmutter am Stadtrand von Sankt Petersburg hatte es eine ganze Hecke aus Fliederbüschen gegeben. Im Sommer war dort immer ein vielstimmiges Summen zu hören gewesen, denn sein Großvater hielt Bienen.

»Ach, guckt mal!«, sagte in diesem Moment Sergej und zeigte auf einen Elefanten, der in gut hundert Metern Entfernung auf dem großen Sandplatz stand.

Was für ein Bild! Links Rosen, rechts Rosen, dazwischen der Elefant. Aber war der graue Koloss Fjodor überhaupt aufgefallen? Nein. Er war so ängstlich damit beschäftigt, seine Umgebung im Auge zu behalten, dass ihm das nicht eben kleine Tier vollkommen entgangen war.

Man hatte den Dickhäuter wie jeden Sonntag aus seinem Gehege geholt und vorbei am Vierwaldstätter See und dem Kaskadenteich hierhergeführt. Und das nicht ohne Grund, wie jeder sehen konnte, denn vor dem Elefanten lag ein mannsgroßer Ball, zusammengenäht aus bunten Stoffstreifen.

»Oha!«, sagte Witalij. »Das wird was werden.«

Der junge Russe ahnte, was gleich geschehen würde, denn er war einige Male zusammen mit seinen Kindern im Zirkus gewesen. Nicht in Berlin natürlich, sondern in Sankt Petersburg.

Fjodor hatte kein Auge für all das. Er war ganz gewiss nicht die gefahrvollen zweitausend Kilometer von Sankt Petersburg bis hierher gefahren, um einen Elefanten zu sehen.

Der Wind nahm zu. Er zupfte ein paar Hundert rosafarbene Blütenblätter von den Kamelien, die der zuständige Gärtner angesichts der Wettervorhersage besser im Wintergarten gelassen hätte.

Wieder bewegten sich Fjodors graue Augen.

Wo steckt sie?

Er hielt sich rechts und ging weiter.

Wo steckt sie?

Mehr dachte und empfand Fjodor Judin nicht. Weil die Tiere ihm nicht helfen würden, falls man ihn und seine Kameraden angriff. Er bemerkte also die Löwen, Bären und Beuteltiere gar nicht. Auch nicht die Halbaffen, obwohl die sich ziemlich aufführten, oben in ihrem Geäst. Ja, nicht mal die auffälligen Flamingos stachen ihm ins Auge, weil ... Diese Augen suchten unablässig nach zwei Dingen. Erstens: möglichen Angreifern. Zweitens: Anna. Eine Frau, die sich während der Operation als seine Braut ausgeben würde. Sie hatte diesen Ort als Treffpunkt vorgeschlagen. Noch in Sankt Petersburg, vor dem Tor zur Werft.

»Warum im Zoo?«, hatte er sie gefragt.

»Weil du Berlin nicht kennst. Wo der Zoo ist, kann dir jeder sagen. Und das Bassin mit den Seelöwen wirst du schon finden.«

»Und dort werde ich Keegan und Bates treffen?«

»Ja.«

»Und sie werden mich sicher nach England bringen?«

»Man weiß nie, wie es kommt, aber so ist es geplant.«

Gerade mal zehn Tage lag dieses Gespräch zurück. Anna war vor ihnen gefahren. Seitdem war einiges passiert. Er,

Sergej und Witalij hatten bereits am Tag ihrer Abreise einen Genossen verloren.

Ist nicht zum Treffpunkt gekommen.

Vermutlich hatten die Schergen des Zaren den treuen und vorsichtigen Pavel gefasst und …

Gefoltert.

Fjodor war wütend.

Fjodor hatte Angst.

Fjodor wurde von einem schlechten Gewissen geplagt.

Er hatte das Vertrauen vieler Menschen missbraucht, um seinem Ziel näherzukommen. »Für eine bessere Zukunft des russischen Volks«, wie Anna es formuliert hatte.

Aber war es nicht auch um Geld gegangen?

Jetzt waren er, Sergej und Witalij ihrem Treffpunkt mit Keegan und Bates sehr nahe.

Und der Gefahr auch. Falls Pawel tatsächlich gefasst wurde und unseren Treffpunkt in Berlin verraten hat.

»Da«, sagte Witalij und zeigte auf die Seelöwen. Die Tiere waren noch immer etwas aufgeregt, denn man hatte sie gerade gefüttert.

Witalij bekam mehr Details mit als seine Genossen, denn er sprach einigermaßen gut Deutsch. Ein kleines Mädchen in einem grünen Samtkleid, das sie ein wenig wie eine Puppe aussehen ließ, fragte eben seine Mutter, was denn mit den Gräten geschehe, wenn die Seelöwen die Fische einfach so runterschlangen.

Witalij spürte einen kleinen Stich im Herzen, als er die beiden sah. Denn die Mutter des Mädchens war sehr schön. Sie lachte über die Frage ihrer Tochter in einer so reizenden und natürlichen Art, als sei sie selbst fast noch ein Kind. Leider gingen die beiden weiter. Das kleine Mädchen wollte die Bären sehen.

Auch Fjodor Judin sah die beiden. Doch sie interessierten ihn nicht für einen halben Heller.

Sie hatten ihren Treffpunkt erreicht, und zwar auf die Minute pünktlich.

Wo ist Anna?

»Da«, sagte Witalij zum zweiten Mal, nachdem er sich vom Anblick der Mutter losgerissen hatte, die nun bereits mit ihrer kleinen Tochter vor dem Bärenkäfig stand. Er zeigte jetzt auf eine kleine Baumgruppe.

Fjodor Judin entdeckte Anna sofort.

Und war alarmiert.

Was macht sie für Zeichen? Und wem überhaupt?

»Da!«, sagte Witalij zum dritten Mal und zeigte auf zwei Männer, die mit gezogenen Revolvern zügig von der anderen Seite eines großen Springbrunnens auf sie zukamen. Es war das Letzte, was von Witalij kam, denn die erste Kugel traf ihn mitten ins Gesicht.

»Нам нужно укрытие!«, schrie Fjodor.

O ja, sie brauchten Deckung. Und sie mussten sich verteidigen. Also zogen Sergej und er ihre Waffen und erwiderten das Feuer, während sie in geduckter Haltung hinter dem Springbrunnen Schutz suchten.

Die beiden Angreifer trugen Bowler und graue Anzüge, wirkten fast vornehm, wenn man von ihren Pistolen absah.

»Оставайся на месте, Fjodor!«, schrie Sergej, als Fjodor Anstalten machte, seine Deckung zu verlassen.

Einer der beiden Bowlerträger hörte das und rief zurück: »Ты не убежишь, Fjodor!«

Der andere Bowlerträger ergänzte voller Zorn: »Предатель!«

Die Schießerei hatte ohne Vorwarnung begonnen.

Witalij war tot.

Es blieben vier Männer und sechs Pistolen, denn Fjodor und Sergej schossen beidhändig.

Die Magazine wurden mehrfach nachgeladen, es wurde unausgesetzt geschossen. Die Zoobesucher jedoch schienen überhaupt nicht zu begreifen, was da passierte. Zeugen mutmaßten später, dass es am Wasserdunst des Springbrunnens lag, oder dass alle Blicke immer noch wie gebannt auf den Elefanten gerichtet waren. Niemand rannte los oder suchte Deckung. Es sah aus, als habe man eine Anzahl Statisten auf einer Bühne verteilt, in deren Mittelpunkt eine vom Wind verwirbelte, acht Meter hohe Fontäne alles eintrübte. Ein Wunder, dass nicht mehr Menschen von den zahlreichen Kugeln getroffen wurden.

Nur eine! Eine einzige Frau bewegte sich.

Sergej hatte nicht die Zeit, so lange hinzusehen, bis er wusste, ob es der Mutter gelungen war, ihr Kind in Sicherheit zu bringen. Aber er sah noch, wie sie ein kleines, grünes Türchen öffnete. Länger hinzusehen hatte Sergej nicht den Nerv, seine Nerven waren anderweitig beschäftigt. Ein Oberschenkeldurchschuss. Er feuerte trotzdem weiter.

Die Schießerei dauerte fast zehn Minuten. Nach und nach begannen einige Besucher, sich in vermeintliche Sicherheit zu bringen. Reflexhaft gingen sie hinter den Rosen in Deckung, die ihnen nicht viel Schutz boten. Die Menschen liefen nicht zum Ausgang, sie rannten nicht wie die Hasen.

Dann wurde Sergej in den Hals getroffen. Er starb einen längeren und qualvolleren Tod als sein Genosse Witalij.

2

(KOMMISSAR ADLER BEGINNT ZU ERMITTELN)

Eine Schießerei mitten in Berlin.

»Frechheit!« Dieses starke Wort benutzte Lars von Selchow in den Räumen des Preußischen Geheimdienstes am Königsplatz, als man ihn informierte.

Er empörte sich zu Recht. Nur war es eigentlich gar keine Empörung. Lars von Selchow war schockiert. Und auch ein wenig beschämt.

Der deutsche Inlandsgeheimdienst hat offenbar komplett versagt.

Er behielt diesen Gedanken vorerst für sich.

Auch die Zeugen der Schießerei wünschten sich unmittelbar nach der Tragödie Klarheit. Auch sie waren empört. Niemand lief Richtung Ausgang; möglicherweise lag das auch an der Anwesenheit des stark bewegten Elefanten. Ein Glücksfall für Gendarm Habert und Kommissar Adler, die noch vor von Selchow an Ort und Stelle waren.

Alle wollten eine Erklärung. Alle hatten das Bedürfnis, die Uhr zurückzudrehen. Um Ordnung zu schaffen. Um die Dinge noch einmal ablaufen zu lassen. Langsamer diesmal. Es wurde viel geredet. Und es ging ziemlich durcheinander dabei.

Das Verrückte daran: Die Schießerei, so sie diese überhaupt wahrgenommen hatten, schien den Zeugen gar nicht das Wichtigste gewesen zu sein. In erster Linie beschäftigte sie der durchgegangene Elefant. Und von einem kleinen Mädchen und seiner Mutter war immer wieder die Rede.

»Die soll sehr schön gewesen sein, sagt meine Frau.«

»Das kleine Mädchen soll ein grünes Samtkleid angehabt haben.«

»Grün. Richtig. Sagt meine Frau auch.«

Dabei hatten doch Mutter und Tochter ganz gewiss nichts mit der Schießerei zu tun. Wie also war es abgelaufen? Wie stellte sich die Sache für Kommissar Adler dar?

Nun, es hatte als ein ganz normaler Tag begonnen.

Der Nachmittag des 24. August 1910 hätte sich mit knapp dreiundzwanzig Grad Außentemperatur durchaus zum Flanieren angeboten. Allerdings war die Luftfeuchtigkeit sehr hoch. Regelrecht drückend. Kein Wetter also für Männer mit Bluthochdruck oder ältere Frauen in zu eng geschnürten Korsetts. Außerdem bestand seit dem Mittag eine hohe Wahrscheinlichkeit, dass es regnen, eventuell sogar gewittern würde. Im Nachhinein ein glücklicher Umstand. Denn sonst hätten sich sicher noch mehr Menschen entschlossen, dem Berliner Zoo einen Besuch abzustatten.

Das kleine Mädchen mit seiner hübschen Mutter war vielen aufgefallen. Und was die beiden anging, da gab es so was wie ein Rätsel, das die Menschen beschäftigte.

»Wie kam denn die Kleine da überhaupt rein?«

»Genau das fragen wir uns auch.«

»Mir wurde gesagt, ihre Mutter habe sie hinter einem kleinen Türchen in Sicherheit bringen wollen.«

»Das ist aber wirklich ein sehr kleines Türchen.«

»Und jetzt ist die Mutter tot.«

»Haben Sie's gesehen?«

»Meine Frau ... Sie sagt, ihr Gesicht sei regelrecht auseinandergesprungen. Und sie soll wohl sehr schön gewesen sein.«

»Zwei Kriminaler sind schon da!«

»Fragt sich, wann die mal anfangen.«

»Womit?«

»Na, die einzufangen, die das alles angerichtet haben.«

»Glück im Unglück«, sagte nun Gendarm Habert und zeigte dabei in Richtung der dunklen Wolken am Himmel.

Kommissar Adler stimmte ihm zu. »Bei besserem Wetter und dem üblichen dichten Gedränge hätten wir vermutlich zehn, fünfzehn, vielleicht zwanzig Tote zu beklagen. Darunter mit aller Wahrscheinlichkeit mehrere Kinder.«

»Exakt mein Gedanke«, sagte der Gendarm, der sich bei aller Aufgeregtheit um eine vernünftige Haltung bemühte, weil ...

Kommissar Adler möchte es so.

Habert kannte seinen Vorgesetzten. Adler bewegte sich für seinen Geschmack zu wenig, hatte etwas zu deutlich Beleibtes und trug stets zu enge Schuhe, die ihn noch mehr einschränkten als sein Bauch. Trotzdem – oder gerade deswegen – wusste Habert, dass Kommissar Adler Haltung schätzte. Mehr noch ...

Verlangt!

»Hier einfach eine Schießerei zu beginnen, Herr Kommissar ... Nur gut, dass dem Kind nichts passiert ist.«

»Sicher, mein Habert, sicher. Aber wie ist die Kleine überhaupt da reingeraten?«, wunderte sich Kommissar Adler. »Ich meine, es wird ja niemand die Gitterstäbe des Bärenkäfigs auseinandergebogen haben.«

»Ich werde die Zeugen befragen«, versprach Habert. »Irgendwer hat es sicher gesehen.«

»Mit diesen Kreaturen ist nicht zu spaßen«, erklärte Adler ihm mit einem Blick und in einem Tonfall, als wisse er sehr viel über Bären. Woraufhin der Gendarm unwillkürlich in

Richtung des Käfigs blickte. Die Tiere dort wirkten noch immer verstört. Kaum, dass Gendarm Habert die Szenerie mit den Bären einigermaßen erfasst hatte, musste er sehr schnell einen Schritt zur Seite machen, ja, fast schon war es ein Sprung. Eine Gruppe von acht langbeinigen Flamingos lief direkt an ihm vorbei, gefolgt von drei Angestellten des Berliner Zoos, die versuchten, die Tiere einzufangen.

»Lieber Gott!«

»Sie sagen es, Habert«, pflichtete Adler seinem Untergebenen bei. »Der liebe Gott hat heute seine beiden Hände schützend über uns gehalten.«

Die feist rosa gefärbten Flamingos waren nicht als einzige Kreaturen außer Rand und Band. Viel Lärm, viel Rufen, Schreien, Pfeifen, Jaulen, Trompeten, Krakeelen. Die Tiere wirkten empört und verstört.

Das stellte die soeben eingetroffenen Leichenbeschauer vor eine ungewohnte Aufgabe. Zumal auch der Elefant noch immer unterwegs war und nicht zu wissen schien, wo er hinwollte.

Überall standen schockierte Besucher, die befragt werden sollten, und tauschten sich aus. Ein Blickfang waren ohne Zweifel die jungen Frauen, die den Augen von Gendarm Habert nicht entgingen. Oder interessierten ihn vielleicht gar nicht die Damen selbst, sondern die klaren Farben ihrer langen, mäßig weit ausgestellten Röcke, ihre kleinen, schmal geschnittenen Jäckchen und ihre Schirmchen?

Kurz gesagt: Es war, vor allem im Zusammenspiel mit dem Sprühdunst der vom Wind noch immer stark zerzausten Fontäne des Michelangelobrunnens, ein Bild für die Götter.

»Wie hinterhältig! An einem Ort zu schießen, wo sich Frauen aufhalten!«

»Und Kinder!«

Einer der vielen, die sich äußerten, war ein Mann Mitte dreißig, der breite Hosenträger, ein Hemd in verschossenem Weiß und einen sehr kleinen Hut trug. Er sprach mit einem Gleichaltrigen, der in seinem Zweireiher mit auffälligem gelbem Einstecktuch recht modisch wirkte. So verschieden, wie die beiden sich gekleidet hatten, war davon auszugehen, dass sie niemals miteinander gesprochen hätten, wäre hier nicht diese Ungeheuerlichkeit geschehen.

Vermutlich kamen beide aus Berlin; bei dem Mann mit den Hosenträgern jedoch wurde dies deutlicher als bei dem mit dem Einstecktuch.

»Ich kriegte ja zuerst jaanüscht mit.«

»Nun, wer rechnet denn auch mit einer solchen Ungehörigkeit?«

»Nur eben, dass der Elefant plötzlich loshoppelte. Als hätte ihn jemand in den Hintern ... Na, vielleicht hat er ja auch hinten was abgekriegt. So viele Kugeln, wie hier rumflogen.«

»Denkbar wäre es.«

»Ick wollte mir jerade zum Bierstand begeben.«

»Ich möchte so sagen: Man sollte sich das mit den Kunststücken vielleicht noch mal überlegen und Tiere dieser Größe nicht aus dem Gehege holen, nur damit Kinder sehen, dass man so einen Dickhäuter dazu bringen kann, auf einen bunten Ball zu steigen.«

»Na, meenen jefällt ditt. Die können da stundenlang beisitzen, sich ditt ankieken und sich bekleckern.«

»Kann ich mir vorstellen.«

»Jetzt brennt der Wurststand, und den Dickmann hamse immer noch nich anner Kandare.«

»Welchen Dickmann?«

»Na, den Elefant, wen sonst, du Kanarienvogel?«

»Ich wünsche Ihnen noch einen angenehmen Tag.«

All dieses groteske Beiwerk interessierte Kommissar Adler nur am Rande. Ihm war daran gelegen, die Vorgänge nachzuvollziehen und zu ordnen.

Die Schießerei hatte im Bereich des Michelangelobrunnens vor dem Bassin mit den Robben und Seelöwen begonnen, so viel schien festzustehen. Zum Glück fünfzehn Minuten nach der Fütterung. Sonst wären mehr Menschenleben zu beklagen gewesen.

Da die Angegriffenen sich bis zuletzt verteidigten, fielen zahlreiche Schüsse, von denen zwei eine Unbeteiligte trafen. Die Gattin eines adeligen Offiziers wurde von den Kugeln tödlich verletzt, und ihre Tochter geriet in den Einflussbereich der Braunbären. In einer Wurstbräterei brach aufgrund der kinetischen Einflussnahme des nervlich entgrenzten Elefanten ein Feuer aus, das sich schnell in Richtung der Stallanlagen für die Paarhufer ausbreitete. Zwei der Schützen waren tot, die Angreifer verschwunden. Einem dritten Mann, so sagten einige Zeugen, war es gelungen, den Schergen zu entkommen. Von einer ebenfalls entkommenen Frau war zu diesem Zeitpunkt noch nicht die Rede.

3

(FJODOR JUDIN AUF DER FLUCHT)

Fjodor Judin ging zügig, aber er rannte nicht.

Er war klatschnass.

Er lebte.

Und er war anfangs nicht mal verletzt gewesen.

Er tat es nicht bewusst oder mit Absicht, aber Fjodor Judin nahm den gleichen Weg wie zuvor seine Genossin Anna.

Er hatte sie kurz gesehen. Unter einer Gruppe Robinien. Sie hatte jemandem Zeichen gegeben.

Aber wem? Uns? Den Angreifern?

Dann war es nur noch darum gegangen, am Leben zu bleiben. Er hatte ja nicht mal genau gesehen, wohin er eigentlich schoss.

Die verdammte Fontäne. Nur Gischt und Nebel.

Fast zehn Minuten lang hatten er und Sergej sich hinter dem Brunnen verteidigen können. Zuletzt hatte eine Kugel den Genossen am Hals erwischt. Fast im gleichen Moment war der Elefant durchgegangen.

Als hätte er gewusst, dass ich bete.

Der Anblick des zornigen, eindeutig verwirrten und doch zielstrebigen Tiers war so sonderbar und fremdartig gewesen, dass Fjodor zuerst gar nicht begriff, welche Chance sich ihm bot. Erst im letzten Moment hatte er seine Deckung verlassen und das Bassin der Seelöwen in geduckter Haltung umrundet.

Da schossen die immer noch Richtung Springbrunnen. Haben mich nicht gesehen, die Idioten.

Dann kam ein Zaun, den er todesmutig überwand. Wobei er sich das linke Hosenbein vom Schritt bis zum Knie aufriss. Die Haut darunter ebenfalls. Zuerst hatte er gar nichts gespürt, war einfach weitergelaufen.

Anna ...

Immer wieder musste er an die Genossin denken. Hatte sie ihn und seine Kameraden mit ihren Zeichen warnen oder verraten wollen?

Jetzt stand Fjodor am Wasser. Er hatte sich die Topografie von Berlin, besonders die zwischen Zoo und dem Schloss Charlottenburg, während seiner langen Reise genau eingeprägt. So wusste er, dass es sich bei diesem Gewässer um den Landwehrkanal handelte.

Nach rechts ...

Mit Sicherheit fiel er auf. Erstens, weil er nun doch rannte. Zweitens, weil er klatschnass war und blutete. Drittens, weil seine mit Wasser gefüllten Schuhe auffällige Geräusche von sich gaben. Einen kurzen lichten Moment lang wurde Fjodor bewusst, dass er eine durch und durch lächerliche Figur abgab. Hätte er sich das vor zwei Wochen vorstellen können? Nein. Da war er noch das gewesen, was er seit Jahren war. Einer der leitenden Ingenieure der Baltischen Werft in Sankt Petersburg.

Schnell ...

Er erreichte die Lichtensteinbrücke, überquerte den Kanal, hielt sich bald wieder links.

Muss hier gleich sein ...

Durchs Gestrüpp. Langsamer. Tappend. Und so leise es ging. Für den Fall, dass die beiden Schützen ihn doch verfolgten.

Es war ein sehr dichtes Gestrüpp, und es wurde immer dichter.

Voller Dankbarkeit bohrte Fjodor Judin sich zuletzt in ein enges, stark belaubtes Haselnussgesträuch von wenigstens fünf Metern Durchmesser hinein. Es war kratzig, aber hier war er vorerst in Sicherheit. Fünf Minuten dauerte es, bis Fjodor sich vom Laufen erholt und von der Enge in seiner Brust ein wenig befreit hatte.

Erst jetzt, so jedenfalls kam es ihm vor, begriff er.

Man wollte mich töten. Aber wer eigentlich?

Er hatte so viele Menschen betrogen, dass einige in Frage kamen. Obwohl ...

Wütend vielleicht. Enttäuscht. Aber mich töten?

Oder hatte er sich mal wieder reinlegen lassen? Hatte Anna ihm den Plan zu gut verkauft? Die Sache so hingestellt, als sei sie nur ein Spiel, ein kleiner Betrug, ja fast ein Scherz? Eine gute Sache für ihn und für die gute Sache. Für eine bessere Zukunft des russischen Volkes.

Er wischte die Gedanken an Anna weg.

Der Neue See muss gleich da vorne sein.

Als Ingenieur der Baltischen Werft von Sankt Petersburg verfügte Fjodor Judin über ein gutes räumliches Vorstellungsvermögen. Er konnte Pläne nicht nur lesen, sondern sich auch merken.

Der Neue See ...

Hier also war er nach seiner langen revolutionären Reise gelandet. In einem preußischen Haselnussstrauch.

Ich hab so gut wie kein Geld ...

Erst jetzt spürte er sein Bein. Ein Pochen. Seine Hose war zerrissen, sein linker Oberschenkel blutete. Trotzdem würde er hier bis zum Einbruch der Dunkelheit warten.

Sind bestimmt viele Polizisten unterwegs nach der Schießerei.

Wenn er sich, so wie er aussah, auf die Straße begab, konnte er sich auch gleich ein paar Pfauenfedern ins Haar stecken. Also würde er sich erst bei Dunkelheit auf den Weg zum Charlottenburger Schloss machen.

»Du findest sie leicht«, hatte Anna gesagt.

»Wen finde ich leicht?«

»Die gusseiserne Brücke. Da wartest du, falls im Zoo irgendwas schiefgeht, auf Keegan und Bates.«

Blieb nur die Frage, wer ihn dort nachts aufsuchen würde oder bereits erwartete.

Wenn Anna oder Pawel uns verraten haben ...

Aber was blieb ihm übrig? Er hatte kaum Geld und kannte niemanden in Berlin.

In seinem Haselnussversteck begriff Fjodor Judin, dass er vieles nicht zu Ende gedacht hatte. Damals in Sankt Petersburg. Als Anna ihnen den Plan erklärt hatte. Sergej und Witalij war es vermutlich ähnlich gegangen.

Und jetzt sind sie tot. Pawel vielleicht auch.

Fjodor wurde immer aufgeregter, Gedanken kamen in widersprüchlichen Schüben. Gedanken voller Angst, Selbstvorwürfen und Wut.

Und er verlor Blut.

Vor seinem geistigen Auge sah er Bilder eines eigentlich ganz guten Lebens, das jedoch lange vergangen schien. Bilder der Russischen Werft. Er war doch nur für Zahlen und Pläne zuständig gewesen. Wie hatte es geschehen können, dass er jetzt hier in Berlin hockte, in einem Haselnussstrauch, in dem er langsam verblutete?

Gott, wie viel Zeit ...?

Es kam ihm vor, als läge die Schießerei im Zoo bereits Stunden zurück. Fjodor Judin zog seine Uhr. Sie war feucht, aber sie lief noch. Als einer der leitenden Ingenieure einer Werft kam er bei seinen Kontrollgängen hin und wieder mit Wasser in Berührung. Man hatte ihn also mit einer guten Uhr ausgestattet.

Gerade mal vierzig Minuten.

Ein Pfau schrie, ein zweiter antwortete.

4

(VIELE TIERE UND EINE VORNEHME DAME)

Die Halbaffen brüllten und rüttelten noch immer an ihren Zweigen, doch ein alter Panther lief bereits wieder geduldig hinter seinen eisernen Stäben hin und her. Einige Bewohner des Zoos hatten sich inzwischen ein wenig beruhigt, nur war es noch immer nicht gelungen, die Flamingos einzufangen.

»Herr Kommissar ...«

Immerhin befand sich der Dickhäuter mittlerweile wieder im Elefantenhaus.

»Herr Kommissar, Verzeihung.«

»Was gibt's denn, Habert?«

»Einige Zeugen werden ungeduldig.«

»Trotzdem festhalten, die werden alle befragt.«

»Unter ihnen ist eine hochgestellte Persönlichkeit.«

»Etwas genauer.«

»Madame Pawlowa ist die Schwester eines Sekretärs der Russischen Botschaft. So jedenfalls habe ich die Dame verstanden.«

»Sie spricht Deutsch?«

»Fließend. Vielleicht ist sie auch gar nicht die Schwester, sondern die Ehefrau des Botschafters ... Es war recht laut, als ich mit ihr sprach. Die Pfauen.«

»Die Pfauen, verstehe.«

»Madame Pawlowa wirkte auf mich einigermaßen erregt. Sie meinte, sie hätte etwas Wichtiges mitzuteilen. Und wenn ich mir dieses Urteil erlauben darf: Was sie zu sagen hat, scheint tatsächlich wichtig. Sie hat Bewegungen unter den Robinien gesehen.«

»Was für Bewegungen?«

»Das eben will sie Ihnen mitteilen.«

»Na, ich hoffe, sie fragt mich am Ende nicht doch nur nach dem Befinden des kleinen Mädchens. Alle reden über dieses Kind und seine hübsche Mutter. Die Schießerei scheint eher nebensächlich gewesen zu sein.«

»Nun«, sagte Gendarm Habert. »Kinder liegen uns Berlinern eben am Herzen.«

»Und die Verbrechen liegen mir am Herzen«, antwortete Kommissar Adler einigermaßen kalt.

Er sah bereits voraus, was aus dieser Sache noch werden konnte.

Eine solche Schießerei mitten in Berlin, das wird man nicht einfach auf sich beruhen lassen.

Wenn es politische Hintergründe gab, würden sich noch ganz andere damit befassen.

Dann werde ich vielleicht Major Craemer wiedersehen.

Er kannte Craemers Gesicht noch gut, denn er hatte bis vor ein paar Jahren mit ihm zusammengearbeitet. Der ehemalige Kollege war dann dem Ruf des Generalfeldmarschalls Moltke gefolgt und bekleidete mittlerweile einen einigermaßen hohen Rang in der Sektion des Nachrichtendiensts. Kommissar Adler gehörte zu den wenigen, die dank seiner Kontakte zu Major Albert Craemer überhaupt von der Sektion wussten.

Und das soll so bleiben.

Er würde also warten, bis man eventuell auf ihn zukam, und in der Zwischenzeit seiner polizeilichen Arbeit nachgehen.

Sein ehemaliger Kollege würde sich gewiss mit ihm in Verbindung setzen, falls man das im militärischen Nachrichtendienst der Preußischen Armee für nötig befand. Adler war bei aller Konkurrenz immer ganz gut mit Craemer ausgekommen und hatte einigermaßen Respekt vor dem Major. Umgekehrt, davon jedenfalls ging Kommissar Adler aus, war es vermutlich ähnlich.

5

(CRAEMER UND HELMINE IM KINDERZIMMER)

»O ja.«

Ein paar Sekunden vergingen. Dann sagte er es noch mal. Und zwar begeistert.

»Oooh ja!«

Major Albert Craemer fühlte sich von dem Anblick ergriffen. Das Zimmer war groß, hell, freundlich. Und hatte gleichzeitig etwas Verspieltes.

»Ein neues Leben wird hier aufs Gleis gesetzt. Und wir werden darauf achten, dass es ein gutes Gleis ist, dass das Land, in dem unser Kind aufwächst, ein friedliches und sicheres Land bleibt.«

»Meinst du nicht, dass du ein bisschen übertreibst?«

Helmine Craemer kannte das schon. Seit dem Beginn ihrer Schwangerschaft gingen ihrem Mann bisweilen die Pferde, die den schweren Wagen des Pathos und der Rührung zogen, ein wenig durch.

Und das Kind war ja noch gar nicht da.

Dass Albert Craemer beim Anblick des Kinderzimmers von Frieden und Sicherheit sprach, hing mit eher unerfreulichen Prognosen zusammen. Für die militärische Elite des Deutschen Kaiserreichs nämlich schien ein Krieg bereits seit einigen Jahren so gut wie unabwendbar. Daher war schon vor einiger Zeit auf Moltkes Befehl hin das Personal der Sektion III b kräftig aufgestockt worden. Man hatte Mitarbeiter mit militärischer Ausbildung und polizeilicher Erfahrung eingestellt. Einer dieser Männer war Albert Craemer gewesen. Der Fünfundvierzigjährige arbeitete seitdem als Leiter der Unterabteilung Frankreich. Seit einigen Monaten war er auch für Russland zuständig.

»Ich glaube, unser Sohn wird hier sehr glücklich sein.«

»Wenn es ein Sohn wird«, sagte Helmine. »Ich bin jedenfalls froh, dass wir uns für diese Tapete entschieden haben, nicht für deine, mit den Drachen und Chinesen.«

»Ach, nicht noch mal, Helmine. Ich hing doch gar nicht so an den Chinesen.«

Craemer und seine Frau standen in ihrer Wohnung in der Nithackstraße in Charlottenburg, nahe dem großen Oppenheimer Garten, und betrachteten das beinahe fertiggestellte Kinderzimmer.

Dass die beiden in einer so großen, geradezu herrschaftlichen Wohnung leben konnten, hatten sie nicht Craemer zu verdanken. Denn er bezog bei Weitem nicht das Einkommen, um sich so etwas leisten zu können. Wie viele seiner Kameraden hatte er eine gute Partie in Form einer Ehefrau machen müssen. Dass sich diese Frau auch über das Geld, die Wohnung und das damit verbundene Prestige hinaus als Glücksfall erwiesen hatte, war – wie Craemer selten sagte, aber oft dachte – ein Geschenk des Himmels und der Aphrodite.

Die Liebesgöttin hatte es gut mit ihnen gemeint.

Was das Geld anging: Helmine hatte schon vor Jahren das Spirituosengeschäft ihres gesundheitlich angeschlagenen Vaters übernommen. Mit Erfolg. Das Unternehmen war seitdem stark expandiert. Helmine Craemer galt als pragmatische Geschäftsfrau, die keine Gelegenheit ausließ, ihr Geschäft zu vergrößern.

Es gab also noch andere Seiten an Helmine. Manche nannten

sie mütterlich, einige rühmten ihren Berliner Humor. So gesehen passte das Halbrelief, das ganz oben am Ziergiebel ihres Hauses prangte, zu ihr. Weithin sichtbar tanzten dort die Aphrodite, die Moneta und der Dionysos einen Reigen.

»Nun geht es also bald los.«

Helmine war erst im fünften Monat schwanger, also wollten die beiden die Zeit nutzen und sich am nächsten Tag auf eine Urlaubsreise nach Kopenhagen begeben.

»Und du bist sicher, Helmine, dass du das schaffst?«

»Ich bin schwanger, nicht krank.«

»Natürlich. Und robust bist du ohnehin.«

»Möchtest du das genauer erklären?«

»Nun, was ich damit sagen will ...« Craemer entschied, die Sache mit der Robustheit seiner Frau nicht weiter zu vertiefen. Denn es war durchaus möglich, dass sie nicht alles so verstand, wie er es meinte.

»Was ich sagen wollte, Helmine ... Du hast sehr viel gearbeitet und dir einen Urlaub redlich verdient. Trotzdem solltest du dich nicht zu sehr strapazieren. Das Kind braucht seine Ruhe. Es ist zur Genüge damit befasst, sich in Gänze auszubilden. Organisch, meine ich.«

»Organisch.«

»Ganz recht.«

»Aber warum Kopenhagen?«, wollte Helmine nun nicht zum ersten Mal wissen. Die meisten Menschen, die sie kannte, fuhren nach Italien, und Helmine hatte bereits vor einiger Zeit erwogen, im Trentino eine kleine Residenz zu erwerben. Für eine Frau wie sie, die unter anderem mit Wein handelte, war das eine reizvolle Gegend.

»Warum ich nach Kopenhagen möchte? Nun ...« Craemer zögerte und berührte mit der Hand seine Stirn. Ihm war plötzlich warm geworden. Angesichts der schwülen Wetterlage und der Tatsache, dass er gerade seine Frau belog, war das nicht verwunderlich.

»Weißt du, Helmine ... Ich kann es dir gar nicht so genau sagen. Vielleicht sehne ich mich einfach nach kühler Luft.«

»Soso.«

»Nun gut, ich will dir die Wahrheit sagen. Es ist das Licht. Das nordische Licht. Ich möchte es einmal gesehen haben.«

»Wir fahren wegen des Lichts nach Kopenhagen?«

»Und wegen ... Na, du weißt es doch.«

»Wieder dieser Maler? Wie hieß er noch?«

»Munch. Edvard Munch.«

»Wegen dessen Geklecks fahren wir nach Kopenhagen? Außerdem ... Kommt der nicht aus Norwegen?«

»Das Licht, Helmine. Ich bitte dich, hör mir wenigstens zu, wenn du schon so nachhaltig in mich dringst.«

Auf die Malerei von Edvard Munch war Craemer gekommen, nachdem er Bilder von Degas, Matisse und Monet gesehen hatte. Seinerzeit während einer dienstlichen Exkursion nach Paris. An den beiden Tagen vor seiner Begegnung mit dem Farbeimer.

Zuvor war er ganz auf der Linie seines Kaisers gewesen, was die Kunst anging. Es gefiel ihm, wenn alles ganz genau gemalt war, wenn historische Situationen, soldatische Heldentaten oder Krönungsfeierlichkeiten so dargestellt wurden, dass man jede einzelne Person, ja sogar jedes berühmte Pferd wiedererkannte.

Von den Impressionisten, diesen obszönen Laienmalern, hatte er damals nur das gehört, was der Kaiser selbst über sie und ihre Liebe zum Alltäglichen sagte: »Die Kunst soll sich zum Ideal erheben, statt in den Rinnstein hinabzusteigen.«

Dann aber, in Paris, hatte Craemer die Bilder dieser vermeintlichen Rinnsteinkleckser selbst betrachten können. Und war überwältigt gewesen. Denn das, was er sah, entsprach voll und ganz seiner Empfindung, seiner Auffassung von den Dingen.

»Mir war, als seien diese Bilder schon immer in mir gewesen«, so hatte er sich Helmine gegenüber geäußert.

Dabei wusste Craemer natürlich, wie es um den Impressionismus inzwischen stand. Im Grunde war er bereits vom Expressionismus überwunden.

Im Vordergrund des Expressionismus stand, ganz im Gegensatz zum Impressionismus, wie Craemer mehrfach gelesen hatte, die Idee der Erschaffung eines neuen Menschenbilds in der Kunst. Die so dringend gebotene stilistische Neuausprägung hatte – so jedenfalls stand es in einigen Kunstzeitschriften – ihren Kern in der tief greifenden Erfahrung der Verunsicherung, geradezu der Dissoziation des Individuums, sowie der Zerrissenheit der Objektwelt, der Entfremdung also von Subjekt und Objekt.

Helmine war der Linie des Kaisers treu geblieben, favorisierte Bilder in der Machart des Anton von Werner.

»Insgesamt finde ich die neue Malerei unklar und primitiv. Kein Detail, nichts was mir zeigt, dass hier ein Meister den Pinsel geführt hat.«

»Ach komm!«

»Nun lass mich doch sein, wie ich bin.«

Von den französischen Impressionisten war Craemer dann zu dem Deutschen Max Liebermann gekommen, der sein Gewerbe ähnlich handhabte. Und auch wenn Liebermanns Farben gedämpfter waren – vielleicht weil es in Deutschland weniger Sonne und Farben gab –, hatten sie doch ihre Wirkung.

Das alles hatte Craemer beschäftigt. Zuletzt war er dann auf den Norweger gestoßen.

Bilder vom Wald ... Stämme, teils rot, in den Schatten blau ... Das Meer zwischen den Stämmen ... Ein schmaler Streifen Sand als Saum, die Spiegelung des Mondes im Wasser ...

In der Sektion erwähnte Craemer seine neue Leidenschaft mit keinem Wort. Er legte es schließlich nicht darauf an, zum Gespött der Kameraden zu werden oder als verweichlicht, womöglich gar als Franzosenfreund zu gelten.

So beschäftigte er sich im Stillen, besorgte sich Bücher und Kataloge mit Abbildungen und war mittlerweile zu einem laienhaften Kenner mit nachhaltigem Interesse geworden. Es fiel ihm daher an diesem Abend nicht schwer, seiner Frau aus dem Stegreif einen längeren Vortrag über das Licht des Nordens zu halten.

Helmine sagte während dieser Erläuterungen mehrfach: »Soso.« Dann schloss sie: »Na, hoffen wir mal, dass es beim Licht bleibt und dir nichts dazwischenkommt.«

6

(KOMMISSAR ADLER VERNIMMT MARIA PAWLOWA)

»Die Schwester des russischen Botschaftssekretärs ist es nicht gewohnt zu warten.«

»Versteht sich von selbst«, gab Kommissar Adler etwas strack zurück. »Der Adel fordert seine Rechte.«

»Aber sie wartet tatsächlich bereits seit fast einer Stunde«, gab Gendarm Habert zu bedenken.

Zwei der entflohenen Flamingos waren mittlerweile eingefangen, und Kommissar Adler hatte bereits sechs Zeugen befragt. Sie hatten ihm nicht viel berichten können, jedenfalls nicht was die Schießerei anging. Nach dem Kind und seiner hübschen Mutter jedoch erkundigten sich alle. Es war mehrfach von einem kleinen grünen Türchen die Rede.

»Na gut, Habert. Dann bringen Sie die Dame mal her. Wie hieß sie noch?«

»Maria Pawlowa.«

»Kein Adelstitel?«

»Sie hat mir keinen genannt.«

Als Habert ihm die Schwester des Botschaftssekretärs vorführte, entschuldigte sich Kommissar Adler.

Pflichtschuldigst, wie man sagte.

Der berufliche Aufstieg des Kommissars hatte sich langsam vollzogen. Immer wieder waren ihm Männer aus »gutem Hause« mit fragwürdigen Begründungen vor die Nase gesetzt worden ...

»Sie müssen das verstehen, Herr Adler, einer seiner Vorfahren hat unter Clausewitz gedient und ist gegen Napoleon angetreten.«

»Ist er wirklich angetreten oder hat er das Kartenmaterial bewacht?«

»Aber Sie wissen doch, Adler, wie es gehandhabt wird. Ginge es nach mir ...«

All diese Männer waren deutlich jünger gewesen als er und besaßen keinerlei Erfahrung auf kriminalistischem Gebiet. Sie waren zwar in der Lage, ein elegantes Gespräch zu führen, bekamen aber nur selten mit, wenn sie belogen wurden. Auch hielten sie zu wenig von der Untersuchung des Tatorts und zu viel von dem, was ihnen zugetragen wurde. Nein, Kommissar Adler hatte nicht viel übrig für den Adel und seine Beziehungen.

Auch diese Madame Pawlowa würde ihn vermutlich nur nach dem Befinden des Kindes fragen. Davon abgesehen sprachen ihre geröteten Wangen und großen Augen, denen vermutlich nicht der geringste Unsinn entging, Bände. Sie war eine Neugierige, wie sie im Buche stand. Er sah bereits bildlich vor sich, wie sie auf dem nächsten Botschaftsball ihre Freundinnen über alles, was sie heute erlebt und erfahren hatte, ausführlich in Kenntnis setzte.

»Es tut mir leid, Madame Pawlowa, dass Sie warten mussten.«

»Das muss Ihnen nicht leidtun.«

Die junge Frau war sehr hell und jugendlich gekleidet. Verstärkt wurde der selbst für Kommissar Adler keineswegs unangenehme Eindruck durch ein kurzes, scharf tailliertes Samtjäckchen, das die Rundungen ihrer Hüften gut zur Geltung brachte. Und dann erst ihre Haare! Kunstvoll, voluminös, dabei aber keineswegs matronenhaft aufgesteckt. Sie drehte einen kleinen limettenfarbenen Sonnenschirm über ihrer linken Schulter.

»Wollten Sie etwas sagen, Herr Kommissar?«, fragte sie, nachdem etwas Zeit vergangen war.

»Wieso?«

»Weil Ihr Mund offen steht.«

»Ja ... nein. Verzeihung.«

»Nun, wie gesagt, es muss Ihnen nicht leidtun. Es hat schon seine Ordnung, dass Sie mich warten ließen. Sie sind hier ja gewissermaßen der Kapitän.«

»Sicher ... Aber man sagte mir, Sie würden schnell unruhig.«

Ihr Lachen war hell, und sie sah dabei ganz reizend aus.

»Unruhig? Ich?« Sie lächelte ihn an. »Was ist denn aus dem kleinen Mädchen geworden, das da bei den Bären rein ist?«

»Der Kleinen ist nichts passiert. Zum Glück hatte sie im Käfig eine Beschützerin mit starken Mutterinstinkten.«

»Russisch, da bin ich mir sicher.«

»Die Bärenmutter?«

»Die beiden Schurken, die auf die drei Männer geschossen haben – oder nein, es waren vier Personen, fast vergessen –, die haben Russisch gesprochen. Die Angreifer benutzten einen bestimmten Jargon. Nicht gerade die beste Ausdrucksweise.«

»Sie reden etwas sprunghaft.«

»Russisch.«

»Wie?«

»Sankt Petersburg.«

»In ganzen Sätzen, wenn es sich machen lässt, ich kann sonst schwer folgen.«

»Na, wie sie gesprochen haben. Da kommen sie her. Ich und mein Bruder ebenfalls.«

»Aus Sankt Petersburg«, ergänzte Habert für den Kommissar.

»Sie erwähnten gerade vier Personen, die angegriffen wurden. Sind Sie da ganz sicher?«, fragte Adler weiter. »Alle

Zeugen, die überhaupt etwas beobachtet haben, sprachen von drei Personen.«

»Es waren drei Männer, das ist richtig. Zwei wurden erschossen, einer ist entkommen. Aber da war noch eine Frau. Sie stand dort hinten. Sehen Sie? Da. Unter den drei Robinien. Berühmte Robinien, das werden Sie wissen.«

»Ich kann Ihnen schon wieder nicht folgen.«

»Die drei Schwestern«, erklärte Habert. »So werden sie von den Besuchern genannt. Also die Robinien.«

»Hm.«

»Ich bin sicher, die gehörte dazu«, fuhr sie fort. »Diese Frau ist ebenfalls entkommen.«

»Sie gehörte zu denen, die angegriffen wurden«, erklärte der Gendarm.

»Nun ist es mal gut, Habert. Sehen Sie sich um, befragen Sie Zeugen.«

Gendarm Habert nickte gehorsam, nahm dabei sogar ein wenig Haltung an, blieb aber stehen und hörte weiter zu, was Kommissar Adler nicht unterband. Dieser Gendarm hatte einige Freiheiten.

»Da die Frau ebenfalls geflohen ist, nehme ich doch an, dass sie dazugehörte. Außerdem ...« Madame Pawlowa blickte kurz zu Boden. Offenbar versuchte sie sich an etwas zu erinnern. »Ja, das war es, was mir auffiel. Sie hat schneller als irgendwer sonst Deckung gefunden. Auf mich jedenfalls wirkte diese junge Frau, als habe sie mit einem solchen Ereignis gerechnet. Etwa zwei Minuten nach Beginn der Schießerei hat sie sich zurückgezogen. Sie lief dorthin.« Sie zeigte mit dem Finger in Richtung des Landwehrkanals. »Wie gesagt, sie reagierte sehr schnell. Gleich nach den ersten Schüssen ging sie in Deckung. Während wir anderen ja erst mal wie erstarrt ... Der Schreck.«

»Natürlich.«

»Die drei Männer, die angegriffen wurden«, fragte Kommissar Adler. »Haben die auch Russisch gesprochen?«

»Ja.«

»Und was haben sie gesagt?«

»›Verdammt.‹ ›Wer ist das?‹ ›Verräter!‹ ›Bleib in Deckung!‹ Solche Dinge.«

»Abgesehen von den Angreifern sind also ein Mann und eine Frau entkommen? Das habe ich richtig verstanden?«

Plötzlich wirbelte ein Windstoß Staub in die Höhe. Der Stoff ihres Schirmchens dehnte sich, zwei blau und grün schillernde Pfauen schrien. Maria Pawlowa verlor darüber nicht die Fassung. »Die Frau war Ende zwanzig und sehr ansprechend gekleidet. Der Mann, der entkam, war etwas älter, vielleicht fünfunddreißig. Schlank, fast dürr. Keine Brille. Leicht gewellte Haare. Ich würde behaupten, der war schon seit einiger Zeit nicht mehr beim Friseur. Er wirkte auf mich weder wie ein Soldat noch wie ein Sportler. Eher wie jemand ... Nun, ich will nicht spekulieren. Als Frau hat man natürlich einen Eindruck, aber daraus gleich Schlüsse zu ziehen ...«

Gendarm Habert entfernte sich. Er hatte jemanden entdeckt, der das kleine grüne Türchen am Bärenkäfig kontrollierte.

»Wenn Sie sagen, die Frau war ansprechend gekleidet, dann heißt das ...?«

»Teuer, Herr Kommissar. Richtig teuer. Das passte so gar nicht zu ihrer ganzen Art. Einerseits diese elegante und sicher nicht ganz unempfindliche Kleidung. Ich weiß, wie es sich damit verhält. Man ist stets auf der Hut, dass nicht etwas an einem Zweig hängen bleibt. Handgewebter Tüll zum Beispiel ist sehr empfindlich.«

»Aber gewiss doch«, sagte Adler.

»Man ist auch zu einer gewissen Körperhaltung verpflichtet. Die Kleidung mitsamt ihren innerlich eingebauten Stäben und Schnüren zwingt einen förmlich dazu. Sie aber … Sie bewegte sich wie ein Soldat im Felde.«

Gendarm Habert und ein Tierpfleger näherten sich den beiden.

Und nun geschah etwas, das Kommissar Adler in seiner langen Laufbahn so noch nie erlebt hatte. Maria Pawlowa beschrieb ihm die Unbekannte unter den Bäumen mit einer Präzision, als habe sie die Frau selbst erschaffen.

Ein Foto, dachte Adler, *wäre weit weniger genau.*

»Eine richtige Dame und eine sehr hübsche«, beendete Maria Pawlowa ihren Bericht. »Andererseits … Die ganze Art, wie sie blitzschnell in Deckung ging …«

An dieser Stelle wurden sie von Gendarm Habert unterbrochen.

»Der Zeuge Bessler. Tierpfleger«, erklärte Habert, wobei er auf einen Mann Mitte vierzig zeigte. Der Zeuge war an die zwei Meter groß und so dünn, dass er regelrecht mager wirkte.

»Ich soll Ihnen berichten«, erklärte der Pfleger.

»Was sollen Sie berichten?«, fragte Adler, der sich etwas überrumpelt vorkam.

»Na, wie die Kleine da zu den Braunbären reinkam.«

»O ja«, ermunterte ihn Maria Pawlowa und begann ihren Schirm zu drehen.

»Also?«, fragte Kommissar Adler etwas unwirsch.

»Nicht. Meine. Schuld«, erklärte der Pfleger, wobei er jedes Wort einzeln betonte.

»Sondern?«

»Ihre Mutter hat sie da reingeschoben. Wegen der Schüsse. Sie hat das kleine grüne Türchen geöffnet, um ihre Tochter dahinter in Sicherheit zu bringen.«

»Und?«

»Das ist nicht irgendein Türchen, das ist die Futterluke.«

Das Schirmchen von Madame Pawlowa drehte sich schneller, Kommissar Adler blieb ruhig.

»Die Futterluke, verstehe. Und warum war die nicht verschlossen? Warum überhaupt installiert man so eine Futterluke in einem Bereich, der Besuchern zugänglich ist?«

»Weil wir sonntags immer von da aus füttern. Die Leute wollen uns mit den großen Fleischbatzen sehen. Fette Stücke. Manchmal ist der halbe Brustkorb einer Ziege dabei. Die Berliner machen dann immer ihre Witze.«

»Stets dieselben, nehme ich an.«

»Stets dieselben. Gehört zum Programm. Wie auch die Fütterung der Robben und die Sache mit dem Elefanten. Kurz vor der Bärenfütterung wird die Luke aufgeschlossen, dann gehe ich los und hole die Forke, die Schubkarre und die Fleischbatzen. Nach der Fütterung spielt dann das Orchester.« Zur Verdeutlichung zeigte der Tierpfleger in Richtung des Musikpavillons. »Das war schon immer so und war auch immer in Ordnung. Nur heute ...«

»... kam es nicht zur Fütterung.«

»Korrekt. Heute wurde geschossen, und man hat ein Kind durch die Luke geschoben. Das hätte schlecht ausgehen können.«

»Wohl richtig«, sagte Kommissar Adler, ohne den Pfleger weiter zu beachten. »Dann wäre dieser Aspekt also schon mal geklärt.«

»Gut, dass Ihre Gendarmen nicht auf die Bärenmutter geschossen haben«, schob der Pfleger nach.

Woraufhin Habert Haltung annahm und fast schon empört erklärte: »Wir sind hier in Berlin, wir schießen nicht auf Bären.«

»Unsere Bärin, Charlotte heißt sie, hat ja auch Junge«, erklärte der Pfleger nicht ohne Stolz. »Stand bereits mehrfach in der Zeitung. Also hat sie das kleine Mädchen ebenfalls beschützt.«

»Brav.«

»Haben Sie sonst noch Fragen? Die Tiere sind hungrig.«

»Keine weiteren Fragen. Danke.«

In diesem Moment entstand ein Gedränge. Stative wurden weiter nach vorne gerückt. Kommissar Adler wies Gendarm Habert an, dafür zu sorgen, dass die Presse Abstand hielt.

»Sollen die Braunbären fotografieren, die haben Junge und werden gleich gefüttert. Erzählen Sie ihnen die Geschichte von dem geretteten Kind, dem grünen Türchen und der Bärenmutter. Das ist für Berliner Leser viel interessanter als irgendeine Zeugenbefragung.«

»Die Presse soll jetzt die Braunbären fotografieren?«

»Korrekt, Habert. Engagieren Sie sich, entwickeln Sie Fantasie und halten Sie mir und den Zeugen diese Leute vom Hals.«

Kommissar Adler war so mit Maria Pawlowa, der Presse und Gendarm Habert beschäftigt, dass ihm der schlanke Mittdreißiger entging, der schon seit einiger Zeit kaum drei Meter von ihnen entfernt stand und so tat, als wäre er an den Rosen und einigen Zeuginnen interessiert. Ganz kurz hatte Adler den etwas dandyhaft wirkenden Mann im Blick gehabt, ihn aber für den Reporter irgendeines Klatsch- oder Gesellschaftsmagazins gehalten, der vermutlich an der Mode der Damen interessiert war.

Auch jetzt beachtete er ihn nicht, denn Maria Pawlowa hatte noch etwas zu sagen.

»Weil es jetzt die ganze Zeit um das Kind und die Bären ging ...«

»Ja?«

»Wie ich sagte, es waren vier. Abgesehen von den beiden Angreifern waren vier Personen beteiligt. Zwei wurden erschossen, einer ist entkommen ... Und dann war da eben noch diese Frau.«

»Und Sie sind sicher, die gehörte dazu?«

»Sie hat den Beteiligten mehrfach etwas zugerufen.«

»Den Angreifern oder den anderen?«

»Das kann ich Ihnen nicht sagen, aber ... Fast hätte ich es vergessen. Einer der Angegriffenen wurde mit seinem Namen gerufen. Fjodor.«

»Weiter nichts?«

»Nein. Nur Fjodor.«

»Ein nicht eben seltener Name.«

»Mehr weiß ich nicht.«

Kommissar Adler bedankte sich, bat noch um ihre Anschrift und ließ sich den nächsten Zeugen vorführen.

Der Mann, der mit so großem Interesse die Rosen und die Damen betrachtet hatte, entfernte sich.

7

(VON SELCHOW ERSTATTET OBERST KIVITZ BERICHT)

Russen!

Lars von Selchow hatte genug gehört.

Eine Schießerei zwischen Russen ...

Dabei konnte es natürlich um eine Auseinandersetzung zwischen zwei Banden gegangen sein. Lars von Selchow fielen schnell einige Gründe krimineller Natur ein. Aber die Zeugin hatte von einer Frau gesprochen, die sich offenbar im Hintergrund hielt und doch genau wusste, was sie zu tun hatte.

Das Wort Verräter ist gefallen ...

Die Anwesenheit einer von der Zeugin ausdrücklich erwähnten Frau in derart vornehmer Kleidung sprach in von Selchows Augen gegen eine gewöhnliche, kriminell motivierte Straftat zwischen irgendwelchen russischen Gaunern. Nein, da passte so einiges nicht ins Bild.

Warum zwischen all den Leuten, all den Zeugen? Warum an einem Ort mit vielen Mauern und Zäunen, der ein Entkommen doch erschwert? Das wirkt ja fast, als sollten alle es mitkriegen.

Von Selchow war auf dem Weg zurück zum Königsplatz, der kaum einen Kilometer vom Zoo entfernt lag. Dort, im Generalstabsgebäude, nur gut einen Steinwurf vom Deutschen Parlament entfernt, befand sich die Sektion III b. Eine mit Absicht recht bescheidene Bezeichnung für den militärischen Nachrichtendienst der Preußischen Armee.

Während er zügigen Schritts den großen Tiergarten durchquerte, überlegte von Selchow, ob er nicht zuerst mit seinem Freund Major Albert Craemer sprechen sollte.

Nein, der ist für Vorgänge im Ausland zuständig.

Er selbst war erster Adjutant bei Oberst Kivitz, der die Inlandsaufklärung der Sektion III b leitete.

Andererseits, wo es offenbar Russen waren ...

Es ging hin und her in von Selchows Kopf. Sein Instinkt und seine freundschaftlichen Gefühle zogen ihn zu Major Craemer, seine Pflicht zu Oberst Kivitz. Zuletzt besann er sich auf seine dienstliche Pflicht.

»Schießerei im Zoo!«, sagte er, kaum dass er das Büro von Oberst Kivitz betreten hatte. »Zwei der Angegriffenen wurden getötet. Außerdem eine unbeteiligte Frau.«

»Und?«, fragte Kivitz in leicht gelangweiltem Tonfall, was von Selchow sofort alarmierte. »In Berlin wird doch ständig rumgeballert.«

Der Adjutant Lars von Selchow versicherte sich mit einem Blick über die Schulter, dass sie allein waren.

Gut, Leutnant Senne ist offenbar unterwegs.

Es gab eigentlich keinen Grund, derart misstrauisch gegen den zweiten Adjutanten von Oberst Kivitz zu sein, es war einfach ein Reflex.

»Eine Auseinandersetzung zwischen Russen«, präzisierte von Selchow seinen Rapport. »Einer der Angegriffenen hieß offenbar Fjodor.«

»Na, da wird unser Kaiser kaum eine Träne vergießen«, murmelte Kivitz.

Nach dem Tod seines Vorgängers Oberst Lassberg, der sich als Verräter aus niederen Motiven erwiesen hatte, war Oberst Kivitz vom großen Generalstab eingesetzt worden. Eine Vorsichtsmaßnahme, denn Kivitz neigte nicht zu Eigenständigkeiten irgendwelcher Art. Er schob Dienst, wie man so sagte.

Die Unterredung dauerte nicht lange und endete mit einer Bemerkung, die für den obersten Geheimdienstler des Inneren typisch war: »Zur Kenntnis genommen, ich kümmere mich darum.«

Von Selchow übersetzte im Kopf die Worte seines Vorgesetzten.

Warten wir erst mal ab.

Als er die Sektion III b verließ, schämte er sich beinahe. Es kam ihm vor, als hätte er seinen Freund Albert Craemer verraten. Denn dass der und Oberst Kivitz Konkurrenten waren, wusste jeder.

8

(HELMINE STELLT EINE FORDERUNG)

Wie immer, wenn sie das Haus verließ, kam Helmine Craemer vorher noch einmal in den Salon. Es war üblich, dass sich die Eheleute hier voneinander verabschiedeten, sobald jemand ging. Es war ja eigentlich auch üblich, einander die Wahrheit zu sagen.

»Ich mache mich auf den Weg, Albert. Ich hoffe nur, es ist nichts Schlimmes.«

»Dann sei so lieb und grüß deine Mutter recht herzlich von mir. Sie soll nicht so viele Pralinen essen.«

»Pralinen? Du machst dich lustig.«

»Zu viele davon sind nicht gut. Dann drückt es wieder, und sie denkt an ihr Herz.«

Helmines Mutter war bereits neunundfünfzig Jahre alt, und bei einer betagten Frau, das wusste Helmine, durfte man Vorzeichen schwerer Erkrankungen nicht einfach ignorieren. Dass ihre Beschwerden etwas mit den Pralinen und dem Wein zu tun hatten, wie ihr Mann stets meinte, war zwar möglich, aber doch unwahrscheinlich. Denn den Pepsinwein hatte ihr Dr. Schaddach ja gerade wegen ihres schwachen Herzens empfohlen.

»Der Kreislauf, möglicherweise das Herz«, hatte der Arzt ihr am Telefon erklärt. »Bei älteren Damen, die dazu neigen, etwas mehr als nötig zu essen, muss man mit allem rechnen.«

Helmine wollte jedenfalls vor der Abreise nach Kopenhagen unbedingt noch einmal zu ihrer Mutter. Bevor sie sich auf den Weg machte, hatte Helmine ihrem Mann allerdings noch etwas zu sagen.

»Du versprichst es mir, Albert!«

»Was?«

»Diesmal machen wir wirklich Urlaub.«

»Aber Helmine …«

»Urlaub ganz ohne den Kaiser und seine Sperenzchen.«

»Ganz ohne wird kaum gehen. Du weißt doch, was ich stets sage.«

»Die Kirsche auf der Torte ist nicht immer eine Zier.«

»Genau.«

So über seinen obersten Dienstherren, den deutschen Kaiser, zu reden, war normal für Albert Craemer. Jedenfalls seiner Frau gegenüber. Sie waren daheim, und es lief bei ihnen nicht anders als bei anderen Leuten. Genauso sprach ein Postmeister mit seiner Frau über den Poststellenleiter. Ein Elektroingenieur über den Architekten der Talsperre. Ein Schlachtergeselle über den Schlachtermeister.

»Weißt du, was ich glaube, Albert?«

»Na, was glaubt meine Lokomotive?«

Major Albert Craemer nannte seine Frau manchmal so. Aber er tat es nicht oft; der Kosename sollte sich nicht abnutzen.

»Deine Lokomotive glaubt, dass außer ihr kein Mensch diesen Satz mit der Kirsche auf der Torte versteht.«

»Umso besser für meine Karriere beim Preußischen Geheimdienst.«

»Urlaub, das ist alles, was ich fordere. Nur wir beide. Ganz ohne Kaiser.«

»Du weißt doch, wie er ist. Ihm fällt so oft etwas ein. Er redet mit Hindenburg oder Ludendorf. Schickt Depeschen. Spricht mit der englischen Presse über das, was er gerade empfindet. Es kann immer etwas Dienstliches dazwischenkommen.«

»Soso.«

»Ich muss notfalls reagieren. Aber ich denke, mich wird jetzt im Hochsommer, wo auch er ein wenig matt und besänftigt sein sollte, niemand vermissen.«

»Vielleicht gondelt er mit seiner Jacht irgendwo rum.«

»Das wollen wir hoffen.«

Helmine nahm ihre Handtasche vom Stuhl. »Nicht dass es ausgeht wie letztes Jahr in Paris.«

»Wieso? Was war in Paris?«

»Du hast ständig gesagt: Setz dich in ein Café, bestell dir was Schönes, guck dir die Leute an, ich bin bald zurück.«

»Also bitte! So war es nun wirklich nicht.«

»Du wurdest mit einem rostigen Degen verletzt.«

Eine längere Geschichte, die als ein kleines Missverständnis begonnen hatte, in das vier serbische Anarchisten und ein Ägypter verwickelt waren.

»Ich wurde mit einem rostigen Degen verletzt, weil die Auseinandersetzung in einem Museum für mittelalterliche Waffen stattfand. Aber ich habe meinen Gegner besiegt. Und das ist wohl doch etwas wert. Da wirst du mir zustimmen, Helmine.«

»Man hat einen Eimer schwarzer Lackfarbe über dir ausgegossen.«

»Weil das Museum renoviert wurde. Und der Farbeimer wurde auch nicht über mir ausgegossen, er fiel bei dem Degengefecht von einem Gerüst.«

»Eben!«

»War das so schlimm?«

»Das mit der Farbe schon. Ich will mich ja mit meinem Mann sehen lassen.«

»Glaub mir, Helmine. Mir ist ganz und gar nicht danach, im Urlaub Dienst zu schieben.«

»Soso.«

»Aber ja, Helmine! Aber ja doch. Ich bin quasi schon mit dir im Hotel. Ich sehe einen Balkon mit weit geöffneten Türflügeln. Ich sehe den Flug der Schwalben, ich schmecke die salzige Luft, die kühl vom Hafen her aufsteigt. Ich sehe einen blauen dänischen Himmel, ich sehe ein großes Doppelbett stabiler Bauart. Ich habe die indischen Übungen der Zuneigung praktiziert und ... Ich sehe dich.«

»Das hast du mal schön gesagt. Hoffentlich bleibt es dabei.«

»Grüß deine Mutter.«

9

(CRAEMER UND VON SELCHOW IM CAFÉ MEMEL)

Helmine war gerade mal zehn Minuten aus dem Haus, Craemer hatte eben ein Buch zur Hand genommen, um sich noch etwas mit den Impressionisten zu befassen, als es klingelte.

Er öffnete die Tür.

»Sie sind Herr Craemer?«

»Richtig.«

Der Bote war schlank, auffällig groß, knochige Wangen, sehr schmale Hände mit langen, an den Gelenken etwas knotigen Fingern.

»Für Sie.«

»Danke.«

Er überreichte Craemer ein Telegramm von seinem ehemaligen Kameraden und langjährigen Freund Lars von Selchow. Darin bat der dringlichst um ein Treffen.

Was kann das sein?

»Wenn Sie hier bitte noch den Empfang quittieren wollen.«

»Natürlich.«

Craemer drückte die Tür zu.

Lars weiß doch, dass wir in Urlaub fahren.

Major Craemer war niemand, der sofort sprang, wenn man ihn rief. Er kehrte also in das Lesezimmer zurück und überlegte.

Nun gut. Von Selchow weiß, dass Helmine und ich eigentlich schon im Urlaub sind, es wird wohl etwas von Bedeutung sein.

Major Albert Craemer stellte also das Buch zurück ins Regal, zog ein zur Hose passendes, leichtes hellgraues Jackett an, verzichtete auf einen Hut und begab sich ins Café Memel.

Eigentlich passte ihm diese plötzlich eingeschobene Verabredung überhaupt nicht. Schließlich würden er und Helmine am nächsten Abend den Zug nach Kopenhagen besteigen. Und er war tatsächlich schon einigermaßen in Urlaubsstimmung. Wäre es nicht so gewesen, er hätte sicher nicht das hellgraue Jackett gewählt, sondern das dunklere. Nun, das Jackett ist nicht mehr als ein Accessoire, wichtiger war der Gesamteindruck. Craemer wirkte wie ein Zivilist, der, was die Mode angeht, auf der Höhe der Zeit war, ohne ihr vorauszueilen. Nur seine Schritte, die waren etwas eiliger als bei den meisten Zivilisten um ihn herum.

Hoffentlich nichts, das unsere Abreise verzögert. Helmine bringt mich um.

Als er die Tür des Café Memel öffnete, ertönte keine Glocke. Die Luft war ein wenig verraucht, der flinke Maître d'hôtel bemerkte ihn sofort.

»Ich grüße Sie, Herr Major.«

»Ebenfalls.«

»Der Ober ist gleich bei Ihnen.«

Das Café Memel war nach Wiener Art gestaltet, hatte aber auch etwas Internationales an sich. Vor allem die verführerischen Gerüche aus der Küche, die er stets im Bereich des Eingangs wahrnahm, waren nicht die, welche Craemer aus Wien kannte.

Der Ober kam tatsächlich sehr schnell. Er kannte Craemer, und wie immer umspannten die ersten Sätze die Küche und überhaupt die ganze Wiener Art des Restaurants.

»Was darf ich bringen?«

»Einen Café und ... Nein. Ach doch. Bringen Sie mir einen Cognac.«

»Gerne. Etwas dazu vielleicht? Etwas Leichtes?«

»Was hätten Sie denn anzubieten?«

»Zwei Paar Weißwürste in einer Rinderbouillon.«

Major Craemer hatte im Café Memel noch nie etwas gegessen. Ein Reflex. Die Küche dort schien ihm nicht eindeutig nach Wiener Art zu sein.

»Weißwürste? Ich dachte, ich wäre ...«

»Natürlich sind Sie in einem Wiener Caféhaus. Aber Sie sind auch in Berlin, Herr Major. Und die Zeiten, die Automobile, die Eisenbahn ... Alles rückt näher zusammen.«

»Verstehe. Aber deshalb gleich Weißwürste?«

»Ich kann Ihnen auch ein russisches Butterbrot bringen. Das ist neu auf der Karte.«

»Was bitte ist denn ein russisches Butterbrot?«

»Nun, genau was der Name sagt. Ein gutes, russisches Brot, belegt mit Lachs und Kaviar. Natürlich nicht nur eine Scheibe, sondern vier. Es will ja niemand verhungern. Dazu servieren wir drei russische Eier. Ebenfalls mit Kaviar. Und natürlich mit Dill. Dill hilft der Verdauung. Zu all dem, aber das versteht sich von selbst, eine Flasche Krimsekt.«

»Das ist ein russisches Butterbrot?«

»So sagt man.«

»Später. Vielleicht später.«

Der Ober entfernte sich. Er tat ein bisschen beleidigt, ja fast schon arrogant. Was Craemer passend und vollkommen angemessen fand. Denn in Wiener Caféhäusern benahmen sich die Ober ja oft etwas daneben.

Was könnte denn passiert sein? Na, von Selchow wird's mir schon sagen.

Da Craemer etwas früh dran war, nahm er sich ein paar Zeitungen vom Haken. Gleich die erste Überschrift bewirkte, dass seine Augenbrauen ein Stück nach oben gingen.

»Große Schießerei im Tiergarten«, titelte die *Vossische Zeitung.*

Und in dem Tonfall ging es dann weiter.

»Schüsse im Tiergarten! Braunbärin beschützt kleines Mädchen!«, teilte die *Berliner Illustrierte Zeitung* mit.

»Mordbuben der Bolschewiki?«, fragte das *Israelitische Familienblatt.*

»Mutterinstinkte! Bärin rettet Kind«, tönte es in der *Berliner Morgenpost.*

Der Ober brachte Kaffee und Cognac, Craemer trank hastig und bestellte ein weiteres Glas.

In diesem Moment betrat Adjutant von Selchow das Café Memel.

»Zwei Gläser Cognac«, korrigierte sich Craemer.

Der Freund war wie immer auf die Minute pünktlich. Er wirkte etwas erhitzt und entdeckte Craemer nicht sofort.

Craemers Arm, die Hand, der Zeigefinger ...

»Ah!«

»Ich grüße Sie.« Craemer wählte die formale Anrede nicht zufällig. Er und von Selchow hatten sich bereits vor einiger Zeit für diese Form entschieden. Es musste ja nicht jeder wissen, wie gut sie sich kannten.

Von Selchows Blick fiel auf die Zeitungen. »Wie ich sehe, haben Sie schon gelesen.«

»Überflogen. Erzählen Sie mal.«

Von Selchow berichtete nun also auch Craemer von der Vernehmung, die er im Zoo belauscht hatte.

»... eine Zeugin offenbar mit guten Ohren und einer großen Begabung, sich die Gesichter und das Erscheinungsbild von Frauen einzuprägen.«

»Nun, Frauen haben, was Frauen angeht, einen anderen Blick als wir Männer.«

»Was noch dabei rauskam: Einer der Angegriffenen hieß offenbar Fjodor.«

»Dann waren Sie ja rechtzeitig vor Ort«, lobte Craemer.

»Ich bekam Meldung von der zuständigen Dienststelle und habe mich unverzüglich dort hinbegeben ...«

Von Selchow hatte sich nicht nur unverzüglich in Marsch gesetzt, er hatte sich beeilt, war beinahe gerannt. Dann aber hatte er auf der Allee im Tiergarten doch anhalten müssen, verlor wertvolle Zeit. Trotzdem hatte er artig salutiert, als Kronprinzessin Cecilie und Prinzessin Viktoria Louise auf ihren Pferden an ihm vorbeitrabten.

»Von wessen Dienststelle bekamen Sie Meldung?«

»Die von einem Kommissar Adler. Ich habe dort jemanden sitzen, der mich auf dem Laufenden hält. Wie Sie wissen, ist Kommissar Adler bisweilen etwas verschlossen, was seine Ermittlungen angeht.«

»Und Ihr Mann hat gleich Bescheid gegeben und den Kommissar übergangen. Das würde den Adler aber nicht gerade erfreuen.«

»Kennen Sie den Kommissar?«

»O ja«, sagte Craemer.

»Und? Ist die Sache bei ihm in guten Händen? Oder muss er abgezogen werden?«

»Den Adler abziehen? Um Gottes Willen. Es gibt kaum jemanden, der über ein so gutes Netz an Spitzeln verfügt. Als ich selbst noch Kommissar war, sagten wir immer: ›Der Blick des Adlers geht durch Wände.‹ Nein, der wird sich da schon durchkauen.«

»Der Adler wird sich durchkauen, verstehe.«

»Ein guter Mann. Kein enger Freund, aber einer von denen, die ich zu meinen Verbündeten zählen würde, wenn es drauf ankommt.«

»Wo wir gerade über Kommissar Adler sprechen. Nur aus Neugier ... Neben ihm stand ein Gendarm Habert. So jedenfalls nannte er ihn ...«

»Ja?«

»Dieser Gendarm Habert ... Man redet in der Sektion immer mal wieder von ihm. Es heißt immer Gendarm Habert hier, Gendarm Habert dort ... Als wäre dieser Habert in der Lage, allgegenwärtig zu sein. Was hat es damit auf sich?«

»Habert ist einer, den Kommissar Adler stets gerne bei sich hat«, sagte Craemer.

»Ein Vertrauter.«

»So ungefähr. Jemand, den er losschickt, wenn es um etwas Ernstes geht. So jedenfalls heißt es.«

»Sie kennen Habert?«

»Nein. Kaum jemand in der Sektion kennt ihn. Wenn Sie ihn also dort im Zoo sahen, dann haben Sie vielen etwas voraus. Was aber bedeutend wichtiger ist, als die Frage wer wen kennt, ist die Tatsache, dass Kommissar Adler offenbar seinen Habert gleich mit einbezogen hat. Denn das bedeutet, dass er die Sache ernst nimmt.«

»Nun, bei einer Schießerei von solchem Ausmaß ...«

Von Selchow erklärte weiter, es gäbe, was seine Abteilung in der Sektion III b anging, sicher auch in naher Zukunft keine Erkenntnisse.

»Kivitz wartet erst mal ab«, brummte Craemer.

»Natürlich wartet er ab. Also bitte unternehmen Sie etwas, Herr Major. Diskret. Man wird sonst fragen, woher Sie solche Interna haben.«

»Keine Sorge«, beruhigte Craemer den Freund. »Hier. Das *Israelitische Familienblatt* zieht bereits Schlussfolgerungen. ›Mordbuben der Bolschewiki?‹«

»Wie kommen die auf so was?«

»Vermutlich nur eine Annahme, ein Schuss ins Blaue. Die Presse betreibt ihr Geschäft.«

Von Selchow fühlte sich etwas brüskiert. »Eine recht spekulative Annahme. Man kann von Oberst Kivitz halten, was man will, aber vollkommen untätig und blind sind wir nicht, was die Aktivitäten der Russen angeht. Nichts deutete darauf hin, dass so etwas hier in Berlin passieren würde.«

»Sie sind sich sicher?«

Von Selchow errötete. »Ich könnte mir das höchstens so erklären, dass irgendeine russische Dienststelle eigenmächtig gehandelt hat ...«

»Verstehe. Nichts deutete darauf hin, dass so etwas geschehen würde. Abgesehen davon, dass die Russen seit einiger Zeit höchst aktiv sind und es da durchaus einen Zusammenhang mit Erkenntnissen Ihrer Abteilung gibt.«

»Da sind Sie im Irrtum, Herr Major. Es gibt keine derartigen Erkenntnisse. Ich hätte Ihnen davon berichtet. Das Einzige, was wir registriert haben, sind einige konspirative Treffen russischer Sozialdemokraten. Auch einige russische Studenten wurden uns genannt. Einige davon hat man aufgegriffen und nach Hause geschickt. In den letzten beiden Jahren jedoch ... Seit die Saltykov- und die Čechov-Lesehalle geschlossen wurden, haben diese subversiven russischen Aktivitäten stark abgenommen.«

»Ja«, sagte Craemer. »Die Schließung der Lesehallen war ein sehr unüberlegter Schritt. Nun haben weder die Polizei noch Ihre Abteilung die Möglichkeit, dort Informanten einzuschleusen, um einigermaßen auf dem Laufenden zu bleiben. Fast möchte man sagen, diese Schließung war in höchstem Grad dämlich.«

»Mag sein.« Von Selchow wirkte hilflos. »Was werden Sie unternehmen?«

»Trinken.«

»Bitte?«

»Ich habe mir erlaubt ...«

Der Ober trat an den Tisch und stellte zwei gut geschenkte Gläser Cognac ab.

»Bringen Sie gleich noch mal zwei.«

Der Ober gab sich devot. »Noch zwei Cognac, und ...«

»Kein russisches Butterbrot. Wir bleiben erst mal Französisch.«

»Erst mal Französisch, sehr wohl.«

Von Selchow trank seinen Cognac recht schnell, Craemer beruhigte ihn. »Ich selbst werde erst mal gar nichts unternehmen, denn meine Frau und ich fahren morgen in Urlaub.«

»Das heißt, es passiert nichts?«

»Das soll es nicht heißen. Zum einen ist ja, wie Sie selbst sagten, Kommissar Adler mit der Sache befasst, zum anderen habe ich eine kleine Spezialeinheit in der Hinterhand. Die wird sich ein wenig umhören.«

»Darf ich erfahren, was für eine kleine Spezialeinheit das ist?«

»Bei Gelegenheit. Machen Sie sich keine Sorgen, ich behalte die Sache im Auge.«

»Das sollten Sie«, drängte von Selchow. »Müssen es sogar. Schließlich sind Sie inzwischen nicht nur für französische Angelegenheiten zuständig, sondern auch für russische.«

»Ja, man hat mir einiges an Last auf die Schultern gelegt«, gab Craemer zu. »Die Rechnung dahinter ist sehr einfach. Unsere Politiker und wohl auch der Kaiser registrieren einen zunehmend engen Zusammenschluss der Franzosen und Russen gegen das Deutsche Reich. Es geht um das, was ich immer den Nussknacker nenne.«

»Wobei das Deutsche Reich die Nuss wäre«, sagte von Selchow. Zum Scherzen allerdings war ihm nicht zumute.

»Sie sind sehr nervös«, stellte Craemer fest.

»Wenn herauskommt, dass ich die Sektion III b für Auslandsspionage informiert habe, ohne die Erlaubnis von Oberst Kivitz einzuholen ... Ich bin meiner Abteilung verpflichtet.«

»Aber sicher doch.« Craemer überlegte. Dabei fiel sein Blick auf die Zeitungen. »Na, dann machen wir es doch gleich offiziell.«

»Bitte?«

Craemer griff sich das *Israelitische Familienblatt*.

»Hier steht es doch: ›Mordbuben der Bolschewiki?‹ – Damit ist es nicht nur eine Sache der Inlandsabteilung von Oberst Kivitz, sondern geht mich ebenfalls etwas an. Erledigen wir das besser gleich. Ich fahre, wie Sie wissen, morgen ...«

»In Urlaub.«

»Und ich habe meiner Frau hoch und heilig versprochen, dass diesmal nichts, aber auch gar nichts dazwischenkommt.«

»Auch kein Farbeimer.«

»Schon gar kein Farbeimer, Sie haben es erfasst.«

Der Ober kam, sie tranken wie Männer mit soldatischer Ausbildung bisweilen trinken, verloren also nicht allzu viel Zeit. Craemer zahlte.

»Was glauben Sie? Wer könnte geschossen haben?«, fragte von Selchow, als sie das Café Memel verließen und Richtung Tramhaltestelle gingen. Die Frage hatte eigentlich mehr ihm selbst gegolten.

Craemer nickte dennoch. »Wer es war, ist natürlich interessant. Aber ich denke, wenigstens genauso wichtig wäre es, herauszufinden, auf wen da überhaupt geschossen wurde.«

»Und warum!«

»Das Warum, mein Freund, ist immer eine interessante Frage. Wir würden noch in Höhlen leben, hätte nie jemand ›warum‹ gefragt.«

»Sie sind heute recht allgemein.«

»Ich bin eben bereits mit einem Fuß im Urlaub.«

Die beiden stiegen ein, die Tram setzte sich in Bewegung, von Selchow gab nicht nach. »Sie nehmen es für meinen Geschmack ein bisschen zu sehr auf die leichte Schulter.«

»Das tue ich immer. Weil man mit schweren Schultern nicht vorankommt.«

»Verstehe. Wir sind unter die Dichter gegangen.«

»Wer weiß ...«

»Und wie viele Cognac hatten Sie, bevor ich kam?«

»Eine ausgezeichnete Frage. Ich sage mal ...«

Der Rest ging im Kreischen der Räder der Tram unter, als sie eine enge Kurve nahm.

10

(FJODOR JUDIN IM HASELNUSSSTRAUCH)

Und wieder schrie der Pfau. Der Ruf hatte eindeutig etwas Alarmierendes. Jedenfalls kam es Fjodor Judin so vor. Er saß noch immer in seinem Haselnussstrauch und wartete darauf, dass es dunkel wurde. Wohl schon hundert Mal hatte er sich die gleichen beiden Fragen gestellt:

Wer hat auf uns geschossen? Wer hat uns verraten?

Aus seiner Sicht kamen nur zwei Gruppierungen in Frage.

Entweder welche von der russischen Geheimpolizei ...

Oder:

Bates und Keegan.

Er vermutete eher, dass Bates und Keegan dahintersteckten. Aber war das zu erklären? Sie hatten doch noch gar nicht, was sie von ihm wollten.

Trotzdem wiederholte Fjodor Judin immer wieder die Namen der beiden.

Bates und Keegan ... Bates und Keegan ...

So ging das in einem fort in seinem Haselnussstrauch. Nur hin und wieder unterbrochen vom Geschrei der Pfauen. Zwei schienen es zu sein, die sich gegenseitig anstachelten. Doch obwohl Fjodor ständig an Bates und Keegan dachte, ging es ihm letztlich noch um eine andere.

Anna. Wie gut, dass ich ihr nicht gleich alles gesagt habe ...

Anna hatte ihm immer wieder erklärt, die Bezahlung der Engländer sei nur ein angenehmer Nebeneffekt, es ginge letztlich um die Vorbereitung einer Revolution. Aber war das so?

Hatte sie ihm mit ihrem Gesäusel von der Befreiung des russischen Volks nicht eher die Bedenken genommen? Denn letztlich war doch vor allem von Geld die Rede gewesen.

Was sollte die Engländer eine Revolution in Russland interessieren?

Verwirrend. Trotzdem ergab sich für Fjodor zuletzt eine Art Dreigestirn. Da gab es die russische Geheimpolizei, da gab es ...

Bates und Keegan, Bates und Keegan ...

Von denen kam er nur schwer los. Und es gab Anna.

Nur gut, dass ich meine beiden Revolver habe und genügend Munition.

Fjodor Judin blickte senkrecht nach oben. In einem von Haselnussästen gesäumten Kreis sah er einen Ausschnitt des Berliner Himmels.

Dauert noch.

Er würde sein Versteck nicht verlassen, ehe es nicht dunkel war. Das immerhin stand für ihn fest. Alles andere waren nichts anderes als vage Vermutungen. Er musste aufpassen, dass er sich nicht zu sehr auf seine drei verdächtigen Eckpunkte festlegte. Vielleicht gab es Gruppierungen, an die er überhaupt noch nicht gedacht hatte.

11

(ERSTES PRIVATPROTOKOLL KOMMISSAR ADLER)

Am späten Nachmittag dieses 24. August 1910 verfasste Kommissar Adler ein kurzes, privates Protokoll. Eine Gewohnheit, schon seit Jahrzehnten.

Adlers Privatprotokolle umfassten natürlich nicht nur Dienstliches. Vielmehr war im Laufe vieler Jahre auf diesem Wege eine Art Tagebuch mit starker Betonung der beruflichen Vorgänge entstanden.

Kommissar Adler war nicht nur Linkshänder, er hatte auch die Angewohnheit, sich beim Schreiben tief, ja beinahe bucklig in einer Weise übers Papier zu beugen, als sei er extrem kurzsichtig. Hätte ihn je irgendwer beim Verfassen dieser Privatprotokolle gesehen, er hätte auch glauben können, es ginge um etwas höchst Geheimes. Zu all dem kam noch, dass der Kommissar sehr schnell schrieb und dabei die Feder stark aufs Papier drückte, wodurch ein vernehmlich kratzendes Geräusch im Rhythmus der Worte entstand.

Mutter fühlte sich heute ausgesprochen wohl und auch ich werde von keinerlei Sodbrennen geplagt.

Gut so! Gut so und weiter so!

Auch ist der Vorgang mit der Treptower Bande endlich abgeschlossen und mein Gendarm Habert hat sich in diesem Fall erneut hervorragend bewährt. Ich konnte seine Frau also mit bestem Gewissen aufsuchen und belohnen.

Heute dann ein neuer Vorgang. Zoologischer Garten. Große Schießerei mit drei Toten. Nur eine brauchbare Zeugin. Habert hat in kürzester Zeit ermittelt, dass Maria Pawlowa tatsächlich die Schwester eines Sekretärs der russischen Botschaft ist. Offenbar war Madame Pawlowa bis vor drei Jahren eine gefeierte Balletttänzerin. Sie sah auch so aus.

Ganz herrlich! Ganz und gar ein Genuss für die Sinne.

Einer der Beteiligten an der Schießerei heißt möglicherweise Fjodor. Ein nicht eben seltener Name in Russland. Davon abgesehen ergaben sich bisher keine brauchbaren Hinweise darauf, wer für die Schießerei verantwortlich ist. Es ist aber anzunehmen, dass parallel zu meiner Abteilung auch geheimdienstliche Untersuchungen eingeleitet wurden. Ob mein alter Freund und Rivale Major Craemer bereits damit betraut wurde, sagt mir natürlich niemand.

Nun, was soll's?

Fraglos liegt die Aufgabe meiner Abteilung nicht in der Ermittlung politischer Fälle. Sollte Gendarm Haberts gespitzten Ohren jedoch zugetragen werden, dass es sich doch nur um eine Schießerei im kriminellen Milieu handelt, werden wir die Täter sicher zügig ermitteln.

Habe mir heute endlich die Schuhe gekauft, die ich schon so lange im Blick hatte. Das letzte Paar! Fühlen sich noch ein wenig eng an. Danach stand ein Besuch im Café Kranzler Unter den Linden auf dem Programm. Die Torten dort haben zweifellos Weltniveau!

Mutter will morgen ihre Schwester besuchen. Ich hoffe nur, das geht gut und endet nicht wieder mit Maleschen.

Sollte es sich bei der Schießerei im Zoologischen Garten am Ende nicht um eine Auseinandersetzung zwischen Kriminellen handeln, wovon ich ausgehe, wäre es dringlichst herauszufinden, auf wen da überhaupt geschossen wurde. Die Untersuchung der beiden Leichen hat bis jetzt keinerlei Hinweise ergeben. Es macht den Eindruck, als seien da Menschen attackiert worden, die großen Wert darauf legten, dass man sie nicht identifizieren kann. Das spricht nach meiner Erfahrung gegen eine spontane Auseinandersetzung im kriminellen Milieu.

12

(CRAEMER UND V. SELCHOW BEI OBERST KIVITZ)

Wer gegen wen?, fragte sich Major Craemer, als er und von Selchow unweit des Königsplatzes ausstiegen.

Das herauszufinden, war das Ziel. Aber es ging nicht nur darum, etwas zu verhindern. Craemer war längst weiter in seinen Überlegungen. Wenn hier irgendwelche Russen versuchten, sich gegenseitig umzubringen – und für den Fall, dass es sich dabei nicht doch nur um irgendwelche Kriminellen handelte –, ging es keinesfalls nur darum, etwas zu verhindern.

Craemer hatte eine andere Auffassung von seinem Beruf als die meisten Mitarbeiter der Sektion III b. Langfristig erfolgversprechender als das Verhindern und Festnehmen war es, jemanden einzuschleusen, um auf dem Laufenden zu sein und zu bleiben. Das war ja auch der eigentliche Grund seiner Reise nach Kopenhagen. In seiner Zeit als Kommissar der Berliner Polizei hatte Craemer große Erfolge gefeiert. Vor allem im Scheunenviertel. Diese Erfolge verdankte er einem Netzwerk aus Informanten und Spitzeln, das er sich, dem Vorbild von Kommissar Adler folgend, aufgebaut hatte. Einer seiner besten Spitzel im Scheunenviertel war Lena Vogel gewesen. Sie hatte sich ihm gegenüber als Schankmädchen ausgegeben. Als er sie in die Finger bekam, war die junge Frau in Bedrängnis gewesen, hatte sie doch einem Freier ein Auge ausgestochen. Er hatte sie nicht ins Gefängnis überstellt, sondern war Adlers Prinzip gefolgt und hatte sie unter seine Fittiche genommen.

Lena Vogel …

Eine Frau, deren ganze Vorgeschichte er noch nicht kannte. Und eine seiner vielen Verbündeten mit zwei Gesichtern. Craemer suchte ständig nach Verbündeten. Es war fast schon eine Sucht.

Deshalb ja auch Kopenhagen.

Als Albert Craemer an Kopenhagen dachte, sah er sogleich das neu eingerichtete Kinderzimmer vor seinem inneren Auge. Wie lange hatten er und Helmine auf Nachwuchs gewartet, mit wie viel Inbrunst hatte er seine asiatischen Übungen praktiziert. Und die Übungen waren es gewesen, die letztlich zum Erfolg geführt hatten. Nicht nur zu dem, das gegenseitige Begehren auf hoher Flamme zu halten, das war nur ein angenehmer Nebeneffekt.

Unser sehnlichster Wunsch ...

Helmine war endlich schwanger. Und nun würden sie nach Kopenhagen fahren, um eine Zweisamkeit zu feiern, die bald eine Dreisamkeit sein würde.

Und doch habe ich sie belogen ...

Das war vorher noch nie geschehen.

... sie belogen, und Helmine wird es merken, sie wird es merken.

Er musste! Ja, er musste unbedingt den rechten Moment abpassen, Helmine rechtzeitig die Wahrheit zu sagen, was Kopenhagen anging.

Muss es ihr irgendwie so verkaufen, dass sie selbst will, was ich will ...

»Denken Sie nach?«, fragte von Selchow.

»Taktisches.«

»Dann hoffen wir mal, dass Ihre Rechnungen aufgehen.«

Fünf Minuten später hatten sie die heiligen Räume der Sektion III b erreicht, standen bereits vor der Tür zum Büro von Oberst Kivitz. Diese Tür bestand aus massiver Eiche und war so groß, so hoch vor allem, als gingen hier Riesen ein und aus. Dabei war Oberst Kivitz das Gegenteil von einem Riesen.

Nicht nur körperlich.

»Wird schon klappen«, sagte Craemer zu seinem Freund, dann klopfte er scharf und dienstlich an.

»Reinkommen, wenn's kein Schneider ist!«

Oberst Kivitz war ein Liebhaber alter Redensarten. Er liebte überhaupt alles Alte.

»Major Craemer! Welche Ehre. Und Sie bringen mir auch gleich noch meinen ersten Adjutanten mit. Ich wähnte Sie bereits im Urlaub.«

»Morgen geht's los.«

»Sie haben ihn sich verdient«, lobte Kivitz und bot Craemer und von Selchow mit einer Bewegung der rechten Hand an, Platz zu nehmen.

»Einen Cognac?«

»Im Moment nicht.«

Abgesehen von Oberst Kivitz war nur dessen zweiter Adjutant, Leutnant Senne, anwesend. Von Selchow und Adjutant Senne hatten sich einige Sekunden lang auf eine höchst sonderbare Weise feindlich angesehen.

Oder war es nicht feindlich, täusche ich mich?

Jedenfalls war dieser Blick für Craemers Empfinden ein anderer, als er zu erwarten gewesen wäre bei zwei jungen Männern, die täglich miteinander zu tun hatten.

»Also?«, fragte Oberst Kivitz in dem für ihn so charakteristischen entspannten Tonfall. »Worum geht's, wie kann ich helfen?«

Craemer legte das *Israelitische Familienblatt* so auf den Tisch, dass Oberst Kivitz bequem lesen konnte. Er verzichtete darauf, auf die Titelzeile zu deuten, sie war fett genug.

»Die Schießerei ist Aufmacher in allen Berliner Zeitungen.«

»Nun ja …«, sagte Kivitz und linste in Richtung eines kleinen Tischchens. Auf dem ruhte ein Tablett. Darauf eine gut gefüllte Karaffe Cognac und drei Gläser.

»Ich habe bereits Ihren Adjutanten von Selchow gefragt«, fuhr Craemer fort, »was es damit auf sich hat. Er schweigt sich beharrlich aus.«

Oberst Kivitz nickte von Selchow wohlwollend zu. »Weil er weiß, in welchen Stall er gehört.«

Der Adamsapfel des Adjutanten von Selchow bewegte sich, wie es eben geschieht beim Schlucken.

»Und?«, fragte Craemer mit einiger Schärfe.

»Ich verstehe nicht ganz?«

»Ich bin, wie Sie wissen, Leiter der Auslandssektion III b. Alles, was unsere russischen Freunde unternehmen, interessiert mich. Und da Ihr Mitarbeiter so beharrlich schweigt …«

»Kommen Sie zu mir. Das ist ja auch richtig so. Ich muss Sie trotzdem enttäuschen. Wir wissen zum jetzigen Zeitpunkt noch gar nichts. Abgesehen davon, dass offenbar einige Flamingos vermisst werden, wie man mir zutrug.«

»Flamingos.«

»Richtig. Das Ganze war entweder eine rein kriminelle Angelegenheit. Das jedenfalls ist nach meinem Dafürhalten das Wahrscheinlichste.«

»Oder?«

Oberst Kivitz ließ eine kleine Pause wirken, ehe er das aussprach, was er für ein großes Geheimnis zu halten schien. »Russische Studenten. Oder …«

»Russische Sozialdemokraten.«

»Genau die. Es gibt hier seit Jahren diese sich ständig neu gründenden russischen Lesehallen, deren Vereinsmitglieder und Besucher in der Regel bereits kurz nach der Eröffnung beschließen, den Verein vollkommen auf eine linksradikale, teils sogar revolutionäre Basis zu stellen und alle diesen Tendenzen nicht entsprechenden Zeitungen aus der Lesehalle zu entfernen. Die im Verein gehaltenen Vorträge behandeln durchweg sozialistische Themen.«

Was Oberst Kivitz für ein Geheimnis hielt, fiel in Craemers Augen eher in den Bereich Propaganda. Wann immer etwas Beunruhigendes geschah, das möglicherweise Russland betraf, ging man entweder gegen russische Studenten oder russische Sozialdemokraten vor. Beide versammelten sich in den Lesehallen. Von den russischen zu den deutschen Sozialdemokraten war dann der Weg nicht weit. Beide Gruppierungen wurden observiert.

Ein Artikel im *Vorwärts* hatte erst kürzlich eine ganze Reihe von Bespitzelungen durch Polizeibeamte aufgedeckt und betont, die preußische Polizei arbeite dabei häufig mit der russischen Geheimpolizei Hand in Hand. Russische Emigranten und Studenten, insbesondere solche jüdischen Glaubens, seien somit einer durchgängigen, schikanösen Überwachung durch die Polizei beider Staaten ausgesetzt und würden geradezu verfolgt. In Extremfällen schreckten die gedungenen Spitzel und Polizeikräfte auch vor Straftaten nicht zurück.

Ein Name fiel immer wieder, wenn es um die observierten russischen Sozialdemokraten ging, die in Berlin angeblich Großes planten.

»Lenin.«

Oberst Kivitz zog die Schultern hoch. »Ob nun der direkt dahintersteckt … Ich vermute eher etwas anderes.«

»Ich höre?«

Oberst Kivitz nahm das *Israelitische Familienblatt* zur Hand. »Ist es nicht auffällig, dass ausgerechnet eine jüdische Zeitung die Bolschewiki ins Spiel bringt? Woher haben die nur ihre Information? Nun, ich kann es Ihnen sagen. Viele dieser russischen

Studenten, die in Berlin operieren, sind Juden. In Russland will man sie nicht, also kommen sie zu uns. Um zu studieren, wie es heißt. Aber der Jude will niemals nur das eine, er will immer mehr. Mehr als die anderen. Und warum steht ihm das zu? Weil er an einen Gott glaubt, der ihn geradezu dazu auffordert.«

»Ist das so?«, fragte Craemer.

»O ja. Es wurden bereits mehrere Bücher über diesen Zusammenhang geschrieben.«

»Also eine jüdische Schießerei zwischen Russen?«, hakte Craemer nach.

»Wenn das für Sie so amüsant ist, sind Sie offenbar nicht auf dem Laufenden, was die Erkenntnisse unseres Inlandsgeheimdienstes angeht.«

Craemers Reaktion auf diesen Angriff bestand darin, dass er ihn vollständig ignorierte. Er kannte seinen Kivitz.

Der flattert ein bisschen und dann kommt nichts mehr.

Und so war es. Kivitz milderte seine Stimme. »Sollte Kommissar Adler einen Hinweis darauf ermitteln, dass die Angelegenheit in Ihre Zuständigkeit fällt, werde ich Sie natürlich umgehend informieren.«

»Nur bin ich dann bereits im Urlaub.«

»Das mag sein. Aber wie Sie wissen: Man soll das Kind nicht mit dem Bade ausschütten.«

»Ein Kind hat geschossen?«

»Das wohl nicht, aber eine derart unprofessionelle Ballerei gleich an die große Glocke zu hängen, macht alle nervös. Und es ist bereits mehr als genug Nervosität im Gange.«

Major Craemer verzichtete darauf, den Oberst darauf hinzuweisen, dass einer der Angegriffenen vermutlich auf den Namen Fjodor hörte. Das hätte unweigerlich dazu geführt, dass Kivitz ihn fragen würde, woher er diese Information hatte. Sollte Oberst Kivitz etwas in der Sache unternehmen, würde er sicher das Protokoll von Kommissar Adler anfordern und es auf diesem Wege erfahren.

Das Gespräch dauerte noch weitere zehn Minuten und endete mit Kivitz' etwas salopp gesprochenen Worten: »Da gibt es von meiner Seite aus nichts zu verheimlichen. Ich spiele mit offenen Karten.«

»Ich lobe Ihre Einstellung, Herr Oberst.«

»Danke. Möchten Sie vielleicht jetzt einen Cognac.«

»Ich denke, da wir alles so unkompliziert und kameradschaftlich geklärt haben, ist das angebracht. Wir ziehen alle am gleichen Strang. Sagt man nicht so?«

»O ja.« Oberst Kivitz gab seinem zweiten Adjutanten Leutnant Senne ein Zeichen, das Tablett zu bringen.

»Ein Fortschritt«, sagte Craemer.

Oberst Kivitz erschrak. »Was ist ein Fortschritt?«

»Na, Sie, Oberst Kivitz. Sie sind ein Fortschritt. Ihr Vorgänger ...«

»Ach, hören Sie mir auf mit Lassberg. Was für ein Malheur. Was für ein Malheur.«

»Oberst Lassberg hat immer den Geheimniskrämer gespielt. Alles für sich behalten.«

Leutnant Senne stellte das Tablett ab, Kivitz gab Craemer mit einem Nicken recht und ergriff die Karaffe.

»Und was ist dabei rausgekommen?«, fragte Craemer und gab auch gleich die Antwort. »Erschossen. Herzdurchschuss plus ein Steckschuss in die Lunge.«

Die Karaffe zitterte ein wenig, während Kivitz einschenkte.

»Auf was trinken wir?«

»Auf Ihre Gesundheit«, schlug Craemer vor.

Major Craemer war so auf Oberst Kivitz konzentriert, dass er nicht darauf achtete, ob Leutnant Senne und von Selchow sich wieder irgendwelche Blicke zuwarfen.

13

(CRAEMER UND V. SELCHOW ÜBER RUSSISCHE AKTIVITÄTEN)

Nachdem sie das Büro von Oberst Kivitz verlassen hatten, sprach Craemer noch auf dem Gang kurz mit von Selchow. Er zitierte Oberst Kivitz: »Wir spielen mit offenen Karten.«

Von Selchow wirkte erleichtert, ja beinahe beschwingt. Er erklärte Craemer, dass die Russen in Berlin selbstverständlich schon seit Jahren beobachtet wurden.

»Es handelt sich um eine sehr gemischte Gruppe. Da gibt es Menschen, die Arbeit suchen, es gibt Studenten und solche, die sich als Studenten ausgeben ... Mit denen hatten die Polizeikräfte einigermaßen zu tun.«

»Ist alles lange bekannt. Man hat daraufhin erst die eine, dann die nächste Lesehalle geschlossen, und so weiter. Nicht unbedingt klug, wie ich bereits sagte.«

»Mag sein. Jedenfalls tummelten sich in Berlin eine Menge politischer Gegner des Zaren. Und natürlich gibt es auch deren Gegenspieler.«

»Anhänger des Zaren.«

»Die lässt man bis jetzt in Ruhe.«

»Hat die Sektion von Oberst Kivitz überhaupt noch einen Überblick?«

»Bei den vielen Gruppen, die sich teilweise bekämpfen? Nein. Auch das für uns Außenstehende nahezu unentwirrbare Labyrinth der russischen Sozialdemokraten wurde mehr und mehr zu einem Ärgernis.«

»Es gibt tatsächlich keine russischen Lesehallen mehr?«, fragte Craemer.

»Anfang Januar dieses Jahres wurde in der Novalisstraße eine eingerichtet. Als der Polizeipräsident dies unserem Innenministerium und dem Universitätsrichter Daude meldete, stand sie offensichtlich noch sehr am Anfang. Unsere Polizeibehörde schätzt sie als weitgehend harmlos ein. Im Gegensatz zu den anderen Lesehallen scheint sie nicht den Zwecken der russisch-revolutionären Propaganda zu dienen. Leider hatte diese Lesehalle keinen Erfolg.«

»Es kam niemand.«

»Genau. Was vermutlich an einer Warnung Karl Liebknechts lag. Der hatte im *Vorwärts* geschrieben, in Berlin sei eine neue Lesehalle gegründet worden, bei welcher der dringende Verdacht bestehe, dass sie im Einverständnis mit unserer Polizei von russischen Spitzeln der Ochrana unterwandet wurde.«

»Die Zaristische Geheimpolizei operiert noch immer in Berlin?«, fragte Craemer. »Ich dachte, das hätte mit Hartings Weggang nach Paris bereits vor Jahren aufgehört.«

Von Selchow zuckte mit den Schultern. »Unseren Behörden ist zwar nichts Konkretes bekannt. Aber ich kann mir kaum vorstellen, dass die russischen Behörden die Versuche, ihre Emigranten auszuspionieren, aufgegeben haben.«

»Es ist also still geworden? Sowohl von Seiten der russischen Studenten als auch der Ochrana?«

»Oberst Kivitz jedenfalls scheint zu glauben, dass es keine Aktivitäten mehr gibt. Aber die russischen Sozialdemokraten wie auch die mit ihnen verbundenen Studentenzirkel sind mit Sicherheit weiterhin aktiv. Die Aktivität läuft jetzt außerhalb unseres Sichtfelds. Und diese Emigranten tragen ihre innenpolitischen Probleme ja nicht nur nach Deutschland. Sie werden überall in Europa aktiv. Deshalb doch wohl auch Ihre Reise nach Kopenhagen.«

»Hm.«

»Wie Sie wissen, wird viel von einer möglichen zweiten Revolution geredet«, präzisierte von Selchow. »Eine solche Revolution könnte uns natürlich nützen, da sie das Reich des Zaren im Fall eines Krieges schwächen würde.«

»Den Gedanken habe ich Oberst Kivitz bereits mehrfach unterbreitet.«

»Ich auch«, sagte von Selchow mit ruhiger Stimme.

»Wir haben also niemanden, der uns da weiterhelfen könnte? Für den Fall, dass die Schießerei im Zoo doch einen politischen Hintergrund hatte?«

»Oberst Kivitz hat mit Sicherheit niemanden, aber ...«

Von Selchow beendete seinen Satz nicht, und Major Craemer wusste, was das bedeutete.

»Sie kennen jemanden.«

»Nun ...«

»Einen Studenten?«

»Einen Studenten, für den ich nicht garantieren kann«, sagte von Selchow.

»Er heißt?«

»Kalisch.«

»Sie stehen mit ihm in Kontakt?«

»Stünde ich direkt mit ihm in Kontakt, dann würde ich mich möglicherweise des Hochverrats schuldig machen.«

»Verstehe. Und ich vermute, Sie wissen nicht einmal, wie Sie ihn überhaupt erreichen könnten.«

»Genau so ist es. Wie gesagt ...«

»Hochverrat. Das möchten Sie nicht. Gut. Obwohl Sie mit dem jungen Mann nicht in Kontakt treten können, was niemanden wundern dürfte, da Sie ja diesen Kalisch weder kennen noch irgendetwas Näheres über ihn wissen, würde ich Sie bitten, sich schnellstmöglich mit ihm in Verbindung zu setzen und über meine Sekretärin ein Treffen mit mir zu arrangieren.«

»Wird gemacht.«

»Diese Russen«, brummte Craemer. »Niemand kennt einen.«

»Ganz schlimm«, gab ihm von Selchow recht. »Vor allem weil eben doch viele von einer zweiten russischen Revolution reden.«

»Die hoffentlich nicht stattfinden wird, während ich mit Helmine im Urlaub bin. Ich habe schon jetzt ein ganz schlechtes Gewissen.«

»Warum? Es ist doch nur ein Kongress, den Sie zu besuchen planen«, sagte von Selchow. »Zwei, drei Tage. Und Ihre Frau geht doch sicher gerne mal ins Museum.«

»Das sagen Sie so.«

»Nun, es war Ihre Idee, sich auf dem Sozialistenkongress umzusehen. Wenn Sie da eheliche Probleme erwarten, müssen Sie Ihren Urlaub eben verschieben.«

»Das wäre ja noch schöner!«

»Albert, du schwitzt.«

»Es ist besser, wir bleiben förmlich.«

»Also gut. Sie schwitzen, Herr Major.«

»Wundert Sie das?«

»Ist Ihre Frau denn so schlimm? Ich meine doch, ich kenne sie anders.«

»Nein, aber ich war gezwungen ...« Craemer zog von Selchow ein bisschen zu sich heran und sprach jetzt so mit ihm, wie es Mitarbeiter des Preußischen Geheimdienstes bisweilen taten. Hinter vorgehaltener Hand, wie Oberst Kivitz gesagt hätte.

»Ich konnte Helmine nicht alles sagen.«

Auch von Selchow senkte seine Stimme. »Nicht alles sagen?«

»Hm. Und sie sagt immer: ›Soso.‹«

»Oje. Vielleicht sollten Sie Ihren Urlaub doch lieber verschieben.«

14

(SCHLECHTES KARTENMATERIAL)

Major Albert Craemer sah auf die Uhr.

»Ich muss mich beeilen, gleich beginnt eine Sitzung im großen Generalstab, an der auch Generaloberst Moltke und Oberst von Falkenhayn teilnehmen.«

Es ging um die Verbesserung des militärischen Kartenmaterials. Die Heeresführung glaubte, trotz einiger Bedenken von Außenstehenden, über die technischen Hilfsmittel für einen schnellen Krieg zu verfügen.

»So es überhaupt dazu kommt!«

»Sie glauben, es kommt nicht zu einer solchen reinigenden Auseinandersetzung?«, fragte Craemer.

Von Selchow zog seine Schultern hoch und verabschiedete sich.

In der Sitzung, zu der Major Craemer noch gerade rechtzeitig erschien, ging es um zwei Dinge ...

»Bewegung und Kartenmaterial, meine Herren! Wir sind alle anwesend, können also gleich beginnen ...«

Die Soldaten sollten spätestens nach einem halben Jahr siegreich nach Hause zurückkehren können.

»Beginnen wir mit der Bewegung.«

Es war geplant, dass im Falle eines Aufmarschs alle zwei Minuten ein Zug den Kölner Hauptbahnhof Richtung Front verlassen würde. Dieser Aspekt nahm eine gute Stunde in Anspruch.

»Kommen wir also zum zweiten Punkt. Das nötige Kartenmaterial.«

Zwei Männer um die dreißig wechselten sich bei ihrem Vortrag ab.

Craemer wies, nachdem sie fertig waren, darauf hin, wie groß die Schwierigkeiten waren, geeignetes militärisches Kartenmaterial für einen etwaigen Feldzug in Belgien und Frankreich zu beschaffen. Er erklärte, dass der Einsatz von mit geeigneten Kameras ausgerüsteten Flugzeugen in drei oder vier Jahren vermutlich Abhilfe schaffen könne.

Die Militärführung jedoch war vor allem an der präzisen Darstellung von Eisenbahnlinien interessiert und die existierte bereits.

Craemer erzürnte diese Verbohrtheit. Seiner pro forma Sekretärin Lena Vogel gegenüber hatte er sich, was das anging, bereits sehr klar geäußert.

»Das Dogma der Beweglichkeit des deutschen Generalstabs seit dem älteren Moltke wird dazu führen, dass die Herren, was die Karten angeht, weiterhin eine absolute Priorität auf die Eisenbahnlinien legen werden. Was bedeutet, dass die übrigen Probleme der Topographie für die Beweglichkeit unserer Truppen massiv unterschätzt wird.«

»Na ja, noch stehen wir nicht im Krieg«, hatte Lena geantwortet.

Craemer war nicht weiter darauf eingegangen. Er kannte seine Agentin. Sie hielt sich gerne zurück mit vorschnellen Äußerungen, durchdachte, was sie erfuhr, erst mal für sich, ehe sie Stellung bezog.

»Stille Wasser sind tief«, hatte der ihr zugeordnete Spion und Flieger Gustav Nante bereits öfter gesagt, wenn das Gespräch auf Lena kam. Ein hübscher Sinnspruch, der Oberst Kivitz sicher gefallen hätte.

Die Sitzung wegen des unzulänglichen Kartenmaterials dauerte länger, als Craemer angenommen hatte. Dazu kam noch der Cognac, der gereicht wurde. So fühlte Craemer sich ziemlich zerschlagen, als endlich Schluss war.

Zu spät ...

Er würde heute nicht mehr dazu kommen, in die Wege zu leiten, was er vor seiner Abreise in den Urlaub noch in die Wege zu leiten gedachte.

Auf dem Gang kam es dann zu einem lächerlichen Durcheinander. Ein Bürobote kam und fragte nach dem zweiten Adjutanten von Oberst Kivitz.

»Hat jemand von Ihnen Leutnant Senne gesehen?«

Er tat das mit einer Hartnäckigkeit und einem Diensteifer, der alle irritierte. Craemer ließ sich davon nicht lange aufhalten, er war müde und würde früh aufstehen.

Am besten gleich ins Bett. Erledige ich, was ich zu erledigen habe, eben gleich morgen früh. Hoffen wir mal, dass Helmine noch mit ihren Koffern befasst ist. Fjodor ... Ich fürchte, das hilft uns kaum weiter. Kann auch ein Tarnname sein.

15

(FJODORS ERSTE NACHT AN DER BRÜCKE)

Endlich!

Im Schutz der Dunkelheit hatte Fjodor Judin die kleine gusseiserne Brücke hinten im Park des Schlosses Charlottenburg ohne weitere Zwischenfälle erreicht. Wirklich beruhigt war er deshalb noch nicht.

Aufpassen ...

Er zog seinen Revolver und ging in einiger Entfernung in Deckung. Seine Brust kam ihm wie aufgebläht vor.

Druck ...

Dachte er.

Immer nur Druck.

Zum zehnten Mal rekapitulierte er, wie die Schießerei im Zoo begonnen hatte.

Noch gar nicht lange her ...

Wieder und wieder gingen ihm diese fünf Worte durch den Kopf. Dann wanderten seine Gedanken weiter zurück.

Er, Witalij und Sergej waren am Vormittag mit dem Nord-Express am Schlesischen Bahnhof eingetroffen. Hinter ihnen lag eine beschwerliche Reise von Sankt Petersburg nach Moskau. Von da an ging es schneller. Nur zwei Tage hatte der Nord-Express gebraucht, ehe er in Berlin eintraf. Für Fjodor drückte das Bahnhofsgebäude mehr aus, als ein Bahnhofsgebäude das für gewöhnlich tat. Er war sich sicher, dass in Berlin etwas Bedrückendes und Kleines endete und etwas Neues begann. Dabei war das Deutsche Reich, wenn alles klappte, nur eine

Durchgangsstation. Und noch eigentlicher war Berlin für ihn bis jetzt kaum mehr als zwei Namen.

Bates und Keegan ...

Was war geschehen, dass, kaum dass er und die Genossen auf dem Bahnsteig standen, all seine zuvor doch so euphorischen und hoffnungsvollen Gedanken verschwanden?

Warum waren ihm erst auf dem Schlesischen Bahnhof Zweifel gekommen? Warum war er nicht in Sankt Petersburg geblieben? In seinem Geist stieg das Haus auf, in dem er gelebt hatte.

Gut doch, eigentlich ...

Noch präziser als sein Haus waren Szenen aus der Baltischen Werft, in der er als einer der leitenden Ingenieure gearbeitet hatte. Dort war er jemand gewesen, den man mit Respekt behandelte, dessen Namen man kannte.

Dann hatte er Anna kennengelernt.

Bei einer Aufführung von Meister Diaghilev, sie hatte an der Garderobe ihren Schirm fallen lassen. Der Schirm war blau. Wir haben uns beide gleichzeitig nach ihm gebückt, sind dabei mit den Köpfen zusammengeprallt ...

Anna hatte sich sofort in ihn verliebt. Bei ihm hatte es etwas länger gedauert. Was zum einen daran lag, dass er mit Frauen wenig Erfahrung hatte, und zum anderen, dass er, wie er meinte, nicht genügend verdiente, sich überhaupt eine Frau leisten zu können.

Auch Anna hatte seine etwas prekäre Lage schnell bemerkt. Nur war das für sie kein Grund, sich zu grämen. Im Gegenteil! In gerade mal fünf Tagen hatte sie ihn davon überzeugt, dass man sein bisheriges Leben und seine Leistungen nicht genügend geschätzt hatte, dass er mehr verdiente, dass er größere Aufgaben bewältigen könne, als ein neuartiges Ventil oder die lächerliche Abdichtung eines Kolbens zu entwickeln.

Bei Meister Diaghilev. Sie ließ an der Garderobe ihren Schirm fallen …

Und jetzt hockte er hier.

Zwischen Bäumen.

Und observierte eine kleine gusseiserne Brücke.

Es war mittlerweile Nacht geworden, die Brücke hob sich nur noch schwach vom etwas helleren Himmel ab.

Fjodor war todmüde, er war verwundet, fühlte sich schmutzig. Trotzdem durfte er unter keinen Umständen einschlafen. Zum einen könnte ihn jemand im Schlaf überraschen, zum anderen würde er vielleicht Bates und Keegan verpassen. Eigentlich hatte er sie am Becken für die Robben treffen sollen. Aber sie waren nicht da gewesen.

Stattdessen …

Was war das eben? Hatte er ein Geräusch gehört? Er lauschte. Da war nichts außer einem leisen Säuseln des nächtlichen Winds. Wann genau hatte er das Geräusch gehört? Wirklich gerade eben? Oder kurz zuvor? War er von dem Geräusch aufgewacht? War er doch für einen kurzen Moment eingeschlafen?

Was hat mich hierhergebracht? – Wohl meine Dummheit.

Um nicht wieder einzuschlafen, versuchte er den Tag zu rekonstruieren.

Als sie den Schlesischen Bahnhof verlassen hatten, waren sie in einem typischen Bahnhofsmilieu gelandet.

Bordelle, Nachtlokale, Hotels der billigen Art …

Abgesehen davon wimmelte es dort in der Gegend nur so von Russen. Einige der russischen Frauen gingen einem sehr alten Gewerbe nach. Sie alle schienen nur einen einzigen Satz auf Deutsch zu beherrschen.

»Für 'n warmes Bett und ein Abendbrot …«

Nun, er war nicht für ein Bett oder Abendbrot gekommen …

Obwohl …

Fjodor spürte, dass er nicht nur müde, sondern auch hungrig war.

Dann war da plötzlich ein anderes Bild. Er hatte sich darüber doch schon im Zoo gewundert. In dem Moment, als die beiden Männer begonnen hatten, auf sie zu schießen.

Anna hat so schnell reagiert ...

Misstrauen kam auf. Über Anna war der Kontakt zu Bates und Keegan gelaufen, über sie lief alles ... Fjodor Judin sehnte sich nach seiner Werft und seiner kleinen Wohnung. Ihm wurde auf einmal klar, dass er seine Frau überhaupt nicht kannte.

Nun, Anna ist ja auch nicht meine Frau.

Trotzdem.

Als ob sie mir alles befohlen hätte, als ob ich nur tat, was sie wollte, als ob sie den Degen führt.

Es fing an zu regnen. Nur ein klein wenig, aber das gab den Ausschlag. Fjodor Judin konnte nicht mehr. Und da noch immer niemand aufgetaucht war, ihn zu töten, wurde er gleichgültiger. Ruhiger auch. Und mit dieser Ruhe kam nun die Müdigkeit mit einer solchen Macht, dass ihm zuletzt alles egal war.

Also legte er sich wie ursprünglich geplant unter die Brücke und schlief nach kaum einer Minute ein. Und dass, obwohl er spürbare Bauchschmerzen hatte vor Hunger.

16

(ZWEITER TAG – CRAEMER BEI FRAU SONNEBERG)

Als Major Albert Craemer aufwachte, lag seine Frau noch wohlig in tiefem Schlaf.

Gut so, dann muss ich ihr nichts erklären …

Er stand leise auf, wusch sich in der Küche und fuhr anschließend noch einmal in die Sektion III b, den militärischen Nachrichtendienst der Preußischen Armee. Er wusste, dass seine Sekretärin Lena Vogel im Urlaub war.

Nur wo? Und wie erreiche ich sie?

Er begab sich zu Josephine Sonneberg, die für den Typendrucktelegrafen zuständig war.

Die weiß so was in der Regel.

In ihrem kleinen Raum nahm Frau Sonneberg die aus der Maschine ratternden Papierstreifen entgegen und brachte sie halbstündlich zu den jeweiligen Abteilungen der Sektion. Meldungen, Anfragen, Auskünfte aus aller Welt. In Krisenzeiten kamen die Meldungen bisweilen im Minutentakt rein. Dann wartete natürlich niemand ab, bis sie kam, und ihr Raum füllte sich mit Offizieren und Mitarbeitern des Geheimdienstes. Da wurde ihr Kabuff dann für ein, zwei Stunden, manchmal sogar für Tage zum Herz der Sektion III b.

Es gab aber auch Zeiten, in denen über Stunden keine oder nur einzelne, nicht übermäßig wichtige Meldungen eingingen. Dann hatte Josephine Sonneberg nichts zu tun. Was nicht schlimm war, im Gegenteil. Denn so lange nicht weltpolitisches Ungemach aus ihrem Telegrafen ratterte, strickte sie

Anziehsachen für ihre Tochter. Die war erst ein paar Monate alt und verbrachte die Zeit, während der Josephine ihrer verantwortungsvollen Arbeit nachging, bei ihren beiden Großmüttern.

Wenn sie mal gerade nicht strickte, die Maschine nicht ratterte und sie nichts aufzuschreiben hatte, belohnte Josephine Sonneberg sich. Ihre Schwiegermutter verstand sich auf Kuchen, Gebäck und andere Leckereien.

So war es auch heute. Major Craemer überraschte sie in einem für Josephine ungünstigen Moment. Der Windbeutel war sehr groß und sie hatte versucht, einen doch wohl zu mächtigen Happs am Stück abzubeißen.

Craemer hatte so was bei ihr schon öfter erlebt. Es störte ihn nicht, denn er konnte sich vorstellen, dass Frau Sonneberg in ihrem kleinen Raum bisweilen langweilig war und Kuchen oder Gebäck etwas Abwechslung boten.

»Verzeihung. Ich wollte Sie nicht bei ihrer Mahlzeit stören.«

»Hng.«

»Ganz in Ruhe, Frau Sonneberg. Immer gemach. Wie geht es Ihrer Tochter?«

»Hng.«

»Das freut mich. Ich bin auf der Suche nach Fräulein Vogel.«

»Nng. Urg. Url. Hng ...«

»Ah ja? Und da sind Sie sich sicher?«

Josephine hatte ihren Windbeutel unter Kontrolle. »Verz...«

»Ganz in Ruhe.«

»Urlaubszeit.«

»Ist mir bekannt. Aber wo erreiche ich sie?«

»Fräulein Vogel ist in Frankfurt.«

»Und Leutnant Nante?«

»Mannheim.«

Lena Vogel und Gustav Nante stellten das dar, was Major

Craemer von Selchow gegenüber als seine ›Spezialeinheit‹ bezeichnet hatte. Ein etwas irreführender Ausdruck.

Gustav Nante hatte, wie eigentlich alle in der Sektion III b, eine militärische Ausbildung durchlaufen und eine Weile für seinen Stiefvater Oberst Lassberg gearbeitet, ehe Major Craemer ihn auf Umwegen ... Umwegen, bei denen einige Tote zu beklagen waren ... für seine Auslandssektion akquiriert hatte.

Nominell war Leutnant Nante Flieger und arbeitete für Enno Huth und die Albatros-Flugzeugwerke in Johannistal. Was Lena Vogel anging, der Lebensweg des ehemaligen Schankmädchens war weit weniger gradlinig verlaufen als der von Nante. Craemer ahnte, dass der Lebenslauf, den Lena ihm präsentiert hatte, falsch war. Aber wie lautete der richtige?

Kommissar Adler hatte damals in seiner knappen Art gesagt: »Die kommt aus Osteuropa, vermutlich Galizien. Und es würde mich nicht wundern, wenn sie wie viele Ihrer Spitzel eine Jüdin wäre.«

Das war natürlich nur eine Vermutung. Aber von Kommissar Adler wurde behauptet, er könne Lebensläufe, ja sogar die Religionszugehörigkeit regelrecht riechen. Eine etwas gewagte Behauptung, vermutlich hatte er einfach ein feines Gehör für Färbungen in der Aussprache.

Die meisten leitenden Mitarbeiter der Sektion III b hätten Lena Vogel und Gustav Nante als Spione bezeichnet. Craemer sprach lieber von seinen Mitarbeitern. Wobei Lena – Fräulein Vogel, wie er sie stets nannte – ganz offiziell als sein Bürofräulein angestellt war. Natürlich konnte man die beiden als Spione bezeichnen, doch Major Craemer hatte sie so instruiert, dass ihre Tätigkeit und ihr Vorgehen stark von der landläufigen Vorstellung von einem Spion abwichen. Seinem Credo folgend hatte Craemer ihnen genau erklärt, was er anstrebte: »Wir suchen Verbündete, wir hören zu, wir interessieren uns dafür, was andere denken und sagen. Ein Spion, der zur Waffe greifen muss, hat im Vorlauf bereits sehr viel falsch gemacht.«

»Ich hatte mir unter einem Spion offen gesagt etwas anderes vorgestellt«, hatte Gustav Nante nach dieser Einweisung erklärt.

»Dann ist Ihre Vorstellung vielleicht falsch. Das Wort Spion kommt aus dem Italienischen und bedeutet so viel wie Beobachter. Und genauso wollen wir es auch halten.«

Trotz dieser Anweisung hatte sich vor allem sein Fräulein Vogel bei ihren Einsätzen als durchaus wehrhaft erwiesen. Geschossen allerdings hatte sie noch nie. Wenn es galt, jemanden auszuschalten, bediente Lena sich in der Regel irgendwelcher Alltagsgegenstände, die gerade greifbar waren.

»Mehr brauche ich nicht«, hatte sie Craemer erklärt.

Der hatte genickt, denn wie jeder weiß, der mal bei einer Versicherung gearbeitet hat, sind gerade die auf den ersten Blick so harmlos erscheinenden Gegenstände des Haushalts, der Gartengestaltung, der Tierhaltung und der Küche nicht ungefährlich. Ein weiterer Vorteil: Beim Kampfeinsatz erzeugen die Werkzeuge aus diesen Bereichen kaum ein Geräusch.

»Selbst ein Stück Bindedraht oder ein einfacher Füllfederhalter können von Nutzen sein«, hatte Lena ihre Ausführungen präzisiert.

Craemer hatte es sich, als er von diesen Alltagsgegenständen hörte, nicht verkneifen können anzumerken, dass die Verwendung einer Pistole …

»Etwas mildtätiger wäre, so möchte ich sagen.«

All das und noch einiges mehr ging Major Craemer innerhalb von fünf, vielleicht auch acht Sekunden durch den Kopf. Und wie so oft wartete Josephine Sonneberg geduldig auf weitere Anweisung. Es war also bereits etwas Zeit vergangen, als

Craemer schließlich seine Stirne mit den Fingern der rechten Hand berührte. Josephine kannte das schon.

Er ist auf was gekommen und etwas Angenehmes wird das nicht sein.

Gleich würde er ihr eine Frage stellen, die sie nicht beantworten durfte. Und genau so kam es dann auch.

»Ist denn heute überhaupt schon irgendwas Interessantes reingekommen?«

»Nicht für Sie, Herr Major.«

»Für Oberst Kivitz vielleicht?«

»Das darf ich Ihnen nicht sagen.«

»Natürlich. Aber mal eine andere Frage. Wenn Sie im nächsten Sommer vielleicht das erste Mal mit Ihrer Tochter in Urlaub fahren, wo würden Sie die Ferien verbringen?«

»Na, zu Hause.«

»In Russland soll man sehr schön Urlaub machen können.«

»Ich weiß nicht ... Die Russen stellen immer so viele Forderungen. Ich bin nicht sicher, ob ich da hinmöchte. Und ich weiß auch gar nicht, ob das Zarenreich meinen Besuch überhaupt wünschen würde.«

»Gott, was sollte man dort gegen Sie haben?«

»Die Russen haben etwas gegen Einmischung in ihre inneren Angelegenheiten. Auf mich wirkt das bisweilen fast schon bedrohlich.«

»Oberst Kivitz sagte mir, er bekäme von dort hin und wieder sehr nette Postkarten.«

»Postkarten?«

»Na, solche Ansichtskarten mit ein paar unverfänglichen Zeilen.«

Josephine blickte in Richtung ihres Typendrucktelegrafen, Major Craemer wartete ab.

»Ja, das stimmt. Manchmal bekommt er ... Postkarten von

dort. Aber es ist dann ja immer die Frage, was von solchen Grüßen aus Moskau zu halten ist.«

»Kam denn heute eine Postkarte für ihn?«

»Drei Postkarten.«

»Aus Moskau?«

»Sankt Petersburg soll sehr schön sein, sagte man mir.«

»Sankt Petersburg ...«

»Es ist Urlaubszeit und da kommen eben hin und wieder Postkarten. Aber Näheres darf ich Ihnen nicht sagen. Er bat mich darum.«

»Ausdrücklich?«

»Ausdrücklich.«

»Nun, das Briefgeheimnis ist eine heilige Sache.«

»Deswegen sage ich ja auch nichts.«

»Und so soll es auch bleiben. Die Korrespondenz von Oberst Kivitz geht mich nichts an. Das wäre eine Einmischung in seine inneren Angelegenheiten.«

»Sie sagen es. Und Ihre Überlegungen und Nachfragen gehen ihn natürlich ebenfalls nichts an.«

»So ist es. Vorsicht!«

»Was denn?«

»Passen Sie ein bisschen auf.«

Josephine Sonneberg schien sich ein wenig erschrocken zu haben. »Womit soll ich aufpassen?«

»Na, Ihr Windbeutel. Die Sahne.«

»O ja.« Sie schob ihren halb aufgegessenen Windbeutel zurück in eine Tüte.

»Wo Sie doch heute ein so schönes Kleid tragen.«

Oberst Kivitz weiß also mehr, als er sagt, und bekommt Informationen aus Russland. Welche Absender? Welche Interessen werden berührt? Die Sonneberg wird es mir nicht sagen, kann sie auch gar nicht. Denn die Nachrichten kamen sicher nicht als

Klartext. Oder doch? Vielleicht fühlt sie sich ihm so verpflichtet wie mir. Macht ja immer diese Andeutungen. Nicht zu sehr insistieren, keine schlafenden Hunde ...

An dieser Stelle lösten sich Craemers Gedanken auf. Es ging jetzt erst mal darum, das Nötige in die Wege zu leiten.

»Noch eine Frage, Frau Sonneberg.«

Sie sah ihn an, die Hand wie zum Schutz auf die Öffnung der Tüte gelegt.

»Wissen Sie vielleicht, wie ich mit Fräulein Vogel in Kontakt treten kann?«

Josephine blickte erneut in Richtung ihres Typendrucktelegrafen. »Aber natürlich weiß ich das. Wollen sie ein Telegramm schicken oder ... eine Postkarte?«

»Ein Telegramm. Aber ... was machen die beiden eigentlich da unten in Mannheim und Frankfurt?«

»Nun, es geht da um eine, wenn ich es so nennen soll, etwas windige Geschichte.«

17

(GUSTAV FLIEGT)

Leutnant Nante hatte keine Probleme beim Start.

Sein Farman III Doppeldecker sprang zweimal hoch und kam dann frei. Danach war die Maschine ohne Murren auf eine Höhe von fast einhundert Metern geklettert. Das war nahe am alten Weltrekord.

Bis jetzt läuft alles glatt …

Der Propeller hinter ihm drehte ohne Aussetzer mit 1200 Umdrehungen.

Kein Grund, leichtsinnig zu werden.

Er wusste, dass es trotz des guten Starts sicher kein einfacher Flug werden würde. Der Gnôme-7-Zylinder-Umlaufmotor des Farman III war ohne Zweifel sehr leistungsfähig, wies aber wie alle Umlaufmotoren wegen der großen rotierenden Masse einen starken Drehimpuls auf, der die Manövrierfähigkeit der Maschine beeinträchtigte. Die Kameraden hatten bereits mehrfach von ernsthaften Schwierigkeiten berichtet.

Mit einigem Vorsprung, die Maschine war nicht mehr zu sehen, flog vor ihm der französische Aviatiker Chávez und vor diesem der Elsässer Emile Jeannin. Dass Jeannin diesen Überlandfernflug von Frankfurt am Main nach Mannheim gewinnen würde, stand eigentlich bereits fest, denn er hatte bereits den vorhergehenden Wettkampf am 6. August gewonnen.

Gustav war als Flieger für die Albatros-Flugzeugwerke von Enno Huth angetreten, und wichtiger als ein Sieg war die Frage, ob er überhaupt ankommen würde. Als Pionier des Flugzeugbaus erhoffte Huth mit Gustav Nantes Teilnahme einen Beweis für die Leistungsfähigkeit des in seinem Werk leicht modifizierten Farman III Doppeldeckers zu erbringen. Huth plante, das französische Flugzeug noch weiter umzubauen, und so über kurz oder lang eine eigene Maschine – »Möglicherweise besser als die der Franzosen!« – zu entwickeln.

Für diese hochfliegenden Pläne brauchte er einen Auftrag des deutschen Militärs. Den aber würde er nur bekommen, wenn sein Pilot Leutnant Nante sicher in Mannheim landete. Ein Sieg war zweitrangig.

Leutnant Nantes Farman schoss wie ein Blitz über die Landschaft. Eben war der Flugapparat fast 60 Stundenkilometer schnell gewesen, und es war abzusehen, dass bereits in wenigen Jahren irgendwer mit einer noch moderneren Maschine die magische Marke von einhundert knacken würde. Vorausgesetzt natürlich, der menschliche Körper war dem gewachsen.

»Der Farmann III hat ohne Zweifel etwas Häusliches.«

So hatte sich Nantes Flugkamerad Simon Brunnhuber bereits mehrfach geäußert. Und er hatte recht. Der Pilot saß vor Motor und Propeller auf einem Sessel mit hoher umlaufender Lehne. Manche Bürostühle sahen so aus. Da der Propeller hinter dem Aviatiker rotierte und auch kein Motor im Weg war wie bei der Antoinette III, hatte der Pilot eine exzellente Sicht. Nach außen hin sah das Ganze tatsächlich ein bisschen so aus, als würde jemand bequem im Sessel durch die Lüfte kutschieren. Nun, ganz so bequem war es nicht. Die Steuerung verlangte einiges an Gefühl und Kraft.

Halb so schlimm, läuft alles wie am Schnürchen, dachte Gustav, als er eine gute Stunde später nur noch fünfzehn Kilometer von Mannheim entfernt war.

Und wie es oft ist im Leben, begannen genau in diesem Moment die Probleme.

Zuerst meinte Gustav, es würde etwas mit der Steuerung nicht stimmen. Jedenfalls entwickelte das Fluggerät einen zunehmenden Drall nach rechts. Aber es war wohl der Motor mit seiner Schwungkraft, der diese Abweichung bewirkte. Leutnant Nante musste mehr und mehr Kraft aufwenden, um gegenzusteuern.

Nur noch fünf Kilometer ...

Bange Minuten folgten, Nantes Arme begannen vor Anstrengung zu zittern.

Will nach rechts, das verdammte Scheißding will nach rechts ...

Endlich kam der Landeplatz, eine vorbereitete Wiese, rechts vor ihm in Sicht. Gustav hatte Rückenwind, musste also noch eine Wende fliegen. Vorgeschrieben war, um Kollisionen zu vermeiden, eine Linkskurve. Die würde er aber wegen des Rechtsdralls nicht schaffen.

Klappt schon ...

Gustav wich also von der Vorschrift ab und leitete, kaum war das Rollfeld schräg unter ihm in einiger Entfernung vorbeigeglitten, eine Rechtskurve ein, und ...

Da kam ihm einer entgegen.

Frontal.

Es ging irrsinnig schnell.

Das konnte nur der Franzose, Chávez, sein. Denn der war vor ihm gewesen.

Aber woher? Hab ihn doch gar nicht mehr gesehen? Ist wohl ein Stück vom Kurs abgekommen ...

Gustav Nante blieben kaum fünf Sekunden, um zu reagieren. Er dachte nicht nach. Nicht bewusst jedenfalls und ganz sicher nicht mit Wenn und Aber. Später bildete er sich ein, sein Körper, nicht sein Verstand hätte die Entscheidung getroffen.

Er ließ die Steuerung los.

Und.

Ja!

Sein Farman, nun da er endlich durfte, wie er wollte, sprang regelrecht nach rechts weg und ...

Gott!

... schoss an Chávez vorbei. Es war, als würden sich zwei Schnellzüge begegnen.

Um zwei Meter, höchstens drei ...

Nun, da das Flugzeug frei war, ging es schamlos seinem Gelüst nach rechts nach. Und zwar mit einem solchen Ruck, einer solchen Macht, dass Gustavs Körper mit Wucht gegen die linke Lehne des angeblich so bequemen »Bürosessels« prallte, in dem er eingezwängt saß. Er spürte einen stechenden Schmerz in seinen Rippen. Mehr noch. Die Luft wurde aus seinem Körper gepresst. Und zwar so heftig, dass er einen kurzen Moment lang nicht ganz bei Sinnen war.

Diese Zeitspanne nutzte der Farman III, um sich aufzubäumen und dann erneut nach rechts wegzukippen. Ja, und da schien es Gustav, als würde die Zeit stehen bleiben. Er spürte seine Rippen und ... ein Gedanke, ein Bild, eine Erinnerung schoss ihm wie eine Vorahnung durch den Kopf. Er hatte in Johannistal einmal einen Flieger gesehen, der abgestürzt war.

Zerschmettert, fast in der Mitte durch ...

Mehr dachte er nicht.

Zum Glück.

Denn es war dann noch einiges an fliegerischem Geschick nötig, die Maschine abzufangen und wieder unter Kontrolle zu bringen. Zudem musste ein neuer Anflug gewagt werden. Dann endlich, nach einer Ewigkeit wie er meinte, setzte Leutnant Gustav Nante die Maschine auf. Keine Frage, sein Zeitempfinden war einigermaßen durcheinandergeraten während der letzten Minuten.

Und das war nicht alles.

Das Herz. Das Zittern. Das Pochen in den Ohren.

Erst jetzt ...

Angst?

Bewusste Angst?

Dafür war doch alles viel zu schnell gegangen.

Chávez war ebenfalls heil runtergekommen. Nante stemmte sich aus seinem Sessel und lief zu dessen Flugapparat.

Jetzt konnte er sich auf etwas gefasst machen. Er hatte sich über die Vorschriften hinweggesetzt und den Franzosen fast umgebracht. Dass Deutsche und Franzosen sich nicht immer mochten, ja, dass sie sich vielleicht in ein paar Jahren auf dem Schlachtfeld gegenüberstehen würden, war jedem im Reich hinlänglich bekannt. Aber dass er noch in Friedenszeiten einen französischen Aviatiker in Lebensgefahr gebracht hatte, das konnte Folgen haben.

Noch ein paar Schritte, dann standen er und der Franzose direkt voreinander. Gustav brachte kein Wort raus.

»Gut gemacht, Junge, gutes Manöver«, sagte Chávez in ordentlichem Deutsch und klopfte Gustav kameradschaftlich gegen den rechten Oberarm.

»Sie wollte nach rechts weg, kam ich nicht dagegen an, ich musste ...«

»Kenn ich, ist alles bekannt«, sagte Chávez. »Und? Tun dir die Rippen weh?«

»Geht.«

»Kalte Umschläge. So mach ich das immer, wenn der Farmann gebockt hat. In drei Tagen ist es vorbei.«

»Ja ... Danke.«

Chávez grinste. »Komm, ich zeig dir, wo das Problem liegt.«

Sie gingen zu Gustavs Doppeldecker. Chávez beugte sich unter die untere rechte Tragfläche, Gustaf tat es ihm trotz der schmerzenden Rippen nach.

»Da«, sagte Chávez. »Siehst du diese Umlenkrolle?«

»Hm.«

Chávez bewegte die Umlenkrolle hin und her. »Wackelt. Die Befestigung hat sich gelockert. Rausreißen wird dir das Ding nicht, aber das Wackeln reicht schon, dass du nicht mehr gegen den Drehimpuls des Motors ankommst. Rauchst du?«

»Wie?«

»Ob du Zigaretten rauchst.«

»Nur selten.«

»Dann gewöhn es dir an. Aber nur welche mit Filter.«

»Ah ja?«

»Bevor du abfliegst, drückst du den Filter hier rein. Genau hier, siehst du? Tief reindrücken, dann hast du keine Probleme.«

»Ich werde mit unseren Ingenieuren …«

»Ach, die wissen das doch längst. Geht eben alles so schnell dieser Tage. Husch, husch. Also denk dran: Immer diese Umlenkrolle im Auge behalten.«

»Und anfangen zu rauchen.«

»Correcte!«

Chávez deutete noch einen blitzschnellen Faustschlag gegen Gustavs Rippen an, dann ging er zurück zu seiner Maschine.

So einer, dachte Gustav. Und dann gleich noch mal: *So einer, also wirklich …*

Der Elsässer Emile Jeannin hatte das Wettfliegen natürlich gewonnen. Aber wen interessierte das? Er und Chávez waren am Leben. Nur das zählte.

Chávez war bereits dabei, sich mit seinen Ingenieuren zu beraten, als Lena über das Rollfeld gerannt kam.

Gras, dachte Gustav, der Gedanke kam, ohne dass er es gewollt hätte. *Sie läuft über Gras.*

Und sie so laufen zu sehen, das war schon ein höchst sonderbarer Anblick. Denn sie lief wie ein Kind, ja fast sah es aus, als würde sie hin und wieder einen kleinen Sprung tun.

Trägt sie denn keine Schuhe?

Der Gedanke schoss ihm unwillkürlich in den Kopf, vermischte sich mit dem Bild des kurz geschorenen, bereits wieder frisch aufsprießenden Grases des Rollfelds.

Aber lief sie wirklich barfuß?

Hier, in aller Öffentlichkeit?

Nun, ihr Kleid war zu lang oder ... Vielleicht steckte Raffinesse dahinter, etwas Eingeübtes, eine Geschicklichkeit, die ihm als Mann fremd war.

Zu laufen wie ein Kind, ohne dass man ihre Füße unter dem Rock hervorkommen sieht ...

Der Gedanke, dass Lena ...

Vielleicht mit dreizehn oder vierzehn.

... zusammen mit ihrer Mutter ein Training absolviert hatte, so zu laufen, wie sie es gerade tat, erregte ihn.

Und das ausgerechnet bei ihr!

Dieser stets mit Ironie und Distanz operierenden Frau, mit der Major Craemer aus der Sektion III ihn ...

Eigentlich doch gegen meinen Willen.

... zusammengeschaltet hatte.

Als Ehepaar!

Seine Vorstellung einer Laufübung von Mutter und Tochter war albern, die kleine Epiphanie folgte einem durch und durch fehlgeleiteten Impuls. Er bekam sich ja dann auch schnell in den Griff. Fast jedenfalls. Denn der Impuls transformierte sich.

Als er Lena laufen sah, als in ihm die beinahe obszöne Imagination eines speziellen Lauftrainings mit ihrer Mutter aufstieg, spürte er seinen eigenen Körper. Nicht den Körper, den er jetzt hatte, sondern den des Knaben, der er einmal war.

Sein Stiefvater, hatte der nicht auch immer darauf geachtet, ja ihn regelrecht examiniert? Wie man ging, wie man bei Tisch saß.

Mal militärisch, zackig, mal ruhig und versammelt wie ein gutes Pferd.

Zum Glück verflog der Unsinn, der drei, vielleicht auch fünf Sekunden lang seine Fantasie entregelt hatte, sofort, als er Lenas Stimme hörte. Wie so oft sprach sie nicht nur schnell, sondern auch ohne sich ihre Sätze vorher zurechtgelegt zu haben. Also ganz ohne die übliche weibliche Élégance.

»Mensch Gustav, was sag ich ...?«

Sie schien außer Atem, ihr Gesicht war gerötet, ihre großen dunklen Augen glänzten und in den kleinen Einbuchtungen zwischen Nase und Wangen zeigte sich ein feiner Glanz. Offenbar war ihr warm von ihrer kleinen Eskapade über das Rollfeld.

»Was war denn das eben?«, wollte sie nun wissen. »Ich dachte schon, jetzt ist es aus mit ihm, jetzt haut es ihn in der Mitte durch. Glaub mir, ich hätte es ehrlich bedauert.«

»Danke.«

»Also, was war los?«

»Der Drehimpuls.«

»Der Drehimpuls, na, wenn es weiter nichts ist ... Du hast eben mit Chávez gesprochen.«

»Hm.«

»Du weißt, dass er Franzose ist?«

»Und Peruaner. Natürlich weiß ich, wer er ist. Jeder, der fliegt, kennt Chávez. Er wird in ein paar Wochen versuchen, die Alpen zu überqueren.«

»Schön. Er ist trotzdem zur Hälfte Franzose. Und du weißt hoffentlich, dass du zur Geheimhaltung verpflichtet bist, was deine Flugmaschine angeht.«

»Er wollte keine Geheimnisse wissen.«

»Sondern?«

»Ich soll anfangen zu rauchen.«

»Ah!«

Die nächste halbe Stunde gehörte den Ingenieuren von Enno Huth. Gustav musste genau schildern, was während des Flugs und natürlich vor allem während des Landemanövers passiert war. Für die Ingenieure schien alles erklärlich. Auch das Problem mit der Umlenkrolle war bekannt. Sie waren sich sicher, die »Kleinigkeit!« bald in den Griff zu bekommen.

»Nichts als Routine«, meinte einer der Mechaniker in einem derart emotionslosen Tonfall, als sei auch das Sprechen nichts als Routine. Zur Entschuldigung des Mannes muss gesagt werden, dass die Aviatik mit ihren Gefahren noch neu für ihn war. Bis vor zwei Jahren hatte er Fahrräder gebaut.

Gustav spürte, dass seine Knie schwach wurden.

War wohl doch ein Schreck. Einnehmender, als ich dachte.

Als er zehn Minuten später auf einer Holzbank saß, als ihm endlich jemand sein Bier brachte, meinte er, Lena müsse ihn doch bewundern wegen seiner schnellen Reaktion. Die aber saß einfach nur vor ihm ...

Aufrecht, aber nicht zackig oder steif.

... die Ellenbogen auf der Tischplatte, die Hände gefaltet, als würde sie nachträglich für ihn beten.

Es war das Bild einer jungen Frau, die offenbar nichts darauf gab, sich irgendwie in Position zu bringen oder sich ihrer Wirkung auch nur im Geringsten bewusst zu sein. Nein, sie verfolgte kein Ziel, wollte auf nichts hinaus. Und er hatte doch so oft erlebt, dass Frauen auf etwas hinauswollten. Ja, er hatte sogar gemeint, das sei ihr Naturell.

Sie nicht.

Da passierte überhaupt nichts. Lena wartete einfach ab, bis er sein Bier geleert hatte.

»Huth wird zufrieden sein. Ich bin gut angekommen.«

»Leidlich gut angekommen, würde ich sagen. Und lange kannst du dich auf deinen Lorbeeren leider nicht ausruhen.«

»Warum?«

»Weil ich einen telegrafischen Auftrag von Major Craemer erhalten habe. Obwohl ... eigentlich ging er an dich.«

»Aha.«

»Nun, er war so nett.«

»Wer war so nett?«

»Der Sohn des Hotelbesitzers. Er hat mir schon gestern Abend ganz lieb ...«

»Weiter. Und bitte ohne Firlefanz.«

»In Berlin ist etwas passiert. Eine Schießerei.«

»Politisch?«, fragte Gustav sofort.

Lena zog die Schultern hoch.

»Na egal. Wenn Craemer uns sehen will ...«

»Wir werden ihn nicht sehen«, sagte sie. »Craemer fährt mit seiner Frau in Urlaub.«

»Aber wir sollen kommen.«

»Wir sollen kommen, zack, zack.«

»Na, so dringlich kann es ja wohl nicht sein, wenn er in die Ferien fährt.«

»Vielleicht ist es noch ...« Sie ließ eine kleine Pause wirken. »... nicht dringend.«

»Mal immer halblang, mal immer gemach.«

Gustav ließ es sich – Berliner Eile hin oder her – nicht nehmen, dem Sieger Emile Jeannin zu gratulieren und sich zusammen mit Chávez ablichten zu lassen.

Kaum war die Aufnahme im Kasten, mahnte Lena erneut. »Jetzt komm, wir müssen los. Craemer schreibt, es würde eilen.«

Während sie sich mit einem Automobil zum Mannheimer Bahnhof chauffieren ließen, gab sich Gustav weiter gelassen. Lena schien stabil zu sein. Eine unbedingte Voraussetzung für den Fall, dass Craemer sie gemeinsam auf eine Mission schicken würde. Zwei Monate zuvor hatte Lena plötzlich unter starker Niedergeschlagenheit gelitten. Bisweilen hatten auch ihre Hände gezittert.

Wegen der Toten, es sind ja mittlerweile einige, vermutete Gustav. *Einer Frau fällt es sicher nicht leicht ... Vor allem nicht in der Form, wie sie vorgeht. So direkt und nah, dass man dem Blut des Gegners so gar nicht mehr ausweichen kann.*

Als es schlimmer geworden war mit Lenas Zittern und der getrübten Stimmung, hatte Major Craemer sie nach Wien geschickt. Zu einem berühmten Militärarzt, der sich mit den Entgleisungen der Seele auskannte. Als sie zurückkam, hatte sie ihm stolz ein Fläschchen mit einem kleinen blauen Etikett und einem goldenen Verschluss präsentiert.

»Davon zwei Schluck, wenn es aufsteigt«, hatte sie erklärt. »Das wirkt zack, zack, sage ich dir. Man ist dann nicht nur geheilt, es hebt die Stimmung so enorm, dass man es immerzu bei sich haben möchte.«

»Hat er dir also zur Medikation der Seele Schnaps mitgegeben. So einen Arzt lob ich mir.«

»Nein, Schnaps ist es nicht. Er sagte, ich solle damit gut haushalten.«

So war das gewesen. Eine Krise. Jetzt aber, so schien es Gustav, als sie im Fond des Automobils Richtung Bahnhof schaukelten, schien sie überwunden. Lena war wieder so, wie sie war, als er sie kennengelernt hatte.

Nicht mal ein Jahr her und so viel ist passiert ...

18

(GUSTAV UND LENA AM BAHNHOF UND IM ZUG)

Auf dem Bahnhof von Mannheim kauften Lena und Gustav einige Zeitungen und erfuhren so erste Details über die Schießerei, die Craemer in seinem Telegramm erwähnt hatte. Wobei Gustav nicht ganz klar zu sein schien, was der Kern der Sache war. Die Schießerei, so jedenfalls lasen sich die Artikel, schien nicht unbedingt das gewesen zu sein, was die Reporter wirklich bewegt hatte.

»Ein kleines Mädchen im Käfig der Braunbären? Kannst du dir erklären, was das mit der Schießerei zu tun hat?«

»Na, hier steht es doch«, sagte Lena. »Ihre Mutter hat versucht, sie in Sicherheit zu bringen. Hinter einem kleinen grünen Türchen, von dem sie offenbar nicht wusste, wozu es da war.«

»Lesen kann ich selbst. In jedem Artikel wird dieses kleine grüne Türchen erwähnt. Über die Schießerei dagegen ... wie es scheint, weiß bis jetzt keiner etwas Genaues.«

»Dass das kleine Mädchen von einer Bärenmutter beschützt und gerettet wurde, rührt dich das gar nicht an?«

»Kein bisschen«, behauptete Gustav trotzig.

»Hier ... Das *Israelitische Familienblatt* schreibt etwas über Mordbuben der Bolschewiki«, sagte Lena und reichte ihm die Zeitung.

»In der Überschrift steht das! Ja, schön. Im Artikel selbst liest sich das eher wie ein grundsätzliches Misstrauen Russland gegenüber. Was mich wundert.«

»Warum?«

»Weil das *Israelitische Familienblatt* für gewöhnlich nicht zu Spekulationen und auch nicht zu diesem Tonfall neigt. Mordbuben! Was für ein stupides Bild. Niemand weiß irgendwas.«

»Ein bisschen was wissen wir schon. Etwas, das nicht in der Zeitung steht.«

»Und was?«

Ein Pfiff ertönte, Dampf stieg unter einem schwarzen Koloss auf, der ungeduldig darauf zu warten schien, seiner Arbeit nachzugehen.

»Komm, Gustav. Der Zug wartet nicht.«

Sie bestiegen ihren Wagon und begaben sich als Erstes in das für sie reservierte Schlafwagenabteil, dessen Betten zu diesem Zeitpunkt noch Sitzbänke waren. Gustav hatte keine Lust auf Konversation. Dafür blieb noch genug Zeit, sie würden ja eine Weile unterwegs sein.

Lena hatte ein Buch dabei, er selbst holte seine Kladde aus dem Koffer und trug mit Sorgfalt ein, was sich vor und während des Flugs mit dem Farmann III zugetragen hatte.

Irgendwann fielen ihm darüber die Augen zu.

Als Lena ihn ein paar Stunden später weckte, ging der Tag draußen bereits seinem Ende entgegen.

»Ich habe Hunger«, erklärte sie.

»Hm. Wie spät?«

»Schon halb sieben. Und im Speisewagen machen sie sicher irgendwann Schluss.«

»Halb sieben? Hab ich so lange ...?«

»Wundert dich das?«

»Dass ich am helllichten Tag mehrere Stunden schlafe? Allerdings.«

»Wie hast du denn den gestrigen Abend verbracht?«

»Na, da war ich mit den Kameraden im Casino.«

»Im Casino also. Bis wann?«

»Bis eine, vielleicht zwei Stunden nach Mitternacht.«

»Was getrunken?«

»Natürlich.«

»Mehr als drei Gläschen?«

»Gut möglich.«

»Mehr als fünf Gläschen?«

»Ich bin es gewohnt.«

»Und dann?«

»Nichts. Ein Spaziergang zur Nacht ...«

»Danach gleich ins Bett?«

»Du redest, als wären wir verheiratet!«

»Nicht vielleicht doch noch einen Cognac?«

»Na ja ...«

»Also betrunken ins Bett und nur drei Stunden geschlafen. Dann die Aufregung vor dem Start. Der Flug. Zuletzt beinahe ein tödlicher Zusammenstoß in der Luft. Und da wundert es dich, dass du müde warst?«

»Im Krieg müssen Soldaten mit noch weniger Schlaf auskommen.«

»Wir haben aber keinen Krieg.«

»Nein, noch ist es ... komisch.«

»Hast du geträumt? Ich meine eben.«

»Ist doch egal. Was hast du gemacht, während ich schlief?«

»Gelesen. Jetzt bin ich hungrig.«

»Gleich los?«

»Nicht gleich. Ich möchte mich noch ein bisschen frisch machen.«

Eine halbe Stunde später gingen sie in den Speisewagen. Das Angebot war natürlich nicht mit dem eines großen Hotels zu vergleichen, aber es konnte sich durchaus sehen lassen.

Gustav war irritiert. Die Gerichte kosteten ein Vermögen. Sieben Mark wollten sie für das Menü, das ihm vorschwebte. In Berlin berechnete man für eine Übernachtung im Luxushotel vier Mark. Lena beruhigte ihn. Craemer hatte sie für ihre überstürzte Heimreise entschädigt. Und so war sie, was das Finanzielle anging, per Geldanweisung mit dem Nötigen versorgt. Kaum, dass sie saßen, fiel ihr etwas ein.

»Gott, fast vergessen. Wie peinlich.«

Sie machte ein Zeichen. Er war irritiert.

Schließlich schob sie Gustav unauffällig einige Scheine – in etwa sein halber Monatssold – über den Tisch, die er unauffällig in seiner Brieftasche verstaute.

Sie denkt wirklich immer einen Schritt voraus.

Es ging schließlich nicht an, dass sie am Ende bezahlen würde.

Das sähe ja aus, als sei ich ihr Lustknabe.

Schweigend studierten sie die Menükarten.

Als der Kellner kam, stellte sich heraus, dass sie Appetit auf das Gleiche hatten. Beide bestellten das Kaisermenü. Das würde sie eine Weile beschäftigen.

Erster Gang – Rindfleischbrühe

Zweiter Gang – Steinbutt in Butter

Dritter Gang – Roastbeef mit Blumenkohl

Vierter Gang – Rehkeule mit Salat

Fünfter Gang – Kompott sowie Süßspeise

Zum Abschluss einige Sorten Käse.

»Im Grunde ein ganz anständiges Menü«, stellte Gustav fest.

Vor allem, dachte Lena, *dürfte die Küche nicht allzu groß sein.*

Während sie auf die Suppe warteten, stellten sie erweiterte Vermutungen betreffs ihrer plötzlichen Rückberufung nach

Berlin an. Vor allem Gustav schien noch völlig im Dunkeln zu tappen.

»Craemer wird schon wissen, warum er uns braucht«, erklärte er etwas vage. »Und vielleicht ist es ja auch nur, weil er selbst in Urlaub fährt und jemanden benötigt, der ihn auf dem Laufenden hält.«

»Da hätte er sich an Frau Sonneberg gewandt«, sagte Lena.

»Die Kleine aus dem Telegrafenkabuff? Was sollte die ihm schon sagen?«

»Alles Wichtige.«

»Unsinn!«

»Es ist so, glaub mir. Nein, da steckt mehr dahinter.«

»Gäbe es Erkenntnisse, dass sich hinter dieser Schießerei etwas verbirgt, das zu ernsthaften Verwicklungen mit Russland führt, hätte der Major seinen Urlaub doch bestimmt abgesagt.«

»Auch da bin ich nicht sicher«, sagte Lena.

»Warum?«

»Weil es in Kopenhagen genau darum geht.«

»Um Verwicklungen mit den Russen?«

»Gewissermaßen. Nur anders, als du meinst.«

»Wie?«

»Verwicklungen ja. Aber keine feindschaftlichen.«

»Verstehe ich nicht.«

»Weil du in Johannisthal immer mit deinem Flugzeug rumkurvst ...«

»Also bitte!«

Die Konversation wurde kurz unterbrochen, da der Zug begann, sich mächtig zu schütteln. Als Gustav und Lena aus dem Fenster sahen, standen dort im letzten Abendlicht Gleisbauarbeiter. Im Hintergrund ein sanft ansteigender Hügel vor einem Wald.

»Jedenfalls bist du nicht täglich in der Zentrale.«

Und wieder wurden sie unterbrochen. Der Kellner kam und brachte die Rindfleischbrühe.

»Ich wünsche einen guten Appetit.«

»Danke«, sagte Lena nicht nur mit dem Mund, sondern auch mit den Augen. »Bringen Sie uns doch bitte noch eine Flasche Wein.«

»Sie wissen schon welchen?«

»Ich mag die Moselweine, wie ist es mit dir, Gustav?«

»Mosel ...?«

»So einen hatten wir gerade«, erklärte ihm Lena.

»Ja, natürlich. Wo war ich mit meinen Gedanken?«

»Dann nehmen wir diesmal die Zeitinger Schlossberg Auslese. Einverstanden, Gustav, mein Schatz?«

»Auslese, ja, ja ... Du weißt eben, was mir mundet.«

Was Gustav nun sah, empörte ihn. Der Kellner zwinkerte Lena in einer Weise zu, wie italienische Friseure es bisweilen taten.

»Die Zeitinger Schlossberg Auslese. Eine exzellente Wahl, Madame.« Drei Verbeugungen, bei drei Schritten rückwärts. Es reichte Gustav allmählich mit dem Getue des Kellners.

»Also, was ist jetzt mit Kopenhagen?«, fragte er, als der Mann endlich weg war.

»Triple Entente. Das sagt dir doch sicher was.«

»Ich kenne mich vielleicht nicht mit Moselweinen aus, aber ich bin kein ...«

»Dieses Bündnis zwischen England, Frankreich und Russland entstand auf Basis der Französisch-Russischen Allianz von 1894.«

»Ist jedem Schulkind bekannt.«

»Gut. Großbritannien und Frankreich gelang es vor einigen Jahren ebenfalls, ihre Interessengegensätze beizulegen.«

»Auch bekannt.«

»Großbritannien und das Kaiserreich Russland unter Nikolaus dem Zweiten wiederum schlossen 1907 den Vertrag von Sankt Petersburg. Es kam somit aus unserer Sicht zu einem Dreierbündnis.«

»Die Einkreisung.«

»Genau«, gab Lena ihm recht. »Major Craemer interessieren vor allem Russland und Frankreich. Er hat einen Begriff dafür. Ich weiß nicht, ob er ihn dir gegenüber schon mal ...«

»Der Nussknacker.«

»Sehr gut«, lobte Lena.

»Was heißt hier ›sehr gut‹, er redet jeden dritten Tag vom Nussknacker. Als ob für ihn immerzu Weihnachten wäre. Nur, was hat das alles mit Kopenhagen zu tun?«

»Dort findet noch bis zum 3. September im Konzertpalast der 8. Internationale Sozialistenkongress der zweiten Internationale statt. Das heißt, einige bedeutende Persönlichkeiten verschiedener sozialistischer Gruppierungen befinden sich in der Stadt.«

»Die russischen Sozialdemokraten.«

»Auch.«

Gustav nickte ungeduldig. »Soweit alles verstanden. Soweit alles nichts Neues. Aber was will Craemer dort?«

»Du kennst ihn doch. Er ist immer auf der Suche nach Verbündeten.«

»Notfalls sogar beim Feind?«

»Er würde sagen: ›Am besten beim Feind!‹. Craemer will in Erfahrung bringen, wie es um die Seestreitkräfte der Franzosen steht. Er meint, es sei Zeit, dass sich die Sektion darum kümmert.«

»Was sagt die Admiralität dazu?«

»Der Steinbutt schwimmt am liebsten in Butter. Lassen Sie es sich schmecken.«

»Sieht vorzüglich aus«, lobte Lena den Kellner.

»Dazu die Zeitinger Schlossberg Auslese. Ich darf einschenken?«

»Wir würden uns freuen.«

»Verbündete also«, sagte Gustav, als der Italiener – denn für so einen hielt er ihn mittlerweile – endlich weg war.

»Wollen wir nicht erst mal anstoßen?«, fragte Lena.

»Was kommt denn noch, bevor wir mal reden?«

»Na, ich nehme doch an, das Roastbeef mit Blumenkohl, die Rehkeule mit Salat, der Kompott ...«

»Dann sprich doch mal so, dass wir zu Potte kommen, bevor das Kompott kommt.«

»Nun, vor allem möchte Craemer dort den französischen Reformsozialisten François Gaillard treffen und kennenlernen. Von ihm erhofft er sich Interna, was den weiteren Kurs der französischen Regierung angeht. Vielleicht, wenn er Glück hat, sicher war er sich nicht ... Vielleicht also wird er auf dem Sozialistenkongress mit Menschen in Kontakt kommen, die das Ziel haben, eine Revolution gegen den Zaren und sein Regime anzustrengen.«

»Die russischen Sozialdemokraten strengen eine Revolution an? Das kann doch unmöglich sein Ernst sein. Das sind Träumer! Bei ihrem ersten Versuch vor fünf Jahren jedenfalls hatten sie wenig Erfolg.«

»Träumer? Das scheint der Major anders zu sehen.«

»Davon abgesehen ... Sich mit solchen Leuten zusammenzutun, das kann ihm als Hochverrat ausgelegt werden.«

»Richtig. Und ich denke, genau das ist der Grund, warum er uns nach Berlin zurückbeordert und nicht die Sektion von Oberst Kivitz einbezieht.«

Fünfzehn Minuten später kam das Roastbeef mit Blumenkohl, dann die Rehkeule mit Salat und Kompott. Dann eine Süßspeise und zuletzt eine Käseplatte, für die der Tisch eigentlich zu klein war.

Da sie zu ihrem Essen zudem drei Flaschen Wein hatten, milderten sich die Differenzen mehr und mehr ab.

19

(ZWEITES PRIVATPROTOKOLL KOMMISSAR ADLER)

Mutter hat bei ihrer Schwester schon wieder zu viel Kirschkuchen mit Sahne gegessen. Es steht zu befürchten, dass der Kirschgarten und die Backkünste ihrer Schwester sie eines Tages ins Spital bringen. Auch bei mir Maleschen. Erneut starkes Sodbrennen und die neuen Schuhe sind doch sehr eng, bereiten mir bei meinen dienstlichen Gängen nicht gerade Freude. Und jetzt musste ich auch noch meinen Gendarm Habert losschicken.

Sonderbare Sache ...

Meiner Abteilung wurde eine Vermisstenmeldung mit der Anweisung zur sofortigen Bearbeitung zugestellt. (Womit sich die Sache im Zoo erst mal erledigt hat. – Könnte das Absicht sein?) Eine sonderbare Geschichte.

Leutnant Senne – Mitarbeiter Sektion Kivitz im Großen Generalstab – kehrte am Abend des 24. August, nach seinem Tag im Dienst, gegen Abend in das Haus seiner Eltern zurück, in dem er noch immer lebt. Es wurde gemeinsam zu Abend gegessen. Seine Eltern sagten aus, er sei ungewöhnlich still gewesen, habe aber nicht erregt oder nervös gewirkt. Gegen 22 Uhr wurde das abendliche Beisammensein aufgelöst und die Familie begab sich zu Bett. Irgendwann zwischen 22 und 23 Uhr, schrieb Lt. Senne einen Brief an seine Eltern. In dem kurzen Schreiben bat er darum, ihm zu verzeihen. Des Weiteren enthielt dieser nachgelassene Brief eine Angabe zu dem Ort, an dem man seinen Körper finden werde. Das schien dem Leutnant wichtig zu sein, denn er bat inständig um eine Beisetzung im Familiengrab. (Wie die Eltern das nach einem Selbstmord bewerkstelligen sollten, darüber ließ er sich in dem Brief nicht aus.)

Nachdem der Lt. Senne dieses Schreiben abgefasst hatte, verließ er – in Privatkleidung, seine Uniform lag ordentlich gefaltet auf einem Stuhl – das Haus seiner Eltern und ritt zu einem von den dortigen Arbeitern »Stallung« genannten, halb verfallenen Schuppen in der Nähe von Witvogels Hippodrom.

Lt. Senne blieb nicht unentdeckt, wie Habert schnell herausfand. Zwei – angetrunkene – Stallburschen sahen ihn dort gegen Mitternacht. Laut ihrer Aussage soll Lt. Senne zunächst eine kurze Zwiesprache mit seinem Pferd gehalten haben. Anschließend schob er sich den Lauf seiner Dienstwaffe in den Mund. Die Stallburschen reagierten nicht. Warum sie nicht eingriffen und den jungen Mann davon abhielten, sich das Leben zu nehmen, darüber kann man spekulieren. Die beiden Männer behaupten, sie seien zu überrascht gewesen, hätten nicht glauben können, was sie sahen. (Vermutlich spielte da ihr angetrunkener Zustand eine Rolle.)

Laut Aussage dieser Zeugen stand Lt. Senne wenigstens eine Minute lang ungerührt da, den Lauf der Pistole im Mund. Dann zog er ihn wieder heraus, bestieg sein Pferd und ritt in scharfem Galopp davon.

Seither ist der junge Mann spurlos verschwunden. Da Lt. Senne als Adjutant in einer Sektion des Großen Generalstabs arbeitete und somit mit Interna des Inlandsgeheimdienstes betraut war, wurde eine sofortige Suche eingeleitet.

Begründung: »Ein Mitarbeiter des Großen Generalstabs, der mit Geheimnissen vertraut ist und sich offenbar in einem stark ungeregelten Zustand befindet, stellt möglicherweise eine Gefahr für die innere und äußere Sicherheit dar. Zudem ist der Grund für seinen Zustand bisher unbekannt und muss dringend ermittelt werden.«

Und nun ist also mein Habert auf Exkursion und mit der Ermittlung im Umland betraut. Was mir Gelegenheit gab, seiner Frau einen Besuch abzustatten und ihr das Geld persönlich zu überreichen. Wie sehr sie sich doch immer darüber freut. Sie servierte mir Ente mit Pflaumenmus und Kartoffelstampf. Dazu Geschmelztes. Habe mich vielleicht zu reichlich bedient. Jetzt starkes Sodbrennen.

20

(V. SELCHOW SPRICHT MIT ARTUR KALISCH)

Die russische Lesehalle befand sich in einem ehemaligen Tanzsaal in der Nostitzstraße.

Gar nicht so erbärmlich, wie unsere Spitzel immer behaupten.

Das Gleiche galt für die Kleidung der Besucher.

Erstaunlich, wenn man bedenkt, dass hier vor allem russische Studenten verkehren. Vermutlich viele Juden. Wenn die Berichte unserer Behörden stimmen, kommen ja vor allem solche aus Russland. Hoffen, hier studieren zu dürfen.

Lars von Selchow sah sich um. Es gab einige gemütliche Sitzecken mit durchaus ansehnlichen Möbeln, es gab eine kleine Theke, an der Wein und Bier ausgeschenkt wurden, und es gab, was von Selchow bei einem Lesesaal natürlich nicht übermäßig wunderte, Bücher und noch mehr Bücher.

Eine Stätte, an der Kultur gepflegt wird.

Er fühlte sich trotzdem kribbelig. Was, wenn die Berliner Polizeibehörden an diesem Abend eine weitere Razzia durchführten und sie alle mitnahmen? Die russischen Lesesäle standen schon seit Langem unter Beobachtung. Die Polizeibehörden wie auch die Abteilung von Oberst Kivitz, für die er arbeitete, wussten, dass revolutionäre russische Elemente von hier aus Agitation betrieben. Schlimmer noch, sie paktierten wenigstens in Teilen mit den deutschen Sozialdemokraten. Die Behörden hatten bereits einiges unternommen, dem Einhalt zu gebieten. Vor drei Jahren war die *Saltykov-Lesehalle* geschlossen worden, vorletztes Jahr die

Anton Čechov-Lesehalle und letztes Jahr dann der *Russische Club.*

Werde mich notfalls als Mitarbeiter der Sektion III b identifizieren!

Das war von Selchows Plan für den Fall einer Razzia gewesen. Noch bevor er seine Wohnung verließ, hatte er sich eine Erklärung überlegt, die er bei der Vernehmung vorbringen würde. Sie war schlicht. Sie war glaubwürdig. Sie war kurz.

»Ich arbeite für die Sektion III b, den Preußischen Geheimdienst!«

Viel dümmer geht es nicht mehr.

Schon bevor er die Lesehalle betrat, war ihm klar gewesen, dass die Preisgabe der Sektion die wohl dämlichste Erklärung war, die er abgeben könnte. Erstens kannte kein Berliner Polizeibeamter die Sektion III b und zweitens sollte auch niemand sie kennen.

Er war also auf sich gestellt. Sein Blick ging in Richtung der kleinen Theke.

Allein auf russischem Territorium.

Nach und nach – der Wein war gut – hatte von Selchow sich beruhigt. Denn wirklich gefährdet schien er im Augenblick nicht zu sein. Alles wirkte friedlich, ja fast ein wenig erhaben.

Kann mir nicht vorstellen, dass hier allzu viele sozialdemokratische Terroristen anwesend sind.

Die Menschen im Raum begaben sich nach und nach zu ihren Stühlen. Die hatte man in Reihen aufgestellt. Gemurmel. Faltblätter wurden entfaltet, Köpfe zusammengesteckt. Vorne auf einer mittelgroßen Bühne stand ein Flügel.

Diese Instrumente haben doch immer etwas Erhabenes. Manchmal geht es wohl ins Snobistische, aber ... wer Bücher liest, der ist eben auch für so was zu haben.

Neben der kleinen Theke war ein Zettel angeschlagen, der handschriftlich verkündete, was die kulturinteressierten Terroristen an diesem Abend erwartete.

Alexander Skriabin. Hm. Sagt mir nichts ...

Nun, der russisch klingende Name des Komponisten passte ganz gut hierher. Von Selchow hatte natürlich nicht damit gerechnet, dass man diesem Publikum Lieder von Schubert zumuten würde.

Der junge Mann, der für den Wein zuständig war, überreichte ihm ein Blatt, auf dem die Stücke, die man an diesem Abend darbieten würde, im Einzelnen aufgeführt waren. Auch der Name der Pianistin stand dort. Sie hieß Maja Kolessa.

Klingt Russisch. Passt alles perfekt zusammen.

Lars von Selchow hatte gerade in der letzten Reihe Platz genommen, als eine junge Frau die Bühne betrat, von der sicher niemand behauptet hätte, sie sei hässlich. Nach einer kurzen Verbeugung setzte sie sich an ihr Instrument und legte die Finger ganz sachte auf die Tasten.

Es war jetzt, abgesehen von zwei Männern, die sich noch einmal behutsam räusperten, vollkommen still.

Als Erstes würde sie laut Zettel die Sonate Nr. 9 vortragen. Er kam sich ein bisschen vor wie in der Kirche, auch da wurden ja die Lieder immer in Zahlen vorgegeben.

Skriabin ...

Von Selchow hatte noch nie von diesem Komponisten gehört. Wie Schumann oder Schubert klang es nicht, aber die Musik tat doch ihre Wirkung. Von Selchow lauschte und versank ein wenig zwischen den Tonfolgen und Akkorden. Und zwischen diesen Akkorden und kleinen Tonleitern war einiges an Platz. Es gab zwar hin und wieder eine kleine Aufwallung, aber allzu forsch ging es nicht voran.

Also, ob sich diese Musik als Kampflied für eine Revolution eignet ...?

Einmal, es war nach einer halben Stunde, spürte er, wie sein Brustkorb sich plötzlich verengte. Die junge Pianistin hatte begonnen, Scriabins Étude Nr. 12 zu spielen. Das kurze Stück ging auf so unerklärliche Art vom Tragischen ins Hoffnungsvolle, dass von Selchow einige Mühe hatte, seine Tränen zurückzuhalten. Er kannte zwar den Komponisten Skriabin nicht, aber er hatte genau dieses Stück vor einem Jahr mit seinem Kameraden Leutnant Senne bei einem gemischten Abend gehört.

Was ist nur in den gefahren, dass er sich das Leben nehmen wollte? Muss wohl etwas mit der Schießerei im Zoo zu tun haben, denn vorher, da war doch alles wie immer mit ihm. Oder es ist doch Liebeskummer. Gut möglich, dass es sich mit seiner Anna nicht so entwickelt hat, wie er hoffte.

Als Nächstes kündigte die junge Frau Sonate Nr. 4 an und danach ...

Fast anderthalb Stunden ging das so. Von Selchow hatte sich vorsichtshalber in die letzte Reihe gesetzt, bereit zur Flucht. Jetzt aber begann er sich mehr und mehr wohlzufühlen unter diesen Menschen, die sich, genau wie er, der Musik hingaben. Fast hätte er meinen können, er säße in einem kleinen Berliner Konzertsaal.

Rätselhaft ...

Eine Frau Mitte dreißig war ihm aufgefallen. Sie trug ein Kleid von so berückend blaugrüner Farbe, dass er die Augen gar nicht von ihr lassen konnte.

Eine junge Witwe? Oder ist Trauerflor inzwischen ein modisches Accessoire?

Von Selchow war noch immer damit befasst zu rätseln, warum die Musik ihn so ansprach und ob das intensiv schillernde blaugrüne Kleid wohl aus Seide sei, als er erschrak. Jemand hatte die Hand auf seine Schulter gelegt.

Er drehte sich um und blickte in ein junges Gesicht. Die untere Hälfte dieses Gesichts steckte in einem beachtlichen rotblonden Bart, die Augen waren wach, die Stirne hoch, die Augenbrauen kräftig, das Haar schulterlang und leicht gelockt.

Hübscher Junge …

Der Mann lächelte nicht, eher schon war es ein Grinsen. So konnte von Selchow einen Moment lang seine Zähne sehen. Die waren weiß, sauber, makellos.

Hübscher Junge …

Das war also nicht nur sein erster, sondern auch sein zweiter Gedanke.

Unsinn!

Er war hier schließlich nicht in seinem Club.

Die Hand wurde weggenommen, aber der Mann blieb hinter ihm stehen.

Eine viertel Stunde später war das Konzert vorbei. Es wurde in einer Weise geklatscht, wie man auch in einem Berliner Konzertsaal geklatscht hätte. Was hatte er erwartet? Dass das russische Publikum johlen und mit Gegenständen werfen würde?

Und dann war die Hand wieder da. Sie übte einigen Druck aus, was von Selchow nicht so unangenehm war, wie man hätte annehmen können.

Er erhob sich, sie standen jetzt direkt voreinander.

Und wieder sah er die Zähne. Zähne zum Verlieben, so makellos waren sie.

»Komm«, sagte der Mann in einem Tonfall, als wären sie schon seit Jahren Freunde. Von Selchow schätzte ihn auf Mitte zwanzig.

Er folgte dem Unbekannten durch einen langen mit roter

Brokattapete ausgekleideten Flur, es kam ihm ganz natürlich vor. Sie gingen zuerst durch ein grünes Zimmer, dann durch ein blaues. Zuletzt gelangten sie durch einen Hinterausgang hinaus. Ein Hof wurde überquert, dann ein zweiter und ein dritter.

Sie durchquerten eine Küche, betraten zuletzt eine Art Vorratslager. Nur lagerten dort keine Lebensmittel, sondern dicke Packen Zeitungen.

»Propaganda des Zaren«, erklärte der Mann.

Von Selchow achtete nicht darauf, was er eben gesagt hatte. Vielleicht hätte er es tun sollen.

»Sie sind Kalisch?«, fragte er stattdessen.

»Wissen Sie überhaupt, wo sie eben waren?«

»In einer russischen Lesehalle«, antwortete von Selchow.

»Zweifellos. Nur in was für einer. Das ist doch die Frage, nicht wahr?«

Der Student sprach so gut Deutsch, dass man ihn ohne Weiteres für einen solchen hätte halten können.

»Sie wissen es nicht, stimmt's?«

Von Selchow hatte sich inzwischen ein wenig gefasst. Er war hier in Berlin. Letztlich ... Was konnte ihm schon geschehen?

»Dann sagen Sie mir doch bitte, um was für eine Lesehalle es sich handelt.«

»Um eine, die nicht ungefährlich ist.«

»Unterwandert?«, fragte von Selchow. Das Wort kam ihm deplatziert vor, in dieser Umgebung. »Von wem unterwandert? Von der Zaristischen Geheimpolizei?«

»Wollen Sie ...« Der junge Mann, der nach von Selchows Gefühl sicher kein normaler Student war, brach den Satz ab und zeigte wieder seine Zähne. Es sah beinahe aus, als würde er mit dem Gedanken spielen, von Selchow zu beißen. »Wollen Sie uns auch unterwandern?«

»Nein. Ich möchte mit dem Informanten Kalisch sprechen. Sind Sie Kalisch?«

»Sie arbeiten in der Sektion?«

»Ja.«

Durfte er das überhaupt sagen?

»Wie heißt Ihr Vorgesetzter?«

»Darüber darf ich nicht sprechen.«

»Oberst Kivitz?«

»Darf ich nicht sagen.«

»Craemer?«

»Sie stehen mit einem Major Craemer in Kontakt?«

»Nein«, sagte Kalisch.

»Aber Sie sind über die Sektion informiert.«

»Was wollen Sie wissen?«

»Es geht um die Schießerei im Berliner Zoologischen Garten. Wir möchten Maßnahmen gegen Lesehallen wie diese vermeiden.«

»Ist das die Haltung der Sektion III b?«

»Um Ihnen Unannehmlichkeiten zu ersparen, ist es unerlässlich herauszufinden, ob es sich bei der eben von mir erwähnten Schießerei um eine politische oder eine rein kriminelle Aktion gehandelt hat.«

»Ihr Angebot ist schwach. Und dass man Maßnahmen gegen diese Lesehalle ergreift, die übrigens eher ein Club ist ... Das ist sehr unwahrscheinlich.«

»Wie kommen Sie darauf? Es wurden in den letzten Jahren einige solcher russischen Lesehallen geschlossen ...«

»Weiter.«

»Nun, entweder der preußische Staat macht Ihren Mitgliedern das Leben schwer oder die Zaristische Geheimpolizei.«

»Die Ochrana. Wir nennen Organisationen stets bei ihrem richtigen Namen.«

»Also entweder wir oder die werden der Gemeinschaft hier Schaden zufügen.«

Wieder zeigte von Selchows Gegenüber seine Zähne. »Sie scheinen tatsächlich nicht zu wissen, wo sie hier sind. Schläft denn der Preußische Geheimdienst? Man möchte es fast meinen.«

21

(GUSTAV UND LENA IM SCHLAFWAGEN)

»Ich glaube, ich bin schon wieder müde.«

»Kein Wunder, Gustav, es war ein üppiges Mahl … Dazu der Wein.«

»Du wolltest mir vor unserer Abfahrt noch etwas sagen. Wegen der Schießerei. Etwas, das nicht in den Zeitungen steht.«

»Ah ja! Zwei Dinge. Craemer schrieb in seinen Instruktionen, dass einer der Angegriffenen vermutlich Fjodor heißt. Und es gibt die sehr gute Beschreibung einer Frau, die möglicherweise mit der Schießerei in Verbindung steht.«

»Fjodor ist ein höchst allgemeiner Name in Russland und die Beschreibung einer Frau. Da werden wir in Berlin lange suchen.«

»Eins nach dem anderen.«

Der Zug fuhr mit mäßigem Tempo, die Verbindungsstellen der Gleise schlugen einen gleichmäßigen Takt.

»Na komm«, sagte Lena. »Wir sollten frisch sein, wenn wir in Berlin ankommen.«

Also zahlte Gustav nach einem letzten Glas Cognac und sie begaben sich in den Schlafwagen.

Da ihre Tarnung seit über einem Jahr darin bestand, als Mann und Frau zu reisen, und da Lena Wert darauf legte, dies »auch in Friedenszeiten«, wie sie sich ausdrückte, durchzuhalten, teilten sie sich ein Abteil. Wie immer ließ er ihr den Vortritt, wartete auf dem Gang, während sie sich für die Nacht umkleidete und ihre Toilette machte. Auch was das anging, war sie anders als andere Frauen. Es dauerte kaum zehn Minuten.

Ein leises Klopfen bedeutete ihm, dass sie so weit war und er eintreten durfte. Sein Entkleiden hätte man in einem Zirkus aufführen können. Sie kicherte, während er sich in der Koje über ihr abmühte. Dieses Kichern hatte ihm für gewöhnlich missfallen. Heute war er in anderer Stimmung. Und so kicherte auch er. Es war ihre letzte Konversation an diesem Tag.

Gustavs Erfahrungen mit Frauen waren ganz natürlicher Art. Und selbstverständlich hatte er noch keiner Dame aus seinen gesellschaftlichen Kreisen ernsthaft Avancen gemacht. Ein Kuss war mal vorgekommen und schon daraus hatten sich hernach Schwierigkeiten ergeben. Nein, für seine Erfahrungen mit Frauen hatte er bezahlen müssen und das stets mit Anstand getan. So gesehen war Lena von den Dirnen abgesehen die erste Frau, mit der er sich zur Nacht einen Raum teilte. Und das regelmäßig seit fast einem Jahr.

Das ist nun mal Bestandteil meines Dienstes am Vaterland.

Sobald er die Modalitäten ihres Zusammenseins aus diesem Blickwinkel betrachtete, hatte alles seine Richtigkeit. Irgendwann würde er sicher eine standesgemäße Frau kennenlernen. Seine Mutter hatte bereits mehrmals Andeutungen gemacht, dass sie diese und jene prüfe. Sollte es so weit kommen, würde er sich ein Arrangement wie dieses hier nicht mehr aufzwingen lassen.

Kaum fünf Minuten später näherte sich Gustav Nantes Bewusstsein jenen Regionen, in denen die Träume zu Hause sind. Das Letzte, was er noch von der realen Welt wahrnahm, war das überaus angenehme Gefühl der frisch duftenden Decke auf seiner Haut. Diese Decke war leichter als jene, die er daheim in Berlin gewohnt war. *Es ist*, sein Verstand bildete zuletzt noch dieses Wort, *eine Sommerdecke.*

22

(FJODOR JUDINS ZWEITE NACHT AN DER BRÜCKE)

Es war dunkel.

Es hatte geregnet.

Er fror.

Und doch harrte Fjodor Judin weiter aus.

Seit zwei Stunden wartete er bereits vor der Englischen Botschaft. Zweimal schon hatte er sich in eine Ecke gedrückt und seinen Revolver überprüft. Patronen entnommen. Sie wieder in die Trommel gesteckt.

Er zitterte.

Einmal war ihm eine Handvoll Patronen aufs Pflaster gefallen. Es hatte einige Zeit gedauert, sie in der Dunkelheit wiederzufinden.

Geladen, soweit alles gut ...

Das Warten machte ihn immer nervöser. Hin und wieder fluchte er in Gedanken.

Bates und Keegan haben mich verraten, anders kann es gar nicht sein.

Einmal, direkt nach der Schießerei, war er, was den Verrat anging, kurz von den beiden Engländern abgekommen und hatte an den Genossen Pawel gedacht. Der war in Sankt Petersburg nicht am Treffpunkt erschienen.

Vielleicht hat man ihn gefasst und so erfahren ...

Fjodor war wieder davon abgekommen. Der treue Pawel hätte ihn und die anderen niemals verraten.

Als Fjodors Uhr Mitternacht anzeigte und Bates und Keegan immer noch nicht aufgetaucht waren, gab er auf und ging zurück Richtung Schloss Charlottenburg. Er war so müde, so durchgefroren, dass er beschloss, sich diesmal ohne vorheriges Warten unter der gusseisernen Brücke zu verkriechen. Letzte Nacht hatte er Stunden im Freien zugebracht, ehe er sich unter die Brücke traute.

Wenn sie wussten, dass ich im Zoologischen Garten bin, dann wissen sie möglicherweise auch von der Brücke …

Er hatte auch Anna als Verräterin vorläufig ausgeschlossen. Alles war verwirrend, passte nicht recht zusammen. Außer ihr waren sie …

Bates und Keegan, Bates und Keegan! Diese grässlichen Namen.

… die Einzigen, die vom Treffpunkt am Robbenbassin gewusst hatten. Also konnten nur die beiden oder Anna dieses Wissen mit dem Gegner geteilt haben. Warum aber war der Angriff durch zwei Russen erfolgt? Und warum hatten diese Männer so auffällig in russischer Sprache gebrüllt? Im Zoo hatte es viele Zeugen des Überfalls gegeben. Die Behörden hatten sicher längst in Erfahrung gebracht, dass das ein Schusswechsel zwischen Russen war. Warum hatten die beiden Schergen der Ochrana das gemacht?

Er kam nicht drauf.

Und so tat er, was er seit der Schießerei ständig tat. Er ging alles noch und noch einmal durch. Kam aber auch diesmal nicht weiter.

Auch hatte er erneut seine beiden Revolver überprüft.

Obwohl das unsinnig war.

Hatte er das doch bereits bei Tageslicht getan. Die Trommeln waren geladen. Hier in der Dunkelheit konnte er nicht mehr machen, als die Revolver aufklappen und mit der Kuppe seines Daumens zu erfühlen, dass in allen Kammern Patronen steckten.

Durfte er einschlafen?

Nein.

23

(DRITTES PRIVATPROTOKOLL KOMMISSAR ADLER)

Heute kein Sodbrennen. Mutter ist wieder auf dem Damm. Das Wetter ist auch besser als in den letzten Tagen.

Die Suche nach dem offenbar entregelten Lt. Senne hat ergeben, dass er das Stadtgebiet Berlin in nördlicher Richtung verlassen hat. Wie Gendarm Habert mir telegrafierte, ist der Leutnant offenbar noch immer zu Pferd unterwegs. Gesehen wurde er von Zeugen in der Nähe von Neustrelitz sowie am Ortsrand von Waren a. d. Müritz. Die Spur des Leutnants zu finden und ihr flink zu folgen, war sicher nicht einfach. Nun, mein Habert hat sein Automobil.

Wie es scheint, hat Habert sehr viele Gendarmerien eingeschaltet. Aber das tut er ja immer. Das Ziel der Flucht von Lt. Senne, denn als eine solche muss sein Verschwinden wohl eingestuft werden, scheint im Norden zu liegen. Nun, mein Habert ist ihm auf der Spur, der wird ihn schon finden.

Da Lt. Senne sich offenbar mit dem Gedanken trug, Selbstmord zu begehen, und seither weder zum Dienst in der Sektion III b erschienen ist, noch sich dort abgemeldet hat, muss davon ausgegangen werden, dass sein Zustand von länger anhaltender Natur ist.

Aus der Tatsache, dass der junge Mann noch immer auf einem Pferd unterwegs ist, lässt sich weiterhin ableiten, dass er öffentliche Verkehrsmittel meidet. (Also in gewisser Hinsicht eben doch vernünftig handelt.)

Eine eingehendere Befragung der Eltern ergab, dass Lt. Senne bisher keinerlei Anzeichen zur Erkrankung der Seele oder des Verstands zeigte. (In seiner Familie kamen solche Erkrankungen bisher ebenfalls nicht vor.) Auch hatte er in den Tagen vor seinem Verschwinden keinen Unfall, der eine so plötzliche Veränderung seines Verhaltens begründen könnte. Hinweise auf Spielschulden fanden sich ebenfalls keine. Bleiben zwei Möglichkeiten:

1. Geheimnisverrat
2. Unglückliche Affäre

Vermutlich ist es eine Mischung aus beidem. Eine Überbeanspruchung durch seinen Dienst kann wohl ausgeschlossen werden. Nach meinem Dafürhalten wird in Lt. Sennes Sektion unter dem Vorgesetzten Oberst Kivitz nicht über die Maßen hart gearbeitet. Eher schon ist das Gegenteil der Fall.

Die Sektion Kivitz scheint sich allerdings bereits mit der Schießerei im Berliner Zoologischen Garten zu befassen, da der Oberst sofort mein Protokoll angefordert hat. Und ein Zufall wird das kaum sein: Er ließ es von seinem Adjutanten Lt. Senne abholen. Es liegt mehr als nahe, dass in meinem Protokoll etwas steht, das den jungen Mann so sehr aus der Fassung gebracht hat. Geheimnisverrat. Davon darf man ausgehen. Nur, was hat er den Russen zukommen lassen? Und warum? Ich werde Kivitz zunächst nicht davon in Kenntnis setzen, da er mich mit Sicherheit von dem Vorgang abzieht, falls er oder seine Abteilung auf Abwege geraten sind.

Von all dem abgesehen hat sich der von mir stets geförderte Gendarm Habert erneut als äußerst befähigt gezeigt und dank seiner guten Verbindung zu ungezählten Dienststellen und Polizeistationen schnelle Ergebnisse geliefert, was den Fluchtweg des Lt. Senne angeht. Eine Beförderung sollte dennoch vorerst zurückgestellt werden, da Habert im Rang eines Gendarmen, insbesondere im Umfeld niederer Dienstränge, besser aufgenommen wird und unauffälliger operieren kann. Davon abgesehen ist ja Habert mit dem bisherigen Procedere von Extrazahlungen einverstanden.

Sorgen mache ich mir nur, da Habert gerade auch im Zusammenhang mit seinen Kontakten verschiedenster Art recht viel trinkt. Was das angeht, steht demnächst ein Gespräch mit seiner Frau an, die ja, wer sollte das besser wissen als ich, einen starken Einfluss auf ihren Mann hat und bis jetzt stets Mittel und Wege fand, ihren Habert wieder aufs rechte Gleis zu stellen.

Major Craemer ins Vertrauen zu ziehen, behalte ich mir noch vor. Er ist im Moment ohnehin nicht zu greifen. Will in Urlaub fahren oder ist schon im Urlaub. In Kopenhagen, wie man mir sagte. Lt. Senne reitet nach Mecklenburg, Craemer zieht es nach Kopenhagen. Alle, wie es scheint, reizt der Norden.

24

(EIN SCHIFF FÜR EIN PFERD)

Gendarm Habert war müde. Das kam selten vor. Jetzt aber war er seit fast 48 Stunden auf den Beinen und hatte ein gutes Stück Weg zurückgelegt.

Von Gendarmerie zu Gendarmerie ...

Habert benutzte noch die alten Bezeichnungen. Er war vielleicht, was einige Benennungen anging, altmodisch, nicht aber was das Telegrafieren und Telefonieren sowie seine Fortbewegung betraf. Schon früh hatte er bei Adler durchgesetzt, dass ihm ein Automobil zugewiesen wurde. Und was für ein Auto das war! Manche schrieben dem Fahrzeug die Qualität eines geländegängigen Traktors zu, andere die eines Rennwagens.

»Querfeldein, wenn es sein muss!« Mit diesen Worten hatte Habert sein Fortkommen beschrieben. Er galt als schneller Fahrer, der kein Risiko scheute. Worüber er nicht sprach, das war seine Frau.

Franziska hieß sie.

Er nannte sie innerlich, wenn er fuhr, wenn er preschte und seiner Arbeit nachging, Franzi. Sie mochte die Verkürzung ihres Namens so wenig wie die Verkürzung der Liebe, von der Habert ihr schenkte, so viel es nur ging. Manchmal, wie es sich gerade ergab, auch beim sonntäglichen Ausflug in einem Stall.

»Das Mindeste!«, hatte sie gesagt, als er sich in einem dieser Ställe einmal selbst lobte und als rechten Mann bezeichnete.

Jetzt stand Habert auf dem Pferdemarkt von Rostock und vor ihm befand sich, gesammelt und abwartend, ein gut gewachsener Hengst mit sternförmiger Blesse.

Eigentlich zu wertvoll, ihn zu schlachten.

Das Tier wirkte erschöpft.

»Was haben Sie vor mit dem Gaul?«, fragte Habert den Rosshändler. »Doch hoffentlich nicht ...«

»So ein wertvolles Tier zum Abdecker bringen? Da fällt mir was Besseres ein.«

»Hat der hier Ihnen das Tier verkauft?« Habert zeigte dem Rosshändler eine Fotografie von Leutnant Senne. Er hatte Kommissar Adler vor seiner Abreise dringend darum gebeten, so eine von Sennes Eltern zu besorgen.

»Der war's, jawohl. Und Sie sind wirklich im Auftrag eines Berliner Kommissars unterwegs?«

»So ist es. Vielleicht darf ich Sie auf ein Bier einladen. Da redet es sich besser.«

Drei Bier später hatte Habert die Informationen, die er brauchte. Er begab sich zu einer Poststelle, bei der man telefonieren konnte, und rief Kommissar Adler an. Der war im Büro mit Papierdienst beschäftigt und erklärte Habert auch gleich warum.

»Meine neuen Schuhe ...«

»Zu eng?«

»Es war das letzte Paar, das sie hatten.«

»Mein Beileid, Herr Kommissar. Wie geht's der Mutter?«

»Besser. Ihr Magen hat sich beruhigt.«

»Schön, das zu hören, Herr Kommissar.«

»Aber Sie rufen sicher nicht wegen meiner Mutter an.«

»Nicht nur, das ist wohl wahr. Es geht um den Leutnant Senne. Er hat sein Pferd verkauft. Mitsamt Sattel und Zaumzeug. Ein schönes Tier.«

»Wo sind Sie?«

»In Rostock.«

»Sie kommen ja gut voran.«

»Viele Ohren, viele Augen, viele Berichte. Die Kollegen von den Gendarmerien haben mich nicht im Stich gelassen.«

»Viel getrunken bei Ihrer Recherche?«

»Keinen Tropfen. Jetzt, wie gesagt, war ich bei einem Rosshändler. Der hat Leutnant Senne identifiziert. Sicherheitshalber. Eigentlich war das nicht nötig, da sein Monogramm auf dem Sattel eingeprägt ist.«

»Weiter«, forderte Kommissar Adler. »Und bitte nicht zu viel über das Pferd.«

»Der Rosshändler hat mir erklärt, dass Leutnant Senne sich nach dem Hafen erkundigt hat und nach einem Schiff Richtung Kopenhagen. Er ist sicher bereits abgereist.«

»Und?«

»Soll ich ebenfalls eine Seereise antreten?«

Kommissar Adler überlegte. In seinen Augen ging die Verfolgung bis ins Ausland etwas zu weit. Zumal Leutnant Senne sich bis jetzt nichts weiter zu Schulden hatte kommen lassen, als nicht zum Dienst zu erscheinen. Aber dann fielen ihm mehrere Dinge fast gleichzeitig ein.

1. Major Albert Craemer war nicht in Berlin, da er angeblich mit seiner Frau Urlaub machte. Und zwar in Kopenhagen.
2. In der Zeitung war davon berichtet worden, dass führende Sozialisten und Sozialdemokraten in Kopenhagen einen Kongress abhielten, auf dem sie über nötige Schritte zur Eroberung von politischem Einfluss beraten wollten.
3. In Berlin hatte eine Schießerei zwischen zwei verfeindeten russischen Gruppen stattgefunden, die er nicht für eine Auseinandersetzung zwischen einfachen Kriminellen hielt.

4. Leutnant Sennes Sinne schienen sich verwirrt zu haben, nachdem er das Protokoll der Vernehmung abgeholt hatte, jetzt war auch er auf dem Weg nach Kopenhagen.

»Also gut, Habert, Sie fahren. Und jetzt passen Sie auf.«

»Bin ganz Ohr.«

»In Kopenhagen findet zur Zeit der 8. Internationale Sozialistenkongress statt ...«

»Ist mir bekannt.«

»Tatsächlich!«

»Ich lese Zeitung.«

»Brav. Aber ob Sie nun Leutnant Senne ausgerechnet dort finden ...«

»Wird sich zeigen. Aber ich habe noch eine Frage, Herr Kommissar. Es geht mehr um eine Einschätzung Ihrerseits.«

»Ich höre.«

»Der Grund, warum unser Leutnant Senne so außer sich ist, dass er offenbar daran dachte, sich das Leben zu nehmen ... Wir hatten doch kurz überlegt, dass vielleicht eine Frau dahintersteckt.«

»Liebeskummer hat schon so manchen Mann dazu gebracht, sich zu entseelen.«

»Sehr schön gesagt, Herr Kommissar. Mein Gedanke aber ging in eine andere Richtung.«

»Weiter.«

»Nun, Frauen können Männer zu etwas bringen. Nicht nur zum Unglück, sondern auch zum Glück, wenn Sie verstehen. Sie gewinnen dabei vielleicht Einfluss auf einen braven Leutnant, der zufällig in einer Sektion des großen Generalstabs arbeitet.«

»Leutnant Senne wollte sich das Leben nehmen. Nach einer großen Liebe klingt das für mich nicht.«

»Nun, jemand wie er kann eine Frau lieben, aber auch sein Vaterland. Seinen Dienst. Seinen Schwur.«

»Er hat mit sich gerungen.«

»Er hat mit sich gerungen, nach einem Verrat.«

»Das deckt sich mit meinen Vermutungen. Also, Habert, unser Plan steht. Setzen Sie Segel gen Kopenhagen.«

»Wird gemacht.«

»Haben Sie geschlafen in den letzten Stunden?«

»Nein.«

»Nicht geschlafen. Kein Fitzelchen?«

»Vielleicht auf dem Schiff.«

»Es wäre besser, Sie tun genau das. Schlafen Sie. Meiden Sie Alkohol. Ich müsste sonst Ihrer Frau Meldung machen.«

»Ich kann Sie beruhigen, Herr Kommissar. Ich bin viel zu müde, um etwas zu trinken.«

»Halten Sie also Ausschau nach unserem Leutnant Senne. Und vielleicht auch nach einer Frau.«

»Wie sie wohl aussieht. Jung? Oder mondän?«

»Schlafen Sie gut.«

25

(CRAEMER BEGEGNET EINER FRAU IM BLAUEN KLEID)

»Bist du denn gar nicht müde?«

Helmine Craemer hielt Arthur Schusters Reiseführer zu Kopenhagen in der Hand. Vor zwei Stunden hatten sie den Anhalter Bahnhof in Berlin verlassen.

Ihr Schlafwagenabteil war nicht so komfortabel, wie Helmine es sich eigentlich gewünscht hatte. Der Bahnbeamte jedenfalls, bei dem sie eine Woche zuvor die Fahrkarten besorgt hatte, war einigermaßen erstaunt gewesen, als er begriff, dass die Dame vor ihm sich unter einem Schlafwagenabteil einen Raum mit einem Doppelbett vorstellte.

»Es tut mir leid, aber ein Doppelbett kann ich Ihnen nicht bieten.«

»Das verstehe ich nicht. Ich habe in Prospekten gesehen …«

»Natürlich. Solche Abteile gibt es. Aber nicht für diese Route und erst recht nicht, wenn man so spät kommt.«

»Also in meinem Prospekt …«

»War es vielleicht ein Prospekt für ein Schiff?«

»Was hat das damit zu tun?«

»Auf Schiffen gibt es mehr Platz. Die Breite von Zügen hingegen …«

»Wegen der Tunnel, verstehe.«

»Nun, auf der Strecke nach Kopenhagen gibt es keine Tunnel.«

»Dann begreife ich jetzt wirklich gar nichts mehr.«

»Ich kann Ihnen das hier anbieten. Sehen Sie ...?«

»Aber wir sind doch keine Äffchen!«

Übereinander wollte man sie unterbringen. Helmine war einigermaßen entsetzt gewesen, hatte die Karten dann aber doch gekauft.

Ihrem Mann hingegen hatte das Abteil auf Anhieb gefallen. Was Helmine nicht wunderte.

Wie in einer Kaserne.

Ihre Verärgerung war dann aber schnell verflogen. Und so las sie Craemer nun schon seit gut einer Stunde vor. Sie hatte ein paar touristische Ziele ins Auge gefasst, mit denen er schnell einverstanden war.

Und dann war sie es, die müde wurde.

»Ich glaube, ich leg mich hin. Aber wie teilen wir uns denn nun auf, in dieser Kombüse?«

»Du unten, ich oben, dann hast du es schön bequem.«

»Na, ich weiß nicht. Hast du einen Kleiderschrank gesehen?«

»Helmine, bitte! Als Geschäftsfrau von Welt sitzt du ja nun wirklich nicht zum ersten Mal im Zug.«

»Natürlich nicht. Aber zu zweit. Und übereinander ...«

»Mach ganz in Ruhe, ich geh mir noch ein wenig die Beine vertreten.«

»Und einen Cognac trinken, vermute ich.«

»Schlaf gut.«

»Wie lange wirst du fortbleiben?«

»Nur ein bisschen nachdenken ... Hier sind wir doch ohnehin getrennt.«

»Hast du deine indischen Übungen der Zuneigungen praktiziert?«

»Aber natürlich, meine Lokomotive. In unserem Hotelzimmer in Kopenhagen führe ich sie dir vor. Jetzt schlaf gut.«

»Also zu Hause gefällst du mir besser.«

Craemer beließ es bei einem einfachen Kuss und schob dann die Abteiltür so leise zu, als würde seine Frau bereits schlafen.

Mal sehen, mal sehen ...

Der Salonwagen war alles andere als voll. An einem Tisch saßen drei Männer Mitte vierzig. Sie wirkten auf Craemer, als hätten sie das Beste bereits hinter sich. Und das war sicher auch so. Jedenfalls vom Standpunkt eines Arztes. Ihre Gesichtshaut ...

Stark gerötet und voller kleiner Äderchen, das sieht nicht gesund aus.

Natürlich konnte so ein erster, oberflächlicher Eindruck, was Verfassung und Bildung anging, eine Täuschung sein, aber diese drei ...

Schlaff, schon einiges an Speck angesetzt.

... machten auf Craemer doch einen sehr privaten und selbstzufriedenen Eindruck. Als er an ihrem Tisch vorbeischritt, hörte er, wie sie sprachen.

»Und da antwortete ich ihm: Jetzt lass mal den Kaiser, einen zweiten haben wir nicht.«

Die anderen gaben ihm recht, wobei einer noch meinte: »Einen zweiten haben wir ganz gewiss nicht, obwohl es ja Wilhelm der Zweite ist. Der, den wir haben.«

Mit dieser Feststellung waren alle drei derart zufrieden, dass sie wie auf Kommando ihr Glas erhoben, wobei zwei von ihnen zunächst ihre Zigarren ablegten.

Craemer nahm an einem Tisch für zwei Platz und wollte gerade ein Glas Cognac bestellen, als er sah, dass auch die drei Cognac tranken. So disponierte er um und bestellte Bier. Es war gar kein böser Gedanke dahinter, es geschah ganz von selbst.

Major Albert Craemer war ein Mann, der Bücher las. Seit zwei Jahren sogar Kunstbücher.

Seit Paris, da wurde ich entflammt …

Und erst neulich hatte er sich eins zu Gemüte geführt, das ihn aufs Äußerste faszinierte. Geschrieben hatte es ein norddeutscher Arzt, der ins philosophische Fach gewechselt war.

Dieser hellsichtige Mann hatte aufgedeckt, dass es für vieles, was Menschen unternahmen, gar keinen vernünftigen Grund gab. Jedenfalls nicht auf den ersten Blick. Auf den zweiten – den des philosophischen Arztes – schon. Es war nämlich so, dass im Schädel des Menschen nicht nur ein Verstand waltete. Es gab zwei davon, einen großen und einen kleinen. Und dieser kleine war für das Gespür zuständig, für das Unmittelbare, noch nicht ganz Erfasste oder Durchdachte.

Dieser kleine Verstand also begriff Dinge, die dem anderen, dem an sich klügeren entgingen. Das, so der Verfasser, was wir sympathisch oder unsympathisch nennen, ging auf die Regungen dieses kleinen Verstandes zurück, der, so es sich nötig zeigte, in der Lage war, den großen zu übergehen. Nicht auf Dauer, aber doch lange genug, um den großen Verstand …

Mit Eingebungen zu versorgen, denen wir dann folgen. So war es wohl gerade, als ich auf Bier umdisponierte.

Mit derlei phänomenologischen Biergedanken war Craemer befasst, als eine Frau den Salon betrat. Sie nahm gleich am ersten Tisch neben dem Eingang Platz. Was Craemer wunderte, hatte sie sich doch sehr herausgeputzt. Sie trug ein eng geschnürtes, blaugrün schillerndes Kleid mit schwarzem Besatz. Dazu einen Hut, der ihr im Freien ohne Weiteres einen Sonnenschirm ersetzt hätte. An diesem Hut war ein Schleier befestigt, der zwar nicht wie bei einer Trauernden herabgezogen war, aber doch ihre Augen verbarg.

Warum sitzt sie am Eingang?

Ihr heller Teint mit der scharf geschnittenen Nase und dem schön geformten Kinn hob sich so deutlich vor dem dunkleren

Hintergrund ab, dass sie eher wirkte wie das Portrait einer Frau als wie eine aus Fleisch und Blut.

Vor allem, da sie sich kein Millimeterchen rührt.

Das kleinere von Craemers Gehirnen entschied, dass irgendetwas mit ihr nicht stimmte.

So wie sie sich zurechtgemacht hatte, wäre es da nicht naheliegender gewesen, einmal den Salon zu durchqueren, damit alle sie sahen? Nun, sie hatte es nicht getan, und so schön sie auch war, sie schien betrübt. Jedenfalls saß sie so still da, dass der Kellner sie erst nach einer Weile entdeckte.

Er eilte, er war untröstlich, er sprach viel, als er an ihrem Tisch stand.

Sie bestellte Wein, ohne überhaupt in die Karte gesehen zu haben, saß, nachdem der Kellner ihn ihr gebracht hatte, ganz andächtig vor dem Glas, sah es an, als wäre es etwas ganz Besonderes und ...

Ließ es so stehen, wie es stand.

Ein, zweimal hatte Craemer das Gefühl, sie würde ihn heimlich beobachten. Da jedoch ihre Augen hinter der Gaze verborgen blieben, konnte er sich, was das anging, nicht sicher sein.

Er vergaß sie zuletzt. Seine Gedanken waren erneut mit der Schießerei im Tiergarten befasst. Noch wusste er nicht, ob es dabei überhaupt um etwas gegangen war, das seine Abteilung betraf. Trotzdem war er froh, dass er Lena und Gustav zurück nach Berlin beordert hatte. Die beiden würden der Sache, zusammen mit von Selchows Kontakt, dem Studenten Kalisch, nachgehen. Das reichte fürs Erste.

Und Adler wird auch nicht untätig sein. Jedenfalls wird er seinen Gendarm Habert in Marsch gesetzt haben.

Als Craemer nach dem zweiten Bier merkte, dass er müde wurde, zahlte er.

Einige Schritte. Tat er die absichtlich langsam?

Er ging ganz nah an der Frau in dem blaugrünen Kleid vorbei. Sie hatte sich während der letzten halben Stunde keinen Millimeter bewegt. Nun aber, als er fast schon neben ihr war, blickte sie zu ihm auf.

»Major Craemer?«, fragte sie.

Er blieb stehen, versuchte sich zu erinnern. Ihm kam keine Frau in den Sinn, die zu diesem Gesicht passte.

Als wolle sie ihm helfen, sie zu erkennen, schob sie die Krempe der Tüllgaze hoch und legte ihren Kopf etwas weiter in den Nacken. Aber da kam bei Craemer immer noch nichts. Abgesehen von der Erkenntnis, dass sie wirklich sehr schön war.

Wenn auch nicht so jung, wie ich zunächst dachte.

Bei näherem Hinsehen wirkte sie wie fünfunddreißig, befand sich also an der Grenze zu jenem Alter, in dem man von einer reifen Dame sprach. Sie schien auf sich achtzugeben, bestimmt besaß sie einen guten Sonnenschirm, wählte, wenn sie sich im Freien an einen Tisch setzte, ihren Platz mit Bedacht, weil …

Ihre Haut ist so hell, so makellos.

Fast hätte er sich eingebildet, sie wäre in den obersten Schichten durchlässig. Und ihre Hände.

So schmal und gut geformt.

Als Major Craemer gerade ihren Ehering erblickte, das zu eruieren hatte ihm ein alter Reflex eingegeben, gab sie ein wenig mehr von sich preis.

»Major Wollschläger.«

Craemer schaltete schnell.

War ein guter Reiter.

»Mein Beileid, Madame, mein herzlichstes Beileid.«

Leutnant Wollschläger hatte eine Weile in der Sektion III b Dienst getan. Dann war wegen Geheimnisverrats gegen ihn ermittelt worden. Wollschläger war aufgefallen, er war plötzlich ein ganz anderer geworden. Hatte bedrückt gewirkt und sich von den Kameraden ferngehalten.

Damals noch unter Oberst Lassberg, genau!

Lassberg hatte ihn als Beobachter zu einer Übung der Kanoniere abkommandiert. Er sollte berichten, auf welchem Stand die Artillerie der Kaiserlichen Armee war. Einer der Männer, welche die Kanone ausrichteten, war, wie sich später herausstellte, betrunken gewesen.

Das jedenfalls behauptete er vor dem Militärgericht, kam damit aber nicht durch. Eine Verkettung unglücklicher Umstände, gemischt mit banaler Disziplinlosigkeit.

Am Ende dieser Kette war Leutnant Wollschläger von einem Granatsplitter des fehlgerichteten Geschosses …

Wie alt war er damals?

Er war noch vor Ort verblutet.

Ende zwanzig vielleicht.

»Sie erinnern sich?«

»Aber natürlich, Madame. Der Tod Ihres Mannes war für uns alle ein Schock. Er hätte mit Sicherheit noch viel erreicht in seiner Abteilung. Sein Unfall, ich weiß nicht, ob Ihnen das ein Trost ist, hatte die Verschärfung einiger Prozedere zur Folge.«

»So weit zu meinem Mann. Aber an mich … An mich erinnern Sie sich nicht?«

Jetzt erst kam es zurück.

Der Offiziersball.

Dort war sie zusammen mit ihrem Mann gewesen. Ja, und da hatte Craemer mit ihr getanzt. Sie hatte sich nicht so gut führen lassen, wie er angenommen hatte, bei einer so zarten und leichten Person.

Ein bisschen störrisch.

Davon abgesehen war sie damals bei Weitem nicht so elegant herausgeputzt gewesen wie heute.

»Ich muss um Verzeihung bitten, aber ... Sie haben sich verändert, seit damals. Sie sind, ich hoffe ich darf mir erlauben, so zu sprechen ... Sie sind schöner geworden und ... Nun, ich will es nicht übertreiben.«

»Sie befürchten, einer Frau gegenüber, ein Kompliment zu übertreiben?«

»Man muss sachte sein, sonst ... Die Bezeichnung ›schön‹ meint doch viel mehr, als würde ich sagen: Über alle Maßen schön. Finden Sie nicht?«

Sie sah ihn zwar an, ging aber nicht auf seine Spitzfindigkeiten ein, über die er sich schon zu ärgern begann. Craemer versuchte noch immer sich zu erinnern. Irgendetwas war damals gewesen mit Leutnant Wollschläger.

Hat sich plötzlich verändert ...

So etwas kam vor. Da konnte man an der Disziplin arbeiten, so viel man wollte.

Aber was genau da nun vorgefallen ist ...

Er kam nicht drauf.

»Wollen Sie sich nicht setzen? Wie Sie sehen, mein Glas ist noch voll. Ich trinke so ungerne allein.«

Craemer fühlte sich einen Moment lang geschmeichelt, fast hingerissen, aber ...

So geht es nun wirklich nicht.

»Es tut mir leid, Madame Wollschläger, aber meine Frau wartet.«

Sie ließ nicht locker, sie war es vermutlich gewöhnt, andere zu Taten zu verleiten. Craemer war solchen Frauen schon begegnet. Allerdings noch nie in so zarter Gestalt.

»›Meine Frau wartet ...‹ So haben sie auch damals gesprochen. Einen Tanz haben Sie mir gegönnt und ein wenig

Geplauder. Doch als ich das Gespräch vertiefen wollte, sprachen Sie gleich von Ihrer Frau.«

»War das so?« Craemer hielt einen freundlichen Ton nicht mehr für angebracht.

»O ja. Sie scheinen sehr an ihr zu hängen, so schnell wie Sie sie stets ins Feld führen.«

»So wird es wohl sein.«

Craemer wollte gehen. Er hätte nicht sagen können, was es war, aber irgendwie fühlte er sich von ihr zunehmend umgarnt. Seit fast drei Minuten sprachen sie jetzt miteinander, seit fast drei Minuten versuchte er einen Mangel in ihrem schmalen Gesicht zu entdecken, aber ...

Da ist kein Mangel.

Was ihn inzwischen fast schon ärgerte. Trotz des fortgeschrittenen Alters schien sie sich gewissermaßen konserviert zu haben. Irritierend war auch das irisierend blaugrüne Schillern ihres Kleids. Fast kam es ihm vor, als könne er seine Augen nicht mehr scharf einstellen.

Zu viel getrunken.

Er stand noch immer hoch über ihr, blickte auf sie hinab. Ihre Begegnung wurde immer fragwürdiger. Es kam ihm jetzt doch etwas obszön vor, dass eine Witwe, zumal eine mit so makelloser Haut, sich ein solches Dekolleté gestattete.

Und die Farbe ...

Ja, die Farbe ihres in der Taille wirklich sehr eng geschnürten Kleids hatte ihn gerade gedanklich in ein Naturkundemuseum entführt.

Von Sinnen, oder was?

In diesem Museum nämlich hatte er südamerikanische Schmetterlinge betrachtet. In genau dieser irisierenden blaugrünen Farbe. Aufgespießt, schillernd und schön.

So wie sie.

Ihr schwarzes, überaus feines Haar wiederum hatte ihn an ein seltenes Raubtier denken lassen, das auf Bäumen lebte.

Nur, dass sie keine gelbgrünen Augen hat, sondern graue. Ähnlich einem kleinen Käuzchen, wenn es äugt und auf ein Mäuschen erpicht ist.

»Woran denken Sie gerade?«

Es war genug, er war dabei sich zu verheddern, er musste dringend den Rückzug antreten.

Nicht, dass ich mich in meinem Naturkundemuseum vollends verirre.

»Woran ich denke? Nun, an meine Frau.«

»Dann sollten Sie sich beeilen.«

»So ist es. Noch mal mein Beileid und ... Weiter eine angenehme Fahrt.«

»Danke ... Danke, Major Craemer.«

Sie senkte den Kopf und zog ihren Schleier wieder ein wenig herunter. Es war fast wie im Theater am Ende einer Szene.

Als er zurück ins Abteil kam, schlief Helmine bereits. Den dänischen Reiseführer hielt sie noch in der Hand. Offenbar hatte sie bis zuletzt darin gelesen.

Der Anblick seiner Frau ...

Mit ihrem Reiseführer, weil sie doch immer vorausschauend handelt.

... bewirkte, dass Major Albert Craemer von einem Gefühl großer Dankbarkeit überwältigt wurde. Weil er nun doch noch Vater wurde. Momente wie dieser, die waren ihm in letzter Zeit einige Male passiert. Vor allem wenn Helmine, für gewöhnlich doch stets in Bewegung, mal zur Ruhe gekommen war. Zum Beispiel, wenn sie schlief.

So ergriffen nahm er sich fest vor, das Dienstliche in Kopenhagen ganz hintenan zu stellen. Gleichzeitig aber kam ihm sein eigentliches Anliegen, der wahre Grund der Reise nach

Kopenhagen wieder in den Sinn. Erneut fühlte er sich Helmine gegenüber wie ein Betrüger.

Und das alles nur wegen irgendwelcher Träume der Russen.

Als er fünfzehn Minuten später einschlief, kam noch mal etwas zurück. Von ihr. Es war nicht die blaugrün schillernde Farbe des Kleids, nicht das Bild ihres makellosen Gesichts oder ihrer schönen Hände. Es war Nacht in seinem Bild und Major Albert Craemer sah ein Käuzchen. Es flog geschwind wie ein heller Fleck. Keine Frage: Es war auf der Jagd.

26

(FJODOR AM SCHLOSS CHARLOTTENBURG)

Fjodor Judin rannte um sein Leben.

Fast wäre er eingeschlafen. Aber eben nur fast. Etwas hatte geknackt.

Ein Zweig, wohl ein Zweig.

Er war aufgeschreckt. Und statt einfach im Dunkel seiner Brücke, unter der er nun schon die zweite Nacht verbrachte, abzuwarten, war er losgerannt. Dabei hatte er doch einen Revolver. Dabei hatte er den doch immer und immer wieder überprüft. Nein, er war für so etwas wie das hier nicht geschaffen. Er fror. Er war hungrig. Anna hatte ihn verführt und er hatte sich verführen lassen. Er war ein Dummkopf gewesen. Und jetzt ...

Er prallte gegen eine Mauer. Es war keine Mauer, es war eine Wand. Und es war nicht irgendeine Wand, wie er feststellte, als er nach oben blickte, es war die Wand von ...

Schloss Charlottenburg, du läufst ihnen direkt in die Arme.

Aber da waren keine Arme, niemandem war aufgefallen, was hier gerade geschah. Und so blieb er, quasi unter den Augen der höchsten Macht, einfach stehen.

Ihm war jetzt alles egal.

Kein Geld, nichts zu essen.

Wie sollte er es nach Kopenhagen schaffen? Wie sollte er seinen Verbündeten das liefern, was er ihnen doch so hoch und heilig versprochen hatte.

Anna hatte ihm das eingebrockt. Und er war nicht der

einzige Mann, der auf sie hereingefallen war. Sie hatte ihn überhaupt erst auf die Idee gebracht, sie hatte die Kontakte hergestellt. Er selbst hatte nur sein Geheimnis. Als er darauf kam, dachte er fast wie ein Kind ...

Das Geheimnis kennt niemand außer mir.

Anna hatte ihm wiederholt geraten, Pläne und Unterlagen mit nach Deutschland zu bringen. Er hatte sich einverstanden erklärt, es dann aber nicht für nötig gehalten.

Wäre viel zu riskant gewesen ...

Anna wusste noch nicht, dass er ihrer Anweisung nicht gefolgt war. Wozu auch?

Alles in meinem Kopf.

Eine Weile berauschte er sich an dem Gedanken, sie reingelegt zu haben.

Falls Anna ihn verraten hatte. Oder vielleicht auch die beiden ...

Bates und Keegan!

Anna hatte gesagt, dass er die beiden im Berliner Zoo treffen würde. Vor dem Robbenbassin. Nun endlich war ihm alles ganz klar, weil ... Er hatte ja Bates und Keegan noch nie gesehen.

Die waren das im Zoo, die haben geschossen!

Ja, so wurde ein Schuh draus. Die beiden hatten vorgehabt, ihm die Papiere abzunehmen. Erst im letzten Moment hatten die Angreifer ...

Bates und Keegan!

... wohl begriffen. Gesehen, dass er keine Papiere, keine Aktentasche, nichts in der Art dabeihatte.

Deshalb bin ich entkommen, nur deshalb.

Weitere Gedanken flackerten durch seinen Verstand. Er hatte die ganze Zeit angenommen, die Ochrana sei ihm auf den Fersen. Die Angreifer im Zoo hatten schließlich Russisch gesprochen. Aber da hatte er sich täuschen lassen.

Die Russen sind nichts als Gespenster in dieser Sache. Die Deutschen auch.

Was sollten die Russen oder die Deutschen auch von ihm wollen? Er hatte doch in Sankt Petersburg mit russischen und deutschen Ingenieuren zusammengearbeitet. Da gab es kein Geheimnis, das jemand hätte ergattern wollen.

Als Fjodor Judin an diesem Punkt angelangt war, brachen seine Gedanken in sich zusammen. Erneut spürte er eine allumfassende Müdigkeit. Aber hier konnte er nicht bleiben. Also schleppte er sich den ganzen Weg zurück in den Tiergarten. Dort, das wusste er, würde er in Sicherheit sein. Wenigstens für ein paar Stunden. Denn dort stand der Haselnussstrauch.

27

(DRITTER TAG – CRAEMER UND HELMINE IN KOPENHAGEN)

Major Albert Craemer fühlte sich wie ein Betrüger.

Warum?

Er und Helmine waren doch gerade erst in Kopenhagen angekommen und eigentlich noch dabei, sich in ihren Zimmern im *Hotel Central* einzurichten.

Aber es ging eben nicht anders, es gab eine Aufgabe und eine Pflicht. Also entschuldigte er sich bei Helmine, begab sich hinab ins Foyer und bat um eine telefonische Verbindung nach Berlin.

»Sehr wohl.« Der Portier entschwand, Craemer wartete. Lena hatte das Hotel in Kopenhagen ausgesucht. Was seine Frau nicht wusste.

»Ein Hotel mit telefonischem Anschluss«, hatte er damals zu seinem Bürofräulein gesagt.

»Mit Anschluss, ich wäre von allein niemals darauf gekommen«, hatte Lena geantwortet.

Es dauerte nicht lange, der Portier bat ihn nach hinten.

»Hier sind sie ungestört.«

Vornehm, dachte Craemer, als er einen hellgrün und golden tapezierten Raum betrat, der offenbar für nichts anderes gut war, als dort in Ruhe seine Ferngespräche zu führen. Die Verbindung war schnell hergestellt, der Portier verließ den Raum.

»Hallo? – Ah, sehr gut. – Ja. – Ja danke, sind gut angekommen, sehr schöne Zimmer.«

Lena erkundigte sich nach Helmines Befinden.

»Danke, ausgezeichnet.«

Ihre Stimme klang, wie so oft in letzter Zeit, als sei auch sie lange im Urlaub gewesen und noch voll schöner Erinnerungen. Daran konnten nicht einmal der Apparat und die große Entfernung etwas ändern.

»Wie kamen Sie mit dem Schlafwagen zurecht? Ihre Frau hat darauf bestanden, sich selbst darum zu kümmern.«

Die Selbstverständlichkeit, mit der Lena sich nach solchen, doch fast schon intimen Details erkundigte, verblüffte ihn immer wieder.

»Meine Frau hat so gut geschlafen wie daheim.«

»Dann können Sie Ihren Urlaub also erholt beginnen.«

»Ja, das könnte ich. Wären da nicht die Geister, die immerzu hinten in meinem Schädel rumoren und mich ermahnen, wachsam zu sein. Na, Sie kennen mich, Fräulein Vogel.«

Craemer hatte sich so an diese Bezeichnung gewöhnt, dass er sie gar nicht mehr loswurde. Falsch war die Benennung nicht. Schließlich fungierte Lena in der Sektion offiziell als sein Bürofräulein. Als er sie kennengelernt hatte ... das war im Rahmen einer Vernehmung geschehen, nachdem sie einem Mann in einem im Scheunenviertel gelegenen Stundenhotel ein Auge ausgestochen hatte ... da hatte sie ihm erzählt, sie sei nach dem frühen Tod ihrer Eltern im Elsass aufgewachsen. Bei ihrer Tante.

»Auf einem Hof mit Pferden. Sie können sich ja denken, wie glücklich ich war, dass ich nach dem Tod meiner Eltern dort hinkam und nicht in eine preußische Verwahranstalt.«

Lena hatte den Pferdehof auf Craemers Nachfrage hin in allen Einzelheiten beschrieben, und die Erzählung von der Tante und ihrem Hof war am Ende so detailreich gewesen, dass Craemer sich schon damals ziemlich sicher war, dass sie nicht stimmte. Es war auch nicht üblich, dass junge Frauen, die auf einem Pferdehof im Elsass aufwuchsen, als Schankmädchen in einem Stundenhotel endeten.

Trotz all dieser Ungereimtheiten hatte Craemer die Recherche nach Lenas wahrer Herkunft erst mal zurückgestellt. Er brauchte sie und wollte keine Verwicklungen. Sie begann für ihn im Scheunenviertel als einfacher weiblicher Spitzel zu arbeiten und lieferte so gute Ergebnisse, dass Craemer sich nach seiner Versetzung in die Sektion III b entschloss, das gefallene Pferdemädchen anzustellen. Es dauerte dann auch nicht lange, bis sie ihren ersten selbstständigen Einsatz hatte. Weit weg von Berlin, im französischen Grenzgebiet.

Zusammen mit Gustav Nante lieferte sie bei ihrer Aufklärungstätigkeit die Ergebnisse, die von ihr erwartet wurden. Allerdings waren bereits bei diesem ersten Einsatz Tote zu beklagen.

»Denken Sie nach, Herr Major?«

»Wie kommen Sie darauf?«

»Sie sind so still.«

»Nichts Wichtiges.«

»Gut. Gustav und ich sind bereit, was sollen wir tun?«

»Dass mich die Hintergründe der Schießerei im Tiergarten interessieren, hatte ich Ihnen geschrieben. Wer steckt dahinter? Wer hat geschossen, auf wen wurde geschossen und vor allem warum. Zu diesem Zweck wird der Student Arthur Kalisch sich in der Sektion melden, sobald es von Selchow gelungen ist, Kontakt mit ihm aufzunehmen. Ich selbst kenne diesen jungen Mann nicht. Angeblich ein russischer Student. Kalisch soll sich in der russischen Widerstands- und Emigrantenszene auskennen. Die Ermittlung muss zunächst ohne Einweihung anderer Stellen durchgeführt werden. Sie verstehen?«

»Es ist ja nicht das erste Mal.«

»Richtig. Aber passen Sie auf mit diesem Kalisch, weil … Wie ich eben sagte, ich kenne ihn nicht. Vor allem aber – ich betone das – darf Oberst Kivitz nichts von der Operation erfahren. Ich habe kurz mit ihm gesprochen. Er lehnt eine Untersuchung des Vorfalls im Berliner Zoo quasi ab. Ob man ihn eingeschüchtert hat, ob das auf seine übliche Bequemlichkeit zurückzuführen ist oder ob er andere Gründe hat, kann ich im Moment noch nicht sagen. Fragen?«

Craemer hoffte, dass nicht zu viele Fragen kämen. Helmine stand zusammen mit einem leicht nervösen Portier in der Tür des Telefonzimmers und wirkte ungeduldig.

»Nein«, sagte Lena. »Im Moment keine Fragen, außer … wo erreiche ich Sie, wenn es gilt, Meldung zu erstatten.«

»Sie können hier im Hotel eine Nachricht hinterlassen, ich melde mich dann so schnell wie möglich.«

»Sie sprechen so hastig. Darf ich annehmen, dass ihre Frau ungeduldig wird?«

»Exakt. Wir wollen ins Museum und danach die Stadt erkunden.«

»Sie weiß noch nicht, warum Sie in Kopenhagen sind?«

»Ich hatte noch nicht die Gelegenheit … Nun egal. Halten sie sich an meine Anweisungen.«

»Viel Spaß im Museum.«

Sie hatte aufgelegt, ehe er es tat. Und es war genau, wie Lena vermutet hatte.

Helmine wurde ungeduldig.

»Wir sind im Urlaub und du hattest mir versprochen, dass es auch ein Urlaub wird.«

»Ich halte mich von allen Degen und Farbeimern fern.«

»Soso.«

28

(CRAEMERS UND HELMINES EINKAUFSBUMMEL)

Das Hotel Central betrieb keinen Etikettenschwindel, wie Helmine bereits herausgefunden hatte. Es lag zentral am Rathausplatz. Und so war es zu ihrer ersten Anlaufstelle nicht weit. Dieses Museum hatte Craemer sich ausgesucht, Helmine war nicht gerade begeistert.

»Angenehm kühl hier drin, findest du nicht?«

»Kühl, das mag sein«, antwortete sie. »Aber auch düster.«

Sie blieben nur knapp eine Stunde, das Museum war für ihn interessanter als für sie.

Wie zum Beweis, dass sie sich langweilte, wedelte Helmine mit ihrem Reiseführer. »Dass die Dänen von den Wikingern abstammen, wusste ich auch schon vorher. Und all diese Relikte ... Da scheint es ja immer nur darum gegangen zu sein, Krieg zu führen und anderen den Schädel einzuschlagen. Überhaupt bewahren sie hier sehr viele Schädel auf und alle sind ein wenig defekt.«

»Das ist eben das, was von den Epochen bleibt. Die Schädel sowie die Namen der Könige und die Datierung der Kriege.«

»Ist es bei uns auch so?«

»Nun, man mag über unseren Kaiser denken, wie man will, aber wir haben, seit er an der Macht ist, keinen Krieg mehr erlebt.«

»Na, die Griechen und Römer haben uns schon ein bisschen mehr hinterlassen als Speere, Äxte, Schädel und Namen. Wobei die Namen auch noch alle so ähnlich klingen.«

»Nun, wenn dir das Museum nicht zusagt … Hast du denn einen Wunsch?«

»Die Stadt. Ich will ins Helle. Die Dänen werden doch hoffentlich mehr zu bieten haben als diese Gruft.«

Der nun folgende Einkaufsbummel, das Betrachten von Fassaden, die Inspektion verschiedener Läden war für den Major in etwa so interessant wie für Helmine die Betrachtung von Streitäxten und Hellebarden.

Sie legten große Strecken zu Fuß zurück. Natürlich wusste er, dass seine Frau körperlich äußerst leistungsfähig war, aber hier … Ihr Interesse am Neuen, ihr Wunsch alles, aber auch alles zu sehen, spornte sie zu einer Gangart an, die einem preußischen Marschkommando zur Ehre gereicht hätte.

Sie sahen viel.

Die berühmte Garnisonskirche von außen.

»Ah.«

»Komm, ich will sie von innen sehen.«

»Auch noch von innen? Na, wenn du meinst.«

Dann weiter.

»Das ist der berühmte Blumenmarkt.«

»Ah ja.«

»Die Farben! Ist das nicht herrlich?«

»Ja, ja.«

Dann ein berühmtes Denkmal.

»So groß«, schwärmte sie. »Das ist doch imposant, oder?«

»Hm. Drei Nackte auf einem riesigen Stein.«

Helmine schlug ihren Reiseführer auf und las ihm vor. »Das Denkmal für Niels R. Finsen.«

»Ah!«

»Dermatologe. Nobelpreis für Medizin 1903.«

»Fantastisch.«

Als ihm bereits ein wenig schwindelig wurde, kamen sie in

den Palmengarten. Dort nahmen sie auf einer Bank am Brunnen Platz und er kam langsam wieder zu Kräften. Noch ehe er etwas sagen konnte, stand sie auf. »Komm! Sonst rosten wir ein.«

»Wohin jetzt?«

»Ins Tivoli.«

Das Tivoli hatte einen großen Vorzug. Es gab eine Terrasse.

»Guck mal, Helmine, da ist gerade ein Tisch frei.«

»Du willst sagen, du möchtest etwas trinken. Essen vielleicht auch?«

»Wenn es sich so ergibt ...«

Also setzten sie sich und aßen etwas verspätet zu Mittag. Danach taten sie das, was Touristen bisweilen tun. Sie beobachteten Menschen, die vorbeikamen oder an anderen Tischen saßen, und dichteten ihnen kleine Biografien an.

Craemer spürte seine Füße und hoffte, dass Helmine keine weiteren Programmpunkte in ihrem Reiseführer markiert hatte.

Zum Glück schien das fürs Erste nicht der Fall zu sein. Seine Frau war vorerst zufrieden damit, die anderen Gäste zu beobachten.

Irgendwann ging Helmine rein, um sich frisch zu machen. Als sie zurückkehrte, hielt sie einen gefalteten Prospekt in der Hand.

»Guck doch mal. Es scheint hier eine Insel Lykkeland zu geben. Auf der veranstaltet eine Gruppe Menschen gesellschaftliche Experimente.«

Albert Craemer hörte seiner Frau nur halb zu. Seine Sinne waren damit befasst, einem mittelstarken Schmerz und leichtem Pulsen in seinen Füßen nachzugehen.

»Sie scheinen da in Gruppen zu tanzen. Und das sind wohl Tänze einer ganz fremden und neuartigen Art. Meinst du, das wäre was für uns?«

»Tanz?«

»Wärst du bereit, dich auf ein Experiment mit mir einzulassen?«

Craemer antwortete nicht. Für einen kurzen Moment meinte er, etwas gesehen zu haben. Es ging zu schnell, er konnte die Sache nicht verifizieren. Und doch war er sich sicher gewesen, eine Art Farbfleck erblickt zu haben. Blau, schillernd, mit einem Stich ins Grünliche.

»Sie führen auf ihrer Insel auch philosophische Gespräche, haben dort Gärten nach einer ganz und gar vom Üblichen abweichenden Methodik angelegt.«

»Und in diesen Gärten wird dann getanzt?«

»Du hörst mir mal wieder nicht zu.«

»Aber ja doch. Ich stelle es mir sogar bildlich vor.«

»Wenn ich das recht verstehe ... Hier! Sie nennen sich Lebensreformer. Lebensreformer heißt ... Soll ich es dir vorlesen?«

»Unbedingt.«

Helmine begann zu lesen, betonte manche Worte, erklärte mehrfach, dass etwas interessant sei.

Er hörte nicht mal mehr mit halbem Ohr zu, denn er hatte eben die Frau mit dem blaugrünen Kleid entdeckt. Sie stand an einer Balustrade aus weißem Marmor und schien die Stadt zu betrachten.

Das ist nicht verboten.

Trotzdem hatte Major Albert Craemer das sichere Gefühl, dass er von der Witwe des Leutnant Wollschläger beobachtet wurde. Wieder versuchte er sich an den jungen Mann zu erinnern. Irgendetwas war vorgefallen. Welcher Verfehlung hatte er sich schuldig gemacht?

Dann endlich.

Spionage. Geheimnisverrat. Das war der Vorwurf gewesen. Ob sie etwas damit zu tun hatte?

Ein doch eher aus der Luft gegriffener Gedanke, er verflog. Etwas anderes beschäftigte Craemer.

Wer hat Wollschläger damals als Beobachter zu den Kanonieren geschickt?

Das konnte eigentlich nur Lassberg gewesen sein. Und Lassberg war, wie sich zuletzt herausstellte, ebenfalls ein Verräter gewesen. Wann genau war das mit Wollschläger passiert?

Wohl doch noch vor Lassbergs Tod. Hat der den jungen Leutnant dort hingeschickt, um ihn aus dem Weg zu haben? Ist seine Witwe deshalb so an mir interessiert? Oder macht sie genau wie Helmine und ich einfach nur Urlaub?

»Das ist doch verrückt, oder?«, fragte Helmine empört.

»Was ist verrückt?«

»Na, was ich dir gerade vorgelesen habe.«

»Allerdings.«

»Mit Rauschmitteln macht man doch keine Experimente!«

»Das sagst du? Als Inhaberin einer Schnapsfabrik.«

»Mein Schnaps ist mit Sicherheit etwas anderes als diese Pflanzen, die sie da anbauen, um sie, wie es scheint als Tabakersatz zu verwenden. Und hier wird es noch verrückter. Wie soll man denn Pilze rauchen?«

»Deine Getränke machen auch einen Rausch.«

»Mein Schnaps macht keinen Rausch! Er belebt das Gespräch. Wenn jemand zu viel davon nimmt, kann ich nichts dafür. Davon abgesehen, ist Likör seit Jahrhunderten erprobt und nutzt zudem der Verdauung. Diese Kräuter dagegen …«

»Wir müssen uns ja nicht damit befassen. Es soll in Kopenhagen noch einige hochinteressante Museen geben.«

»Ich habe nicht gesagt, dass ich es ablehne, mich mit Neuem zu befassen.«

»Ich hoffe, du willst jetzt nicht auf eine Insel mit mir fahren, um dort neuartige Tänze zu erproben.«

»Warum nicht?«

»Wir sind gerade erst angekommen.«

Helmine sah ihn an. Mit großem Ernst. Dann öffnete sich ihr Mund ein wenig und die Spitze ihrer Zunge strich innen an der Unterlippe entlang. Er kannte das. So sah sie manchmal aus, wenn sie überlegte oder etwas in Erwägung zog.

Noch hatte sie keinen Entschluss gefasst. Sie sprach weiter über die Lebensreformer, an denen sie inzwischen offenbar Gefallen gefunden hatte. Craemer blickte wieder zu der Balustrade hinüber. Die Witwe von Leutnant Wollschläger war verschwunden.

29

(VON SELCHOW INFORMIERT CRAEMER ÜBER RUSSISCHE DISSIDENTEN)

Als sie am Abend ins Hotel zurückkehrten, humpelte Craemer. Auch Helmine war etwas erschöpft. So hatte sie nichts dagegen, schon auf ihr Zimmer zu gehen, um die Beine hochzulegen.

»Ich werde noch ein Glas Cognac trinken, um mich zu sammeln und alles Revue passieren zu lassen, was wir heute erlebt haben.«

»Soso«, sagte sie, ehe sie ging.

Kaum war Helmine im Aufzug verschwunden, winkte er den Portier heran. »Ist etwas für mich abgegeben worden?«

»Ja. Warten Sie bitte. Darf ich sonst noch etwas für Sie tun?«

»Einen Cognac.«

»Sehr wohl.«

Der Eilbrief enthielt ein beidseitig, in Eile wie es schien, beschriebenes Blatt und trug als Absender die Privatanschrift des Adjutanten von Oberst Kivitz.

Sehr geehrter Major Craemer,

hier ein kurzer Überblick über die Ereignisse im Zoologischen Garten, wie Kommissar Adler sie nach Auswertung der Augenzeugenberichte sowie der Spurenanalyse rekonstruiert hat.

(Abschrift)

... Gegen 15 Uhr waren drei bisher nicht identifizierte Männer im Berliner Zoologischen Garten zwischen Robbenbecken

und dem großen Fontänenbrunnen (Michelangeloquelle) unterwegs, als sie von zwei Subjekten ohne Vorwarnung mit Kurzwaffen angegriffen wurden. Einer der Angegriffenen wurde sofort getötet. Angreifer und Verteidiger haben sich anschließend zu beiden Seiten des großen Fontänebeckens verschanzt und eher ungezielt aufeinander geschossen. Grund für die vielen Irrläufer (Fehlschüsse) war vermutlich die Fontäne, die ihnen, vom Wind ergriffen und zerstäubt, weitgehend die Sicht nahm.

Einer der Irrläufer traf einen Elefanten, der soeben auf einen großen Ball steigen sollte, in den hinteren Oberschenkel (Gesäß). Woraufhin das Tier die Flucht ergriff und außer Kontrolle geriet. Der Elefant zerstörte bei seiner Flucht die Große Voliere (Daedaluskäfig) sowie einen im Bereich des Restaurants aufgebauten Bratwurststand, der daraufhin Feuer fing (große Mengen unvorschriftsmäßig gelagertes Öl und andere Brennmittel). Dieses Feuer drohte auf die aus Holz gefertigten Behausungen der großen Paarhufer überzugreifen, was aber durch den beherzten Einsatz der Köche und Kellner des Restaurants verhindert werden konnte (Wassereimer + Sektkübel).

Der beißende Rauch des brennenden Wurststands wehte in Richtung einer in der Orchestermuschel platzierten Blaskapelle, die stets zusammen mit dem Elefanten in Aktion tritt und diesen bei seinen Kunststücken bisweilen auch musikalisch begleitet. Die Männer betätigten bereits ihre Blasinstrumente, als der Rauch kam. Der Versuch, durch das fortgesetzte Spielen fröhlicher Musik eine Panik zu verhindern, scheiterte bereits nach kurzer Zeit. Einige der Musiker erlitten dabei eine Rauchvergiftung.

Unterdessen wurde am Fontänenbrunnen unausgesetzt weiter geschossen. Als Nächstes wurde nun ein zweites Mitglied der angegriffenen Gruppe tödlich am Hals verletzt. Dem dritten Mann gelang anschließend die Flucht. Er nutzte dabei den Moment, da der Elefant, immer noch seinem Fluchttrieb folgend, die Angreifer, beinahe zertrampelt hätte. Einer größeren Gruppe Flamingos sowie vier Glatthalsgeiern und diversen, noch nicht im Einzelnen aufgelisteten Buntvögeln teils beträchtlicher Größe gelang unterdessen die Flucht aus der großen Voliere. Die Geier und Buntvögel gelten als verloren und werden sich irgendwo im Stadtgebiet aufhalten. Die sehr aufgeregten und nicht eben kleinen, flugunfähig gemachten Flamingos sorgten für weitere Verwirrung. In diesem Durcheinander gelang den Angreifern die Flucht.

Eine Besucherin wurde während der Schießerei von einem Irrläufer tödlich getroffen. Dass es nicht erheblich mehr Opfer unter den Zoobesuchern gab, darf als ein Wunder bezeichnet werden. Zudem ereignete sich ein Zwischenfall im Bärenkäfig, der aber glimpflich ausging. Es gilt inzwischen als gesichert, dass alle an der Schießerei beteiligten Subjekte Russisch sprachen.

Eine Zeugin (Schwester eines Angehörigen der Russischen Botschaft) ist sich sicher, dass einer der Angegriffenen mit dem Namen Fjodor angesprochen wurde und es eine weitere Beteiligte gab, die sich aber zurückhielt und nicht schoss. Es soll sich um eine junge, sehr elegant gekleidete Frau gehandelt haben, die vermutlich mit der angegriffenen Gruppe in Verbindung stand (Beschreibung der an der Schießerei beteiligten in der Anlage B).

Das in der Kürze, damit Sie auf dem Laufenden sind.

Inzwischen wurde Kommissar Adler auf Anweisung von Oberst Kivitz von dem Vorgang abgezogen. Adler geht nun, wie mir zugetragen wurde, einem anderen Fall nach, der ebenfalls die Sektion III betrifft. Ein Leutnant Senne scheint verschwunden zu sein. Ob dieses Verschwinden mit der Schießerei in Zusammenhang steht, ist bis jetzt nicht bekannt. Es ist allerdings so, dass Gendarm Habert Berlin verlassen hat.

Darüber hinaus habe ich wie gewünscht einen Kontakt zu dem Studenten Kalisch hergestellt. Er wird uns dabei unterstützen, Näheres über die russische Emigrantenszene (insbesondere die politisch aktiven Mitglieder) in Erfahrung zu bringen.

Ich wünsche Ihnen und Ihrer Gemahlin weiterhin einen angenehmen Urlaub in Kopenhagen.

Mit freundlichem Gruß,
Lars von Selchow

Albert Craemer studierte die Anlage B und war erstaunt, mit welcher Präzision die Zeugin die Frau unter den Bäumen beschrieben hatte.

Fast könnte man meinen, sie kennt diese Person.

Craemer faltete den Brief zusammen und schob ihn zurück in das Kuvert. Er atmete nun etwas tiefer als vor der Lektüre. Denn obwohl Kommissar Adler seinen Bericht wie immer betont sachlich und zurückgenommen formuliert hatte, klang diese Aufzählung von Ereignissen, als hätten zwei in Feindschaft stehende russische Gruppen den Berliner Zoo ohne Rücksicht auf Verluste in ein dionysisches Tollhaus verwandelt.

Und Adler hat recht, es hätte ohne Weiteres erheblich mehr Tote geben können, fast schon müssen. Das war keine Schießerei, das war ein Anschlag auf die Berliner Bevölkerung. Und Russen als Beteiligte ... Das kann zu Verwicklungen führen, wenn nun die Dummen auf schlaue Ideen kommen.

Nach diesen ersten Gedanken überlegte Major Craemer kurz, was für Tiere wohl mit der Bezeichnung große Paarhufer gemeint waren. In seinem Geiste sah er das Bild einer Büffelherde, unterdrückte aber weitere Vorstellungen.

Nicht fantasieren, handeln.

Craemer fuhr also kurz hoch in die Belle Etage und entschuldigte sich bei Helmine.

»Nicht böse sein, aber ich muss noch mal los.«

»Soso.«

»Nichts Gefährliches. Ich brauche die Einschätzung der deutschen Vertretung zu einem Vorgang in Berlin.«

»Nichts Gefährliches? Das hast du in Paris auch gesagt.«

»Nur ein Besuch bei Julius von Waldthausen. Von dem habe ich dir schon erzählt. Ich weiß nicht, ob du ihn schon mal ...«

»Ich habe mit ihm getanzt und wir haben bei anderen Gelegenheiten zwei längere Gespräche mit fruchtbarem Ergebnis geführt.«

»Mit fruchtbarem Ergebnis? Verrätst du mir, wie ich das zu verstehen ...?«

»Der Export meines Wacholders.«

»Ah! Geschäftliches. Was rausschlagen, wenn es sich gerade ergibt. Daher getanzt. Ich hatte das im Moment ...«

»Vergessen?«, fragte sie, indem sie die Augenbrauen hob. »Das darf aber nicht zu oft vorkommen.«

»Du kennst mich.«

»Wirklich sehr entgegenkommend und charmant.«

»Von Waldthausen nehme ich an.«

»Manchmal ein bisschen frech, fast schon frivol. Teils hat er fast etwas von einem Saufkumpan.«

»Also bitte, Helmine! Von Waldthausen ist der Gesandte des Deutschen Reiches am Dänischen Hof. Der ist alles Mögliche, aber ganz sicher kein Saufkumpan.«

»Nun, er ist noch recht jung.«

»Na, dann weißt du ja, dass er mich sicher nicht mit einem Degen angreifen wird«, sagte Craemer und verließ das Zimmer.

Frech und frivol! Also wirklich. Was Helmine da wieder für Vorstellungen hat …

Diesmal nahm er die Treppe, die sich in einem lang gestreckten Bogen ins Foyer hinabschwang.

30

(BATES UND KEEGAN AN DER GUSSEISERNEN BRÜCKE)

Die beiden Männer näherten sich mit gezogenen Revolvern.

Sie hielten zudem jeder eine der erst vor wenigen Jahren entwickelten Taschenlampen in der Hand. Diese Lampen funktionierten nicht mehr mit Tran oder Spiritus, sondern elektrisch, und wurden mit speziell für diesen Zweck entwickelten Trockenbatterien betrieben.

Kaum bei der kleinen gusseisernen Brücke angekommen, schalteten die Männer ihre Taschenlampen aus, verharrten, lauschten.

Es war eine sternklare Nacht, und die beiden standen so still, dass man, hätte man ihren Schattenriss vor dem von Millionen Sternen übersäten Nachthimmel gesehen ... Ja, da wäre man vielleicht auf den Gedanken gekommen, dort stünden zwei junge Zypressen.

Erst nach gut fünf Minuten, erst als sie sich in Sicherheit wähnten, begannen sie das Gras neben und unter der Brücke zu untersuchen.

Sie ließen sich Zeit damit.

Schließlich wiesen sie einander darauf hin, dass das Gras niedergedrückt war. Sie wiesen sich auch darauf hin, dass es sehr danach aussah, als habe hier jemand übernachtet. Diese Hinweise erfolgten nicht in deutscher Sprache.

»Bates!«

»Yes?«

»Look, what I've found!«

»Oh, Keegan! What a find!«

Und tatsächlich. Einer von ihnen hatte eine Patrone gefunden, wie sie in Revolvern Verwendung fanden. Der Strahl einer der Taschenlampen beleuchtete eine gut durchblutete Handfläche, in deren Mitte sie lag und glänzte.

Weitere Sätze fielen.

Die beiden schienen sich mit Patronen auszukennen. Aus dem, was sie gesehen und gefunden hatten, konnten sie einfache Schlussfolgerungen ziehen. Auf die Schlussfolgerungen folgten bald Fragen. Die Männer waren ein bisschen aufgeregt, als sie sprachen.

»He was here.«

»Oh, he was here.«

»So he is still alive.«

»Sure. He is still alive.«

»You don't have to repeat every sentence.«

»No, I don't have to.«

Kleine Pause.

»But where can he be?«

»He can't turn to the Russians.«

»No, he can't turn ...«

»Stop it.«

»But where can he be?«

»That's the question.«

»We'll find him.«

»Oh yes.«

»He doesn't know anyone here.«

»Oh no.«

»Bloody traitor.«

Die Männer steckten ihre Revolver ein und sahen sich um. In einiger Entfernung leuchteten Fenster des Schloss Charlottenburg. Sie entschieden, es sei besser, die Taschenlampen auf dem Rückweg nicht zu benutzen.

Sie gingen durch kniehohes Gras, das im Wind silbern wogte wie ein Meer.

Der Entschluss, aus Sicherheitsgründen auf den Einsatz der Taschenlampen zu verzichten, führte dazu, dass einer von ihnen, und zwar derjenige, der vorausging, in einen wassergefüllten Graben fiel. Besser wäre es zu sagen: »In diesem Graben verschwand«.

Noch immer wölbte sich oben ein teils magentafarbener Himmel mit Millionen Sternen. Und um bei dem Vergleich mit den Zypressen zu bleiben: Es hatte ausgesehen, als würde einer der beiden Bäume plötzlich im Boden versinken.

Nun dauerte es einen Moment, dann hörte man den Verbliebenen murmeln, ja fast klang es, als würde er rezitieren: »Some falls are means the happier to arise ...«

Von einem kurzen Laut abgesehen, der kaum mehr sagte als »uh« und einem direkt darauffolgenden Gurgeln, kein Geräusch. Aus dem Gurgeln kann geschlossen werden, dass der Graben einigermaßen tief war. Vermutlich hatten ihn Holländer angelegt. Spezialisten für Wasserbau. Friedrich der Große hatte sie einst nach Berlin geholt, um eben das zu tun, womit sie sich auskannten. Zum Beispiel einigermaßen tiefe Gräben ziehen.

Es war ein Elend. Vor allem für den im Schlamm.

31

(FJODOR JUDIN TRIFFT ANNA)

Besser. Eindeutig besser …

Lichter einer modernen Großstadt. Fjodor Judin hatte sein Versteck an der kleinen gusseisernen Brücke vor zwei Stunden verlassen. Ein Knacken war zu hören gewesen und ein Gefühl, einem inneren Zwang gleich, hatte ihm geraten, das zu tun. Er wähnte sich in Lebensgefahr.

Ich brauche Informationen, sonst werd' ich verrückt.

Die Unklarheit, unter der er litt, führte dazu, dass er Gefahren auch dort witterte, wo gar keine waren. Und das wiederum führte dazu, dass er sich, in dem Versuch niemandem aufzufallen, nicht gerade unauffällig verhielt. Er hatte keine Erfahrung mit so was wie dem hier, in das Anna ihn reingezogen hatte. Von vielen Gedanken, auch solchen der Reue, belastet, bewegte er sich vorsichtig durch Berlin.

Anna war keine Russin, sondern Deutsche. Er war eigentlich auch kein Russe, denn er wurde in Bremen geboren. Als er zwölf Jahre alt war, hatte ihn seine Mutter mit nach Sankt Petersburg genommen. Dort hatte er seinen neuen Vornamen bekommen. Sein Vater, der war Russe. Ingenieur, wie er selbst. Er hatte in der gleichen Werft gearbeitet.

Warum nur habe ich mich auf dieses Wagnis eingelassen?

Der Gendarmenmarkt lag ganz still da.

Schon seit einer halben Stunde wartete Fjodor versteckt im Eingang eines Hauses.

Endlich eine Bewegung. Eine Gestalt überquerte den Platz.

Er zog einen seiner beiden Revolver.

Die Gestalt blieb kaum zehn Meter von ihm entfernt stehen.

Eine Frau, denn nur die tragen Röcke.

So viel immerhin begriff er.

Trotzdem ...

Er war bereit auf die Gestalt zu schießen. Er vertraute niemandem mehr.

Dann hörte er ihre Stimme. Sie sagte ganz leise seinen Namen.

Als er schließlich aus dem Schatten trat und sich zu erkennen gab, indem er ihren Namen aussprach, kam sie auf ihn zu.

Sein Misstrauen und seine Vorsicht schmolzen augenblicklich dahin.

Sie umarmten und küssten sich.

Dann hatte sie eine Frage.

»Вы встречались с англичанами?«

»Was soll das, Anna? Du bist keine Russin.«

»Я был одним из вас, или я ошибаюсь? Не забывай, я твоя жена, и меня зовут ...«

»Du bist weder meine Frau, noch heißt du Anna. Also rede vernünftig.«

Sie war nicht beeindruckt, drückte den Lauf seiner Waffe zur Seite.

»Hast du Bates und Keegan getroffen?«

»Nein. Und ich glaube, das war gut so.«

»Sie sind nicht an der Brücke aufgetaucht?«

»Nein, verdammt!« Er steckte den Revolver zurück hinter seinen Gürtel. »Ich war zwei Nächte und einen vollen Tag an der Brücke!«

»Leichtsinnig.«

»Ich hab meinen Revolver.«

»Du zeigtest ihn mir bereits.«

»Früher oder später werden sie uns finden und töten.«

»Warum sollten sie das tun?«, beruhigte ihn Anna. »Davon abgesehen: Berlin ist eine große Stadt, so ohne Weiteres finden die uns nicht. Und vor allem, benimm dich nicht wie jemand auf der Flucht. Wie siehst du überhaupt aus!«

»Wo sollen wir denn hin, Anna?«

»Zu mir. Komm. Es ist nicht gut, wenn wir zu spät dort eintreffen.«

»Wohin ...?«

»Es wird dir gefallen, da bin ich sicher.«

»Du hast immer von Bates und Keegan gesprochen. Du hast gesagt, wir könnten ihnen vertrauen. Ich vertraue keinen Engländern!«

»In Sankt Petersburg klang das noch anders.«

Sie ging los, er folgte ihr.

»Wo bringst du mich hin?«

»Как я уже сказал, тебе понравится.«

»Hör auf damit.«

»Ты не против, если я говорю по-русски?«

»Ich sagte ...!«

»Jetzt führ dich nicht auf, komm. Es wird dir gefallen.«

»Das hast du über Berlin auch gesagt, und jetzt sind Sergej und Witalij tot.«

»Das waren nicht die Engländer, das war die Ochrana.«

»Woher weißt du das?«

»Sie haben Russisch gesprochen. Bates und Keegan sprechen kein Russisch.«

»Woher weißt du das? Ich denke, du hast nie mit ihnen direkt verhandelt.«

»Meinst du, ich erkundige mich bei einer solchen Operation nicht, mit wem ich es zu tun habe? Jetzt beeil dich, es ist gleich Mitternacht.«

32

(CRAEMER UND JULIUS VON WALDTHAUSEN)

»Da Sie sich so spät noch die Mühe machen, mir einen Besuch abzustatten, scheint es ziemlich dringlich zu sein, Herr Major.«

»Nun ja …«

»Und jetzt stehen Sie da und schweigen.«

Craemer schwieg bereits seit fast zwei Minuten.

Vielleicht zu voreilig, gleich zu ihm zu gehen.

Wie sollte er anfangen? Was durfte er preisgeben?

»Möchten Sie vielleicht etwas trinken, Herr Major?«

Der Gesandte des Deutschen Reiches am Dänischen Hof, Julius von Waldthausen, wartete eine Antwort gar nicht erst ab. Er ging zu einem mit viel verschnörkelt aufgetragenem Goldlack verzierten Büfett und holte zwei Gläser.

Craemer sah sich um.

Nun sag was, er wird sich sonst wundern.

Also sagte er was, irgendwie musste er schließlich beginnen.

»Gott, wie hoch ist denn die Decke in diesem Zimmer?«

»Nicht ganz sieben Meter. Man muss viel heizen im Winter. Andererseits würde der Kronleuchter in einem niedrigeren Raum …«

»Was wiegt der? Zwei Tonnen?«

»Ein Geschenk des Cousins unseres Kaisers.«

»Bitte?«

»Ich spreche vom russischen Zaren. Eine gewichtige Persönlichkeit.«

»So ist es.«

»Zweihundert Kilo!«

»Ich kann nicht folgen.«

»Der Kronleuchter. Nicht der Cousin.«

Das so überaus lässige, ja fast schon alberne Gerede seines Gegenübers erstaunte Craemer. Und nicht nur das. In Bezug auf Helmine war er etwas beunruhigt.

Frech und frivol ...

»Das mit dem Kronleuchter hätten wir somit geklärt«, sagte von Waldthausen, nun in etwas ernsterem Tonfall. »Aber Sie sind sicher nicht zu so später Stunde gekommen, um Näheres über das Empfangszimmer eines Diplomaten zu erfahren. Wenn Sie dort Platz nehmen wollen.«

»Gerne.«

»Also, Herr Major, lassen Sie mich nicht zappeln. Berichten Sie, vertrauen Sie sich mir an.«

Das kam ein bisschen plötzlich. Craemer war nicht bekannt, wie viel von Waldthausen bereits über die Schießerei in Berlin wusste. Er war sich außerdem im Unklaren darüber, wie viel er ihm anvertrauen durfte. Der Gesandte jedoch schien an schießwütigen Russen zunächst gar nicht interessiert. Jedenfalls war er Diplomat genug, um zu wissen, wie man ein seit mittlerweile fünf Minuten stockendes Gespräch in Gang bringt.

»Sie müssen mir erst mal von Ihrer Frau erzählen«, unterbrach von Waldthausen Craemers Gedanken.

»Von meiner Frau?«

»So klug, so nachgiebig und doch so zack zack und schnell, wenn es darauf ankommt.«

»Zack zack und schnell?«

»Beim Tanz. Sie gehört nicht zu denen, die sich reinhängen, ihre Helmine weiß, worauf es hinausgeht. Wenn sie denn will! Wenn sie denn will!«

Frech und frivol …

»Gerade auch bei den Wendemanövern und Drehungen. Mir ist jetzt noch duselig, wenn ich an diesen Abend denke.«

»Ah ja?«

»Sie hat mich weichgetanzt und dann ausgequetscht wie eine Zitrone. Nun, mir gefällt diese stracke Art.«

»Das mit dem Ausgequetscht müssten Sie noch etwas präzisieren.«

»Der Export ihrer Spirituosen. Sie wollte Kontakte und hat mich ohne großes Federlesen dazu gebracht, ihr die Verbindungen zu verschaffen, die sie wünschte. Hat sie Ihnen denn gar nichts davon erzählt?«

»Was das Verdienen von Geld angeht bin ich … Es ist nicht mein Hauptinteresse.«

»Das gilt Ihrem Land, nicht den Moneten.«

»Etwas knapp formuliert, aber korrekt.«

»Ja, und nun habe ich gehört, dass meine Tanzpartnerin in anderen Umständen ist. Wissen Sie eigentlich, was für ein Glückspilz Sie sind?«

»Schon.«

Craemer begann sich etwas wohler zu fühlen. Es sah so aus, dass er über Helmine im Grunde bereits in einem näheren Verhältnis zu von Waldthausen stand. Der sah das offenbar ähnlich. Und eilig, über Politisches oder gar Vertrauliches zu sprechen, hatte er es offenbar nicht.

»Vaterfreuden, was gibt es Schöneres? Schon ein Kinderzimmer hergerichtet?«

»O ja! Allerdings ohne Chinesen an den Wänden.«

»Ohne Chinesen! Das haben Sie nett gesagt. Darauf sollten wir anstoßen.«

»Gerne. Ich hätte dann auch noch ein paar Fragen, die nichts mit meiner Frau zu tun haben.«

»Das hatte ich angenommen. Nun aber erst mal einen Klaren.«

Die Gläser, die von Waldthausen vollschenkte, waren sehr groß und wirkten auf den Major genauso russisch wie der Kronleuchter.

»Wir beginnen gleich mit Schnaps?«

»Es ist der, von dem ihre Frau bereits einige Tausend Hektoliter nach Dänemark exportiert hat. Und er ist gut. Sie bezieht ihn von unseren Verbündeten.«

Craemer betrachtete das fein ziselierte Glas.

»Also kein Wodka.«

»Der Wacholder Ihrer Frau kommt aus Österreich.«

»Verstehe.«

Nachdem sie angestoßen und ihre Gläser geleert hatten, wechselte von Waldthausen recht plötzlich das Thema.

»Sie sind, wenn ich richtig informiert bin, im Nachrichtendienst der Preußischen Armee für Frankreich und Russland zuständig. Sektion III b Auslandsspionage. Ist die Bezeichnung korrekt?«

»Das haben Sie hoffentlich nicht von meiner Frau. Eigentlich ist die Sektion ...«

»Eine Organisation, von der nicht viele wissen und auch nicht viele wissen sollen. Aber ich bin Diplomat. Ich führe Gespräche mit den verschiedensten Persönlichkeiten ...«

»Und Sie füllen Ihren Wacholderschnaps in sehr große Gläser.«

»Ja, das erleichtert vieles. Was übrigens Ihre Frau angeht ... Die war ausschließlich an geschäftlichen Kontakten wegen des geplanten Exports von Wacholderschnaps interessiert. Über Ihre Tätigkeiten haben wir nicht gesprochen.«

»Nun gut, wenn Sie so viel hören ...«

Craemer fragte den Gesandten, ohne weitere Umwege, ob

ihm vielleicht dank seiner diplomatischen Verbindungen etwas über die Hintergründe der russischen Schießerei im Berliner Zoo zu Ohren gekommen sei. Von Waldthausen hatte zwar davon gehört, war aber aus Berlin angewiesen worden, in der Sache keine sondierenden Gespräche zu führen.

»Von wem kam diese Anweisung?«

»Das kam aus der Sektion III b.«

»Aber nicht aus meiner Abteilung.«

»Richtig. Und das hat mich gewundert.«

»Oberst Kivitz?«

»Richtig. Das war höchst ungewöhnlich und auch weit abseits des normalen Dienstwegs. Davon abgesehen ist Kivitz für die innere Abwehr zuständig, nicht für Russland.«

»Allerdings«, entfuhr es Craemer. »Ich hätte nicht gedacht, dass er so aktiv ist, in einer Sache, die er mir gegenüber für eine Abrechnung zwischen einfachen Verbrechern hielt.«

»Ich soll mich ruhig verhalten und nur ihm persönlich Bericht erstatten. Dabei könnte mich eine solche russische Angelegenheit durchaus interessieren. Hier in Kopenhagen findet zurzeit der 8. Internationale Sozialistenkongress statt. Einige Delegierte sind bereits in der Stadt. Ist ja immer so. Zurzeit beraten sich die Frauen.«

»Wozu das?«

»Nun, im Moment läuft in diesem Rahmen die zweite Internationale Sozialistische Frauenkonferenz. Aber was die Frauen da zu besprechen haben, wird das deutsche Militär weniger interessieren. Die Eröffnungssitzung der Hauptkonferenz ist auf den 28. festgesetzt. Ich nehme an, genau deshalb sind Sie nach Kopenhagen gekommen.«

»Weiß man, wie viele Delegierte dort erwartet werden?«

»Es ist von 900 Teilnehmern die Rede.«

Im Verlauf des weiteren Gesprächs erfuhr Craemer, dass von Waldthausen sich wegen der Sozialisten, unter denen natürlich auch viele Russen waren, bis jetzt keine Sorgen machte. »Auch die dänische Regierung hat da keine Befürchtungen. Anders verhält es sich mit einigen Aktivitäten der Engländer, die möglicherweise die Marine betreffen.«

»Es tut mir leid, aber ich bin in der Sektion nicht für England zuständig. Um noch einmal auf den Sozialistenkongress zu sprechen zu kommen.«

»Ihnen schwebt vor, getarnt als Vertreter der Presse daran teilzunehmen?«

»Woher ...?«

»Nun, das zu erraten ist nicht schwer. Gemeinsam mit Ihrer Frau?«

»Sie können Gedanken lesen.«

»Das nicht, aber das kleine Einmaleins ist mir geläufig.«

»Ich hoffe nur, ich werde von niemandem erkannt.«

»Unwahrscheinlich. Machen Sie sich ein bisschen zurecht«, schlug von Waldthausen vor. »Schlüpfen Sie in eine Rolle. Davon abgesehen ... Da kommt eine so unüberschaubare Anzahl an Delegierten, da fallen Sie kaum auf.«

»Um, wie Sie sagen, in eine Rolle zu schlüpfen ...«

»Ich mache Ihnen eine Verbindung zum Königlich Dänischen Theater.«

»Und Sie finden nicht, das ist ein bisschen albern?«

»Sie wollen unerkannt bleiben, nicht ich.«

Als sich die nun anschließende Unterhaltung über das Königlich Dänische Theater einigermaßen erschöpft hatte, wurde Julius von Waldthausen ernst.

»Noch mal wegen der Schießerei im Zoo ... Und bitte halten Sie mich nicht für jemanden, der an Dingen interessiert ist, die ihn nichts angehen. Aber hier in der Botschaft und auch unter den Angehörigen unserer Mitarbeiter wird debattiert und gestritten. Teils sehr leidenschaftlich.«

»Es tut mir leid, aber ich weiß nicht mehr, als Ihnen vermutlich längst bekannt ist. Es gab eine Schießerei, es gab Tote und …«

»Ich weiß, dass geschossen wurde, aber … Dieses kleine Mädchen. Wurde das wirklich von einer Bärenmutter beschützt?«

»Ja, das wurde ausermittelt und gilt inzwischen als gesicherte Tatsache.«

Julius von Waldthausen atmete tief durch. »Das wird hier alle ein wenig beruhigen.« Und wieder schlug der Tonfall bei von Waldthausen ganz plötzlich um. »Ich diene dem Deutschen Reich und um das gut tun zu können, diene ich auch dem dänischen König. Worum es geht. Unsere Admiralität ist beunruhigt. Eine Gruppe englischer Geschäftsleute hat versucht, an der Küste Land zu kaufen. Zum Glück ist es dem dänischen Geheimdienst gelungen, rechtzeitig herauszufinden, dass dort die Errichtung eines großen Tanklagers für Schiffsdiesel geplant war. Fast könnte man glauben, die Admiralität Ihrer Königin würde planen, dort Schiffe mit dem nötigen Nachschub zu versorgen.«

»Englische Schiffe auftanken im Falle einer militärischen Auseinandersetzung?«

»Richtig«, sagte von Waldthausen. »Nun fährt der dänische König Friedrich VIII aber den Kurs, sich im Falle eines europäischen Konflikts strikt neutral zu verhalten. Das Geschäft mit den Engländern kam also nicht zustande. Sollten Sie oder Ihre Abteilung Hinweise darauf erhalten, dass die Engländer, zum Beispiel an der Küste Schwedens, ein solches Depot errichten wollen, dann informieren Sie mich bitte umgehend.«

»Natürlich.«

»Nun gut. Wenn Sie nicht noch ein weiteres Gläschen Wacholderschnaps wünschen …«

»Danke, im Moment nicht.«

»… und wenn Sie keine weiteren Fragen haben …«

Craemer erhob sich.

»… dann grüßen Sie doch bitte Ihre Frau ganz herzlich von mir. Und wo ich das gerade sage. Ich würde Ihnen anbieten, dass wir die Anrede in Zukunft etwas weniger förmlich gestalten. Ich heiße Julius.«

Der Adamsapfel von Craemer bewegte sich. Es wurde bereits erwähnt. Es war das charakteristische Auf und Ab beim Schlucken.

»Albert.«

Bevor Major Craemer den Raum verließ, warf er noch einen letzten Blick auf den Kronleuchter. Er war nicht nur groß und prächtig, er sagte noch mehr. Von Waldthausen hatte sicher gute Kontakte nach Russland. Craemer hätte ihm gerne weitere Fragen gestellt, aber der Diplomat, so leutselig er sich auch gegeben hatte, war immer noch der Gesandte des Deutschen Reiches. Und die so überaus lockere Manier, die er dem Gespräch gegeben hatte, das war nichts als das routinierte Geplänkel eines Diplomaten. Von Waldthausen war bekannt dafür, sich in jeder Situation zurechtzufinden.

Und mit jedem auszukommen. Allein diese rührende Art, sich nach dem Kind im Bärenkäfig zu erkundigen … Alles sehr nett, aber auch alles Manier.

Es war nicht schwer, aus von Waldthausens diplomatischer Position wie auch aus der Tatsache, dass er einen Adelstitel im Namen trug, auf eine exzellente Ausbildung zu schließen und eine Gewöhnung von Kindesbeinen an, die auf Umgangsformen, Halbwahrheiten, Schmeicheleien fußte. Und selbst wenn Helmine gemeint hatte, er sei frech, teils frivol …

Saufkumpan! Also, was meiner Frau manchmal so durch den Kopf geht ...

Craemer sah von Waldthausen auf Bällen und diplomatischen Versammlungen. Stets sich selbst gefallend in seiner geistigen wie manierlichen Verfeinerung. Und eben auch geübt in der Kunst der Täuschung. Das hatte Major Albert Craemer mit ins Kalkül gezogen. Er war nicht redselig geworden.

33

(GENDARM HABERT WIRFT SEINE NETZE AUS)

Als Gendarm Habert in Kopenhagen eintraf, war es bereits dunkel. Er hatte auf dem Schiff, das ihn von Rostock hergebracht hatte, geschlafen und er brauchte nicht viel Schlaf. Davon abgesehen drängte die Zeit. In dieser Stadt die Spur des entflohenen Leutnant Senne wiederzufinden, würde nicht leicht werden.

Und ich habe kein Fahrzeug.

Wie auch immer er vorgehen würde, er brauchte erst mal ein Bier. Also steuerte er gleich die erstbeste Gastwirtschaft im Hafen an. Es war klüger, seinem Gelüst gleich hier nachzugehen, denn es war bereits nach 23 Uhr. In der Stadt hatten vermutlich längst alle Gastwirtschaften geschlossen.

Habert trank nicht vier Bier, sondern nur zwei. Er hatte noch etwas vor und wollte nicht den Eindruck erwecken, getrunken zu haben. Bevor er sich auf den Weg in die Stadt machte, bat er den Wirt um Stift, Papier sowie einen Briefumschlag. Dann nahm er sich die Zeit, seiner Frau zu schreiben. Er hielt den Bericht kurz, es wurden kaum vier Seiten. Und doch brauchte er seine Zeit, das Schreiben abzufassen. Denn seine Frau, Franziska hieß sie, es wurde kurz erwähnt, war keine geborene Berlinerin. Sie kam, genau wie er, mehr aus dem Süden. Seine Franzi – sie mochte diese Verkürzung ihres Namens wirklich gar nicht –, die sich doch so gut auf Dampfnudeln, Geschnetzeltes in Sauerrahm und andere Leckereien verstand, die hielt nichts von unpersönlichem Geschreibsel.

Als er mit seinem Brief fertig war, klebte er den Umschlag zu, schrieb die Adresse darauf und winkte den Wirt heran.

»Ich bräuchte eine Briefmarke. Das Schreiben geht ins Deutsche Reich.«

Der Wirt brachte das Gewünschte und erklärte Habert auch gleich, wo der nächste Briefkasten sei.

Es regnete. Nicht stark. Es handelte sich eher um einen sehr feinen Sprühregen. Genau so hatte Habert sich das vorgestellt. Er kannte Kopenhagen ganz gut, war bereits mehrfach hier gewesen. Damals noch nicht im Auftrag von Kommissar Adler.

Erst mal den Brief einwerfen, das ist das Wichtigste.

Bevor Gendarm Habert den Brief an seine Frau in den Schlitz schob, tat er etwas, das nicht alle Männer tun, die ihrer Frau von unterwegs schreiben. Es war etwas ganz Schlichtes, das aber doch eine Bedeutung hatte. Habert drückte seine vollen Lippen aufs Papier und gab dem Schreiben somit einen Kuss mit auf den Weg. Verbunden war diese Geste mit einigen Gedanken höchst privater Natur, die einem Gefühl starker allgemeiner Zuneigung und ebenfalls starker, allerdings eher momentaner Begierde entsprangen.

Nachdem das erledigt war, führte ihn sein Weg zur Deutschen Botschaft. Er musste lange klingeln. Was ihn nicht wunderte, es war bereits halb zwei Uhr nachts.

Der Mann, der ihm schließlich öffnete, machte eine tiefe Verbeugung, als er Habert erkannte. Dann führte er ihn direkt zu Julius von Waldthausen.

Der Raum hatte sich nicht verändert, für seinen Kumpan aus alten Zeiten galt das Gleiche.

»Julius, mein Freund.«

»Hubert. Was für eine schöne Überraschung. Und was für eine Koinzidenz! Eben erst war jemand aus Deutschland hier.«

»Ach ja?«

»Ein Oberst Craemer.«

»Na, das ist ja schon mal ganz interessant. Noch mehr allerdings interessiert mich, was du mir zu trinken anbieten wirst.«

»Alles, was du dir wünschst.«

»Du kennst mich.«

»Also Bier.«

Gendarm Hubert Habert nahm ohne auf eine Aufforderung zu warten in einer kleinen Sitzgruppe Platz, von Waldthausen kam mit dem Bier.

»Nur vier Flaschen? Willst du mich gleich wieder rausschmeißen?«

»Ach Hubert. Wenn wir mehr brauchen, hol ich uns mehr. Wir kennen uns jetzt so lange. Wie gehts Franzi?«

»Gut gehts der. Ich beziehe jetzt regelmäßig ein Sondersalär, und die Franzi hält uns das Geld schön zusammen. Noch zwei Jahre, dann kaufen wir uns ein Haus. Draußen im Grunewald. Wegen der Kinder.«

»Wie viele sind es inzwischen?«

»Fünf. Drei Mädchen, zwei Jungen. Das sechste ist unterwegs.«

»Immer fleißig, immer noch der Alte.«

»Nein, nicht mehr der Alte.«

»Oh. Eine Krankheit?«

»Doch nicht so was. Nein, aber mit den Weibergeschichten ist schon lange Schluss. Nach dem dritten ist mir aufgegangen, dass ich mich auf die eine festlegen will. Wohl auch, weil ich die Franzi nun doch sehr in mein Herz geschlossen habe.«

»Du redest so komisch. Hat man dich noch mal zur Schule geschickt?«

»Ach, nicht doch. Alles Verstellung. Du kennst mich.«

»Dann Prost.«

»Prost, Julius.«

Sie tranken. Gendarm Habert leerte sein Glas einer alten Gewohnheit folgend in einem Zug, von Waldthausen füllte es, ebenfalls einer alten Gewohnheit folgend, sofort nach.

»Pass auf, Julius. Bevor wir am Ende zu betrunken sind ... Ich brauche deine Hilfe.«

»Worum gehts?«

»Ich bin auf der Suche nach einem Deutschen, der vermutlich heute Morgen hier eingetroffen ist. Die Fähre um 9 Uhr 30 nehme ich an. Ein Leutnant, der sehr von seinen Eltern vermisst wird. Er ist Adjutant bei Oberst Kivitz.«

»Der Name Kivitz fiel heute Abend bereits.«

»Ach. Sucht Craemer unseren Leutnant ebenfalls?«

»Nein, dem ging es um eine Schießerei.«

»Im Zoo.«

»Genau.«

»Dachte ich mir schon, dass das zusammenhängt. Kurz gesagt ... Na, Prost noch mal.«

»Auf unsere Freundschaft.«

»Ein guter Grund für einen guten Schluck.«

»Was wolltest du denn sagen, ehe wir aufs Trinken kamen?«

»Nichts weiter. Nur eben diese Bitte. Ich muss wissen, wo der Leutnant Senne steckt. Also wirf deine Netze aus, setz in Bewegung, was in Bewegung gesetzt werden muss.«

»Zu Befehl, mein Hubert.«

»Brav.«

Es waren die letzten Worte dienstlicher Art.

34

(LEUTNANT SENNE AUF DEM MEER)

Der Mond schien hell, das Wasser lag still.

Leutnant Senne fühlte sich schlapp und entmutigt. Seit bald dreißig Stunden hing das Segel nun schon schlaff hinab. Dabei hatte der Fischer …

Lump!

… den er überredet hatte, ihn zu der Insel überzusetzen, steif und fest behauptet, über dem Öresund wehe immer ein guter Wind.

Ihr Wasservorrat ging zur Neige und gleichzeitig war um sie herum nichts als Wasser. Leutnant Senne fühlte sich so ausgetrocknet, dass er kaum einen Gedanken zusammenbrachte. Schlimmer noch, sein gesamtes Denken hatte sich auf ein Weniges reduziert.

Ein Lump …

Den Fischer schien die Windstille nicht weiter zu stören. Er hockte einfach da und starrte hinaus auf die mondbeschienene, schwarzglänzende See, in einer Art, als warte er auf einen Maler, der ihn so, wie er vorne am Bug saß, der Nachwelt erhielt. Von diesem selbstgenügsamen Starren abgesehen war die Konversation ohnehin schwierig. Sie fand auf Englisch statt, und sein Fährmann sprach nur ein paar Brocken.

Ein Lump, ein gemeiner …!

Leutnant Senne war längst klar, dass er bei der Bezahlung seines Fährmanns einiges falsch gemacht hatte. Zum einen hatte er dem zweifelhaften Gesellen zu schnell eingestanden, dass er von der Seefahrt, insbesondere in einem so kleinen Boot, nicht das Geringste verstand. Zum anderen hatte er ihm viel zu viel Geld für die Passage geboten.

Dem Lump sind ja fast die Augen rausgefallen.

Überhaupt hatte er sehr viel falsch gemacht. Nicht erst in dieser Sache.

Da er nicht schlafen konnte, da schon seit Ewigkeiten nichts geschah und wohl auch, um Hunger und Durst ein wenig in Grenzen zu halten, ging Leutnant Senne die Stationen seines Verhängnisses noch einmal durch.

Wie konnte ich mich von Anna so einwickeln lassen?

Gleich der nächste Gedanke löste den ersten vollkommen auf.

Wie konnte ich sie nur so verführen und in Gefahr bringen.

Es war ein Hin und Her. Hatte nicht eher sie ihn verführt als er sie? Zuerst mit Worten, dann mit ihrem Körper und zuletzt mit Gedanken. Welcher dieser drei Fanghaken die stärkste Wirkung gehabt hatte? Leutnant Senne hätte es nicht mit Sicherheit sagen können. Es ging hin und her.

Eine Liederliche! ... Sie schwebt in Lebensgefahr.

Und so wiederholte sich hier in der Nussschale seines Fährmanns, was ihn schon am Stall von Witvogels Hippodrom umgetrieben hatte. Es ging um den Tod, daran bestand kein Zweifel. Denn zunächst, da hatte er sich doch das Leben nehmen wollen. Weil er unter den Verführungskünsten und dem Gesäusel einer Frau zum Dummkopf und Verräter an seinem Land geworden war. Dann aber hielt er es doch eher für möglich, dass nicht Anna die Schuldige war, sondern dieser Fjodor.

Der Mann ihrer Schwester ...

Und als bräuchten seine Gedanken einen Refrain, ging es wieder hin und her.

Vermutlich alles gelogen ... Anna ist in höchster Gefahr.

Dass er sich so seiner Redseligkeit hingegeben hatte, war das Beschämendste an der ganzen Angelegenheit.

Der Wein, die sonderbaren Zigaretten ...

Er hatte zu viel getrunken an dem Abend, als Anna ihm von ihrem Schwager erzählte und von dessen dringlichem Wunsch, sein Land zu verlassen. Und dieser Fjodor arbeitete auf der Baltischen Werft in Sankt Petersburg.

»Zusammen mit deutschen Ingenieuren«, hatte Anna gesagt und sich das nicht erklären können.

Er hatte sofort geahnt, worum es da ging.

Im Grunde um nichts.

Behutsam hatte Leutnant Senne seinen Chef, Oberst Kivitz, noch mal genauer ausgehorcht. Ihm sei zu Ohren gekommen, in der Baltischen Werft in Sank Petersburg würden deutsche und russische Ingenieure gemeinsam ...

»Eine Nummer!«, hatte Oberst Kivitz ihm lachend erklärt. »Die machen da letztlich gar nichts. Es geht nur darum, den Russen zu zeigen, dass wir jederzeit bereit sind, ihnen zu vertrauen und mit ihnen zusammenzuarbeiten. Das ist eine rein symbolische Zusammenarbeit, eine diplomatische Arabeske ohne Bedeutung. Die Einzigen, die das interessieren könnte, sind die Engländer.«

Somit waren die Engländer sicher bereit, eine große Summe zu zahlen, wenn es ihnen gelänge, einen dieser russischen Ingenieure in die Finger zu bekommen.

Vermutlich wollen sie gar keine Konstruktionspläne oder Ähnliches. Sie möchten jemanden befragen, was überhaupt da geschieht und wie eng die Beziehungen zwischen uns und den Russen sind. Eine Nummer. Kapriolen der Diplomatie. Luft.

Von all dem hatte er Anna erzählt.

Warum? Um ihr zu imponieren? Hätte ich wissen können,

dass sie das ernst nimmt? Eine Frau wie sie? Und Fjodor, der wollte nach England. Lächerlich. Letztlich kann er doch kaum etwas sagen.

Aber wer hatte den Plan der Übergabe entwickelt? Wie waren sie auf diese Insel im Öresund gekommen?

Wenn, dann doch nur im Spaß!

Ihm war, als hätte dieses Gespräch nur in seiner Fantasie stattgefunden.

Allein der Name der Insel klingt wie aus einem Märchen oder Kinderbuch.

Und nun war es wegen dieser angeblich so lächerlichen, diplomatischen Kapriolen zu einer handfesten Schießerei gekommen. Er hatte das Protokoll von Kommissar Adler studiert und da war von einem Fjodor die Rede und von einer Frau, bei der es sich eindeutig um Anna handelte. Offenbar steckte doch mehr hinter dieser Sache als Luft und das Gespinst eines Märchens.

»Aber das alles habe ich doch gar nicht wissen können!«

Sein Fährmann vorne am Bug der Nussschale drehte sich um. Hatte er eben seinen Gedanken laut ausgesprochen?

Eine unbeteiligte Frau war erschossen worden, ein Kind wurde nur durch Zufall vor dem Tode bewahrt.

Wie hätte ich das ahnen können?

Seine Anna hatte sich offenbar auf etwas Verhängnisvolles eingelassen, das nicht nur das Deutsche Reich betraf, sondern auch Russland. Die russische Geheimpolizei würde ihr mit Sicherheit weiter nach dem Leben trachten. Anna schwebte in akuter Gefahr und war, möglicherweise ohne es überhaupt zu begreifen, zur Verräterin geworden.

»Aber vielleicht war das auch gar kein Versehen, sondern Hochverrat!«

Wieder drehte sich sein Fährmann um.

Ich muss aufpassen, darf mich nicht zu sehr erregen.

Vor allem aber musste er in Ordnung bringen, was er angerichtet hatte. Er war schließlich kein Lump. Um aber alles in Ordnung bringen zu können, musste er endlich auf diese lächerliche Insel gelangen und ...

Meine einzige Spur, wenn, dann ist Anna dort.

Er hatte am Stall bei Witvogels Hippodrom ohnehin sterben wollen. Es gab also keinen Grund, nicht alles zu riskieren, alles auf diese eine Karte zu setzen.

Entscheidung auf Lykkeland ...

Allein schon der Name der Insel war lächerlich. Und doch ...

Wie gut, dass ich meinen Revolver da am Stall nicht weggeworfen habe!

... immer, wenn er sich seinen heldenhaften Kampf gegen in seiner Fantasie höchst gefährliche Schergen der russischen Ochrana vorstellte, geriet er in Wallung. Dann straffte sich sein Körper und er vergaß alles, was ihn bedrückte. Sobald die Aufwallung vorbei war, spürte er wieder Durst und Hunger.

Und das Meer um sie herum lag immer noch spiegelglatt.

Und der Mond beleuchtete es mit seinem silbernen Licht.

Und noch immer verfing sich kein Lüftchen im Segel.

Lump ...

Sein Hass auf den grässlichen Kerl vorne wuchs.

Und gleichzeitig sind wir aneinander gebunden ...

Er und sein Fährmann würden eine weitere Nacht auf dem offenen Meer verbringen. Leutnant Senne hoffte inständig, er könne vielleicht doch noch ein wenig schlafen.

35

(AUFRICHTIG SEIN)

Helmine war noch wach, als Craemer von seiner Unterredung mit von Waldthausen zurückkehrte. Und so, wie sie ihn ansah, erwartete sie, dass er sich ihr gegenüber aktiv zeigte, dass er ihr einen weiteren der Verse vortrug, die er seit geraumer Zeit studierte.

Es war nicht so, dass er generell abgeneigt gewesen wäre, das zu tun, doch war er geschwächt von all dem Cognac, den er im Laufe des Tages getrunken hatte.

Viele hätten sich unter diesen Umständen in ihr Bett fallen lassen und die Augen geschlossen.

Zum Glück aber war Major Albert Craemer ein Mann in den besten Jahren. Dazu kam, dass er regelmäßig seine gymnastischen Übungen absolvierte und als ehemaliger Kadett, Soldat und Leutnant schon in jungen Jahren viel trainiert hatte. Das alles wog den Schnaps auf, dem er und Julius von Waldthausen zugesprochen hatten.

»Du wolltest mir die Übung vorführen, die du zuletzt praktiziert hast«, forderte Helmine erneut. »Im Zug hast du es mir versprochen.«

»Es sind Verse, keine Übungen.«

»Ich muss sagen, das ist mir beinahe egal«, erwiderte sie.

Also zog er sich geschwind aus und entriss ihr mit der gebotenen Dynamik die Bettdecke.

»Nun also der erste Vers ...«

Es war ein kleines Büchlein gewesen, das sie ihm vor einigen

Monaten überreicht hatte. Zunächst hatte Craemer gemeint, es ginge um Nahkampfübungen. Schnell war er misstrauisch geworden, denn die zahlreichen Abbildungen stellten eindeutig körperliche Beziehungen zwischen Mann und Frau dar. Ein Umstand, der gegen Kampfhandlungen sprach. Mochte auch so mancher Mann in seinen Kreisen das Verhältnis zwischen den Geschlechtern als Kampf sehen.

Nein, es ging nicht ums Kämpfen. Der Inder, der die *Verse des Verlangens* einst verfasste, hatte etwas anderes gemeint. Der philosophische Hintergrund dieser Verse ...

Schon das unterschied die Sache von militärischen Übungen!

... behandelte die sexuellen Operationen als eine Form der Transformation. Die Übungen trugen Titel. So war es jederzeit möglich, den Partner um etwas Konkretes zu bitten, ohne alles im Detail aussprechen zu müssen.

Heute begann Craemer mit dem *Glühenden Wacholder*. Nachdem er den Vers bis zum Abschluss mit Helmine durchexerziert hatte, war eine kurze Pause nötig.

Helmine hatte die Getränke und den Imbiss aus Meeresfrüchten schnell zur Hand. Danach war sie dran und forderte das *Vorhängeschloss*. Auch diese Übung absolvierte ihr Mann ohne Fehl und Tadel. Nach einer weiteren Pause und da aller guten Dinge nun mal drei sind, verlangte sie den *Gefallenen Engel*.

Danach lagen beide einigermaßen erschöpft nebeneinander und schwiegen.

Aber nur eine Weile, Helmine kam bald wieder zur Besinnung.

»Was für Formen der Treue sind dir heilig?«

Er musste erst eine Weile nachdenken.

»Nun die Treue meiner Frau gegenüber.«

»Brav. Bezieht sich das nur auf Körperliches?«

»Wie meinst du?«

»Nun, für mich gehören zur Treue auch die Aufrichtigkeit und das Verbot, den anderen zu belügen.«

»Nicht jedes Geheimnis ist eine Lüge«, konterte er, ohne allzu weit von der Wahrheit abzuweichen, und wies darauf hin, dass er als Mitglied des Preußischen Militärischen Abwehrdienstes natürlich generell zur Geheimhaltung gezwungen sei.

Während Craemer sprach und seiner Frau die Pflicht des Dienstes erklärte, hatte er, wie schon so oft in letzter Zeit, das Gefühl, dass er sie belustige. Überhaupt stellte Helmine in letzter Zeit oft Fragen, die mit Verantwortung und Treue zu tun hatten. Hing das vielleicht damit zusammen, dass sie ein Kind erwartete? Oder besaß sie das, was man einen sechsten Sinn nannte?

Nun, das fällt bei Helmine wohl beides in eins.

Er war in letzter Zeit aus beruflichen Gründen bereits einige Male gezwungen gewesen, von seinem Wunsch, aufrichtig zu sein, abzuweichen.

Mit einiger Erleichterung registrierte er schließlich, wie sich der Klang ihrer Stimme veränderte. Und es war dann so, wie er es kannte. Sie schlief ein. Auch er war müde. Also holte er die Bettdecke, die er vorhin mit so viel Lust und Wucht ins Zimmer geschleudert hatte, und deckte Helmine sorgfältig zu. Kurz darauf schlief auch er.

(VIERTER TAG – ANNA UND FJODOR VERLASSEN IHR HOTEL)

Fjodor Judin hatte das Gefühl zu ersticken. Der Grund: Er war keine Federbetten dieser Qualität und Dicke gewohnt. Als er aufwachte, strampelte er sich frei und stand schnell auf. Anna lag neben ihm und öffnete eben die Augen.

»Gut geschlafen?«, fragte sie.

»Ja. Aber diese Decken. Ich glaube, ich habe geträumt, ich sei unter Wasser und etwas Schweres läge auf meiner Brust.«

Am Abend zuvor, hatte er da nicht gestaunt? Anna hatte ihn in ein pikfeines Hotel geführt. Und sie ging mit dem Portier um, als sei sie es gewohnt, in Herbergen dieser Qualität zu nächtigen. Sie hatten miteinander geschlafen. War es nicht so gewesen? Er war sich nicht sicher, ob ihr die Tatsache, dass er sie in dieser Weise belohnte und verwöhnte, überhaupt etwas bedeutete. Er wusste ja selbst nicht, worauf sein Verlangen eigentlich gründete. Mann und Frau jedenfalls waren sie nicht.

»Das hat ein bisschen Methode bei dir, oder?«, fragte sie.

»Was hat Methode?«

»Dein Misstrauen, deine ständige Angst, man wolle dir Böses.«

»Lass mich, ich bin noch nicht wach.«

Eine Stunde später verließen sie das Hotel.

Und was für ein Hotel das war. Erst jetzt, bei Tage, sah er, wohin ihn Anna in der letzten Nacht geführt hatte.

Allein das Frühstück …

Fjodor hatte sich nicht mal im Traum vorstellen können, dass es sich manche Menschen so gut gehen ließen.

Und schon stieg erneut Verdacht in ihm auf. Für eine Revolutionärin schien ihm Anna doch sehr an Luxus gewöhnt. Als Ingenieur einer großen, Sankt Petersburger Werft war er nie arm gewesen, aber dieser Luxus war ihm doch fremd.

Ihr offenbar nicht ...

Was hätten Witalij und Sergej gesagt, wenn sie das noch hätten erleben dürfen.

Andererseits ...

Ihr Tod war nicht ganz ohne Nutzen für ihn.

Nicht ganz ohne Nutzen.

Der Satz ging ihm immer und immer wieder durch den Kopf. Und es waren, so meinte er später, diese vier Worte, die bei ihm die Verwandlung zum Besseren einleiteten.

Anna ging mit ihm einkaufen, ging mit ihm zu einem französischen Coiffeur, kleidete ihn völlig neu und ganz nach ihrem Geschmack ein. Anschließend gingen sie sehr vornehm essen.

Es gab Momente an diesem Nachmittag, da beschlich ihn das Gefühl, Anna hätte nicht einfach so in einem guten Hotel mit ihm übernachtet. Nicht einfach so gute Kleider für ihn gekauft und fürstlich mit ihm zu Mittag gegessen. Das Ganze hatte, dahin jedenfalls tendierte sein noch immer überreizter Verstand, fast schon etwas von einem Training.

Nur wofür? Für die Revolution?

Er wusste es nicht. Eins aber war ihm klar. Ihm gefiel dieses Leben. So gesehen hatte sich sein Verrat, der ihn doch in der Nacht an der kleinen gusseisernen Brücke noch so bedrückt hatte, gelohnt. Und selbst der Tod seiner beiden Genossen hatte letztlich etwas Gutes. Es würde mehr Geld für ihn und Anna abfallen. Und niemand würde ihn reinlegen. Niemand. Es hatte eigentlich nur diese Kleinigkeit gefehlt. Gut essen. Jetzt war er wieder auf dem Damm und allem gewachsen.

36

(GUSTAV UND LENA SPRECHEN MIT ARTUR KALISCH)

Gustav und Lena hatten die Sektion III b im Königspalais verlassen, um bei *Hankel* im Tiergarten ihr Mittagsmahl einzunehmen. Es war ein typischer Berliner Spätsommertag, mit großen weißen Wolken, die, ähnlich einem gut gewachsenen Blumenkohl, breit und satt hinauswollten. Als sie fünf Minuten später am Denkmal für den Kriegsminister Albrecht von Roon vorbeikamen, sprach sie ein junger Mann an.

»Verzeihung, darf ich fragen … Sind Sie das Ehepaar Nante?«

Der Fremde sprach eindeutig mit russischem Akzent. Gustavs Gesicht drückte aus, dass er nicht ganz verstand. Lena reagierte schneller.

»Das Ehepaar Nante, ganz recht. Wie können wir Ihnen helfen?«

Lena hatte zwar nicht viel übrig für Männer mit Vollbärten, doch in diesem Fall machte sie eine Ausnahme. Es lag an den Augen. Die hatten einen Ausdruck, als gäbe es jederzeit einen guten Grund, das Leben zu lieben.

Gustavs Gesicht drückte eher Misstrauen aus, als der junge Mann mit seinem Geplänkel fortfuhr.

»Ich muss um Entschuldigung bitten, Sie bei Ihrem Spaziergang zu belästigen, aber mir wurde aufgetragen, Sie ganz lieb zu grüßen.«

»Ach, wie nett. Und wer richtet seine Grüße auf diesem Weg aus?«, fragte Lena, obwohl sie bereits ahnte, mit wem sie es zu tun hatten.

»Letztlich wohl Major Craemer. Er wiederum bat den Leutnant von Selchow, mich zu ermutigen ...«

»Kalisch«, murmelte Gustav.

»Ganz recht, der bin ich. Mir wurde gesagt, Ihnen beiden läge daran, etwas mehr über uns russische Studenten zu erfahren. Es hat mich gefreut, das zu hören. Nicht alle sind dieser Tage gut auf uns Russen zu sprechen. Sie haben ja sicher von dieser grässlichen Schießerei im Berliner Zoo gehört. Ehe die Angelegenheit nicht vollständig aufgeklärt ist, wird sich an dieser Abneigung wohl wenig ändern.«

»Darauf können Sie Gift nehmen«, sagte Gustav.

Lena wartete eine Antwort von Kalisch auf diesen Affront gar nicht erst ab. »Wir waren gerade auf dem Weg zum Restaurant Hankel. Vielleicht möchten Sie uns begleiten.«

»Gerne. Natürlich nur, wenn Ihr Mann nichts dagegen hat.« Für einen kurzen ... einen wirklich sehr kurzen Moment hatten die Augen von Kalisch etwas ausgedrückt, das nichts mit einer Liebe zum Leben zu tun hatte. Er fing sich fast augenblicklich.

Während sie bei wechselndem Licht unter einer Allee noch junger Linden auf das Restaurant Hankel zugingen, wurde geschwiegen.

Der Außenbereich des Lokals, das etwas entfernt Asiatisches hatte, befand sich auf einem kleinen Plateau, das sich in drei sanften Stufen zum umgebenden Terrain hin aufstufte. Die dabei entstandenen schmalen, teils leicht gegeneinander versetzten Terrassen, die wohl dem Bilde nach an Reisterrassen erinnern sollten, hatten die städtischen Gärtner mit kräftigen Teehybriden bepflanzt. Rosen also, die überreichlich in den Reinfarben Weiß, Rot und Gelb blühten.

»Habt ihr mal diesen wunderbaren kleinen Bericht gelesen, den Fontane über dieses Restaurant und den terrassierten Außenbereich geschrieben hat?«

Lena schüttelte den Kopf.

»›Die Teestube des Kaisers von China‹, ich meine so war der Bericht überschrieben. Fontane hat ihn um 1890 verfasst, er findet sich in einem kleinen Büchlein, das ich nur empfehlen kann. Sehr amüsant. Fontane stellt sich die Frage, woher die deutsche Vorliebe fürs Chinesische kommt. Nun, ich merke schon, Fontane interessiert euch im Moment nicht allzu sehr.«

»Sind alle russischen Studenten so gut wie Sie mit Fontane vertraut?«, fragte Lena.

»Ich fürchte beinahe, das ist nicht der Fall. Nun, er ist ja auch schon seit über zehn Jahren tot.«

»Wie wäre es mit diesem Tisch?«, fragte Gustav, als sie die Terrasse erstiegen hatten.

»Den hätte ich auch vorgeschlagen«, antwortete Kalisch.

Der Tisch stand ein paar Meter von den anderen entfernt vor einer niedrigen, exakt in Form gebrachten Ligusterhecke.

»Sie studieren also in Berlin«, stellte Lena fest, nachdem sie ihre Bestellung bei einem schnell herbeigeeilten Ober aufgegeben hatten.

»Ja. Medizin.«

»Warum nicht in Ihrer Heimat?«, fragte Gustav.

»Ich kam wie viele meiner Kommilitonen nach Berlin, weil es bei uns nicht genügend Studienplätze gibt. Ganz besonders pressierlich ist die russische Situation für jüdische Studenten.«

»Sind Sie ein Jude?«, fragte Gustav.

»Aber ja doch, aber ja. Es stört Sie hoffentlich nicht.«

»O Gott, nein! ... Warum sollte es?«, fragte Lena.

Zwischen diesen beiden Sätzen hatte Gustav sein Gesicht kaum merklich in einer Weise verzogen, die aussah, als habe er etwas gespürt, das ihm unangenehm war. Es gab einen Grund dafür. Lena hatte ihm unter dem Tisch mit einiger Kraft gegen sein Schienbein getreten. Das war natürlich etwas grob. Noch gröber wäre es gewesen, hätte sie gesagt: »Halt einfach den Mund.«

»Und in welchem Semester studieren Sie, wenn ich fragen darf?«

»Ich absolviere bereits das Physikum.«

»Und? Planen Sie nach Ihrem Studium in die Heimat zurückzukehren?«

Kalischs Augen bewegten sich. Er schien zu prüfen, ob sich jemand in der Nähe aufhielt. Das war nicht der Fall. Trotzdem sprach er nun etwas leiser.

»In der jetzigen Situation werde ich ganz gewiss nicht zurückkehren.«

»Wie ist denn die jetzige Situation in Russland?«

»Ist die Aufklärung der Abteilung III b darüber tatsächlich nicht im Bilde?«

»Was wissen Sie über die Schießerei?«, fragte Gustav.

»Nichts. Es ist auch nicht mein Auftrag, Ihnen bei der Aufklärung irgendeines Kriminalfalls zu helfen.«

»Sie haben einen Auftrag?«

»So verstand ich Herrn von Selchow.«

»Aber Sie werden doch eine Meinung zu der Angelegenheit haben«, sagte Gustav, der sich inzwischen etwas beruhigt hatte.

»Das Attentat auf den Bildungsminister Nikolaj Pavlovič Bogolepov durch einen ehemaligen Jurastudenten hat die Aufmerksamkeit nicht nur der russischen, sondern auch der preußischen Polizei gegenüber uns Studenten stark erhöht. Dazu kommt noch die ohnehin vorhandene Abneigung gegen Juden. Hier in Berlin gibt es schon seit dem letzten Jahrhundert eine Vorstellung von gefährlichen, revolutionären Studenten aus Russland. Allerdings scheint sich die Berliner Polizei in erster Linie für die Frage zu interessieren, ob die hier lebenden russischen Studenten mit den Sozialdemokraten zusammenarbeiten. Natürlich in einer Weise, die als gefährlich für den preußischen Staat angesehen wird.«

»Ist sie gefährlich?«, fragte Gustav.

»Gefährlicher wäre es, wenn der Preußische Abwehrdienst auf den Gedanken käme, es handele sich bei der Schießerei im Zoo um eine Aktion des Zaristischen Geheimdienstes Ochrana. Denn das würde jene Kräfte in Preußen stärken, die ohnehin davon ausgehen, dass meine Heimat mit anderen europäischen Ländern paktiert.«

»Das heißt, es wäre auch in Ihrem Interesse zu klären ...«

Kalisch nickte. »Natürlich müssen wir wissen, wer da im Zoo geschossen hat.«

»Wir?«, fragte Lena.

»Wir alle, die wir indirekt betroffen sind.«

»Wie könnten Sie uns helfen, damit wir Ihnen helfen können«, fragte Lena.

»Erst mal gar nicht.«

»Ach. Warum diese Abneigung?«

»Ich hege keine Abneigung, ich bin nur vorsichtig. Ich weiß nicht, welche Interessen Sie und die Abteilung III b verfolgen. Deutschland arbeitet sehr eng mit dem Zaristischen Regime zusammen. Davon abgesehen wäre es ein erster Schritt, wenn Ihr Ehemann seine Abneigung gegen Studenten, insbesondere solche jüdischen Glaubens, nicht ganz so deutlich zeigen würde.«

37

(CRAEMER SAGT HELMINE DIE WAHRHEIT)

»Meinst du nicht, es reicht? Helmine!«

»Was denn?«

»Wir haben doch nun schon einiges gesehen.«

»Ein fantastischer Blick, findest du nicht? Bis weit übers Meer ... Das wird dir ja wohl gefallen.«

»Der Blick für sich genommen schon. Nur um zu diesem Blick zu kommen ...«

Sie hatten die Sankt Petri Kirche besucht, die Liebfrauenkirche und jetzt die Dreifaltigkeitskirche. Dort waren sie auf den Aussichtsturm gestiegen.

»Herrlich. Die Luft riecht so gut, findest du nicht?«

Ein hoher Aussichtsturm, wie Craemer fand.

»Na komm ...«

Dann ging es weiter.

»... auf zur Marmorkirche!«

»Die auch noch?«

»Keine Angst, Albert, es ist die letzte.«

»Du meinst, ich habe es gleich geschafft?«

»Was die Kirchen angeht ...«

Das Schloss Christiansborg, welches sie nach der Marmorkirche aufsuchten, war nicht so hoch wie der Aussichtsturm, dafür aber sehr weitläufig. Das Gleiche galt für die Kopenhagener Börse. Nach einem, wie Craemer fand, recht schnell eingenommenen, eher kargen Mittagessen hatten sie dem Botanischen Garten mit seinen Gewächshäusern einen Besuch abgestattet. Danach führte sie ihr Weg dann in die Glyptothek. Helmine kaufte gleich am Eingang einen Führer. Dann sahen sie sich zwei Stunden lang Statuen an und Helmine las ihm längere Passagen aus dem kleinen Buch vor.

Statuen, Statuen, Statuen. Und da? Ah! Weitere Statuen.

Stunden hatte das gedauert. Auch die Glyptothek war weitläufig. Noch anstrengender als das Gehen allerdings empfand Craemer das Stehen. Helmine las ihm vor und er spürte, wie seine Füße pulsend schwollen.

Als sie abends ins Hotel Central zurückkehrten, waren die meisten Gäste bereits zu Tisch, denn das Abendessen war für viele ein Höhepunkt des Tages. Helmine saß kaum, als Craemer sich kurz entschuldigte.

»Ich muss ... Ich hoffe, du verstehst.«

»Mach nur.«

»Es stört dich wirklich nicht?«

»Nein. Auch ich habe zu tun.«

»Was denn zu tun?«

»Geh.«

Kaum, dass Craemer fort war, ließ Helmine sich zwei englischsprachige Zeitungen bringen. Eigentlich interessierte sie als Geschäftsfrau der Wirtschaftsteil. Doch dann stieß sie auf den politischen Seiten auf einen Bericht, der sie lächeln ließ.

In Kopenhagen findet, wie der Leser weiß, noch bis zum 3. September der 8. Internationale Sozialistenkongress der zweiten Internationale statt. Was bedeutet, dass sich einige bedeutende Persönlichkeiten verschiedener sozialistischer Gruppierungen in der Stadt befinden. Eine hochpolitische Angelegenheit, welche die dänischen Polizeikräfte sowie einige Beobachter verbündeter Staaten ...

»Soso«, murmelte sie. »Da wird sich also getummelt.«

Der Kellner, der gerade an ihren Tisch trat, verstand nicht, schien sogar etwas empört.

»Es hat nichts mit Ihnen zu tun«, beruhigte sie ihn. »Bringen Sie mir erst mal ein Glas Wein. Ich warte auf meinen Mann.«

Helmine las weiter, studierte die Liste der erwarteten Ehrengäste. Endlich stieß sie auf den Namen, nach welchem sie gesucht hatte.

Inna Petrov ... Na also, sie ist da. Genau, wie man mir sagte. Sehr gut, dann war es ja richtig nach Kopenhagen zu fahren.

Als Craemer zehn Minuten später an ihren Tisch trat, legte Helmine die Zeitung beiseite.

»Du humpelst.«

»Wir sind viel gelaufen.«

»Und doch hast du dich noch einmal auf den Weg gemacht. Was gab es so Wichtiges?«

»Nur telefoniert. Eine Verabredung mit dem Königlichen Dänischen Theater in die Wege geleitet.«

»Jetzt noch?«

»Morgen früh.«

»Wir besuchen dort eine Vorstellung?«

»Später. Lass uns erst mal was essen.«

Albert Craemer war nervös, schwitzte sogar ein wenig.

Sein Entschluss war in der Glyptothek gefallen. Einen weiteren Tag in Helmines Tempo würden seine Füße nicht durchhalten. Er hatte sich daher entschlossen, ihr von dem Sozialistenkongress zu erzählen, den er besuchen wollte.

Nur wie?

Er hatte ihr doch hoch und heilig versprochen, nichts Dienstliches zu unternehmen.

Die Wahrheit immer wieder aufgeschoben. Das hast du jetzt davon.

Er nutzte die Gelegenheit, als Helmine ihn nach dem Dessert fragte, wie eigentlich das Gespräch mit Julius von Waldthausen am Vorabend verlaufen sei.

»Du hast den ganzen Tag kein Wort darüber verloren.«

»Weil nicht alles für jedes Ohr bestimmt ist. Aber er lässt dich grüßen. Offenbar hast du ihn schwer beeindruckt.«

»Wie nett. Und in welcher Hinsicht?«

»Als Tanzpartnerin, als Geschäftsfrau und ... Vor allem wohl als Tanzpartnerin. Es schien mir, als sei seine Begeisterung ziemlich umfänglich. Ist mir da etwas entgangen?«

»Das kann kaum sein, denn wäre da etwas gewesen, das du wissen müsstest, ich hätte es dir gesagt.«

»Natürlich.«

»Und sonst? Du wirst ihn nicht nur aufgesucht haben, um mit ihm meine Tanzkünste zu debattieren.«

»Sonst? Nichts Besonderes. Das Einzige, was die Dänen zurzeit interessiert, ist ein Kongress.«

»Ach, ein Kongress?«

»Scheint ein modischer Auflauf junger Menschen zu sein.«

»Ein Auflauf junger Menschen, soso.«

»Nichts, was dich interessieren dürfte. Eine große Anzahl aufgeregter Russen und Sozialisten aller Herren Länder versammelt sich und palavert über eine neue Welt.«

»Eine bessere und gerechtere?«

»Ich glaube, das ist der Gedanke.«

»Und worum geht es noch?«

»Neue Regierungen, neue Maschinen, ja sogar eine neue Kunst und eine neue Mode wollen sie erschaffen. Ganz abgesehen davon, dass einige der Meinung sind, auch Frauen müssten sich an dieser neuen Zeit exponiert beteiligen. Von einer weitgehenden Gleichstellung ist offenbar die Rede. Kurz: Die ganze Welt soll sich ändern. Das Neue, das, worüber morgen die Modejournale und Zeitungen schreiben, wird da beschworen. Es geht also um das glatte Gegenteil von dem, was wir vorhaben. Denn du und ich, wir wollen es uns doch gemütlich machen.«

»Gemütlich machen?«

Zu Craemers Erleichterung, mehr noch zu seiner Verwunderung, hatte Helmine nichts dagegen, »einige junge Russen« kennenzulernen. Ja, sie forderte regelrecht, den 8. Internationalen Sozialistenkongress zu besuchen.

Nun gilt es, vorsichtig zu sein.

»Es tut mir leid, Helmine, aber das geht nicht. Als Mitarbeiter des Preußischen Geheimdienstes kann ich mich nicht mit solchen Modernisten treffen. Das würde ja nach außen hin wirken, als wollte ich nicht nur mich, sondern sogar meine Frau mit irgendwelchen Aufrührern und Revolutionären zusammenbringen. Außerdem müsste ich meine Identität verschleiern, mein Aussehen verändern.«

»Du würdest dich verkleiden?«

»Furchtbar.«

»Und somit für mich zu einem Fremden ...?«

»Allein der Gedanke, dass wir uns noch einmal fremd wären und so tun müssten, als würden wir uns gerade erst ineinander verlieben. So ein falsches Spiel zu treiben. Ganz furchtbar.«

»Es könnte doch einen Reiz haben.«

»Nein, Helmine, das ist sicher nicht das, was du und ich unter einem Urlaub verstehen. Wir wollten es uns gemütlich machen und die Kultur des Landes kennenlernen.«

»Was meinst du mit Kultur?«

»Wie man mir sagte, soll es zurzeit eine sehr schöne Ausstellung geben, in der alte Münzen, Orden und Fahnen ausgestellt sind.«

Als sie nach dem Abendessen nach oben gingen, nahm Helmine die beiden Zeitungen mit aufs Zimmer.

Während sie ihm mit einiger Begeisterung die Teilnehmerliste des Sozialistenkongresses, den sie morgen besuchen würden, aus der Zeitung vorlas, standen Craemers Füße in einer kleinen Wanne.

»Der beste Weg, wir kennen das bereits«, hatte der Zimmerkellner gesagt, als er die kleine Wanne und die Tinktur brachte.

»Hör zu, Albert.«

»Ich brauche neue Schuhe.«

»Hier steht's. ›... unter den Anwesenden sind Sozialisten wie Rosa Luxemburg, Georg Ledebour, Clara Zetkin, Julian Marchlewski, Wladimir Iljitsch Lenin, Georgi Plechanow, Jean Jaurès und viele andere ...‹«

Helmine las weiter. Plötzlich hellte sich ihr Gesicht auf. »Ach!«

»Was?«, fragte Craemer und begann sich die Füße abzutrocknen.

»Inna Petrov ist auch da. Na, das ist ja eine Überraschung!«

»Eine Freundin?«

»Ich habe dir bereits von ihr erzählt.«

»Ach so, die mit dem Schnaps.«

»So sprichst du sie bitte nicht an, falls wir sie treffen.«

Craemer fragte, ob auch ein François Gaillard unter den Teilnehmern sei. Sie musste erst suchen, ehe sie den Namen fand.

»Ja, hier. François Gaillard.«

»Gut, dann werde ich die Qual auf mich nehmen.«

»Mir zuliebe?«, fragte Helmine.

»Weil es dir wichtig zu sein scheint.«

»Soso.«

38

(ZAHN UM ZAHN)

»Das ist doch alles gelogen.«

»An den Haaren herbeigezogen!«

»Ein Märchen.«

»Wer seid ihr wirklich?«

Als er die russischen Studenten so feindselig reden hörte, spürte Fjodor, wie die Angst wieder in ihm aufstieg.

Was war geschehen?

In all den Stunden zuvor war sie doch weggewesen.

Die Schießerei im Zoologischen Garten wie auch die beiden angstvollen Nächte unter der gusseisernen Brücke waren endlich in den Hintergrund getreten. Mehr noch, die Furcht war beinahe in ihr Gegenteil umgeschlagen. Über Geld im Überfluss zu verfügen, sich bei einem französischen *l'apiéceur* neu einzukleiden, in guten Restaurants zu speisen, das kannte er nicht. Schuld daran, das war ihm lange klar, war seine Mutter. Warum hatte sie sich unbedingt in einen Russen verlieben müssen, warum war sie mit ihm nach Sankt Petersburg gezogen?

Obwohl er damals fast noch ein Kind war, gelang es Fjodor nie sich einzugewöhnen. Das war in der Schule so. Das war auf der Universität nicht besser geworden. Selbst bei seiner Arbeit in der Baltischen Werft war er sich stets wie jemand vorgekommen, der am falschen Platz stand. Und das, obwohl er die neue Gruppe geleitet hatte. Die deutschen Ingenieure, die hier gemeinsam mit ihren russischen Kollegen an ein und derselben Sache arbeiteten.

Jetzt war er zurück in Deutschland.

Der Anfang war schrecklich gewesen, seine Kameraden waren tot, aber nun ... nun kam er sich vor wie ein reicher Mann. Er würde trotzdem nicht in Deutschland bleiben. Fjodor hatte Angst vor dem Krieg, auf den das Kaiserreich, wenn er die Genossen reden hörte, unweigerlich zusteuerte. Nein, ihn zog es woanders hin. Er sah sich und Anna schon an der Südküste Englands. In einem kleinen Haus mit Blick übers Meer. Weit weg vom Krieg würden sie leben. Und als jemanden mit einem russischen Pass würde ihn von dort aus auch ganz bestimmt niemand in den Kampf schicken. Es ging ihm, dessen war er sich sicher, nicht einfach nur um Geld. Er wollte nicht auf einem Schlachtfeld erschossen werden. So einfach war das.

Und so gut war das gewesen. Auch noch als Anna am frühen Abend zum Aufbruch gemahnt hatte. Sie suchte Kontakt zu russischen Sozialdemokraten, sie brauchten ein unauffälliges Versteck.

»Bist du soweit, Fjodor?«

»Muss das denn wirklich sein? Hier im Hotel können wir doch in sehr angenehmer Atmosphäre abwarten, bis wir, ohne Gefahr, erschossen zu werden, Kontakt zu Bates und Keegan aufnehmen können.«

»Du wirst bequem, mein Schatz. Dafür aber ist es noch zu früh.«

Anna hatte die Adresse einer russischen Lesehalle ausfindig gemacht. Sie wusste, dass das Orte waren, an denen Revolutionäre und Gegner des Zaren sich versammelten. Um zu reden, um sich Reden anzuhören, um Pakete ihrer Aufklärungsschriften an die Genossen auszugeben, damit die sie verteilten. Und natürlich, um sozialistische Zeitungen zu lesen. Auch in der Baltischen Werft war ja hin und wieder die Rede davon gewesen, wie es da zuging.

»Nein, nicht ausruhen, Fjodor. Noch nicht. Später. Wenn wir in England sind. In der Lesehalle treffen wir vielleicht einen Emigranten oder Studenten, bei dem wir ein, zwei Tage unterschlüpfen können. Im Hotel sind wir zu auffällig, da suchen sie immer zuerst.«

»Du meinst, die Ochrana wird noch mal versuchen, uns zu liquidieren?«

»In deren Augen bist du ein Verräter.«

Er hatte darauf bestanden, seinen neuen Anzug anzubehalten.

Was anderes habe ich ohnehin nicht.

Anna dagegen hatte sich sehr schlicht, beinahe ärmlich gekleidet.

Als wäre sie eine Arbeiterin oder würde auf dem Feld Kartoffeln ausgraben.

Das Einzige, was Anna sich erlaubt hatte, war eine blaugrün schillernde Weste, die sie allerdings unter einer hässlichen Wolljacke trug.

Der Abend im Lesesaal hatte ganz friedlich begonnen. Und Fjodor hätte beim Betreten des Raums fast gelacht. Er war genau richtig gekleidet, während Anna in ihrer lächerlichen Aufmachung eindeutig aus dem Rahmen fiel. So nahm er sich vor, sich ein wenig fernzuhalten von Anna, weil … Im Grunde schämte er sich für sie.

Der Raum rechtfertigte den Ausdruck Lesehalle auf den ersten Blick. Es gab Regale, vollgestellt mit Büchern, und einige kleine Sitzgruppen, in denen man lesen konnte.

An diesem Abend jedoch wurde nicht gelesen. Man hatte Stühle in Reihen aufgestellt und auf der Bühne stand ein Flügel. Als Fjodor an der kleinen Theke ein Bier bestellte, las er auf einem dort angeschlagenen Zettel das Programm.

Der Name sagte ihm nichts. Und als die Pianistin zehn Minuten gespielt hatte, war er sich sicher, dass ihm auch Skriabins Musik nichts sagte.

So zaghaft …

Dann aber verwandelte er sich. Und Fjodor hatte sofort begriffen, was da in ihm vorging.

Eine Metamorphose in kleinen Schritten.

Den ersten Stritt hatte er bereits hinter sich.

Das teure Hotel, das gute Essen, der neue Anzug …

Die zweite Stufe der Wandlung, die sich soeben in ihm vollzog, hatte etwas mit Gerüchen zu tun.

Dem Geruch seiner neuen Kleidung, dem seines leicht parfümierten Haars. In dieser Weise angeregt, hatte Fjodor auf einmal das Gefühl, jemand Bedeutendes zu sein. Ein Mensch, der Kultur besaß, jemand, zu dem die Gassenhauer und leichten Liedchen, die er bisher gehört hatte, nicht mehr passten.

Skriabin …

Diese Art von Musik, mochte es auch anfangs schwierig gewesen sein, ihr mit Lust zu folgen, wurde von Menschen genossen, zu denen er nie gehört hatte. Reichen Menschen, künstlerisch gebildeten Menschen und solchen, die auf dem Weg waren, hohe Positionen zu besetzen. Studenten wie die hier im Raum zum Beispiel. Russen, die es nach Berlin geschafft hatten.

Es war ihm sofort aufgefallen, dass alle hier elegant und wohl auch nach der neuesten Mode gekleidet waren. Also ganz und gar nicht so, wie er sich studentische, russische Sozialdemokraten stets vorgestellt hatte. Er selbst war zwar älter als sie, aber er passte hierher. Und so überließ er sich der Musik und genoss es, in dieser Weise gekleidet zu sein und gut zu riechen. Ja, es kam ihm vor, als würde man ihn mit Skriabins Klängen auszeichnen.

Dann war die Pianistin fertig. Es wurde applaudiert.

Zu applaudieren. Gemeinsam mit Gleichen.

Das war es.

Das reichte.

Das war der dritte Schritt der Metamorphose.

Gemeinsam zu applaudieren.

Es war ein langer Applaus. Die Pianistin war jung und schön und ...

Glücklich.

... so wie er.

Es wurde bereits gesagt: Fjodor Judin hatte sich unter dem Eindruck einer neuen Mode, eines angenehmen Geruchs und der Musik Skriabins in nicht mal einer Stunde erneuert. Es war, um es bildlich zu sagen, als habe man ihn mit einer dünnen Schicht Gold galvanisiert. Alles inklusive der Augen, des Munds und der Haare.

Und Fjodor schien nicht nur auf sich selbst erhaben zu wirken. Kurz nach dem Konzert sprach ihn die hübsche Pianistin an.

»Du bist neu hier. Wann bist du in Berlin angekommen?«

»Vor drei Tagen.«

»Du bist aber kein Student.«

»Sehe ich so alt aus?« Die Frage war ihm ganz unwillkürlich rausgerutscht, und offenbar hatte er bei ihr damit den richtigen Ton getroffen. Jedenfalls lachte sie auf eine ganz reizende Art.

»Nicht alt, aber du siehst aus, als stündest du schon mitten im Leben, als wüsstest du, was du willst. Wie heißt du?«

»Fjodor und du?«

»Maja. Wer ist die Frau, mit der du gekommen bist?«

»Anna.«

»Ein schöner Name.«

»Ja, wenigstens der ist schön. Sie ist eine entfernte Verwandte, man hat mich dazu verdonnert, sie zu begleiten. Besuchst du hier eine Musikhochschule?«

»Ja, seit vier Jahren, ich … Oh. Mein Impresario.«

»Du hast bereits einen Impresario?«

»Ohne geht's nicht. Entschuldige mich bitte …«

Maja war in der Menge verschwunden und kaum zehn Minuten später war es passiert. Und es war diesmal nicht seine Schuld. Anna hatte drei junge Männer angesprochen und sich nach einer Unterkunft erkundigt.

Die Studenten waren, kaum hatte sie ihre Frage gestellt, voller Misstrauen gewesen. Annas sofort nachgeschobene Erklärung, sie sei, genau wie alle hier, gegen den Zaren und seine Geheimpolizei, schlug nicht nur fehl, sie verstärkte das Misstrauen der drei, die sofort weitere hinzuzogen. Denen wurde sogleich erklärt, dass hier zwei waren, die sich als Gegner des Zaren ausgaben, in der Hoffnung, hier unter Mitverschwörern zu sein. Es wurde gelacht.

»Wisst ihr überhaupt, wo ihr hier seid?«, fragte einer.

Was sollten sie darauf sagen?

Also schwiegen sie.

Und das war dann der Moment, in dem jegliches Lachen aufhörte.

»Предатель!«, riefen zwei wie aus einem Mund.

Wie kommen die dazu, uns Verräter zu nennen?

Und schon ging es los. Immer mehr Konzertbesucher drängten herbei. Es wurde eng. Die Situation war regelrecht elektrisch.

Dann Hände. Griffe. Erst noch tastend, dann fassend. Fjodor wollte das nicht, er … Ein harter Faustschlag traf ihn mitten im Gesicht. Er wurde zweimal herumgewirbelt. Angespuckt. Er wich einem weiteren Schlag aus. Wurde geschoben und hart geschubst. Er war wie ein Ball, der von einem zum Nächsten musste. Das ging, bis er beinahe hinfiel. Eine Faust fing ihn auf, sie landete mitten in seinem Gesicht. Anna erging es kaum besser.

Weitere Schläge und Tritte und zuletzt noch ein sehr harter Treffer. Senkrecht runter, mitten im Gesicht. Nicht von Menschenhand diesmal, das war der Rahmen der Tür.

Raus. Weg.

Aber er konnte nicht weg. Anna war gestürzt, einer griff bereits nach ihrem Bein, wollte sie ins Haus zurückziehen.

Er versuchte, ihr aufzuhelfen. Man hielt ihn, man schlug ihn. Jemand riss Anna die Strickjacke vom Körper. Er wehrte sich, hatte eine solche Angst, dass er zum ersten Mal in seinem Leben einen Menschen mit der Faust ins Gesicht schlug.

Und der ...

... fiel um.

Niemals hätte Fjodor Judin gedacht, dass er zu so etwas in der Lage sei. Er tat es gleich noch einmal, bei einem anderen. Dann noch mal. Einer seiner Gegner lag am Boden. Fjodor trat ihm in den Bauch. Einmal, zweimal, schrie gleichzeitig ...

»Steh auf!«

Er trat erneut zu. Tief rein ins weiche Fleisch und Gedärm.

»Steh auf!«

Von Anna war kaum noch etwas zu sehen. Nur ihre blaugrüne Weste schillerte hier und da auf.

Und ...

Es sah aus, als würde sie sich im Kreis drehen, regelrecht wirbeln. Und wo die blaue Weste wie ein Kreisel wirbelte, fielen Menschen zu Boden, als würde jemand sie mit einer Sense mähen. Und Fjodor schlug und schlug weiter auf Körper und

Gesichter ein. Außer sich. Gänzlich außer sich. Er hätte noch öfter zugeschlagen, die am Boden noch öfter getreten, hätte nicht Anna ihn weggezogen. Aber er wollte nicht weg, er wollte prügeln, vernichten. Sein Kopf hämmerte. Sein Sehfeld war ganz eng. Es war großartig. Es war ein Genuss, den er nicht kannte. Sie zog ihn. Er aber wollte zurück. Weiterkämpfen. Anderen wehtun. Ja, natürlich! Es war ein Rausch. Eine Raserei. Er war nicht mehr er selbst.

Und das war dann wohl die vierte Metamorphose.

Anna gelang es zuletzt, ihn mit sich zu ziehen. Immer weiter. Sie verfügte über erheblich mehr Kraft, als er angenommen hatte. Sie blutete aus der Nase. Auch er hatte den Geschmack von Blut im Mund. Und ihm pfiffen die Ohren, als sie endlich in einem Tordurchgang stehen blieben.

»Was war das eben?«, fragte Fjodor.

»Die Frage müsste eher lauten: ›Wer war das? Wer waren diese Leute?‹«

»Wohl keine Gegner des Zaren.«

»Und vermutlich auch keine Gegner der Ochrana.«

Anna zog, nachdem sie das gesagt hatte, die Schultern hoch. »Also zurück ins Hotel, was bleibt uns schon übrig?«

Sie gingen los. Unterwegs drückte Fjodor mit seiner Zunge von innen gegen jeden einzelnen Zahn. Keiner wackelte. Er hatte den Kampf gewonnen. Und Anna ... Die hatte sich gedreht wie ein blauer Kreisel.

39

(VIERTES PRIVATPROTOKOLL KOMMISSAR ADLER)

Mutter war heute sehr aufgekratzt. Sagte mir, sie trüge sich mit dem Gedanken, wieder zu heiraten, und hat wohl auch schon jemanden bezirzt. Da kann ich ihr nur gratulieren. Es ist nun beinahe zehn Jahre her, dass mein alles andere als seliger Vater verstorben ist. Was hat uns seine bequeme und eigennützige Art doch immer gequält. Stets wurden andere an die Arbeit geschickt und zur Sorgfalt angehalten, während er die Füße hochlegte und seiner Sucht nachging. Mutter hat es sich redlich verdient, in ihrem Leben etwas Besseres zu finden. Schön jedenfalls, sie so glücklich und belebt zu sehen. Bei mir keine Anzeichen von Sodbrennen. Ich frage mich schon seit einiger Zeit, ob meine Maleschen mit der Magensäure in geheimnisvoller Weise mit ihrer seelischen Verfasstheit assoziiert sind.

Mein fleißiger Gendarm Habert hat sich aus Kopenhagen gemeldet. Hatte Erfolg bei seiner Suche nach unserem Lt. Senne. Offenbar war ihm der deutsche Gesandte am Dänischen Hof behilflich. Woher er wohl den wieder kennt?

Hatte mir gestern eine zweite Befragung der jungen Madame Pawlowa erlaubt, da sie die einzige Zeugin der Vorfälle im Berliner Zoo war, die sich in der Lage zeigte, Vorgänge zu beobachten und einzuordnen. Sie residiert weniger mondän, als ich annahm. Vor allem aber zeigte sie sich dem russischen Zaren gegenüber weniger loyal, als das bei der Schwester eines Botschaftssekretärs anzunehmen wäre.

Wie sich bei unserer Unterhaltung (zweimal Linzer Torte mit Schlag) bald zeigte, führt sie ein Leben, das nicht allzu sehr an das ihres Bruders gebunden ist. Madame Pawlowa war bis vor drei Jahren eine gefeierte Balletttänzerin, die offenbar längere Zeit in den Vereinigten Staaten von

Amerika gearbeitet hat. Wir schweiften ein wenig ab und sie zeigte mir Fotografien in zwei umfangreichen Alben, die sie wohl zu ihrer Erinnerung zusammengestellt hat. Sie kam dann in Zusammenhang mit ihrer Karriere mehrfach auf einen Mann namens Sergej Diaghilev zu sprechen, der offenbar am Ballett in Sankt Petersburg große Erfolge feiert oder wenigstens feierte und jetzt viel im Ausland verkehrt. In diesem Jahr, sagte sie, sei er in Paris tätig. Reisen in verschiedene Länder unter dem Deckmantel grandioser Künstlerschaft! Eine geradezu ideale Tarnung, sich Geheimnisse zu erlauschen, zumal der Maestro, wie Madame Pawlowa mir sagte, in höchsten Kreisen verkehrt. Ich musste sofort an Major Craemer und die Auslandsabteilung der Sektion III b denken. Was für Möglichkeiten! Aber auch: Was für eine Gefahr. Da Monsieur Diaghilev seine weißen Engelchen jedoch so gut wie nie im Deutschen auftreten lässt und sich weder unser Kaiser noch unsere Militärs regelmäßig mit dem Ballett befassen, wird es vorerst nicht nötig sein, dass mein Gendarm Habert sich in die Kreise dieses Monsieur Diaghilev einschleicht oder sich in irgendeiner Funktion dort anstellen lässt.

Als ich Madame Pawlowa schließlich fragte, ob es möglich wäre, dass es sich bei den Angreifern im Zoologischen Garten um Mitglieder der Zaristischen Geheimpolizei handelte, sagte sie, dass einiges dafürspräche. Ihr Bruder sei nach der Schießerei sehr aufgeregt gewesen und habe die Ochrana verflucht, was sonst nicht seine Art sei. Weitere Einzelheiten waren ihr leider nicht bekannt. Es wird also nach seiner hoffentlich wohlbehaltenen Heimkehr zu den ersten Aufgaben meines fleißigen Habert gehören, dem nachzugehen.

Abends doch wieder Sodbrennen.

Nachtrag

Wurde soeben auf Anweisung von Oberst Kivitz von der Ermittlung der Schießerei im Zoo abgezogen. Offenbar übernimmt das nun seine Abteilung. Würde jetzt doch gerne mit Craemer über die Angelegenheit sprechen. Leider jedoch befindet der sich zurzeit im Urlaub.

40

(FÜNFTER TAG – CRAEMER UND HELMINE AUF DEM SOZIALISTENKONGRESS)

Als Helmine zum Frühstück ging, war ihr Mann nicht dabei. Er hatte sich bereits früh am Morgen verabschiedet.

»Du sagst mir nicht, wo du hingehst?«

»Ich möchte dich überraschen.«

Fast zwei Stunden war das jetzt her. Als er schließlich an ihren Tisch trat, legte Helmine die Zeitung beiseite, sah ihn sich lange an und konnte ein Lachen kaum unterdrücken.

»Sie wissen, wer ich bin?«, fragte er.

»O ja, ich denke, das weiß ich. Und ich muss sagen, Albert, ohne Bart und vor allem ohne diese schrecklichen dunklen Augenbrauen hast du mir besser gefallen. Was ist das für ein Hut?«

»Solche sind in gewissen künstlerischen und journalistischen Kreisen zurzeit in Mode.«

»Ach ja? Und tragen diese Kreise auch solche auffälligen roten Schals?«

»Nun, auf einem Sozialistenkongress …«

Helmine schien der Gedanke, mit einem Fremden auf einen Kongress zu gehen, mehr und mehr zu gefallen. »Und wer genau sind Sie, wenn ich fragen darf?«

»Ein fortschrittlich gesinnter Privatgelehrter aus dem Breisgau. Der erste Gedanke war, dass ich als Vertreter der Presse auftrete, aber die Presseleute kennen sich. Daher nun in dieser Aufmachung. Dir zuliebe.«

»Soso.«

Craemer hatte vor, in Kontakt mit dem französischen Reformsozialisten François Gaillard zu treten. Es war sein Plan, den deutschfreundlichen Elsässer zunächst für eine deutsch-französische Friedensinitiative zu gewinnen. In Wirklichkeit hoffte Craemer auf eine ergiebige Quelle innerhalb des französischen Politestablishments.

Auch Helmine hatte Pläne, die weit über ein allgemeines Interesse hinausgingen. Schon in Berlin hatte sie davon gehört, dass die Geschäftsfrau Inna Petrov, welche in großem Stil im Im- und Export von Spirituosen tätig war, sich dort einfinden würde. Helmine vermutete, dass Madame Petrov weniger an politischen Visionen als an internationalen Verbindungen und Beziehungen interessiert war, die ihr in Angelegenheiten des Exports nützlich sein könnten. Schließlich war es gut möglich, dass der eine oder andere Teilnehmer des Kongresses in absehbarer Zeit ein Regierungsamt bekleiden würde.

»Wollen wir los?«, fragte Craemer.

Helmine stand auf. »Ich habe auf dich gewartet, nicht du auf mich. Und ob ich mit deiner Verkleidung zufrieden bin, kann ich erst später sagen. Ein Bart ...«

Es war nicht weit. Kaum eine halbe Stunde zu Fuß.

Craemer war froh, dass sich im Fundus des Königlichen Dänischen Theaters neben allem anderen auch ein paar passende Schuhe gefunden hatten.

»Ich schätze, hier sind wir richtig.«

»Wie klug mein Breisgauer Sozialist doch heute wieder ist! Du musst nur ein bisschen aufpassen, dass du mit deinen Augenbrauen und dem Schal nicht irgendwo hängen bleibst. Gab es im Fundus des Theaters nicht vielleicht etwas Dezenteres?«

»Du weißt doch, wie es im Theater zugeht. Alles wird erhöht und grossiert.«

Der Ort, an dem sich die Delegierten versammelten, war tatsächlich nicht zu verfehlen gewesen. Überall standen Menschen in Gruppen und waren bereits vor dem Gebäude in intensive Gespräche vertieft. Ständig trafen weitere Personen ein. Manche kamen, so wie Craemer und Helmine, zu Fuß, andere ließen sich in Limousinen bis direkt vor den Eingang chauffieren.

Und der Eingang machte durchaus etwas her.

Die Säulen, die den Zugang zum Gebäude flankierten, waren mit roten Girlanden umwunden, und ein breites, zwischen ihnen aufgespanntes Banner trug auf Dänisch die Aufschrift:

8. INTERNATIONALE SOCIALIST KONGRES

»Das ist aber ein recht umfangreicher Kongress, wie mir scheint«, sagte Helmine, als sie direkt vor dem Konzertpalais standen. »Und so schön dekoriert haben sie.«

»Nun, bis gestern tagten hier die Mitglieder der Sozialistischen Frauenkonferenz.«

Für diese Bemerkung wurde Craemer mit einem Blick belohnt, den zu deuten Helmine ihm selbst überließ. Der Major behauptete zwar später im Kreis enger Vertrauter, dass der Buddleiabusch hinter ihm unter Helmines Blick augenblicklich in Flammen aufgegangen sei, aber das war natürlich reine Fantasterei, wie sie unter Männern bisweilen vorkommt.

Sie betraten ohne Zwischenfall das Gebäude. Im Foyer zeigte der Major seine Akkreditierung vor. Es gab, abgesehen davon, dass sie einige Zeit in einer Schlange warten mussten, keine Schwierigkeiten.

Dann endlich betraten sie den Saal, in dem die INTERNATIONALE tagen würde. Obwohl der Kuppelraum von beeindruckender Größe war, schien er doch beinahe zu klein für die vielen Delegierten, die hier aus allen Teilen der Welt zusammengekommen waren.

Auch diesen Raum hatte man sozialistisch geschmückt. Die Wand hinter der Rednertribüne zeigte auf einer riesigen Landkarte die beiden Hemisphären, verbunden durch ein Band, beschriftet mit dem alten Kampfruf.

Proletarier aller Länder vereinigt euch!

Links und rechts von dieser Karte hingen die dänischen Partei- und Gewerkschaftsfahnen herab. An den Galerien wiederum sah man zwölf Banner in den Farben und mit den Wappen der großen Nationen. Für Deutschland hatte man Schwarz-Rot-Gold gewählt.

In vier Sprachen, Dänisch, Deutsch, Englisch und Französisch, konnte man das auf kurze Formeln gebrachte Programm der internationalen Sozialdemokratie lesen.

Arbeit ist die Quelle des Reichtums
Wir bauen an der Solidarität
Wissen ist Macht
Aufhebung der Klassenunterschiede
Keine privaten Monopole
Des Volkes Wille ist das höchste Gesetz
Allgemeines gleiches Wahlrecht
Achtstündiger Maximalarbeitstag
Abrüstung bedeutet Frieden
Gleiches Recht für Mann und Frau
Religion ist Privatsache
Freiheit, Gleichheit, Brüderlichkeit

Überall standen Tische, an denen die Delegierten nun nach und nach Platz nahmen.

Für Craemer und Helmine wie auch für viele andere Besucher waren keine Plätze an den Tischen, sondern schlichte Stühle auf der völlig überfüllten Mitteltribüne vorgesehen.

Die hundertfünfundzwanzig Pressevertreter, die sich eingefunden hatten, saßen auf der rechten Galerie, die übergroße Dänische Delegation auf der linken. Einige Journalisten hatten zwar bereits Block und Stift gezückt, doch noch ging es nicht los mit den Reden.

»Nun, es dauert eben seine Zeit, bis alle ihren Platz gefunden haben.«

»Also wirklich, Albert! Du bist heute so ausnehmend klug. Und auch so lieb, da du mir alles erklärst!«

»Ich habe den Eindruck, du bist ein bisschen gereizt. Sitzt du vielleicht unbequem?«

»So, nun ist es mal gut.«

»Ich meinte ja nur ...«

»Es ist gut, Albert.«

Helmine begann die Reihen der Besucher mit scharfem Blick durchzugehen. Es dauerte drei Minuten, dann hatte sie jemanden entdeckt. Sie winkte einer Frau zu, die den Gruß erwiderte.

»So, Helmine. Jetzt konzentrieren wir uns.«

»Ich bin konzentriert.«

Es war wie im Theater. Die Gespräche verebbten und es wurde, abgesehen von dem wohl nie zu vermeidenden Hüsteln und Rascheln, ganz still.

Der Kongress wurde mit dem Vortrag einer Kantate eröffnet, deren Libretto ein bekannter sozialdemokratischer Schriftsteller, Agitator und Abgeordneter verfasst hatte. In diesem Lied fanden sich die Nationen in einem Völkerreigen der Freiheit und des Friedens zusammen.

Dann sprach ein Mitglied der dänischen *Socialdemokraten.*

»Genossinnen und Genossen. Wir haben in dieser Kantate versucht, das Gefühl auszudrücken, das uns beseelt und das den Boden bildet, auf dem wir uns hier versammelt ...«

Die Rede nahm einige Zeit in Anspruch, das Publikum bewies Geduld. Hin und wieder hörte man ein zustimmendes Gemurmel. Das Ganze hatte auch für Craemer etwas Ergreifendes, ja beinahe Feierliches. Davon abgesehen gab es in der Rede kaum eine Aussage, der er auf Anhieb widersprochen hätte. Helmine war ebenfalls ergriffen. Zwei, drei Mal sah sie ihren Mann an, einmal flüsterte sie: »Gut, oder?«

Er nickte. Und hoffte insgeheim, dass der Preußische Geheimdienst hier niemanden ohne sein Wissen installiert hatte, der ihn entdecken und erkennen würde.

41

(FJODOR UND ANNA VOR DER ENGLISCHEN BOTSCHAFT)

»Also? Wo sind die beiden?«, fragte Fjodor. »Keegan und Bates können sich doch nicht in Luft aufgelöst haben.«

»Bei so vielen Leuten, wie hier herumlaufen, können sie das durchaus.«

Fjodor und Anna beobachteten die Englische Botschaft. Ihre Geduld wurde auf eine harte Probe gestellt. Sie warteten schon seit Stunden und die beiden Engländer waren noch immer nicht aufgetaucht. Fjodor zweifelte inzwischen an ihrer Existenz, Anna sollte sie ihm hier vor der Botschaft zeigen, denn angeblich gingen die beiden dort ein und aus.

Dann geschah etwas, womit Anna nicht gerechnet hatte.

Judin hielt plötzlich einen Revolver in der Hand, überprüfte, ob er geladen war, und steckte ihn anschließend hinten in seinen Hosenbund.

»Was soll das?«, fragte sie.

Von ihm nur ein Blick.

»Willst du auf Bates und Keegan schießen?«

»Ich will wissen, wer unseren Treffpunkt im Zoo verraten hat, und die beiden werden es mir sicher nicht freiwillig …«

»Bist du verrückt, hier mit einer Waffe rumzufuchteln? Du hast schon an der gusseisernen Brücke versagt und die beiden verpasst. Ohne Bates und Keegan kommst du niemals nach England.«

Anna schaffte es nur mit Mühe, Fjodor von der Englischen Botschaft wegzulotsen.

»Jetzt beruhige dich bitte. Es wird sich alles finden. Aber nicht in Berlin. Ich vermute, die beiden haben Berlin bereits verlassen.«

»Und wo sind sie hin?«

»Ein weiterer Treffpunkt. Für den Fall, dass es in Berlin aus irgendwelchen Gründen nicht klappt.«

»Davon hast du nie etwas gesagt.«

»Du musst nicht alles wissen.«

»Und wo ist dieser Treffpunkt?«

»Später. Jetzt komm.«

Zwei Straßen weiter, in der Durchfahrt zu einem Hof, stellte er sie zur Rede.

»Kann ich dir vertrauen?«

»Natürlich kannst du das. Es ist einiges schiefgegangen, aber ...«

»Einiges schiefgegangen? Witalij und Sergej sind tot!«

»Dafür kannst du doch Bates und Keegan nicht verantwortlich machen. Die Schützen, das waren mit Sicherheit Agenten der russischen Geheimpolizei. Du hast sie doch selbst rumbrüllen hören. Klangen die für dich wie zwei Engländer, denen man ein bisschen Russisch beigebracht hat? Hatten sie einen englischen Akzent? Ich würde sagen, die klangen so sicher, wie eine gesunde Kuh Milch gibt, nach waschechten ...«

»Mit Kühen hat das gar nichts zu tun.«

»Nein?«

»Woher sollten denn Agenten der russischen Geheimpolizei wissen, wo sie uns finden?«

Anna überlegte, Fjodor meinte schon, er habe sie in die Enge getrieben. Aber so war es nicht.

»Ihr wolltet doch zu viert kommen. Witalij, Sergej, Pawel und du. Wo ist Pawel? Im Zoo hab ich ihn nicht gesehen.«

»Pawel ...«

»Ja?«

»Ich schätze, der ist noch in Sankt Petersburg ... Er kam nicht zum Treffpunkt.«

»Ah ja? Nicht am Treffpunkt erschienen? Der treue Pawel? Dein Freund, für den du die Hand ins Feuer ...«

»Ich weiß es doch auch nicht, verdammt!«

»Könnte es sein, dass dein Freund in Sankt Petersburg gefasst wurde, dass man ihn verhört hat. Vermutlich nicht in sanfter Manier. Und ist es da nicht möglich, ist es nicht sogar sehr wahrscheinlich, dass Pawel früher oder später den Treffpunkt im Zoo verraten hat? Ich war vom ersten Moment an dagegen, dass die anderen von dem Treffpunkt am Robbenbassin erfahren.«

»Ich hatte dir eine Frage gestellt.«

»Stell sie noch mal.«

»Kann ich dir vertrauen?«

Anna lachte ihn an. Grell. Böse. Hässlich. Ihr Gesicht wirkte ... Ja, was war das, was er nun sah? Eine Maske? Oder das Gesicht hinter der Maske?

»Wenn du meinst, mir nicht vertrauen zu können, dann geh. Geh, Fjodor. Oder erschieß mich. Nur, wo willst du hin? Zurück nach Sankt Petersburg? Du warst doch schon hier in Berlin nach zwei Tagen am Ende.«

»Nicht meine Schuld, Anna. Du hast gesagt ...«

»Richtig. Und ich werde dir auch weiterhin sagen, was passiert. Besser du folgst mir. Denn sonst, Fjodor ... Sonst fürchte ich, bist du in ein paar Tagen entweder im Gefängnis oder tot.«

42

(LENA UND GUSTAV SPRECHEN MIT ARTUR KALISCH)

»Sie müssen entschuldigen, aber wir kennen Sie kaum.«

»Nun, ich habe mich inzwischen ein bisschen über Sie beide erkundigt.«

Es war ihr zweites Zusammentreffen mit dem Studenten Artur Kalisch. Als Treffpunkt hatten sie diesmal einen Ausflugsdampfer abgemacht, der nun zusammen mit ihnen die Spree hinabgondelte. Sie hatten Glück, es war recht kühl, dazu wehte ein straffer Wind. Niemand befand sich auf dem Oberdeck.

Vor dem Treffen hatte Lena Gustav eingeschärft, sich Kalisch gegenüber etwas zurückzuhalten.

»Das Beste wäre, du sagst erst mal gar nichts.«

Bis jetzt hielt Gustav sich an diese Abmachung.

»Und? Was ist bei Ihren Erkundigungen herausgekommen, Herr Kalisch?«

»Nun, zunächst einmal, dass Sie beide offenbar nicht für Oberst Kivitz arbeiten, sondern für Major Craemer. Man sagt sich, dass der Major zu jenen gehört, die sich ein gutes Verhältnis zwischen unseren Ländern wünschen. Man sagt sich weiter, dass er den Aktionismus gewisser Elemente, die sich als russische Studenten ausgeben, nicht unterstützt. Auch wir möchten keine Störungen, auch wir wollen, dass die Verhältnisse zwischen unseren Ländern so vertrauensvoll bleiben, wie sie es seit einigen Jahren sind.«

Lena nickte und präsentierte Kalisch ein etwas übertriebenes

Lächeln. »Sie werden uns vermutlich nicht sagen, woher Sie all diese Informationen haben.«

»Es ist besser für uns alle, wenn ich das für mich behalte. Sie wissen ja, wie schnell aus kleinen Missverständnissen große Probleme erwachsen. Die falschen Informationen in den Händen unfähiger oder kriegstreiberischer Leute ... Das wird bei euch nicht anders sein als bei uns.«

Lena gab sich mit dieser Erklärung vorerst zufrieden. »Wie kamen Sie darauf, dass wir für Oberst Kivitz arbeiten?«

»Nun, der Kontakt wurde über einen Leutnant von Selchow hergestellt und der arbeitet für Kivitz.«

»Was spricht denn Ihrer Meinung nach gegen Oberst Kivitz?«, mischte sich nun doch Gustav ein.

»Eigentlich nichts. Man sagt, er sei ein bisschen bequem. Aber ob das wirklich so ist ...?«

Am Ufer waren immer weniger Wohngebäude zu sehen. Ihre Stelle hatten kleinere Betriebe und mittelgroße Fabriken eingenommen, deren Schornsteine so intensiv rauchten, dass eine Art Nebel über dem Wasser schwebte.

»Sie scheinen recht gut über die Interna unserer Behörde informiert zu sein.«

»Sie dürfen gerne von der Sektion III b sprechen. Ach, bevor wir fortfahren ... Ich würde mich gerne daran gewöhnen, Sie Gustav zu nennen.«

»Warum?«

»Nun, wir werden uns vermutlich schon bald in Kreise begeben, in denen man sich beim Vornamen nennt. Besser wir gewöhnen uns gleich dran.«

»Einverstanden.«

»Wie ist es mit dir, Lena?«

»Wie heißt du denn?«

»Artur.«

»Also gut, Artur. Du scheinst recht viel über unsere Behörde zu wissen. Mehr als die Berliner Polizei zum Beispiel.«

»Wie ich bereits sagte, ich habe mich erkundigt. Jetzt sollten wir uns den eigentlichen Fragen zuwenden. Ich käme sonst auf den Gedanken, ihr wolltet mich ausfragen, und ... Wie du selbst sagtest: Wir kennen uns nicht. Vielleicht ist es besser, es bleibt dabei und wir konzentrieren uns auf das, was anliegt.«

»Eine letzte Frage«, bat Lena.

»Wenn ich sie beantworten kann ...«

»Du sprichst so einen wunderbar russischen Akzent und hast auch so einen schönen Namen. Bist du ein Russe?«

»Du hältst meinen Akzent für falsch?«

»Nein, der ist echt.«

»Das erkennst du?«

Lena zeigte keine Reaktion, Gustav war etwas irritiert.

»Hattest du länger mit Russland zu tun?«, hakte Kalisch nach.

»Du wolltest meine Frage beantworten.«

»Ich habe mich lange dort aufgehalten. Jetzt lasst uns besprechen, was es zu besprechen gibt. Die Schießerei im Tiergarten. Um es gleich zu sagen, ich gehe davon aus, dass der Angriff durch Mitarbeiter der Ochrana erfolgte. Eine Bekannte, die zufällig vor Ort war, hat mir die beiden Männer sehr genau beschrieben. Nicht, dass ich sie identifizieren könnte, so weit bin ich mit dieser Organisation nicht vertraut. Aber die Kleidung, die die beiden trugen, die Tatsache, dass ihnen die Anwesenheit vieler Zeugen völlig egal, ja fast möchte man meinen, erwünscht zu sein schien, spricht dafür. Russische Emigranten, die es für richtig halten, hier in Berlin umstürzlerische Ideen zu entwickeln und sozialdemokratische Organisationen aufzubauen, sollten davor gewarnt werden, sich hier allzu sicher zu fühlen.«

»Wir kriegen euch, wo ihr auch seid.«

»Wie gesagt, das sind lediglich Überlegungen und Rückschlüsse, aber ich bin nicht der Einzige, der das denkt.«

»So gesehen ...«, begann Lena.

Kalisch unterbrach sie. »Ach ... Guckt doch mal! Wir nähern uns Köpenick. Da muss ich natürlich gleich wieder an Fontane denken.«

»Wirklich!«

»Aber ja, ihr nicht?«

»Das geht jetzt zu schnell«, sagte Lena.

»Die Wanderungen durch die Mark Brandenburg. Die Reise mit der Sphinx. Fontane fuhr damals über die Dahme nach Schmöckwitz und dann weiter bis nach Teupitz. Dir wird das etwas sagen, Gustav. Dein Stiefvater war doch ein großer Verehrer dieses Schriftstellers. Mein herzliches Beileid an dieser Stelle. Viele Orte, die Fontane auf seinen Reisen besucht hat, erfreuen sich noch heute einer gewissen Berühmtheit. Was wichtiger ist. Wichtiger als die Frage nach den Schützen, ist die Frage, auf wen überhaupt geschossen wurde und weshalb. Da stimmt ihr mir zu?«

Lena nickte.

»Gut. Ich denke, bei der Beantwortung dieser Frage kann ich euch helfen.«

»Das würde uns freuen.«

»Es müssen ja nicht zwingend irgendwelche russischen Sozialdemokraten gewesen sein, auf die da geschossen wurde«, erklärte Kalisch weiter. »Es gibt viele Feinde meines russischen Vaterlands ...«

Lena räusperte sich.

»Viele Feinde und viele Motive. Denn an diesen Sozialisten hängen ja wiederum andere dran, die ihre ganz eigenen Pläne haben. Für die ist dieser ganze sozialistische Unsinn nichts als ein bequemes Deckmäntelchen, um ihre wirklichen Ziele zu verschleiern.«

»Für wen arbeiten Sie?«, fragte Lena.

»Ich schließe gerade mein Medizinstudium ab, ich sagte es bereits. Verrückt, oder? Dass wir jetzt genau da anlegen, wo Fontane einst abfuhr … Da hat sich unsere kleine Exkursion doch schon gelohnt.«

43

(HELMINE TRIFFT INNA PETROV)

Helmine Craemer fing an, sich auf dem Sozialistenkongress zu langweilen. Die Reden und Erklärungen nahmen einfach kein Ende. Und sie war ja auch gar nicht hier, um sich anzuhören, wie man die Welt neu und besser gestalten könnte. Ihr ging es um den Verkauf von preiswertem Schnaps für alle. Auch das, so meinte sie, war ein Weg hin zu einer größeren Gerechtigkeit. Zweimal schon hatte sie zu Inna Petrov rübergesehen. Auch für sie schien diese ganze sozialistische Angelegenheit nicht das zu sein, worum es ihr wirklich ging.

Als der letzte Redner endlich fertig war und die akkreditierten Teilnehmer gebeten wurden, sich zu den Beratungen an ihre Tische zu begeben, stand Helmine sofort auf.

»Du hast sicher deine Pläne, Albert. Also wird es dir nichts ausmachen, wenn ich ein bisschen mit einer Freundin rede, die ich eben entdeckt habe.«

»Du bist mit einer russischen Sozialdemokratin befreundet?«

»Schon seit Langem. Sie bat mich erst neulich wieder, einige Kisten Gewehre, Munition und Sprengstoff in einer Ladung Schnaps zu verstecken, um sie von Russland nach Deutschland zu bringen. Sie meinte, es gäbe deswegen so oft Schwierigkeiten an der Grenze, die sie gerne vermeiden würde.«

»Na, da habt ihr ja was zu besprechen. Ich sehe mich so lange ein bisschen um.«

»Tu das.«

Helmine ging auf Inna Petrov zu, und die kam ihr auf den letzten Metern entgegen. Erfreut, wie es schien.

Beide wussten natürlich, dass sie Konkurrentinnen waren, auch wenn sie in verschiedenen Ländern produzierten. Es war wegen dieser Konkurrenz bereits mehrfach zu Schlägereien zwischen den Fahrern gekommen, die die Ware auslieferten. Einige Lagerhallen waren abgebrannt und vor zwei Monaten hatte sich so ein Streit derart zugespitzt, dass Schüsse gefallen waren.

Inna Petrov war etwa 1,80 Meter groß. Helmine überragte sie also nur um ein weniges. Da endeten allerdings auch schon die Gemeinsamkeiten. Helmines Statur war sehr weiblich. Sie entsprach damit dem allgemeinen Schönheitsideal. Nur so war es ja auch zu erklären, dass ihr Mann sie in zärtlichen Momenten meine Lokomotive nannte. Inna Petrov dagegen war so schlank, wie es Frauen für gewöhnlich nur bis zu ihrem zwanzigsten, vielleicht auch fünfundzwanzigsten Lebensjahr sind. Quasi als Ausgleich für ihre doch eher schmale Erscheinung hatte sie eine schön ausgeprägte Hüftpartie und keinen so kleinen Busen, wie er bei einigen Morphinistinnen vorkam. Davon abgesehen harmonierten ihre leuchtend blauen Augen ebenso gut mit ihren blonden Haaren, wie Helmines grüne Augen zu ihren roten Haaren passten.

»Sie sind bestimmt Madame Petrov.«

»Aber ja. Und Sie sind Helmine Craemer, nehme ich an.«

»Ganz recht. Was für ein schöner Zufall, dass wir uns hier treffen.«

»Ganz mein Gedanke. Und wo wir uns jetzt endlich mal persönlich kennenlernen, muss ich mich erst mal entschuldigen.«

»Wegen der Schießerei in Belgien? Oder wegen der Sprengung meines Zwischenlagers an der polnischen Grenze.«

»Es tut mir wirklich von Herzen leid.«

»Nun«, sagte Helmine. »Soweit mir berichtet wurde, haben auch meine Männer geschossen.«

»Und gezündelt.«

»Und gezündelt.«

»Wie gut nur, dass bis jetzt niemand ernstlich verletzt wurde.«

»Genau das habe ich zu meinem Mann gesagt.«

In diesem Moment passierte ein kleines Malheur. Ein Abgesandter der Sozialisten Frankreichs war an ihnen vorbeigekommen. Es wäre ein Leichtes für ihn gewesen, die beiden Frauen zu passieren. Nur geschah das nicht. Statt seinen Blick in die Richtung auszurichten, in die er ging, wurden seine Augen dorthin gelenkt, wo sie das sahen, was ihnen am Wichtigsten schien. Die beiden Frauen. Was mit ihm los war, konnte er später niemandem erklären, aber er lief geradewegs gegen einen Tisch, über den er auch noch sehr unglücklich stürzte. Noch unglücklicher war, dass auf dem Tisch viele Karaffen voller Wein standen und dass er bei dem Versuch, seinen Sturz abzubremsen, zwei weitere Männer mit zu Boden riss. Die Frauen hörten das Gepolter und sahen hin. Aber nur kurz. Ihnen war an derlei Albernheiten im Moment nicht gelegen, denn sie waren ja gerade dabei, sich kennenzulernen.

»Ist denn Ihr Mann auch anwesend?«, fragte Inna Petrov.

»Ja, der wandert hier irgendwo rum.«

»Hoffentlich mit mehr Besinnung als der Herr da am Boden.«

»Ganz bestimmt«, antwortete Helmine aus vollster Überzeugung.

»Wo ich gerade Besinnung sage ... Ist Ihr Mann politisch? Ich meine, ich will Ihnen nicht zu nahetreten.«

»Wenn Sie mögen, dann sagen Sie doch bitte Helmine.«

»Inna.«

»Inna. Sehr gut. Ja, mein Mann arbeitet im großen Generalstab. Ich glaube, er sucht hier das Gespräch mit einem Franzosen. Es geht, soweit ich weiß, um eine Friedensinitiative.«

»Genau wie bei uns. Das sehe ich doch richtig ... Helmine.«

»Aber ja, Inna. Und ich muss dir auch gleich ein Geständnis machen.«

»Na?«

»Ich habe meinen Mann sofort hierher gelotst, als ich deinen Namen in der Zeitung sah.«

»Dein Mann lässt sich von dir lotsen?«

»Er wollte sowieso hierher, hatte sich nur noch nicht getraut, es mir zu beichten.«

»Ich kann es mir lebhaft vorstellen. Nun, du bist hier, das allein zählt.«

»Ja. Ich dachte, es wäre doch gut, wenn wir uns mal sehen. Allein schon, damit so ein Malheur wie das in Belgien nicht zur Gewohnheit wird.«

»Ganz mein Gedanke. So was sollten wir in Zukunft unbedingt vermeiden«, gab ihr Inna Petrov sofort recht. »Wir würden am Ende auf die Idee kommen, die Transporte von bewaffneten Männern begleiten zu lassen.«

»Was nichts als Kosten verursacht. Aber sag, Inna ... Ist dein Mann auch hier?«

»Ja, er ist dafür zuständig, dass die Delegierten verköstigt werden.«

»Er ist Besitzer einer Großküche?«

»Kellner.«

»Oh.«

»Ein bisschen jünger als ich. Recht ansehnlich. Aber auch klug.«

»Doch.«

»Ja, einen anderen hätte ich nicht gewollt.«

»Natürlich.«

In diesem Moment wurde ihr Gespräch erneut kurz unterbrochen. Eine Wespe fühlte sich von Inna Petrovs brombeerfarbenem Kleid angezogen. Zum Glück erkannte das Tier seinen Irrtum und flog weiter.

»Sag, Inna, findest du es hier auch so langweilig?«

»Ich werde gleich morgen früh abreisen.«

»Wie schade. Geht es zurück nach Russland?«

»O nein. Lykkeland. Das ist eine kleine Insel, nur gut anderthalb Stunden von hier. Dort probieren sie neue, freiere Formen des Zusammenlebens aus. Auch zwischen Mann und Frau.«

»Kommt dein Mann mit?«

»Der muss leider bis zum Ende des Kongresses hier seinen Dienst versehen.«

»Du Arme.«

»Na ja. Aber nun, da wir uns getroffen haben …«

»Ich hatte gehofft, dass wir ein bisschen über Geschäftliches reden könnten.«

»Geht mir genauso, Helmine.«

»Ich möchte mich stärker in Russland engagieren …«

»Exportieren.«

»Richtig. Und du, so wurde mir zu getragen, interessierst dich für den deutschen Markt.«

»Wodka. Klar und rein.«

»Likör. Angenehm süß.«

»Das kommt sich auf den ersten Blick nicht in die Quere.«

»Nein.«

»Wir könnten uns zusammentun, uns beistehen …«

»… falls andere uns ins Gehege kommen«, fügte Helmine hinzu. Obwohl der Gedanke, dass man gemeinsam stärker war als allein, auch Inna Petrov längst gekommen war.

»Ja, wir sollten unbedingt reden«, sagte Inna. »Warum kommt ihr nicht mit nach Lykkeland?«

»Nun, mein Mann hat hier noch zu tun.«

»Die Friedensinitiative.«

»Das ist ihm sehr wichtig.«

»Sicher.«

»Ah! Siehst du, Inna. Da ist er. Der mit dem roten Schal und dem Hut, der da hinten am Tisch sitzt.«

»Beeindruckend. Ein schönes, männliches Gesicht, eine gute Körperhaltung und ... Er hat sehr ausdrucksstarke Augenbrauen.«

»Hm. Ich weiß nicht, mit wem er da gerade redet, aber wie du siehst, hat er einen Gesprächspartner gefunden. Vielleicht ist das schon der, den er hier aufsuchen wollte. Wenn sie hurtig zu Potte kommen, könnten wir dich morgen nach Lykkeland begleiten.«

»Ich bin sicher, dir würde es dort gefallen. Ach ... Siehst du den?«

»Wie?«

»Na, der auf der anderen Seite vom Tisch. Deinem Mann schräg gegenüber, drei weiter nach links.«

»Meinst du den, der so andächtig seinen Kuchen betrachtet?«

»Genau. Das ist der Genosse Wladimir Iljitsch Lenin. Einer der großen Planer dieser ganzen sozialistischen Angelegenheit. Morgen früh wird übrigens eine bedeutende Frau hier eintreffen. Clara Zetkin.«

»Schon gelesen. Die will ich nicht verpassen.«

»Dein Mann scheint sich mit seinem Gesprächspartner ganz gut zu verstehen.«

»Ja, es sieht so aus, als hätte mein Albert mit seinem Vorhaben Erfolg.«

»Seine Friedensinitiative.«

»Genau wie bei uns.«

44

(LENIN UND DIE WESPE)

Major Albert Craemer hatte schnell einen Draht zu dem französischen Reformsozialisten François Gaillard gefunden. Es war sein Plan, den deutschenfreundlichen Elsässer für eine deutsch-französische Friedensinitiative zu gewinnen, um auf diesem Wege einen Informanten innerhalb des französischen Politestablishments zu gewinnen, und es stellte sich schnell heraus, dass er offene Türen einrannte.

François Gaillard nämlich verfolgte das gleiche Ziel und arbeitete für eine ähnliche Abteilung wie Craemer. So stellten sie die Friedensinitiative zunächst ein wenig zurück und informierten sich gegenseitig über Personen und Institutionen, denen an einem baldigen Krieg gelegen war. Im Grunde hatten sie die nötigen Vereinbarungen bereits nach zehn Minuten getroffen. Albert Craemer hatte selten jemanden erlebt, dessen Ziele und Vorstellungen den seinen so bis ins Detail glichen.

Warum nicht. Auch Franzosen wollen in Frieden leben.

Als ersten Schritt des geplanten Austauschs an Informationen berichtete François Gaillard Craemer von einem Vorkommnis, das die französischen Seestreitkräfte beschäftigte.

»Die Englische Marine hat vor einiger Zeit ein neues Unterseeboot in Dienst gestellt, und die Admiralität ihrer Königin führt mit dem Gefährt Testfahrten durch. Angeblich bis in die Ostsee hinein!«

»Mit Verlaub, das ist eine Ente«, sagte Craemer. »Die Zeitungen gehen mit angeblichen Sichtungen hausieren. Weder ich noch unsere Aufklärung haben je davon gehört, dass die Engländer irgendwelche auch nur halbwegs leistungsfähigen Unterwasserfahrzeuge besitzen. Allerdings spuken derlei Geschichten offenbar auch in Dänemark herum. Man berichtete mir von einem Versuch, ein Kraftstoffdepot zu errichten. Trotzdem, mein lieber François. Das sind Fantastereien. So weit sind die Engländer einfach noch nicht.«

»Wäre es nicht auch möglich, dass es der deutschen Aufklärung schlicht an Informationen mangelt. Was niemanden wundern muss, schließlich führen diese Fahrzeuge ja ein recht geheimes Leben.«

»Eine Ente, ich bleibe dabei.«

»Eine, die tauchen kann. Wir haben, wie gesagt, Hinweise darauf erhalten, dass die Englische Admiralität Probefahrten durchführt. Es geht dabei wohl vor allem darum, die Reichweite dieser Nautilusse zu vergrößern. Der Verbrauch und Nachschub von Treibstoff ist sicher noch ein Problem.«

»Ich habe kürzlich von einem russischen Unterwasserfahrzeug gehört. Ursprünglich übrigens eine amerikanische Konstruktion. Vielleicht liegt bei den Sichtungen einfach eine Verwechslung vor. Allerdings mangelt es diesem Gefährt nach unseren Informationen nicht nur an Reichweite. Es gibt auch Probleme mit dem Torpedoausstoß sowie der Regelung des Luftdrucks im Inneren.«

François Gaillard fuhr fort mit seiner Geschichte von einem angeblichen englischen U-Boot und es war nicht zu überhören, dass ihm daran vor allem der Gedanke gefiel, selbst einmal unter Wasser zu reisen. Irgendwann verlor sich das U-Boot dann aber doch zunehmend in den Tiefen eines versiegenden Gesprächs.

Sie waren eigentlich fertig, blieben aber sitzen. François

Gaillard begann nun von seinen drei Töchtern zu erzählen. Früher hätte Craemer so etwas nicht interessiert. Jetzt aber, wo er bald Vater wurde, war das etwas anderes. Noch aufmerksamer wäre er gewesen, hätte am Tisch nicht ein Mann gesessen, der dem Politiker und Revolutionär Wladimir Iljitsch Lenin zum Verwechseln ähnelte. Der Mann hatte etwas eigentümlich in sich Versunkenes und Starres, wie es Craemer sonst nur von Betrunkenen oder wirklich sehr klugen und nachdenklichen Leuten kannte. Seit mindestens zehn Minuten starrte er nun schon ein Stück Apfelkuchen an, das unangetastet vor ihm auf dem Teller lag. Manchmal bewegten sich die Augen des Mannes blitzschnell hin und her.

Warum? Was sieht er?

Endlich, es war sicher eine Viertelstunde vergangen, gelang es dem Major, das Rätsel zu lösen. Da war eine Wespe. Sie hatte den Mann zuvor vermutlich in einiger Entfernung umkreist. Jetzt kam sie näher. Ihr Ziel war ganz unzweifelhaft der Apfelkuchen. Craemer beobachtete das alles. Und natürlich tat er das so unauffällig, dass niemand etwas davon mitbekam. Der Mann, der wie Lenin aussah, griff ganz langsam nach seiner Gabel. François Gaillard berichtete gerade von der Hochzeit seiner ältesten Tochter, als die Wespe sich setzte. Und zwar mitten auf den Apfelkuchen. Der Mann führte seine Gabel in Richtung der Wespe. Schon schwebte sie über dem Tier. Und das war dann der Moment, in dem Major Albert Craemer sein Urteil über den Fremden fällte.

Ihm ist an nichts anderem gelegen, als dieses Tier zu töten. Widerlich. Er wird die Wespe in dem Apfelkuchen genüsslich zerdrücken.

Die Gabel schwebte jetzt nur noch einen Zentimeter über dem zuckenden Körper des ahnungslosen Tiers, das in seiner ganzen Wonne und Einfalt vollkommen auf Genuss, Nahrung und Leben eingestellt war. Und dann … kam es doch anders. Der Mann gab der Wespe mit seiner Gabel ganz behutsam einen kleinen Schubs und sie summte davon. Er sah ihr nach und sein Gesicht war nun ein ganz anderes. Er schien sich zu freuen. In diesem Moment traten drei Männer an den Tisch, sprachen ihn an.

»Genosse. Die Dänische Delegation versammelt sich oben im Salon.«

»Dann wollen wir sie nicht warten lassen.«

Nach diesen Worten erhob sich der Mann und es geschah etwas, das Craemer den Hals eng werden ließ. Der Fremde sah ihn an und … zwinkerte ihm zu. Vergnügt, wie es schien.

Er kann nicht gesehen haben, dass ich ihn beobachte, das ist unmöglich.

»Ja, und nun wird also auch meine dritte Tochter bald heiraten. Sie können sich ja denken, wie meine Frau und ich uns fühlen, denn sie wird ja nun bald das Haus verlassen.«

»Ja, das alles steht meiner Frau und mir auch noch bevor.«

François Gaillard war etwas irritiert. »Sie sagten vorhin, ihre Frau sei im fünften Monat.«

»Richtig. Aber die Zeit hält nicht still.«

»Na, was Ihnen so alles im Kopf rumgeht …«

»Haben Sie den Mann eben gesehen?«

»Der Genosse Lenin. Ja. Was ist mit ihm?«

»Er scheint kleine Tiere zu mögen.«

»Es tut mir leid, darüber ist mir nichts bekannt.«

»Nun, wie ich sehe, ist meine Frau fertig mit ihrer Unterhaltung. Sie wird sich vermutlich langweilen, hier, wo sie niemanden kennt. Sie gestatten also, dass ich mich verabschiede.«

»Natürlich. Wir sehen uns dann wie besprochen in Paris.«

Craemer beließ es bei einem Nicken und ging zu Helmine.

Abends im Hotel Central las Craemer in einer Zeitung,

dass im Öresund angeblich ein amerikanisches U-Boot der Fulton-Klasse gesichtet wurde. Der Major hielt das genauso für eine Zeitungsente, wie er die Geschichte, die François Gaillard ihm erzählt hatte, für ein Märchen hielt. Vermutlich hatte die Zeitung schon mehrere solcher reißerischen Berichte über angebliche Sichtungen veröffentlicht, und Gaillard hatte das mit älteren Informationen der französischen Aufklärung zusammengebracht. Craemer lächelte. Seines Wissens wurde die Produktion dieses amerikanischen U-Boots bereits 1904 eingestellt, da die US Navy das Fulton-U-Boot als technisch unausgereift abgelehnt hatte.

45

(LANGE REGENMÄNTEL)

Es roch nach Öl, Schmierfett, Seetang und Fisch.

»Ist das Schiffchen von diesem Fischer Andersen denn überhaupt seetüchtig?«, fragte Gendarm Habert zwei Matrosen, die in gebückter Haltung mit stoischer Sorgfalt ihrer Arbeit nachgingen.

»Wie man will«, sagte der eine, ohne aufzusehen, der andere schob nach: »Andersen behauptet jedenfalls, er käme damit überall hin.«

Gendarm Habert stand in der wortwörtlich hintersten Ecke des Hafens von Kopenhagen – die angeblich die vorderste Ecke war – an einer Kaimauer, die dringend hätte erneuert oder wenigstens ausgebessert werden müssen. Von zwei uralten hölzernen Ladekränen, die lange nichts mehr bewegt hatten, baumelten zerfranste Taue hinab. An einem hing noch eine halb verrottete Umlenkrolle von größerer Abmessung, die irgendwann jemandem auf den Kopf fallen würde.

Dass es Habert gelungen war, die Spur von Leutnant Senne wieder aufzunehmen, verdankte er seinem Kumpan aus alten Zeiten, Julius von Waldthausen. Der hatte seine Netze ausgeworfen, einige Informationen aus dem Hafen gefischt und Habert informiert.

»Ein verwirrt wirkender junger Mann, offenbar ein Deutscher, hat im Backhafen dringlich nach einer Überfahrt nach Lykkeland gefragt.«

»Aha. Und was ist ein Backhafen?«

»Der Hafen an der Back, also ganz vorne, da, wo der Hafen eigentlich kaum mehr Hafen ist. Nicht der Teil, den man nachts aufsuchen würde. Die Fähre, die zweimal täglich nach Lykkeland fährt, wollte der junge Mann offenbar nicht nehmen. Was mich allerdings nicht wundert, denn auf der Fähre stinkt es nach Krabben. Die Auskunft kam von zwei Fischern, die auf einem Boot arbeiten, das sich *Marie* nennt.«

So war es gewesen, und jetzt also sprach Habert mit den beiden Matrosen der *Marie*, die gerade damit beschäftigt waren, Seile aufzurollen.

Die *Marie* war ein schon recht altes Mädchen. Sie trug stark vergraute und vielfach geflickte Segel, welche ihr nicht gerade zur Zier gereichten. Davon abgesehen war sie einst rot, doch schien bei Ausbesserungsarbeiten nur grüne und blaue Farbe zur Hand gewesen zu sein.

»Wenn dieser Andersen meint, er käme überall hin, wäre dann auch eine Fahrt nach Schweden möglich?«, fragte Habert die beiden Matrosen.

»Sicher. Andersen fährt überall hin, wenn man zahlt. Diesmal sollte es wohl nach Lykkeland gehen, denn da wollte der Deutsche hin.«

»Die Insel der Spinner, so nennen wir diesen Sandhaufen im Wasser«, ergänzte der andere.

»Ich bedanke mich«, sagte Habert und zog seine Börse. »Ich meine, dass ihr so gut aufgepasst habt, ist schon ein paar Scheine wert.«

Die Bezahlung machte die beiden Matrosen willig, die Unterhaltung zu vertiefen, nur mussten sie noch ein wenig nachdenken, ehe ihnen etwas einfiel. Habert war also schon ein paar Meter gegangen, als der Ältere ihm nachrief: »Sie sind übrigens nicht der Erste, den Lykkeland interessiert!«

»Zwei Männer waren hier, zwei Engländer. Angeblich vom Schifffahrtsamt und …«

»… die sahen aus …«

»… dünn und groß der eine, klein und dick der andere.«

»So war's. Und vom Schifffahrtsamt waren die bestimmt nicht.«

»… solche kennen wir nämlich. Sie trugen hässliche Regenmäntel. Ganz zerknittert und in der Mitte ein Gürtel.«

»In einer Farbe wie Modder!«

»Ihr wisst nicht zufällig, wie die beiden heißen?«

»Doch.«

Eine Pause entstand. Fast hätte man meinen können, es gäbe nichts mehr zu sagen.

Habert ging also zu ihnen zurück, zwei weitere Scheine wechselten den Besitzer.

»Also?«

»Na, wir haben gefragt …«

»Ich hab gesagt: ›Schifffahrtsamt? Hä? …‹«

»… war ja komisch, dass zwei Engländer …«

»Ich verstehe«, sagte Habert.

»Noch komischer war, dass sie dann gleich mit ihren Namen rausrückten …«

»… kam uns fast vor, als hätten sie nur drauf gewartet.«

»Ja, das ist komisch«, sagte Habert, ohne sich weiter was dabei zu denken.

»Als ob wir dumm wären. Da sagt man: ›Ihr seid nicht vom Schifffahrtsamt und was sagen sie als Erklärung?‹ ›Doch!‹ …«

»Und dann nennen sie ihre Namen. Als ob das was beweist.«

»Wie hießen sie denn nun?«, fragte Habert und zückte einen weiteren Schein.

»Der Große nannte sich Keegan …«

»… der Kleine Bates. Und das waren todsicher Brüder …«

»... gleiches Gesicht ...«

»... nur eben der eine klein, der andere groß. Und die Namen ...«

»... die waren todsicher falsch. Ich meine, welche Mutter nennt ihre Kinder denn Keegan und Bates?«

»Genau! Und warum erkundigt sich das Englische Schifffahrtsamt ausgerechnet bei uns?«

»Die waren falsch.«

»Beide.«

»Allein schon die Mäntel!«

»Haben die beiden sich nach dem Deutschen erkundigt?«

»Nein«, sagte der ältere Matrose. »Die wollten wissen, wie tief das Wasser um die Insel herum ist ...«

»... also Lykkeland. Da wo ja auch Andersen mit dem Deutschen hingesegelt ist.«

»Wird kaum ein Zufall sein, dachten wir.«

»Genau.«

Die Auskünfte irritierten Habert. »Warum könnte diese beiden Engländer die Wassertiefe bei Lykkeland interessieren?«

»Na, wenn jemand nach so was fragt, geht es wohl darum, dass er mit einem Schiff anlegen will, ohne zu stranden.«

»Ist so, das können Sie glauben.«

»Ja, sicher. Danke.«

Habert ging. Er grübelte, was es mit den beiden Engländern auf sich haben könnte und warum sie an der Insel anlegen wollten. Er fand keine Antwort auf seine Fragen.

46

(GUSTAV, LENA UND KALISCH IM LESESAAL)

Gustav und Lena waren mit Artur Kalisch übereingekommen, dass es für die Ermittlungen am erfolgversprechendsten war, herauszufinden, auf wen im Zoo geschossen wurde.

»Da es sich, wie eure Zeugin sagte, bei den beiden, die dem Angriff lebend entkommen sind, wohl ebenfalls um Russen handelt, habe ich eine Idee, wo wir uns erkundigen können.«

»Und?«, fragte Lena.

»Es gibt inzwischen nur noch einen russischen Lesesaal in Berlin. Diese Lesesäle sind oft Anlaufstation von Emigranten und solchen, die sich vom Zaristischen Russland losgesagt ...«

»Wissen wir«, sagte Gustav schnell, beinahe übermütig. Er hatte schon lange vorgehabt, einen dieser Lesesäle aufzusuchen.

Als sie den Raum am späteren Abend betraten, entsprach das, was Gustav sah, überhaupt nicht den Vorstellungen, die er sich stets von russischen Studenten oder einem Lesesaal gemacht hatte. Im Raum gab es zwar viele Regale, in denen auch Bücher standen, aber gelesen wurde an diesem Abend nicht.

Auf der Bühne spielte eine kleine Kapelle und im Saal wurde getanzt. Die anwesenden Männer und Frauen waren zwar jung und hätten somit durchaus Studenten sein können, aber sie wirkten weder abgerissen, noch debattierten sie heftig.

Ein geselliger Abend.

Und doch war hier nicht alles so wie bei den geselligen

Abenden, mit denen er vertraut war. Offenbar gingen manche dieser Russen riskanten, sportlichen Vergnügungen nach.

Boxen vermutlich.

Jedenfalls wirkten einige der anwesenden Männer etwas lädiert.

Als hätte man sie kürzlich verprügelt.

Davon abgesehen fand er es ziemlich dreist, dass der Student Kalisch Lena sofort zum Tanzen aufgefordert hatte. Noch verwirrender fand er, dass sie ein so harmonisches Paar abgaben.

Seine Stimmung änderte sich schlagartig, als er den Blick einer jungen Frau auffing, die ...

Wirklich ganz reizend.

Sie war höchstens Anfang zwanzig, hatte ein schmales Gesicht mit enorm großen Augen und trug ihr Haar nach romantischer Manier. Ganz entzückend waren auch die kleinen spiralförmigen Locken, die ihrer Erscheinung etwas ausgesprochen Verträumtes, ja fast noch Mädchenhaftes verliehen. Fast hätte er meinen können, sie sei eine Schwester der berühmten Dichterin Bettina von Armin. Von der hatte früher ein Bild im Arbeitszimmer seines Stiefvaters Oberst Lassberg gehangen. Zu all dem kam noch ihr Kleid. Es war gelb, mit einer angenehmen Tendenz ins Honigfarbene, und schien aus Seide zu bestehen. Diese Seide schillerte in einer so irritierenden Weise, dass sie von all den Personen um sie herum regelrecht losgelöst wirkte. Es kam Gustav vor, als gäbe es nur sie, umgeben lediglich von bewegten Schatten.

Die junge Frau forderte ihn zwar nicht direkt zum Tanz auf, was ja auch ein bisschen frech gewesen wäre, aber es sah ganz so aus, als würde sie darauf warten, aufgefordert zu werden. Er tat ihr den Gefallen.

Na also, das ist jetzt ... Aber warum nicht?

Sie war eine gute Tänzerin. Besser jedenfalls als er selbst. Und doch angenehm zurückhaltend. Obwohl er bald mitbekam, dass sie ihn führte, nicht er sie, tat sie es auf eine Weise, die einem Außenstehenden nicht aufgefallen wäre. Es dauerte eine Weile, dann wurde ihm ein bisschen heiß. Nicht weil er das Tanzen anstrengend gefunden hätte, sondern weil seine Partnerin ...

Hat wohl was im Sinn, die Kleine.

Runde um Runde zog sie ihn in Richtung einer Tür. Und als sie dort angelangt waren, nahm sie kurz die Hand von seiner Schulter, öffnete sie und zog ihn in den angrenzenden Raum.

Und schon – war die Tür wieder zu.

Und schon – hatten drei Männer ihn fest im Griff.

Und schon – gab es was auf den Kopf.

Und schon – war er ohne Bewusstsein.

Ohne Bewusstsein, aber nicht ohne Regung, nicht ohne innere Bilder und Eindrücke. Er stand ganz vorne am Bug eines Schiffs. Und dieses Schiff durchschnitt die leicht bewegte Oberfläche eines Sees. Gustav wusste sofort, dass es sich bei diesem See keinesfalls um einen See handelte, sondern um die sehr in die breite geratene Dahme. Einen Fluss, der sie von Köpenick aus über den langen See bis nach Schmöckwitz bringen würde. Und dann weiter. Es gab ein leichtes Auf und Ab in Gustavs Traum. Lange dauerte das. Sehr lange. Dieses Auf und Ab, das Wohlsein und Sicherheit bedeutete. Und so wunderte es ihn auch nicht, dass jemand seinen Namen rief. Ganz leise, ganz von ferne.

Gustav ...

Und gleich noch mal.

Gustav ...

Ja, und da drehte er sich um und sah, was er sah. Er hatte schon vorher gewusst, dass sie dort stehen würden.

Fontane. Und neben dem, sein Stiefvater. Sie winkten ihm zu.

Er hatte gewusst, dass sie das tun würden.

Sie riefen ihn.

Gustav ...

Sie hatten das schon einige Male getan.

»Gustav!«

Was war das?

»Gustav! Wach auf!«

Da öffnete er die Augen und von seinem schönen Traum blieb nichts als ein schmerzender Kopf.

Seine Tanzpartnerin in ihrem einzigartigen Kleid war da, neben ihr Lena. Und drei Männer, die er nicht kannte und ...

Kalisch natürlich.

War er deshalb auf Fontane gekommen?

Sie alle beugten sich zu ihm hinab. Ihre Gesichter wirkten riesig.

Auch das hätte ein Traum sein können.

Es war Kalisch, der ihm hoch half. Zusammen mit Lena führte er ihn durch den Lesesaal, in dem noch immer die kleine Kapelle spielte, in dem noch immer getanzt wurde. Niemand zeigte Interesse daran, dass hier offensichtlich ein Verletzter durch den Raum bugsiert wurde.

Als er, Lena und Kalisch auf der Straße standen – Gustav hielt sich mit Mühe auf den Beinen –, kam die Schwester von Bettina von Armin noch einmal kurz zu ihnen raus. Sie strich ihm über die Wange und sagte. »Es tut mir leid, glaub mir mein Kleiner.«

Die Tür schloss sich.

Sie gingen.

Erst nach einer halben Stunde und zwei Bier war Gustav wieder halbwegs beisammen.

»Was ist passiert?«

»Man hielt dich für einen anderen«, erklärte ihm Kalisch.

»Aber man hat uns bestätigt, dass der Mann, der der Schießerei im Zoo entkommen ist, Fjodor heißt. Seine Begleiterin nennt sich Anna. Mehr wusste Maja nicht.«

»Wer ist Maja?«

»Maja Kolessa. Die Pianistin. Die junge Frau, mit der du getanzt hast«, erklärte ihm Lena. »Du hast hoffentlich nicht alles vergessen.«

»Und warum hat sie mich in einen Hinterhalt gelockt?«

»Man hat dich mit einem russischen Anarchisten verwechselt, der vor einigen Monaten versucht hat, dort im Lesesaal eine Bombe zu zünden.«

»Warum sollte ein Anarchist russische Studenten in die Luft sprengen? Ich dachte, die sind auf der gleichen Seite.«

Kalisch lachte. »Diese Studenten hier stehen ganz bestimmt nicht auf der Seite irgendwelcher Umstürzler oder Revolutionäre.«

Lena mischte sich ein. »Nicht jeder russische Lesesaal wird automatisch von anarchistisch oder sozialistisch gestimmten Studenten besucht. In diesem hier verkehren die Söhne und Töchter wohlhabender russischer Familien.«

»Dem Zar und seinen Institutionen treu ergeben«, ergänzte Kalisch. »Es tut mir leid, ich hätte es euch sagen sollen.«

»Du wusstest, in was für ein Hornissennest wir da eindringen?«

»Bitte nicht so!«, sagte Kalisch. »Nur weil diese Menschen eine Dynastie unterstützen, die Russland seit Jahrhunderten erfolgreich regiert, sind sie doch keine schlechten Menschen. Eher schon ist das Gegenteil der Fall. Gott bewahre mein Land davor, dass dort Umstürzler eine zweite Revolution anzetteln.«

Gustav fiel nichts zu Kalischs Eröffnung ein, Lena schon.

»Wir hatten dich für jemand anderen gehalten.«

»Für einen Sozialdemokraten?«

»Nun ...«

»Das klingt ja, als wärst du enttäuscht, Lena. Und ich muss sagen, ich wundere mich ein bisschen. Soweit ich weiß, arbeitet ihr für den deutschen Geheimdienst. Und unsere Länder verbindet doch viel. Ich kann mir nicht vorstellen, dass deutsche Militärbehörden sich eine russische Revolution wünschen.«

»Das hat ja auch niemand gesagt.«

»Nun«, sagte Kalisch und stand auf. »Ihr habt die Informationen, die ihr wolltet, ich verabschiede mich.«

Er ging.

Nach einigen Schritten drehte er sich noch einmal um. »Ich verabschiede mich, und ich bin besorgt. Ich weiß, dass ihr für Major Craemer arbeitet, und ich frage mich, ob der unter einer ähnlichen Weltanschauung leidet wie ihr.«

Während der nächsten dreißig Sekunden passierte nichts Besonderes. An einem langen Tresen saßen Männer und tranken Bier, der Wirt hinter diesem Tresen polierte Gläser.

»Er hielt uns am Ende wohl für heimliche Sozialisten«, sagte Lena, nachdem Kalisch die Bierstube verlassen hatte.

»Frechheit«, sagte Gustav und setzte sich etwas aufrechter hin.

»Geht es dir besser?«

»Mein Kopf fühlt sich an, als sei dort ein Schwarm Hummeln unterwegs, aber sonst ... Was meinte er, als er sagte, wir hätten, was wir wollten?«

»Nun, ich hatte eine kurze Unterhaltung mit Maja Kolessa. Du warst leider gerade nicht bei Sinnen ...«

»Ist die wirklich eine Pianistin? Das kann ich mir gar nicht vorstellen, hinterhältig wie sie ist.«

»Aha.«

»Frech ist das. Ein durch und durch freches und durchtriebenes Frauenzimmer.«

»Wie immer sie auch für dich sein mag, Gustav, das Gespräch mit ihr gestaltete sich einfacher als gedacht. Sie hat mir alles gesagt, was wir wissen wollten. Es geht um einen Mann und eine Frau, die gemeinsam auftreten und offenbar auf der Flucht sind. Er, wie gesagt, soll sich hier Fjodor genannt haben, sie heißt Anna. Die beiden haben den gleichen Fehler begangen wie wir. Schlimmer noch, sie haben sich als Sozialisten zu erkennen gegeben, auf die man geschossen hätte. Sie suchten eine Unterkunft. Man hat sie rausgeschmissen und es kam zu einer heftigen Auseinandersetzung, bei der viele Besucher des Lesesaals verletzt wurden. Wie Maja mir berichtete, hat er einfach nur um sich geschlagen. Seine Begleiterin ist, was das Kämpfen angeht, die Gefährlichere. Ein Mann und eine Frau. Genau wie wir. Daher wohl die groben Maßnahmen gegen dich. Nach der Schlägerei ist Maja den beiden gefolgt.«

»Das heißt, wir wissen, wo sie sich aufhalten?«

»Wir wissen, in welches Hotel sie sich gestern Abend begeben haben.«

»Verräter verraten Verräter«, sagte Gustav.

»Ist doch egal. Wir wissen jetzt, was wir wissen wollten. Das heißt, wir können mit etwas Glück weitere Morde verhindern.«

47

(SECHSTER TAG – ENDLICH WIND)

Kurz nachdem er aufgewacht war, erschoss Leutnant Senne seinen Fährmann. Der Tat war gar kein starker Impuls vorausgegangen. Es lag auch nicht daran, dass er sich von dem Mann betrogen fühlte. Senne hatte es getan, weil er die ganze Zeit seinen Revolver in der Hand hielt.

Verrückt.

Nur deshalb.

Vielleicht …

So überlegte er eine viertel Stunde später.

… war auch Mitleid mit dabei.

Sie trieben noch immer auf einer nach allen Seiten gleichmäßig sich ausdehnenden Wasserfläche, und dass je Wind aufkommen würde, war stark zu bezweifeln. Die Wasservorräte waren längst aufgebraucht, seit fast vierundzwanzig Stunden hatte er nichts mehr getrunken.

Es war gut möglich, dass auch diese Enttäuschungen mit hineingespielt hatten. In diesen Mord.

Der Mann, den er bezahlt hatte, ihn zu der Insel zu bringen, hatte einfach nur dagesessen. Vorne im Bug der Nussschale. Etwas zusammengesunken zwar, aber mit einer Haltung, als sei eine so lang anhaltende Windstille kein Grund, sich Sorgen zu machen.

Leutnant Senne bereute nicht, was er getan hatte. Vermutlich war er dazu einfach zu schwach.

Das änderte sich, als eine Stunde nach dem Mord Wind

aufkam. Erst ein wenig, dann immer mehr. Das Segel blähte sich, es schlug unkontrolliert hin und her und das Schiffchen geriet dabei in starke Bewegung. Es war somit zu befürchten, dass es kenterte, sollte der Wind weiter zunehmen. Und so versuchte Leutnant Senne sich dringlichst daran zu erinnern, was sein toter Begleiter getan hatte, als er das Segel hisste. Der umgekehrte Weg müsste doch dazu führen, es wieder einzuholen.

Ja, das muss ich tun …

Ein guter Gedanke, wie er fand, weil …

Der Wind nimmt immer mehr zu.

Es war verrückt. Nun konnte er segeln und versuchte, das Segel zu bergen. Nun hätte es voran gehen können, aber sein Navigator war tot. Eine Verkettung unglücklichster Umstände.

Ich werde niemals, sagte sich ein verzweifelter Leutnant Senne, *nie und niemals nach Lykkeland kommen.*

48

(CLARA ZETKIN ENTTARNT CRAEMER)

»Ich habe es dir doch schon gestern haarklein erklärt«, sagte Helmine sichtlich aufgebracht. »Ich will nach Lykkeland.«

Es war erst halb acht Uhr morgens, aber Craemer hatte mit seiner Frau bereits zwei Verse der Zuneigung praktiziert. Zunächst stand *der Elefant* auf dem Programm und danach *Waffenstillstand.*

»Du hast doch mit deinem Franzosen bereits alles bekakelt.«

»Erstens ist François Gaillard nicht mein Franzose und zweitens hatten wir eine Unterredung.«

»Das sagte ich doch. Was hält uns noch hier? Die Stadt haben wir gesehen und ich glaube nicht, dass du noch einmal mit mir in die Glyptothek möchtest.«

Im Grunde hatte Helmine recht. Er hatte sein Hauptziel, Kontakt mit François Gaillard aufzunehmen, erreicht. Nur gab es eben auch noch ein Nebenziel. Albert Craemer hoffte, auf dem Kongress in Kontakt mit einem oder zwei Delegierten aus Russland zu kommen.

Andererseits sind wir natürlich im Urlaub.

Er schob die Auseinandersetzung erst mal beiseite. Sie hatten es gerade sehr schön miteinander gehabt und dieses Gefühl wollte er nicht zerstören.

»Sag, Helmine, hast du nicht gestern erwähnt, dass Clara Zetkin heute früh erwartet wird? Es verkehren nur zwei Fähren. Eine abends, die andere legt um viertel nach acht an und verlässt den Hafen um neun.«

»O Gott, ja. Und meine Freundin reist heute ab und ich wollte sie doch noch verabschieden.«

»Welche Freundin?«

»Na, Inna Petrov. Außerdem will ich diese Frau Zetkin unbedingt sehen. Es weiß doch niemand, wie oft man sie noch leibhaftig zu Gesicht bekommt.«

Als sie das Hotel Central verließen, fiel Craemer als Erstes auf, dass ein kräftiger, in Böen fast stürmischer Wind wehte.

Zum Glück trägt Helmine heute nicht einen ihrer ausladenden Hüte.

Eine Droschke brachte sie zum Hafen, und so standen sie zusammen mit einem Empfangskomitee des Sozialistenkongresses am Fähranleger. Inna Petrov wartete bereits auf dem Kai und gesellte sich zu ihnen. Helmine stellte der russischen Schnapsfabrikantin ihren Mann vor.

»Ihr kennt euch schon länger?«, fragte Craemer.

»Nein, aber wir wussten voneinander«, erklärte Helmine und sah ihre neue Freundin Inna an.

»Ja, so kann man sagen: Wir wussten voneinander.«

»Also, ich frage mich wirklich«, protestierte Helmine, »ob nicht irgendwann mal jemand etwas erfinden kann, das einer Frau bei solchen Winden hilft, ihre Frisur zu retten. Ich meine, es wird doch so viel erfunden dieser Tage.«

Zunächst stiegen einige Männer und Frauen aus, die etwas mitgenommen und bleich aussahen. Andere wiederum wirkten glattweg beseelt.

»Die kommen sicher von Lykkeland«, sagte Inna.

»Sie wirken zufrieden und glücklich«, ergänzte Helmine. »Was sagst du, Albert?«

»Glücklich? Sie sehen jedenfalls aus, als hätten sie einiges erlebt.«

»Da! Das ist sie«, sagte Inna und zeigte mit der Spitze ihres

Schirms. Der war geschlossen. Erstens regnete es nicht und zweitens wäre jeder Versuch ihn aufzuspannen bei dem fast schon stürmischen Wind sehr waghalsig gewesen.

Eine Frau kam über den Steg, hinter ihr eine zweite, möglicherweise ihre Begleiterin.

Notenblätter wurden vom Wind mitgerissen, Haare zerzaust. Das Empfangskomitee stimmte trotzdem die Internationale an.

Dann wird sie das wohl sein.

Frau Zetkin sagte, kaum dass eine kleine Delegation sie begrüßt hatte, nur einen Satz.

»Wenigstens riecht es hier nicht nach Fisch.«

Kurz nach ihr kam eine Frau über den Steg, die nach Craemers Dafürhalten eine starke Ähnlichkeit mit der hatte, welcher er im Zug begegnet war.

Madame Wollschläger ... Aber was hat die Witwe eines ehemaligen Leutnants der Abteilung III b mit Frau Zetkin zu schaffen? Nun, vielleicht irre ich mich und sie ist es gar nicht.

Craemer hielt es für möglich, dass er einer Täuschung erlag, für die es einen sehr schlichten Grund gab. Die Frau hinter Clara Zetkin trug ein Kleid aus blaugrün schillernder Seide.

Wie viele Kleider dieser Art mag es geben? Vielleicht eine Mode der Saison. Muss Helmine nachher gleich mal fragen.

Genau da war er mit seinen Gedanken, als die Frau im blaugrünen Kleid plötzlich mitten auf dem schmalen Steg stehen blieb. Ihr Arm kam hoch, sie zeigte direkt auf ihn.

»Der da, der gehört nicht zu uns, den kenne ich aus Berlin. Er heißt Craemer und ist einer der hartherzigsten Sozialistenjäger des kaiserlichen Polizeiapparates.«

Es war erschütternd. Sie hatte ihn trotz seiner Verkleidung erkannt. Dass er allerdings in ihren Kreisen als Sozialistenjäger galt, war völlig verrückt. Nur was nützte ihm, dass er selbst wusste, wer er war. Das Empfangskomitee hatte aufgehört zu singen. Dreißig Männer und Frauen sahen ihn an.

»Albert! Was ist das für eine grässliche Frau?«

»Die Witwe eines ehemaligen Mitarbeiters. Angeblich bin ich für seinen Tod verantwortlich. Alles Behauptungen, nichts davon stimmt. Ich jage keine Sozialisten, das ist nicht mein Ressort.«

Die Frau im blaugrünen Kleid wiederholte ihre Behauptungen, wieder zeigte sie dabei direkt auf Craemer. Sein Problem im nächsten Moment bestand weniger darin, sich dem Komitee zu erklären oder überhaupt etwas zu seiner Verteidigung vorzubringen. Er musste seine ganze Kraft darauf verwenden, Helmine davon abzuhalten, die Frau anzugreifen.

Clara Zetkin tangierte das alles kein bisschen. Sie schritt einfach von dannen. Die Frau in ihrem auffälligen Kleid folgte ihr, Craemer gelang es mit Hilfe von Inna Petrov, Helmine festzuhalten.

Kaum war das geschafft, spürte Craemer eine Hand auf seiner Schulter. Er war so gereizt, so alarmiert, dass er sich blitzschnell umdrehte, die Fäuste zur Abwehr erhoben. Er erkannte den Mann sofort. War dann aber kurz irritiert, da Helmine hinter ihm einen kleinen Freudenschrei ausstieß und ihrer Begeisterung auch sofort Ausdruck verlieh.

»Mein wohlgefälliger Tänzer! Na, das ist aber eine schöne Überraschung.«

Die nächsten fünf Minuten verbrachte Helmine damit, ihrer neuen Freundin den Gesandten des Deutschen Reiches am Dänischen Hof, Julius von Waldthausen, mit begeisterten Worten vorzustellen.

»Wir hatten uns damals auf einen Tango verabredet und immer kam etwas dazwischen.«

Julius von Waldthausen benahm sich den beiden Frauen gegenüber, wie geübte Diplomaten es in der Regel tun. Vor allem, wenn sie von den Frauen angetan sind. Dann ging es natürlich um Helmines Schwangerschaft.

Craemer war noch immer so durcheinander wegen des Angriffs der Witwe Wollschläger, dass das Gespräch völlig an ihm vorbeiging. Er wurde erst wieder einbezogen, als von Waldthausen sich bei Helmine entschuldigte.

»Jetzt, meine liebe Frau Craemer, muss ich Ihnen Ihren Mann kurz entführen.«

»Soso.«

Der Gesandte lotste Craemer ein paar Meter von den anderen weg.

»Gut, dass ich dich noch gefunden habe. Ich hatte eine Unterredung mit einem alten Freund. Gendarm Habert wird er genannt.«

»Ach ...«

»Er kam zu mir, da er auf der Suche nach einem Leutnant Senne war. Offenbar geht es um einen möglichen Geheimnisverrat in der Abteilung von Oberst Kivitz. Ich habe meine Netze ausgeworfen und erfahren, dass der Leutnant ein kleines Segelboot mitsamt dem zugehörigen Fischer gechartert hat. Er wollte, wie mir gesagt wurde, zu einer Insel. Lykkeland heißt die. Dort versammeln sich seit einigen Jahren sogenannte Lebensreformer ...«

»Weiß ich.«

»Alle Achtung, ich meinte immer, das sei eine kleine, höchst private Sache.«

»Ja, nein ... Einige wissen davon«, erklärte Craemer. »Woher kennst du Habert?«

»Ach, von früher. Viele Geschichten. Lange Geschichten. Die meisten handeln von Jugendsünden. Aber ich kenne

Habert gut. Wenn er eine Spur nach Lykkeland verfolgt, dann tut er das nicht zum Spaß. Dachte, du solltest davon wissen.«

»Hattet ihr euch wirklich zum Tango verabredet? Ich spreche jetzt nicht von Habert.«

»Ja, aber nur lose, nur so obenhin, wie sich dann herausstellte. Deine Frau war eigentlich nur an ihren Exportgeschäften interessiert.«

»Gut, dann weiß ich Bescheid.«

Von Waldthausen grinste breit. »Na, dann viel Erfolg auf Lykkeland. Soll eine tolle Sache sein.«

»Ich will nicht nach Lykkeland.«

»Sondern?«

»Der Kongress, ich hoffe mit einigen Delegierten in Kontakt zu kommen und ...«

»Ach, Albert jetzt wirst du ... Albern will ich nicht sagen, aber, ich denke doch deine Tarnung ist soeben gründlich aufgeflogen.«

»Was soll ich auf Lykkeland?«

»Nun vielleicht findest du dort den Leutnant Senne. Ein möglicher Geheimnisverrat ... Es wäre doch interessant herauszufinden, was er dort will.«

»Hm ...«

»Du überlegst?«, erkundigte sich von Waldthausen.

»Ja, aber nicht wegen diesem Leutnant Senne. Nicht in erster Linie jedenfalls ...«

»Sondern?«

»Du hast bei unserer letzten Unterhaltung erwähnt, die Dänische Admiralität sei beunruhigt, da eine Gruppe englischer Geschäftsleute versucht habe, an der Küste Land zu kaufen, um Tanklager für Schiffsdiesel zu errichten.«

»Richtig, aber ... Als wir das letzte Mal sprachen, schien dich die Sache nicht besonders zu interessieren.«

»Vielleicht geht es nicht um herkömmliche Schiffe.«

»Sondern?«

»Setz dich bitte mit der Kaiserlichen Marine in Kiel in Verbindung. Man soll unser U-Boot *SM U 9* an die Grenze des deutsch-dänischen Hoheitsgewässers beordern.«

»Dein Ernst?«

»Nur an die Grenze.«

Danach teilte Craemer von Waldthausen einen Code mit, bei dessen Erhalt das deutsche U-Boot in den Öresund eindringen sollte.

»Wie willst du einem U-Boot deinen Code zukommen lassen?«

»Lichtsignale. Die Besatzung soll danach Ausschau halten. Vielleicht steckt nichts dahinter, aber ... Man soll trotzdem Ausschau halten.«

»Gut, dann wünsche ich dir und deiner Frau eine angenehme Überfahrt. Wir haben Wind, es kann sein ... Egal.«

Von Waldthausen verabschiedete sich noch von Helmine und verließ anschließend den Hafen.

Fünf Minuten später hatte sich der Kai vollends geleert und Helmine war wieder Helmine. Von Wut oder Zorn keine Spur. Im Gegenteil. Fast schon wirkte sie belustigt.

»Sag Albert ... Hast du noch vor, auf den Kongress zurückzukehren?«

»Nein, Helmine. Es ist unser Urlaub. Nur darum geht es.«

»Soso.«

»Setzen wir ihn also dort fort, wo du ihn fortsetzen möchtest.«

»Auf nach Lykkeland!«, rief Helmine und betrat den Steg mit einer Gangart, als seien es ihr Steg und ihr Schiff.

»Und unser Gepäck?«, rief Craemer ihr nach. »Das ist doch alles noch im Hotel!«

Helmine hatte ihn entweder nicht gehört oder das Gepäck war ihr egal.

An ihrer Stelle antwortete Inna Petrov. »Ich kenne Sie nicht, Herr Craemer, aber so, wie Ihre Frau von Ihnen gesprochen hat, passt das gar nicht zu Ihnen.«

»Was passt nicht zu mir?«

»So kleinlich zu sein. Nur wegen ein wenig Gepäck. Aber wenn Sie unbedingt wollen. Die Fähre legt erst in einer dreiviertel Stunde ab.«

»Gut, dann ... Wissen Sie, Frau Petrov, wie es um mich steht?«

»Na?«

»Ich bin kleinlich. Und die Kleidung meiner Frau war teuer.«

49

(EIN MANN MIT BISONFELL)

Die Fahrt über den Öresund sollte nur gut anderthalb Stunden dauern, doch es war mittlerweile so stürmisch, dass die Fähre kaum gegen den Seegang ankam. Alles schwankte und rollte. Außerdem roch es aus Gründen, die Craemer sich nicht erklären konnte, sehr stark nach Fisch. Der Gestank schien auch anderen Fahrgästen unangenehm zu sein, jedenfalls gab es einige, die sich Taschentücher oder Ähnliches vor den Mund hielten.

Helmine wurde bereits nach zehn Minuten seekrank und musste, wie auch viele andere Passagiere, zum Schiffsarzt.

»Nein, geh!«

Sie wollte nicht, dass Craemer mit ihr auf dem Gang vor der Kabine des Arztes ausharrte.

»Ich kann dich hier im Moment nicht gebrauchen. Inna ist bei mir, das reicht.«

Craemer wunderte sich, dass Helmine und ihre neue Freundin bereits so vertraut miteinander zu sein schienen, andererseits war es ihm ganz recht, nach oben zu kommen, denn hier unten im Bauch des Schiffes war der Seegang doch recht unangenehm.

Der Schiffsarzt sollte sein Hospital weiter oben einrichten. Hier unten Schlange zu stehen ist für Passagiere, die unter Seekrankheit leiden, eine Zumutung.

Craemer stieg gleich ganz hoch bis aufs Oberdeck. Die Luft über dem Meer war vom Wasserdunst so stark eingetrübt, dass von Kopenhagen bereits nichts mehr zu sehen war. Die Wellen wirkten zwar nicht bedrohlich, aber das Schiff hatte doch einigermaßen zu kämpfen. Davon abgesehen führte der kräftige Wind einen salzigen Sprühnebel mit sich, der sich auf der Haut niederschlug.

Obwohl der Fischgeruch unten wirklich unangenehm gewesen war, hatte sich außer ihm lediglich eine junge Frau hier hinauf getraut. Sie sah zierlich, ja fast gebrechlich aus, stand an der Reling und war ganz und gar in sich versunken. Bei ihrem Anblick musste er sofort an ein Bild denken, das er und Helmine vor vielen Jahren in der *Berliner Secession* gesehen hatten. Man hatte dort Arbeiten des norwegischen Malers Edvard Munch gezeigt, die Craemer sehr angesprochen hatten. Und das, obwohl die abgebildeten Menschen eigentlich nie in guter Stimmung waren.

Dann vergaß er Munch und kam noch einmal auf die Witwe Wollschläger zurück, die ihn vorhin beschimpft hatte.

In aller Öffentlichkeit! Offenbar steht sie mit den Sozialdemokraten und Sozialisten im Umkreis von Frau Zetkin in Verbindung.

Craemer hielt es für möglich, dass Oberst Lassberg ihren Mann seinerzeit genau deshalb aus dem inneren Zirkel der Sektion verbannt hatte. Dass er allerdings etwas unternommen hatte, den Leutnant, nur wegen der etwas leichtsinnigen Verbindungen seiner Frau, bei einer Truppeninspektion ermorden zu lassen, war doch sehr unwahrscheinlich. Lassberg hatte ja selbst gegen die Interessen des Deutschen Reichs gehandelt.

Der hätte sich den Leutnant Wollschläger sicher anderweitig zunutze gemacht.

Zwei Männer betraten das Oberdeck, lehnten sich unweit der jungen Frau an die Reling und begannen ein Gespräch.

Craemer beachtete sie zunächst nicht weiter, denn auch ihm war mittlerweile etwas flau im Magen. Dazu kam ein leichtes Schwindelgefühl, erzeugt von ...

Dunkel, schmutzig, olivschwarz schwellende Tiefe.

Mit einem in den Spitzen aufgehellten Ton, bis hoch ins schnell hingetuschte Bleiweiß. Dieses Weiß wiederum ...

Ja.

... mit einem Stich ins Graue.

Um das Schiff herum war nichts zu sehen als Dunst und sich aus der Tiefe heraus auftürmende Wellen.

Böse.

Dass sie sich in dieser Art türmten, lag nicht nur am Wind.

Gibt hier zwei Strömungen, die sich kreuzten.

Bei einer Inspektionsreise auf einem der mittelgrau gestrichenen Schlachtschiffe der Kaiserlichen Marine hatte ihm ein Decksoffizier mit korrekt aufgesetzter, schwarzblauer Mütze den Effekt erklärt.

»Strömungen.«

Strömungen – richtig.

Es war auch hier so, dass die Wellen nicht als lang gestreckte, vom Wind vorangetriebene flache Wogen ihre Bahn zogen.

Nein ...

Sie bäumten sich gegeneinander auf.

Wild. Unentschlossen. Wohl tief aus der Tiefe.

Wie kleine Gebirge, und der starke Wind riss ihnen dabei die Köpfe ab.

Viel Gewalt, viel Schaum ...

Um etwas gegen sein Schwindelgefühl zu unternehmen, beschloss Craemer, zum Heck zu gehen. Denn bei aller Wildheit der Elemente hinterließ die Fähre doch so etwas wie eine Spur. An die würde er seinen Blick heften.

Bei seinem Gang kam er an den beiden Männern vorbei.

Sie sahen sich, was die Gesichter anging, recht ähnlich, allerdings war der eine klein und dick, der andere groß und dünn. Craemer erfuhr nicht, worüber sie sprachen, stellte aber fest, dass es Engländer waren. Das allein hätte ihn nicht beeindruckt. Dass aber einer der beiden ihn ansah, die Art, wie er es tat …

Ist auf der Hut.

… vor allem die Tatsache, dass sie sofort aufhörten zu sprechen, als er in ihre Nähe kam, reichte dann doch aus, dass Major Craemer sich ihre Gesichter einprägte.

Am Heck angekommen, fixierte Craemer mit seinem Blick die Spur, die das Schiff hinter sich herzog. Wie er gehofft hatte, half das gegen sein Schwindelgefühl. Trotzdem kam ihm diese kleine Seereise sonderbar vor. Es war, als gälte es, zuerst eine Mutprobe zu bestehen oder doch wenigstens gefährliche Gefilde zu durchqueren, ehe man nach Lykkeland kam.

In diesem Moment stellte sich ein etwa dreißigjähriger Mann mit einem großen Koffer neben ihn. Und zwar so dicht, dass sich ihre Oberarme berührten. Der Mann war höchst sonderbar gekleidet. In seinem schweren Mantel aus Bisonfell wirkte er fast wie ein Tier.

Frecher Kerl, kein Gefühl für Distanz.

Es kam noch schlimmer. Der Prolet, denn um einen solchen handelte es sich zweifellos, hob eine Flasche Bier an den Mund und trank sie in einem Zug aus. Anschließend warf er sie in hohem Bogen ins Meer.

»Gott auch! Ich schaffe es nie weiter als zehn, fünfzehn Meter. Gott auch, verdammt!«

Mit wem spricht er? Doch hoffentlich nicht mit mir.

Es wurde noch unangenehmer, denn das Schiff wurde wie alle Schiffe in der Nähe von Land, von einem Trupp Möwen verfolgt. Und nun versuchte der Mann neben ihm Kontakt zu ihnen aufzunehmen.

Laut ist er. Auf das Unangenehmste auffällig. Und besoffen.

Und dann sprach ihn der Kerl ganz direkt an.

»Wissen Sie, diese Möwen ...«

Er brachte den Gedanken nicht zu Ende. Was ihn nicht weiter störte, da ihm sofort etwas Neues einfiel. Offenbar hatte die Bierflasche zuvor in einer der riesigen Taschen seines Mantels gesteckt. Er zog eine neue heraus, öffnete den Verschluss mit den Zähnen. Bier spritzte, was ihn *bon* amüsierte.

»Wissen Sie«, erklärte er sich. »Meine Frau will das nicht. Sie meint, Trinken würde meinem Ansehen schaden. Und für unsere Kinder sei es auch nicht gut, ihren Vater so zu erleben. Wie sehen Sie das?«

»Es ist möglich, dass Ihre Frau recht hat.«

»Meinen Sie? Nun, das wundert mich nicht.« Er setzte die Flasche an den Mund. Trank. Dann fing er an, laut zu krähen. Und tatsächlich! Eine der Möwen erwiderte seinen Gruß.

Ein Irrer. Fast könnte man meinen, er sei dabei, sich in ein Tier zu verwandeln.

»Nun gut. Es mag sein, dass meine Frau recht hat. Aber ich vertrage auch einiges. Verstehen Sie? Ich kann trinken und behalte doch meine Sinne beisammen.«

Und schon fing er wieder an zu krähen. Seine Person, alles an ihm war so unangenehm, ja eklig, dass Craemer ein Stück zur Seite wich. Auch die anderen Passagiere hatten genug von seinem Benehmen. Zuerst ging die junge Frau, ihr folgten die beiden Engländer.

Als Craemer sich ebenfalls zum Gehen wandte, gebot der Mann ihm Einhalt, indem er seinen Oberarm sachte berührte.

»Ihre Frau ist noch unten beim Arzt. Sie dürfen also weiterhin meine Gesellschaft genießen, Herr Major. Ach! Ehe ich's vergesse. Wüsste er, dass ich hier bin und neben Ihnen stehe, Kommissar Adler ließe sicher seine Grüße ausrichten.«

Craemer begriff sofort.

»Dann sind Sie der Gendarm Habert?«

»O ja. Und nein, natürlich nicht seit meiner Geburt, aber nun eben doch.«

Craemer hatte schon oft von diesem Gendarm Habert gehört, den Kommissar Adler sich hielt. Gesehen hatte er ihn noch nie.

»Wie schön, dass ich Sie mal leibhaftig kennenlerne. Alle in der Sektion rätseln, wer wohl dieser geheimnisvolle Habert ist, der für Kommissar Adler ermittelt.«

»Ja, das ist eine traurige Geschichte. Kommissar Adler stellt mich nie vor.«

»Und warum eben dieses auffällige Benehmen?«

»Ich bin immer auffällig. Sie kennen das. Beim Versuch, unauffällig zu sein, gibt es stets Malheur. Wo ich das sage. Sie sollten Ihre Verkleidung ablegen, ehe wir in Lykkeland eintreffen. Die Dame am Kai in Kopenhagen hat Sie den anderen Fahrgästen gegenüber doch sehr exponiert.«

»Stimmt.«

»Bates und Keegan.«

»Bitte?«

»Die beiden Engländer eben.«

»Kommissar Adler hat Sie auf die Sache angesetzt?«

»Nur anfangs, dann wurde uns der Fall leider entzogen. Jetzt bin ich, wie vermutlich auch die beiden Engländer, auf der Suche nach einem Leutnant Senne. Adjutant bei Oberst Kivitz. Nun gut, mehr weiß ich im Moment nicht und man sollte uns nicht zu lange zusammen sehen.«

»Sie führen einen sehr großen Koffer mit sich.«

»Klingt, als sei der Koffer mein Hund.«

»Sie planen eine längere Exkursion auf der Suche nach diesem ...«

»Leutnant Senne, Adjutant von Oberst Kivitz.«

»Richtig, Sie sagten es.«

»Wie lange meine Exkursion dauert, weiß ich noch nicht. Und Sie? Sie genießen Ihren Urlaub, nicht wahr?«

»Wer sagt das?«

»Nun, da Sie mit Ihrer Gattin reisen ...«

»Jedenfalls würde ich keinen so großen Koffer mit mir herumschleppen wollen.«

»Nun, ich ... wie sagten Sie eben so schön? Ich führe ihn immer mit mir. Der Koffer hat schon viel erlebt und viel gesehen.«

»Hm.«

»Wie Sie wissen, Herr Major, solche wie ich, die verkleiden sich von Zeit zu Zeit. Und man weiß vorher nie, wie es kommt und was man unterwegs so alles zum Anziehen braucht. Man will vorbereitet sein.«

»Sie reden wie meine Frau.«

»Ach, eins noch. Die beiden Engländer ...«

»Keegan und Bates ...«

»Ja, die haben sich erkundigt, wie tief das Wasser um Lykkeland herum ist. Die beiden Matrosen, von denen ich diese Auskunft habe, meinten, so würde man fragen, wenn man irgendwo mit einem Schiff anlegen will. Komisch nur, dass sie jetzt die Fähre nehmen.«

»Vielleicht wollen sie gar nicht dort anlegen«, murmelte Craemer.

»Wozu dann die Frage?«

»Nun, es könnte darum gehen, dass man sie von dort abholen will.«

»Wie Sie meinen. Meine Empfehlung an die Frau Gemahlin und ... Gute Erholung, Herr Major.«

Gendarm Habert konnte es nicht lassen. Er rief den Möwen

einen Abschiedsgruß zu, leerte sein Bier und warf die Flasche ins Meer, bevor er ging.

Fünf Minuten später verließ auch Craemer das Oberdeck. Als er eine Stunde und vier Cognac später auf der Toilette gerade seine Verkleidung entfernte, spürte er ein feines Schüttern und Rasseln, das durch den gesamten Schiffskörper ging. Offenbar hatte der Kapitän ein Manöver eingeleitet, das Schiff abzubremsen.

Craemer hatte sich nicht getäuscht, denn als er wieder auf Deck ging, sah er die Insel.

Lykkeland ...

Sie wirkte viel lieblicher, als er es sich nach dieser anstrengenden Passage vorgestellt hatte. Auch sah es aus, als herrsche auf dem Eiland ein anderes Wetter als auf dem Meer.

Zauberhaft ...

Was sich Craemers Augen hier bot, war sicher eine Täuschung oder der Effekt einer Luftspiegelung und Lichtbrechung aufgrund besonderer Druckverhältnisse über der Landmasse. Jedenfalls sah es beinahe aus, als sei die Insel von einem in der Färbung nicht leicht zu bestimmenden Licht überwölbt. Zu sehen war keine generelle Einfärbung des Himmels, sondern eine beinahe künstlich anmutende, gestufte Farbschichtung, in der parallele Flächen übereinander lagen.

Genau wie auf den Bildern von ...

Insgesamt wirkte das Ganze auf Craemer zuletzt in beinahe gewollter Manier ...

Planetarisch und kosmisch.

Und so kam er, wie hätte es anders sein können, beim Anblick dieser extrem in die Breite gezogenen Überwölbung der dänischen Dünensammlung Lykkeland auf den Namen des Malers, der ihm noch mehr bedeutete als all die Franzosen oder Liebermann oder gar Munch.

Hodler!

Jeder, der in Craemers Zeit auf die Ausbildung seines Blicks oder seiner Empfindung Wert legte, wäre auf diesen Namen gekommen, der natürlich ein Nachname war. Den Vornamen auch noch zu denken, wäre zu viel gewesen, denn Major Albert Craemer, Mitarbeiter der Sektion III b des Preußischen Geheimdienstes, war ja vollends gefangen von den Farben.

Was sagen da Namen?

Was spielte es schon für eine Rolle, dass Hodler sich malerisch bis dato noch nie mit dänischen Inseln befasst hatte?

Dem Major war, als ginge nicht mehr alles mit rechten Dingen zu, als fände eine Verschiebung statt, eine Entstellung ins ganz und gar Fremde, als würde diese Insel in einer Art Zwischenwelt oder Geisterreich quasi ...

Schweben.

Gut zehn Minuten später ging ein leichter Stoß durch den stählernen Rumpf. Dann wurde ein schmaler Steg Richtung Kaimauer geschoben und dort vertäut.

»Endlich!«

Es war nicht zu überhören, wie froh die Passagiere waren, an Land zu kommen. Die Stimmung der Männer und Frauen hob sich schnell, sie plapperten frei vor sich hin.

»Was hat da nur so nach Fisch gestunken?«

»Haben Sie es also auch bemerkt.«

»Und wie!«

Die Stimmen zogen über den schmalen Steg gen Land.

»Ich muss sagen, der ist wirklich riesig. Was ist das für ein Hund?«

»Ein Chow-Chow.«

»Na, dem ist sicher nicht kalt ...«

Nachdem zuletzt auch er, Helmine und Inna die Fähre verlassen hatten, sah Craemer sich noch einmal um. Von

Gendarm Habert war nichts zu sehen. Offenbar hatte der ein anderes Ziel.

Sucht Leutnant Senne, Adjutant von Kivitz. Sah den jungen Mann kurz bei meiner letzten Unterredung. Ist es Zufall, dass Haberts Weg ihn ausgerechnet auf diese Fähre geführt hat?

Craemer erinnerte sich nur schwach an den Leutnant Senne. Sein Ansprechpartner bei Oberst Kivitz war immer Lars von Selchow gewesen.

»Haben Sie etwas auf der Fähre vergessen?«, fragte die neue Freundin seiner Frau.

»Nein, Frau Petrov. Nichts vergessen. Ich war nur in Gedanken.«

»Das schadet ja nicht«, erwiderte sie keck. »Es ist nur so, dass Ihre Frau wartet. Sie möchte ins Hotel und dann die Insel erkundigen.«

»Die Insel erkunden. Natürlich.«

»Ich habe in Kopenhagen die Karte studiert«, erklärte Inna weiter. »So klein, wie man bei dem Namen Lykkeland meinen könnte, ist die Insel nicht. Es muss zur Westseite hin ein größeres Wäldchen geben. Ist Ihre Frau gut zu Fuß?«

»O ja, Frau Petrov. Meine Frau ist gut zu Fuß. Darauf können Sie sich verlassen.«

50

(CRAEMERS IMPRESSIONEN VON LYKKELAND)

»Lykkeland ist herrlich!«, schwärmte Helmine, als Craemer und Inna Petrov zu ihr aufgeschlossen hatten.

Drei Jahre zuvor hatte eine Gruppe von Lebensreformern, Naturfreunden und Künstlern einen kleinen Teil der Insel von der dänischen Regierung gepachtet, um hier ein Paradies der alternativen Lebensweise zu errichten. So war dort, so jedenfalls stand es in Helmines Faltblatt, eine spartanische Hüttensiedlung errichtet worden, in der vierzig Männer und Frauen versuchten, ihren Traum von einem Leben abseits der krank machenden Städte zu verwirklichen. Gäste, das erklärte ein Schild direkt an der Mole, waren ihnen herzlich willkommen.

Hier am Hafen war noch nichts von der Hüttensiedlung zu sehen. Es gab eine Reihe ein- und zweigeschossiger, höchst spartanischer Häuser, sowie eine kleine, den Hafen schützende Mole, an der die Fähre angelegt hatte. Normalerweise machten hier Fischkutter fest, um ihren Fang zu entladen. Dieser Fang war, wie sich jetzt zeigte, der eigentliche Grund, warum die Fähre auch im dänischen Spätsommer hier anlegte. Kisten voller Fische und Krabben wurden verladen.

Daher also der Geruch ...

Craemers erster Eindruck, er habe hier ein kleines Dörfchen mit Hafen – und nur das – vor sich, hatte getäuscht.

Sehr getäuscht!

Am Ende der pittoresken Zeile teils noch mit Stroh eingedeckter Häuser, etwas von diesen abgesetzt, stand ein Hotel, durchaus vergleichbar mit solchen, wie man sie schon seit Längerem an den deutschen Stränden der Ostsee und natürlich aus englischen und französischen Badeorten kannte.

... drei, vier, fünf ...

Sechs Stockwerke hoch war dieses Hotel. Die Baumasse umfasste so viel Raum, dass man das gesamte Dorf darin hätte unterbringen können.

An der reich, aber nicht geschmacklos mit Stuck verzierten Fassade fielen Major Craemer sofort die großzügigen Balkone auf.

Alle mit Blick aufs Meer.

Als Craemer sah, was er sah, musste er sofort an den Maler Max Liebermann denken. Auch die Farben kamen ungefähr hin. Es gab einen Tennisplatz, auf dem gerade ein gemischtes Doppel gespielt wurde, und direkt vor dem Hotel standen geflochtene Strandkörbe, in denen Menschen saßen, die es sich mit Sekt und Wein gut gehen ließen.

Im Wasser nur ein paar Knaben. Einer von ihnen ging gerade Richtung Strand. Einige gleichaltrige Mädchen sahen den Jungen vom Strand aus zu, wie sie sich dort amüsierten, schwammen, sich mit Quallen bewarfen oder einander auf die Schultern kletterten, um dann eine Art Ringkampf auszuführen.

Die wenigen späten Touristen versammeln sich alle dort, der Rest liegt wie verlassen ...

Es mochte zurzeit verlassen sein, aber das Gelände, welches sich um die Bucht herumzog, war längst nicht mehr das eines Fischerdorfs. Zwar gab es noch hier und da einen Haufen alter Netze und das eine oder andere auf den Strand gezogene Boot. Doch hatte man den sandigen Boden am Saum des Meeres bereits in einer Weise befestigt, dass ein die Bucht umlaufender, breiter Weg entstanden war, der zum Flanieren einlud.

An diese Promenade schlossen sich zum Land hin flache, mit grünem Strandhafer bewachsene Dünen an. Aber das Grün des Strandhafers war kein saftiges Grün und die Dünen waren weder gelb noch weiß. Alles hier zeigte sich in pastellartig abgedämpften, teils fast schon verwischten Farben, die, ganz ähnlich wie bei den Impressionisten, miteinander verschmolzen.

Und alles, was flattern konnte, flatterte im noch immer straffen Wind.

In etwa dreihundert Metern Entfernung spazierte eine Frau im weißen Kleid auf der Promenade. Die winzige Figur war der Weite der Landschaft so untergeordnet, dass sie kaum mehr war, als zwei, drei flüchtig ins Panorama gewischte Pinselstriche.

Wie es aussieht, hält sie ihren Hut fest, aber …

Da war noch etwas. An ihrem Fuße gab es ein ständiges Auf und Ab. Es wirkte farblich verfremdet, war aber, was es war.

Ein kleiner blauer Hund.

Über all dem lag sehr flach, sehr in die Breite hin ausgemalt ein weißgrauer, nur leicht strukturierter Himmel mit leicht verwischten, ganz zart angedeuteten wasserblauen Streifen.

Warum wollen zwei Engländer, die möglicherweise einem Leutnant Senne auf der Spur sind, wissen, wie tief hier das Wasser ist? Nun, ihre Reise ist hier vielleicht noch nicht zu Ende.

Aus Craemers Impressionen ergab sich, hier am Gestade, eine zwar etwas verlassene, aber immer noch spätsommerliche Atmosphäre bei steifer Brise.

Die Saison hier oben ist offenbar kürzer als bei uns.

Verlassene Badekarren am Ende der Bucht deuteten den erst jüngst vergangenen sommerlichen Badebetrieb an.

Sicher getrennt nach Männern und Frauen.

»Albert! Worauf wartest du?«

»Ich warte auf nichts, Helmine, auf nichts und gar nichts. Ich habe mich nur ein wenig orientiert.«

»Das kannst du später noch tun. Ich will jetzt ins Hotel.«

»Ich folge euch, mach dir keine Sorgen.«

»Ich möchte nicht, dass du uns folgst, ich möchte, dass du bei uns bist.«

»Gleich! Ich bin gleich so weit.«

»Hier nimmt er sich Zeit, alles zu bestaunen«, sagte Helmine zu Inna. »In Kopenhagen in der Glyptothek bei den Statuen dagegen konnte es ihm nicht schnell genug gehen.«

»Nun dein Mann ist, so scheint es, ein Impressionist.«

»Er ist trödelig. Mehr draus zu machen ...«

Helmine und Inna vertieften ihre Gedanken, Major Albert Craemer ging langsam. Er fühlte sich von irgendetwas erfasst.

Vielleicht, wenn wir mal alt sind, dass wir uns dann ein Häuschen auf so einer Insel bauen ... Ja, nein, Helmine will sicher nach Italien. Angeblich soll das Essen dort sehr gesund sein. Wie schade, wie schade ...

Hinter den Gebäuden am Hafen, also gewissermaßen in zweiter Reihe, stieg das Gelände etwas stärker an. Dort schien der Boden mit Heide oder Blaubeeren bewachsen zu sein, hier und da zeigten sich sandige Mulden.

Sie hatten das Hotel fast erreicht.

Im Grunde ist die Insel nichts als eine Reihe von dürftig bewachsenen Dünen mitten im Meer. Herrlich. Alles hier ist auf die Natur zurückgeworfen. Kein Wunder, dass sich die Lebensreformer ...

»Jetzt komm bitte. Komm. Du bist der Mann.«

»Was meinst du?«

»Wenn du das nicht weißt ...«

Craemer begriff, machte ein paar schnelle Schritte und öffnete seinen Begleiterinnen die Tür.

»Da könnten sie aber auch jemanden abstellen, der das für die Gäste erledigt!«

Sie betraten das Hotel und Helmine war sogleich angetan. »Also diese Eingangshalle, die kann sich sehen lassen, was meinst du?«

»Sogar Palmen!«, antwortete Inna. »Und ein schöner, großzügiger Neptunbrunnen mit Fontäne. Und wie hoch sie geht und wie gerade!«

Helmine nickte. »Im Grunde ist diese Eingangshalle ein Gewächshaus. Wie sinnig! Was sollte man auch mit dem Kern eines solchen Gebäudes anfangen, wo doch sicher alle Gäste Balkons wünschen.«

»Fehlen nur noch die Affen«, sagte Craemer. Niemand ging darauf ein.

»Ich bin mir sicher, hier gibt es einen guten Kaffee.«

Nun kamen die vier Jungen ...

So um die dreizehn, vierzehn.

... welche ihr Gepäck schleppten.

Gewiss Kinder von Fischern.

Die Jungen ...

So rote Köpfe.

... stellten das Gepäck ab. Erhielten kleines Geld. Und wurden von einem Portier mit sehr großen weißen Händen verscheucht.

»Herzlich willkommen im *Palais du Soleil.* Wenn Sie mir bitte wegen der Formalitäten kurz folgen wollen ...«

Hinter dem Tresen des Empfangs hing eine Tafel aus Kupfer. Der war zu entnehmen, dass das *Palais du Soleil* von einem Konsortium erbaut worden war, welches eine englische, eine französische und eine russische Gruppe vor zehn Jahren gegründet hatten.

Haben sich vermutlich auf die Errichtung solcher Paläste spezialisiert …

Nun, Major Craemer hatte die Tafel noch nicht zur Gänze gelesen, das Konsortium bot noch mehr als Hotels.

Schiffe, mit denen man luxuriös auf Weltreise gehen kann.

Nachdem sie sich eingerichtet, umgekleidet und frisch gemacht hatten, unternahmen Craemer, Helmine und Inna gemeinsam einen Spaziergang, um das Landesinnere zu erkunden und herauszufinden, wo die Lebensreformer sich angesiedelt hatten.

»Man sollte hier in all diesem Sand am besten gar keine Schuhe tragen«, erklärte Helmine nach einer Weile. »Oder hohe Stiefel, so wie mein Mann.«

Als Erstes erklommen sie einen kleinen Hügel. Wie Craemer bereits bei ihrer Ankunft vermutet hatte, bestand er aus nichts als mit Heide, Blaubeeren und Ginsterbüschen bewachsenem Sand. Überall gab es diese Mulden. Ebenfalls aus weißgrauem Sand. Oben auf der Düne standen vereinzelte Kiefern, wie Craemer sie aus Berlin kannte.

Die scheinen ja Sand zu mögen …

»Gott, Inna! Guck dir das an. Ist das nicht drollig?«

»Ich glaube, der Kerl hat sich hier niedergelassen, um Menschen zu transportieren.«

»Jetzt Menschen und im Frühjahr und Herbst lädt er Viehfutter, Fische oder Mist.«

Oben auf dem Hügel stand ein Karren, vor den ein einzelnes nicht eben jung oder frisch wirkendes Pferd gespannt war.

Auf dem Kutschbock, der nicht mehr als ein Brett war, saß ein Mann, der offenbar danach trachtete, Gäste ins Landesinnere zu befördern.

Hat bei seinen diversen Fahrten eine tiefe Spur durch den weichen Boden gezogen.

In der kargen Landschaft wirkte dieser Kutscher einsam und düster. Lediglich sein Kopf erhob sich bis in den Bereich einer lichten Weite über dem Horizont.

Den könnte man, so wie er ist, mitsamt Karren und Pferd malen oder in Bronze gießen. Zur Erinnerung an die längst vergangene Zeit, der er wie auch sein Pferd entstammen.

Es war leicht, sich auszurechnen, dass Kerle wie dieser, genau wie die Fischer, sobald der Kurbetrieb einmal richtig in Fahrt gekommen war, keine Fischer oder Bauern mehr sein würden, sondern Lakaien, die es den Besuchern recht zu machen trachteten.

Die Zeit unserer Generation. Nie zuvor hat sich das Weltbild so schnell verändert. Es wird sich weiter verändern, verfeinern und … Vielleicht wird man hier sogar einen Flugplatz errichten.

»Albert, nun komm doch bitte!«

»Wozu?«

»Du trödelst. Ständig bleibst du stehen.«

»Ich dachte, wir sind im Urlaub.«

»Natürlich sind wir im Urlaub. Aber das bedeutet doch nicht, dass man stehen bleibt und aufhört, sich am Gespräch zu beteiligen. Woran denkst du denn?«

»Na, an das alles hier. Die Farben und Formen …«

»Wie viele Gläser Cognac hast du dir an Bord genehmigt?«

»Unsinn. Ich dachte gerade, die Franzosen haben ihren Matisse, ihren Manet und Degas, die Norweger ihren Munch und wir haben unseren Liebermann. Für meinen Geschmack treffen die Bilder dieser Herren das, was ich hier sehe und empfinde, recht gut.«

»Seit unserer letzten Reise nach Paris interessiert sich mein Mann für Malerei. Aber auch nur für Malerei. In Kopenhagen, in der Glyptothek, da wollte er mir immerzu ins Freie entwischen. Er mag keine Skulpturen.«

»Ach? Wie kommt's, Herr Craemer?«

»Diese Menschen aus Stein sind mir eben fremd.«

»Menschen aus Stein! Hast du gehört, Inna? Die meisten, die wir sahen, mein lieber Albert, waren aus Marmor!«

»Ist das nicht auch ein Gestein?«

»Jetzt sind wir in der Wildnis und da kommt er mit seinem Liebermann! Sein Liebermann, sein Munch, sein Matisse ... Liebermann ist Jude, musst du wissen. Das darf er sein, aber unser Kaiser mag seine Malerei nicht. Er sagt, die Kunst solle uns zu Hohem, zu Gewagtem und Großem anspornen. Habt ihr in Russland auch viele Juden unter den Künstlern?«

»Da bin ich ein bisschen überfragt.«

»Nun gilt es, eine Entscheidung zu treffen«, stellte Craemer fest. »Was ist euch lieber?«

Oben, auf dem Kamm der Düne teilte sich der Weg. Die Rinnen, die das Gefährt des Kutschers hinterlassen hatte, führten geradeaus.

Vermutlich siedeln da die Lebensreformer.

Craemers Blick ging nach links. Dort gab es ein größeres Wäldchen.

Ebenfalls Kiefern. Wird sich wohl bis zur Küste erstrecken.

»Gehen wir dorthin?«, fragte er seine Begleiterinnen. »Im Wald ist es bestimmt weniger windig.«

Helmine und Inna waren einverstanden. Sie nahmen also den sandigen Trampelpfad, der nach links abzweigte.

Im Wald war es erheblich wärmer, als Craemer angenommen hatte. Es roch stark nach Baumharz und ...

Noch etwas anderem, aber was?

Die Stämme der Bäume waren so gerade, dass der Wald beinahe etwas Künstliches hatte.

Es zeigte sich schnell, dass das Wäldchen erheblich größer war, als Craemer angenommen hatte. Erst nach dreißig Minuten Fußweg bog der Pfad wieder nach rechts ab. Links ging der Blick zwischen den Stämmen aufs Meer.

Dort wollten sie hin, noch kurz die Weite genießen, bevor es dann ins Landesinnere ging. Sie schritten über Blaubeerbüsche zwischen den schnurgeraden Stämmen. Die Farben der Kleider von Helmine und Inna hoben sich vor dem Hintergrund des Waldes stark ab. Und so entstand zwischen den Stämmen der bisweilen reizende, fast schon kindlich anmutende Effekt, als würden zwei bunte Flecken ihr Spiel treiben. Mal leuchteten sie auf, mal nicht.

»Uh!«, sagte Inna plötzlich und hielt nicht nur an, sie warf auch ihre Arme nach hinten.

Die drei standen an einem steilen, sandigen Abbruch. Unten tobte das Meer in einer Weise, als hätte es sich vorgenommen, alles zu zerreißen, was sich ihm in den Weg stellte.

»Hier sollte man nachts nicht herumwandeln«, erklärte Helmine.

Offenbar nagt das Wasser an dieser Insel. Aber die Wellen kommen flach. Das heißt, das Wasser ist hier recht tief. Vielleicht eine Strömung.

Die Wurzeln der Kiefern, die am Abbruch standen, ragten wie Krallen ins Leere. Zehn Meter ging es fast senkrecht hinab. Unten gab es nur einen schmalen Streifen Sand, gespickt mit großen Findlingen.

Im Moment wild, aber bei Windstille sicher sanft ...

Wieder musste Craemer an die Bilder von Edvard Munch denken.

Der Reigen des Lebens ...

So hatte Munch eine Serie von Gemälden genannt.

Viele Stämme auf diesen Bildern.

Hier aber war vom Leben, abgesehen von einigen Möwen, die sich mit dem Wind amüsierten, nichts zu sehen.

Auf menschliches Leben stießen sie erst, als sie das Wäldchen zwanzig Minuten später wieder verließen. Unten, in einer breiten Mulde, flankiert von zwei leidlich bewachsenen Dünen, standen Hütten im Halbkreis um eine Art zentralen Festplatz herum.

51

(BEI DEN LEBENSREFORMERN)

In der Lykkelander Gemeinde der Experimentierfreudigen wurden sie nicht nur freundlich begrüßt, man lud sie gleich zu einem Mittagsmahl ein.

»Das ist aber wirklich sehr nett«, sagte Craemer.

Seine Begleiterinnen hatten sofort eine Erklärung parat.

»Sie werden vermutlich versuchen …«

»… uns von ihrer Sache zu überzeugen.«

»Vielleicht werden wir später …«

»… um eine Spende gebeten.«

Craemer stand da, den Mund leicht geöffnet. Offenbar hatten seine Helmine und Madame Petrov hin und wieder die gleichen Gedanken.

Und immer geht es ums Geld.

»Aber schön haben sie es gemacht, das wirkt …«

»… richtig festlich.«

Es gab einen langen Tisch, der im Freien stand. Auf dem lag ein großes weißes Tischtuch, das mit Klammern straff auf der Platte befestigt war. Eine gute Entscheidung, denn der Wind war auch hier, im Landesinneren, zu spüren. Davon abgesehen brannte die Sonne inzwischen fast senkrecht auf sie hinab.

»Ich glaube, wir dürfen Platz nehmen.«

Das Erste, was ihnen auffiel, war, dass das Essen nicht nur von Frauen aufgetragen wurde.

»Das ist doch alles mal ganz anders, als wir es sonst kennen.«

Craemer gab seinen Begleiterinnen mit einem Nicken recht. »Ich bin gespannt, was sie hier sonst noch so treiben.«

Zunächst wurde noch nichts getrieben, sondern gegessen. Es wurde sogar ein Tischgebet gesprochen. Allerdings galt der Dank nicht dem lieben Gott, sondern der Sonne, der Erde ...

Eigentlich ist es ja Sand.

... und dem Meer.

Die Insel hatte hier im Landesinneren etwas sehr Einnehmendes, ja beinahe Einlullendes.

Alles ist lieblich, ruhig und harmonisch. Also wenn wir mal alt sind ...

Nach dem Essen lauschte man einem Vortrag.

Der selbst ernannte deutsche Philosoph Magnus Ziegler sprach recht laut und eindringlich. Er war, wie sich schnell zeigte, ein Vorkämpfer der Nacktkultur und darüber hinaus ...

Scheint viel für das Volk übrig zu haben.

»Wie einige bereits wissen, wie ihr aber alle! Alle! wissen sollt ...!«

Magnus Ziegler ließ eine Pause wirken. Ein feines, vielstimmiges Gemurmel war zu hören. Einige seiner Zuhörer wirkten etwas widerwillig, andere schenkten dem Redner ein feines Lächeln.

»Wie alle wissen, die mich kennen, trete ich für reine Ernährung, strenge Leibeszucht und nackte Gattenwahl ein. Und zwar mit dem Ziel, gesunde und rassereine Nachkommen zu zeugen. Würde jedes deutsche Weib öfter einen nackten germanischen Mann sehen, so würden nicht so viele von ihnen exotischen Rassen nachlaufen. Aus Gründen der gesunden Zuchtwahl fordere ich deshalb die Nacktkultur. Damit Starke und Gesunde sich paaren, Schwächlinge aber nicht zur Vermehrung kommen.«

Eine ganze Weile durfte er so reden. Craemer spürte, dass

ihm warm im Kopf wurde. Auch Helmine und Inna Petrov saßen etwas steif auf ihren Stühlen. Zum Glück kam Magnus Ziegler irgendwann zum Schluss und es zeigte sich, dass er nicht der Anführer der Gruppe war.

Eine Frau stand auf.

»Ich darf mich bei dir bedanken, lieber Magnus, und möchte kurz, da wir auch heute einige Gäste haben ... Gäste, die ich herzlich in unserer kleinen Gemeinschaft begrüße ...« Es wurde geklatscht. »Für diese Gäste möchte ich kurz den nächsten Referenten vorstellen. Leopold Janatsch kommt aus Österreich und ist nicht nur Maler, sondern auch Okkultist, welcher seinen Anhängern eine Einweihung in mystische Geheimnisse verspricht und Elemente der Hermetik und anderer Traditionen der westlichen Esoterik mit östlicher Religion zu verbinden sucht.«

Helmine und Inna sahen sich an, Craemer tupfte sich die Stirne mit seinem Taschentuch ab.

Leopold Janatsch nickte der Frau, die ihn vorgestellt hatte, kurz zu.

»Ich danke dir, Hella.«

Dann begann er, seine Sicht der Dinge darzulegen.

Janatsch, so jedenfalls fasste Craemer die nun folgende Rede auf, glaubte an Magnetismus, die Einflüsse der Sterne sowie die Heilkräfte verschiedener Substanzen. Neben Alkohol und Pilzen experimentierte er zusammen mit einem Kumpan namens Roland mit Drogen wie Haschisch, Meskalin und Opium, mit dem Ziel, den Rausch als Inspirationsquelle zu nutzen.

»Rausch und Kunst sind zwei untrennbare Bestandteile auf dem Weg zur Erkenntnis. Ohne Rausch keine Kunst. Ohne Kunst kein Rausch. Und das alles schenkt uns die Natur. Die meisten von euch waren schon oben im Wäldchen, sie wissen, was die Natur dort für uns bereithält. Zum Beispiel die reichlich dort vorkommenden Lykkeboviste mit ihren kugelförmigen Fruchtkörpern. Eine Unterart des Bovists, die hier endemisch ist, also nirgendwo sonst vorkommt. Das Gleiche gilt für den rotädrigen Teufelsträufler. Beide lassen uns, getrocknet und in Rauch gewandelt, ins Träumen kommen ...«

Craemer entging nicht, dass sowohl Inna als auch Helmine regelrecht an den Lippen des Redners hingen. Das lag sicher zum einen daran, dass Leopold Janatsch nicht so schrie wie Magnus Ziegler, es hing aber auch damit zusammen ...

Nun gut, das Geschäft meiner beiden Begleiterinnen ist der Rausch.

Offenbar, daran bestand für Craemer kaum mehr ein Zweifel, war er in eine Welt geraten, die wenig, vielleicht gar nichts mit der Welt zu tun hatte, in der er lebte.

Was, so fragte er sich, *suchen die Menschen, die sich hier versammeln? Und werden sie überhaupt etwas finden?*

52

(LENA UND GUSTAV FINDEN FJODOR UND ANNA)

»Da ist es!«

Lena und Gustav hatten das Hotel gefunden, in dem Fjodor und seine Begleiterin Anna abgestiegen waren. So gesehen hatte Gustavs Bekanntschaft mit der jungen Frau, die wenigstens so gut tanzen wie Klavier spielen konnte, sich ausgezahlt. Mochte sie ihn auch in einen Hinterhalt gelockt haben.

»Wie wollen wir weiter vorgehen?«, fragte er.

»Wir haben keinen Befehl von Craemer zuzugreifen. Also observieren wir die beiden und versuchen herauszufinden, was sie vorhaben. Vielleicht ergibt sich daraus, wer im Zoo auf sie geschossen hat.«

»Ich glaube, es wurde nur auf den Mann geschossen.«

»Schon, aber sie war ebenfalls anwesend, wie wir jetzt mit Sicherheit wissen.«

»Jedenfalls ist das *Ludwig* ein sehr teures Hotel. Mein Stiefvater hat sich hier manchmal mit hochgestellten Wirtschaftsvertretern getroffen.«

»Hm.«

Mehr sagte Lena nicht dazu. Alle in der Sektion III b wussten, dass Gustavs Stiefvater, Oberst Lassberg, Geschäfte gemacht hatte, die später hinter vorgehaltener Hand als Hochverrat eingestuft wurden. Man hatte ihm zwar noch eine würdige Beerdigung mit allerlei schwülstigen Reden verschafft, aber der Name Lassberg war in der Sektion längst ein Synonym für Verrat. Gustav konnte froh sein, dass Major Craemer sich für ihn eingesetzt und ihn unter seine Fittiche genommen hatte.

»Russische Emigranten ... Darunter habe ich mir wohl etwas ganz und gar Falsches vorgestellt«, erklärte Gustav. »Allein schon die Kosten ...«

Weiter kam er nicht.

»Schau, Gustav. Sie brechen auf.«

»Woher willst du wissen, dass es die beiden sind?«

»Hast du dir nicht die Vernehmungsprotokolle von Kommissar Adler durchgelesen?«

»Nun ...«

»Er hat direkt nach der Schießerei im Zoologischen Garten eine Zeugin vernommen, die die beiden sehr genau beschrieben hat.«

»Wir folgen ihnen?«

»Nun, wir könnten natürlich auch in den Dom gehen und uns die Bilder von Heiligen ansehen.«

Die Fahrt ging zum Anhalter Bahnhof. Dort sahen sie, wie Anna und Fjodor den Zug nach Kopenhagen bestiegen.

Gustav musste nur eins und eins zusammenzählen, um zu erraten, wohin die Reise ging.

»Der Sozialistenkongress.«

»Na, dann werden wir ja bald unseren Chef wiedersehen«, stellte Lena fest.

»Ich bin gespannt, wie er sich da unter die Leute gemischt hat.«

53

(TÄNZE)

Nackt ...

Es war Nacht. In der Mitte des Platzes brannte ein großes Feuer. Es wurde getanzt. Alles in allem sah es ein bisschen aus ...

Wie bei den Indianern.

Major Albert Craemer kannte solche und ihr Gebaren natürlich nur von kolorierten Stichen her. Als Junge hatte er das Buch *Old Firehand* von Karl May gelesen.

Helmine allerdings hatte längst in Erfahrung gebracht, dass diese Tänze nichts, aber auch gar nichts mit irgendwelchen amerikanischen Ureinwohnern zu tun hatten. Was die Mitglieder der Kolonie dort aufführten, diente auch nicht als Vorbereitung zu einem Krieg. Im Gegenteil.

»Es geht darum, einen persönlichen Ausdruck zu finden.«

»Was für einen Ausdruck?«, fragte Craemer.

»Nun, man zeigt sich zur Gänze und pfeift auf alle Konventionen, die ja Basis unserer üblichen Gesellschaftstänze sind.«

»Aber hier tanzt jeder für sich.«

»Nackt!«, ergänzte Inna Petrov.

»Weil eben jeder seinen persönlichen Ausdruck hat«, erklärte Helmine. »Und somit ist auch Schluss damit, dass Frauen sich von Männern führen lassen.«

»Gott, wer ist denn auf so was gekommen?«

Inna Petrov wusste es. »Die dänische Ausdruckstänzerin Dora Westergaard. Steht jedenfalls in dem kleinen Faltblatt, das Ihre Frau mir gegeben hat. Zusammen mit ihren Schülerinnen und Schülern experimentiert sie auf Lykkeland mit freien Tanzformen, meist, so wie auch jetzt …«

»Nackt.«

»Nun ist es mal gut, Albert, mit nackt. Wir haben alle Augen im Kopf.«

»Nur von Trommelschlägen begleitet«, fuhr Inna fort. »Vorzugsweise finden diese Ausdruckstänze an der frischen Luft statt. Teilweise, wie Sie sehen, Herr Craemer …«

»Nackt?«

»Nackt. Teilweise auch in leichten Gewändern. Dora Westergaards Ziel dabei ist der Aufbau einer direkten Verbindung zum Innersten der Tänzer.«

Craemer ersparte es Inna und seiner Frau, diese Vorstellungen zu kommentieren. Die Frage, die er sich stellte, war, wann Helmine ihn bitten würde, sich zusammen mit ihr ins Getümmel zu stürzen. Er hatte sich ihr zuliebe bereits mit diversen asiatischen Techniken des Kampfes und der Liebe vertraut gemacht. Er wusste, wie sehr es sie nach neuen Formen des Umgangs zwischen Mann und Frau gelüstete. Um sich nicht ganz wie ein Außenstehender zu fühlen und für den Fall der Fälle den nötigen Mut aufzubringen, begann er mehr und schneller als üblich zu trinken.

Helmine zeigte sich als gute Beobachterin. Ihr war aufgefallen, dass am Feuer zwei Männer saßen, die sich angeblich für Ausdruckstanz interessierten.

»Nur sehen sie gar nicht hin. Sie beobachten die Zuschauer und jeden Neuankömmling.«

»Von wem redest du?«

»Na, von den beiden da drüben.«

Craemer konnte die Männer leider nicht richtig sehen, da die Flammen ihm teilweise die Sicht nahmen. So recht glauben mochte er die Sache zunächst nicht.

Und er hatte Glück. Helmine war heute Abend nicht nach Tanzen zumute. Sie war bald in ein intensives Gespräch mit Inna Petrov verwickelt. Dabei ging es nicht so sehr um die Ausdrucksvielfalt des Körpers, sondern um Schnaps, Transportwege und Lagerhallen.

Und so fühlte sich Major Albert Craemer irgendwann doch recht verlassen. Also stand er auf und konnte die beiden Männer, auf die Helmine ihn hingewiesen hatte, endlich sehen. Es waren die, welche ihm auf dem Deck der Fähre bereits aufgefallen waren. Gendarm Habert hatte ihm sogar ihre Namen genannt. Craemer war schon etwas betrunken. So dauerte es einige Zeit, bis er draufkam.

Bates und Keegan ...

Aus Gründen, die er nicht hätte nennen können, Gründe, die möglicherweise etwas mit der höchst sonderbar schmeckenden Zigarette zu tun hatten, die man ihm vorhin angeboten hatte, fand er die Namen der beiden Engländer gerade auch in ihrer Abfolge höchst amüsant.

Bates und Keegan, Bates und Keegan, man könnte auch sagen Keegan und Bates.

Der Wein, das Feuer, das Getümmel nackter und halb nackter Körper ... Es hätte nicht viel gefehlt und er hätte es laut gerufen:

KEEGAN UND BATES!

Er tat es nicht. Stattdessen knöpfte er sein Hemd auf, zog es aus. Als Nächstes fiel sein Unterhemd auf den Boden. Es folgten Schuhe und Strümpfe. Er war nun nicht nackt, aber doch einigermaßen frei, da er wie meistens im Sommer seine kurzen Reithosen trug.

Dann begab er sich ins Getümmel.

Helmine und Inna entdeckten ihn erst, als er bereits dabei war, in sich zu gehen.

»Der hat aber Muskeln, dein Mann. Ich meine …«

Es war das Letzte, was Inna Petrov sagte. Von nun an hatte sie nur noch Augen für Helmines Mann.

Craemer schien warm zu sein, was sicher am Feuer lag. Der Major schwitzte zwar nicht, aber sein Körper begann im Schein der Flammen zu glänzen. Erst ein wenig, dann immer mehr. Ganz und gar golden sah er jetzt aus. Umgeben aber war er von einer rot flammenden Aura.

Und dann begann Major Albert Craemer sich zu bewegen. Nicht umsonst hatte er vor einem Jahr auf Helmines Bitte hin damit begonnen, regelmäßig die asiatische Kunst des Schattenboxens zu praktizieren.

Es ging langsam, und es hatte ganz ohne Zweifel etwas Geisterhaftes. Der Körper von Major Albert Craemer wurde zu dem eines Vogels.

Helmine war ungeheuer stolz. Denn sie wusste genau, was das im Schein des Feuers darstellte.

Der weiße Kranich sammelt sich …

Auch Inna war hingerissen.

»Was für Muskeln, was für eine Körperbeherrschung.«

Der inzwischen glanzgoldene Körper des Majors wurde zu einer einzigen Schwellung. Er stach heraus in seiner gehaltenen Form. Um ihn herum. Die Anderen. Die waren in Helmines Augen nichts als Gezappel, ein kindliches Hüpfen, Recken und Strecken.

»Was ist das, was stellt dein Mann jetzt dar?«, fragte Inna.

»Der weiße Kranich breitet seine Flügel aus.«

»Ach.«

»Es gefällt dir nicht?«

»O doch. Er sieht aus wie ein Buddha, den jemand in Gold getaucht hat. Wo kommt dieses Volumen denn plötzlich her? Eigentlich ist er doch schlank.«

»Er hat lange praktiziert, bis er so weit war.«

»Sind seine Arme länger geworden?«

»Das kann ja wohl kaum sein, liebe Inna.«

Mit dem Kranich war es noch nicht getan. Der Körper von Craemer machte eine weitere Metamorphose durch.

»Gott, seine Haare ...! Was stellt das jetzt dar?«, fragte Inna.

»Die Mähne des Wildpferdes schütteln.«

»Die Mähne des ... Also ich kenne deinen Mann erst seit gestern, aber bis jetzt machte er auf mich einen doch eher zurückgenommenen Eindruck.«

»Das ist nur die äußere Form, die er präsentiert. Jetzt ist er bei sich. Und das ist es doch, was Dora Westergaard fordert.«

»Ganz richtig ... Ganz richtig.«

Als Craemer und Helmine zwei Stunden später in ihrer gemütlichen Pension im Bett lagen und er ihr eben einen Vers der Zuneigung vorgetragen hatte, fragte er seine Frau, was sie eigentlich mit der Russin Inna Petrov so ausgiebig zu besprechen habe.

»Meine Freundin importiert und exportiert Spirituosen. Sie macht fast das Gleiche wie ich.«

»Ihr redet die ganze Zeit über Schnaps?«

»Übers Geschäft, mein Herz. Du kennst mich doch. Es geht immer ums Geschäft.«

»Und ich dachte, wir machen Urlaub.«

»Ich fand es gut, dass du vorhin am Feuer deine Hose angelassen hast.«

»Natürlich habe ich die Hose angelassen. Meinst du, ich lasse mich hier vor all diesen Leuten gehen?«

54

(SIEBTER TAG – DER WAL IST EIN U-BOOT)

Die Zeitungsente, ein angeblich amerikanisches U-Boot betreffend, erhielt am nächsten Tag neue Bedeutung.

Zwei Kinder der Gemeinschaft der Freien kehrten gegen Mittag ganz aufgeregt in die Hüttensiedlung zurück. Sie waren nicht davon abzubringen, dass sie in einer Bucht auf der anderen Seite des Wäldchens einen Walfisch gesichtet hätten, auf dem Männer herumgeklettert wären. Als Craemer sich von den Kindern die Stelle zeigen ließ, waren dort weder ein U-Boot noch ein gestrandeter Walfisch zu sehen.

Während Helmine und Inna Petrov weiter die Details einer zukünftigen geschäftlichen Zusammenarbeit besprachen, ging Major Craemer zurück ins Hotel und rief Julius von Waldthausen an.

»Informiere bitte die Marine. Die sollen sich mit U-9 in Verbindung setzen. Das Schiff soll in den Öresund eindringen und westlich der Insel Lykkeland lauschen.«

»Warum westlich?«

»Weil es dort ein Wäldchen gibt.«

»Ein Wäldchen? Was hat ein U-Boot mit einem Wäldchen zu schaffen?«

»Kinder haben dort angeblich einen Wal gesehen, auf dem Männer herumliefen. U-9 soll also westlich der Insel auf Grund gehen und lauschen.«

»Das ist eine Forderung, die Folgen haben kann.«

»Ja. In den Gewässern hier hält sich vermutlich ein englisches Unterwassergefährt auf. U-9 soll nichts unternehmen, nur lauschen. Nachts soll man auftauchen und auf meine Signale warten. Ich gehe falls nötig an Bord.«

»Du willst in so einem Nautilus abtauchen?«

»Vielleicht ist doch etwas dran an der Geschichte mit den Tanklagern, nach denen du fragtest. Ich denke, die Dänische Marine hat nichts dagegen, wenn wir herausfinden, wo sie sich befinden.«

Von Waldthausen versprach, seine Verbindungen zu nutzen.

Craemer wurde nach dem Gespräch kribbelig. Er hörte sogar wieder dieses Pfeifen im rechten Ohr, das ihn manchmal befiel. Er hatte eine Fahrt in die Wege geleitet, die Folgen haben konnte.

Dabei habe ich kaum mehr als einige Anhaltspunkte und einen vagen Verdacht. Mein Vorgehen kann mich …

Nach seiner Rückkehr in die Siedlung der Lebensreformer fühlte Craemer sich vollkommen überdreht, fast schon zittrig. Nur konnte er im Moment überhaupt nichts machen.

In diesem Zustand nütze ich niemandem.

Also sprach er mit Roland, einem Mann, der bereits seit zwei Jahren die Treffen der Lebensreformer besuchte. Roland war alleinstehend, wirkte aber trotzdem wie ein Familienmensch. Vor allem die vielen nackten Kinder hatten es ihm angetan. Craemer interessierte sich nicht für die kleinen Cupidos, ihm war an etwas anderem gelegen.

»Sie haben mir gestern eine Zigarette …«

»Du. Ich bin Roland.«

»Roland. Einverstanden.«

»Und wie heißt du?«

Es war eigentlich nicht die Art des Majors, jedem seinen Vornamen zu verraten, es wäre im Umfeld seiner Arbeit auch kaum jemand darauf gekommen, ihm das Du anzubieten. Aber das hier war eben doch etwas anderes.

»Ich heiße Albert.«

»Der Name passt zu dir.«

»Danke. Aber sag, Roland ... Du hast mir gestern Abend mit einer Zigarette ausgeholfen, die eine sehr anregende und gleichzeitig beruhigende Wirkung hatte.«

»Die Essenzen, die sie enthält, habe ich teils selbst angebaut, teils wachsen die Zutaten hier im Wald.«

»Was für Zutaten genau?«

»Pilze zum Beispiel. Der dänische Bovist bewirkt Wunder. Und der rote Träufling ebenfalls. Wobei der Träufling sich nicht selbst verströmt, sondern zunächst getrocknet werden muss, ehe er geraucht werden kann. Der Wald ist ein Wunderwald. Und das meine ich wörtlich. Leg dich im Wald auf den Boden. Atme tief ein, was der reife Bovist dir schenkt, und du siehst die Dinge so, wie sie wirklich sind. Geisterhaft! So jedenfalls würde der Naive sagen. Und alles Natur. Nur Natur. Nichts Chemisches.«

»Hast du noch mehr von diesen Zigaretten?«

Sie kamen schnell ins Geschäft. Billig waren Rolands Rauchwaren nicht, aber der Major war in Urlaubsstimmung, ein Ziel verfolgte er seit dem Besuch des Sozialistenkongresses ohnehin nicht mehr. Was also sprach dagegen, sich ein wenig zu vergnügen?

Nachdem er sich mit Roland zwei Zigaretten mit verschiedener Füllung geteilt hatte ...

»Man teilt sie sich?«

»Das gehört so, Albert.«

»Ihr macht aber auch wirklich alles anders.«

Nachdem sie also gemeinsam geraucht hatten, wurde der Major müde.

Aber was macht das? Hier, wo man auf Regeln pfeift.

Ihm war auch ein bisschen schwindelig, also legte er sich in einiger Entfernung vom Hüttendorf in eine angenehm warme, sandige Mulde und schlief bald ein.

Was er träumte? Nun, er versuchte später, es Helmine zu erklären, gab den Versuch aber bald auf.

Als er ein paar Stunden später die Augen öffnete, hatte der Himmel über ihm seine Farbe verändert.

Grün. Wie seltsam diese Insel doch ist.

Er schaffte es nur mit Mühe wieder auf die Beine. Die Reformer hatten, während er schlief, Holz für ein großes Feuer aufgeschichtet.

Er suchte seinen neuen Freund und fand ihn auch bald.

»Was meinst du, Roland? Es wird ja bald dunkel. Sollen wir noch eine zusammen rauchen?«

»Hast du die letzte gut vertragen?«

»Ein bisschen müde bin ich geworden.«

»Das ist normal. Ich schlage vor, dass wir uns diesmal eine stärkere gestatten.«

»Stärker?«

»Die Wirkung des getrockneten Träuflings wird dir die Augen öffnen.«

»Dann los.«

Sie rauchten. Dann zog sich Roland zurück.

Eine viertel Stunde später wurde Craemer gewahr, wie zwei Imaginationen über ihn kamen. Zum einen änderten der Himmel wie auch alle belebten und unbelebten Wesen und Gegenstände ihre Farbe, schienen dabei auch eine Metamorphose verrücktester Dehnung und Schrumpfung zu durchlaufen, zum zweiten glaubte er plötzlich Lena und Gustav zu sehen. Sie kamen den Sandweg hinab und gingen in einiger Entfernung hinter einem jüngeren Paar.

55

(EINTREFFEN VON FJODOR, ANNA, LENA UND GUSTAV)

»Da ist er«, sagte Lena

»Ja, aber warum liegt Craemer auf dem Boden?«

»Fragen wir ihn.«

»Anna!«, rief in diesem Moment eine Frau. Sie ging zusammen mit zwei anderen zu Fjodor und seiner Begleiterin. »Wen hast du uns mitgebracht?«

»Das ist Fjodor. Mein Mann.«

»Du hast geheiratet?«

»Vor zwei Monaten.«

»Ihr bleibt doch, oder? Markus Ziegler wird heute Abend noch einmal zu uns sprechen.«

»Wir sind gerade erst angekommen. Natürlich bleiben wir.«

Lena war zufrieden mit dem, was sie gehört hatte. »Wie es scheint, haben Fjodor und diese Anna nicht vor, weiterzureisen.«

»Schön. Aber was ist mit Craemer los?«

Sie gingen zu ihrem Vorgesetzten. Der lag am Boden und sah sie an, als wären sie eine Erscheinung.

»Herr Major?«, fragte Lena.

»Aha!«, antwortete der.

»Erkennen Sie uns?«

»Ist euch aufgefallen, dass der Himmel hier häufig seine Farbe wechselt? Es ist euch nicht aufgefallen, stimmt's?«

»Aber er ändert seine Farbe doch gar nicht.«

»Das ist richtig, Gustav. Ich bilde es mir ein. Ich habe Vorstellungen. Und natürlich habe ich mich schon gefragt, ob das ein Malheur ist. Und als ich an dem Punkt angekommen war, wurde mir klar, dass alles, was wir sehen und denken, nur eine Vorstellung ist. Wir wissen nicht, was sich da draußen abspielt.«

Craemer redete und redete, er hörte gar nicht mehr auf.

»Vielleicht ist er dehydriert«, überlegte Gustav nach einiger Zeit. »Kameraden, die in Afghanistan waren, haben von solchen Geistesverwirrungen berichtet.«

»Ich bin nicht dehydriert. Ich glaube, es liegt an den Zigaretten. Wusstet ihr, dass man einige der hier heimischen Pilze rauchen kann?«

»Man hat ihn unter Drogen gesetzt.«

»Ich vermute, er hat das selbst getan«, korrigierte Lena.

»Ich kann euch zwei geben. Raucht sie, dann seht ihr selbst.«

»Bei anderer Gelegenheit.«

»Warum spricht er so gedehnt und leierig?«, fragte Gustav. »Es klingt fast, als wolle er singen.«

»Er spricht so aus dem gleichen Grund, warum auch Betrunkene so reden.«

»Wenn man erst mal durchschaut, wie die Dinge stehen, versteht ihr? Wie sie stehen, die Dinge, und was die Natur uns alles zu schenken hat, wenn wir uns nur die reinen und unverfälschten Früchte der Schöpfung ... Mann und Frau. Wobei manche Frauen schon auch Früchtchen sein können, ihr versteht? Meine Frau zum Beispiel, die ist manchmal ein Früchtchen, aber ... Pssst. Die Frau ... Das war immer und bleibt auf alle Zeit das Zentrum der Schöpf... Schön oder? Die Schöpfung ist das Schönste überhaupt.«

»Wo Sie das sagen. Ist Ihre Frau ebenfalls hier?«

»Aber ja doch, ja! Sie spricht mit ihrer Freundin über

Schnaps. Den lieben langen Tag nur über Schnaps.« Craemer schien in höchstem Grade amüsiert. Er begann mit dem Wort Schnaps zu spielen. Ließ mal den einen, mal den anderen Buchstaben weg.

»Weiß Ihre Frau, in was für einem Zustand Sie sind?«

»Es ist doch unser Urlaub. Sie hat es sich so gewünscht …«

Nachdem er das gesagt hatte, machte Craemer seinen Agenten ein Zeichen, dass sie näher kommen sollten. Er sprach nun so leise, dass er nur noch mit Mühe zu verstehen war.

»Helmine unterhält sich seit zwei Tagen mit einer Russin, die sich als Schnapsproduzentin ausgibt.«

»Verstehe«, sagte Lena im Tonfall einer Verschwörerin. »Überall Russen. Gustav und ich haben die beiden aufgespürt, auf die im Tiergarten geschossen wurde. Sie heißen Fjodor und Anna.«

»Keegan und Bates!«, konterte Craemer.

»Ja?«, fragte Lena.

»Zwei Engländer. Sie sind ebenfalls hier. Ich habe auf der Fähre den Gendarm Habert getroffen. Ihr wisst, wer Gendarm Habert ist?«

»Der dienstbare Geist von Kommissar Adler.«

»Das auch. Aber eigentlich ist er ein Bison. Ihr wisst, was ein Bison ist?«

»Ich hole ihm Wasser«, sagte Gustav und ging.

»Aber er ist nicht nur das, der Habert …«

»Nicht nur ein Bison?«

»Er spricht mit den Vögeln. Gendarm Habert hat die Gabe, das zu tun.«

Auch Lena hatte schon von Habert gehört.

»Glauben Sie, dass es diesen Gendarm Habert wirklich gibt, Herr Major? Könnte er nicht auch eine Imagination sein?«

»Aber sicher. Aber sicher doch. Er kann sich verwandeln. Als ich ihn traf, sah er aus wie ein Bison, und als er an Land ging, da war er ein Chow-Chow. Verstehst du. Das ist es, was ich meinte. Wir kennen die Welt nur so, wie unser Geist sie uns vorgaukelt. Aber es gibt diese Welt noch einmal in anderer Form. Zwischen diesen Welten sind Tore, die geschlossen zu halten sich unser Verstand pausenlos abmüht.«

Gustav kehrte zurück und sie flößten Craemer Wasser ein.

»Besser?«

»Ganz wunderbar. Bleibt ihr jetzt bei mir? Kommt, wir rauchen Pilzzigaretten. Die sind nämlich so etwas wie ein Schlüssel, der die Tore der Erkenntnis weit öffnet. Ich habe den Schlüssel bereits, ihr sollt ihn gleich erhalten.«

»Der ist doch völlig plemplem!«

Lena ging auf Gustavs Nörgelei nicht weiter ein. »Sie haben also die Tore durchschritten. Und auf der anderen Seite, da haben sie Gendarm Habert gesehen?«

»Aber nein. Habert hält sich hier auf. In eurer Welt. Er stand auf der Fähre plötzlich neben mir. Er trinkt ein bisschen viel und wirft seine Bierflaschen einfach ins Meer. Aber er kann sich verwandeln!«

»In einen Bison. Hat Habert mit Ihnen gesprochen?«, fragte Lena. »War er wirklich da?«

»Aber natürlich. Er ist im Auftrag von Kommissar Adler auf der Suche nach einem Leutnant Sonne, nein nicht Sonne, Senne, ehemals Adjutant bei Oberst Kivitz. Ich meine ... Der Adler schickt einen Bison und der wirft mit Flaschen auf Möwen, obwohl er eigentlich den Adjutanten von Kivitz sucht. Das ist doch verrückt, findet ihr nicht?«

»Durchaus«, sagte Gustav.

»Bei seiner Suche sind Habert zwei Männer aufgefallen,

die ebenfalls jemanden suchen. Sie heißen Bates und Keegan. Sollen Engländer sein. Ihr versteht?«

»Noch nicht ganz.«

»Sie sind alle hier. Die beiden, die da hinten auf dem Baumstamm sitzen. Da. Seht ihr sie? Das sind Engländer.«

»Und wir haben zwei Russen verfolgt«, erklärte Lena.

»Fehlen nur noch Franzosen, dann haben wir die ganze Tripel Entente hier auf der Insel der Freien versammelt!«, sagte Gustav. »Vorausgesetzt, es gibt diese Engländer wirklich.«

»Noch etwas«, flüsterte Craemer. »Aber das bleibt unter uns.« Er winkte Lena noch näher zu sich heran, murmelte ihr ins Ohr. »Es gibt da draußen auch noch U-Boote. Ich glaube inzwischen, es sind mehrere.« Nun wurde er laut. »Aber ich habe es ja immer gesagt! Der Nussknacker! Der Nussknacker!«

Das Wort Nussknacker schien Major Craemer eine solche Freude zu bereiten, dass er zunächst zu glucksen begann, dann zu lachen.

»Er scheint sich ja *bon* zu amüsieren.«

»Hoffen wir mal, dass das irgendwann wieder aufhört.« Lena wandte sich wieder an Craemer. »Die Zigaretten, die sie uns anbieten wollten ...«

»Hier. Es sind noch fünf Stück in meinem Besitz. Nehmt euch, so viele ihr wollt.«

Lena nahm alle.

»Und weg sind sie«, sagte Craemer. »Vielleicht ist es besser so.«

»Ruhen Sie sich aus«, empfahl Lena. »Betrachten Sie den Himmel, genießen Sie Ihre Erkenntnisse und dann, wenn Sie genug davon haben, durchschreiten Sie die Tore der Erkenntnis und kommen zu uns zurück.«

»Was für ein Plan. Ich glaube, so ist es das Beste, weil ...« Er winkte Lena noch einmal ganz nah zu sich heran, flüsterte ihr erneut ins Ohr. »Es ist doch auf die Dauer ein bisschen unheimlich hier. Ich glaube nämlich, die U-Boote, die gibt es wirklich. Verstehst du? Sie leben dort unten. Man sieht sie nur, wenn sie Luft holen.«

»So wird es sein, Herr Major. Jetzt schlafen Sie erst mal.«

»Der Sand ist schön warm.«

»Umso besser.«

Lena und Gustav gingen zum zentralen Versammlungsplatz und beobachteten nicht nur Anna und Fjodor, sie behielten auch die beiden angeblichen Engländer im Auge. Die Männer schienen nicht das geringste Interesse an Fjodor und Anna zu haben.

»Merkwürdig, oder?«, fragte Gustav.

»Nun, hier sind sehr viele Leute. Vielleicht sind sie einfach nur misstrauisch und warten erst mal ab.«

»Hm.«

»Diese Anna und ihr Fjodor scheinen sich nicht zu mögen«, stellte Lena zehn Minuten später fest. »Wie es scheint, macht er ihr Vorwürfe.«

»Oh!«, sagte Gustav und zeigte nach oben.

»Was?«, fragte Lena.

56

(FJODOR IST UNZUFRIEDEN)

»Eine Sternschnuppe.«

»Ist mir egal«, raunzte Fjodor Anna an. »Ich hab dich was gefragt und ich will eine Antwort.«

»Schwierig.«

»Warum?«

»Weil ich offen gesagt gar nicht weiß, was dich so betrübt.«

»Dann guck dich doch um! Was sind das für Leute? Siehst du, wie die angezogen sind?«

»So, wie Lebensreformer sich eben anziehen. Bequem und nicht allzu formell.«

»Wenn du mich fragst, Anna, die sind total runtergekommen und ungepflegt.«

»Das ist doch Unsinn. Davon abgesehen. Als ich dich in Berlin aufgelesen habe, warst du auch ziemlich runtergekommen und ungepflegt. Und wenn ich mich nicht falsch erinnere, hattest du eine Heidenangst.«

»Kann sein, aber in Berlin, da haben wir in einem richtigen Hotel gewohnt. Wir haben gut gegessen, wir haben …«

»Du scheinst schnell zu vergessen. Und du scheinst dich sehr schnell an einen gewissen Luxus zu gewöhnen.«

Darauf fiel Fjodor erst mal nichts ein. Was daran lag, dass Anna recht hatte.

Er wäre gerne in Berlin geblieben.

Er hätte es sich gerne weiterhin gut gehen lassen.

Er hätte sich gerne einen zweiten Anzug gekauft.

»Hab noch zwei Tage Geduld, Fjodor. Dann sind wir in England und du kannst alles genießen, ohne Gefahr zu laufen, dass dich jemand erschießt.«

»Was wollen wir hier? Das führt nirgendwo hin.«

»O doch«, sagte Anna. »Siehst du die beiden Männer da drüben?«

»Ja?«

»Das sind Keegan und Bates.«

»Die haben uns schon einmal verraten.«

»Unsinn. Verraten hat dich vermutlich dein Freund Pavel. Die beiden sind hier, um uns nach England zu bringen.«

»Sie wussten, dass wir herkommen?«

»Das erste Treffen im Tiergarten ist missglückt. Du wirst dich erinnern ...«

»Erinnern? Die Schergen der Geheimpolizei wollten mich umbringen.«

»Richtig, Fjodor. Das Ersatztreffen an der gusseisernen Brücke hast du vermasselt.«

»Ich hatte Angst, verdammt!«

»Verstehe ich, Fjodor, verstehe ich. Nun, wenn ich jemanden hole, habe ich gerne noch eine dritte Chance. Und diese dritte Chance ist Lykkeland. So hatte ich es mit Keegan und Bates ausgemacht. Und wie du siehst, sie halten sich an ihre Anweisungen.«

»Sie erhalten von dir Anweisungen und arbeiten in der Englischen Botschaft?«

»Es ist so das Beste für dich, glaub mir.«

»Kein Wort hast du mir davon ... Warum überhaupt hier? Auf dieser verlassenen Insel.«

»Weil es eine verlassene Insel ist.«

»Und wie sollen wir hier wegkommen? Diese Insel ist eine Sackgasse, eine Falle!«

Es ging zu schnell. Anna hatte ihren Arm über seine Schultern gelegt und mit der Hand nach seinem Kinn gegriffen. Für Außenstehende sah es aus, als wolle sie ihn küssen und er habe seinen Kopf ihr abgewandt, um zu widerstehen. Nur hatte Fjodor seinen Kopf weder bis zum Anschlag in den Nacken gelegt, noch ihn bis zum Anschlag zur Seite gedreht, um zu widerstehen. Er spürte, dass sein Genick bis zum Äußersten überdehnt war. Jede Sekunde konnte es brechen.

»Sei so lieb und halt jetzt den Mund«, flüsterte Anna mit einer Zartheit, die er bis jetzt nicht gewohnt war an ihr. »Die beiden sind deine letzte Chance ...« Ein kleiner Ruck, er dachte sein Genick würde brechen. »Weißt du Fjodor, du solltest ausnahmsweise ein bisschen dankbar sein.«

Er gurgelte. Sie zog seinen Oberkörper ein Stück weit zurück, ohne mit ihrem Griff nachzulassen.

»Schau doch, Fjodor.« Am Himmel war etwas zu sehen. »Wir können uns was wünschen. Was wünschst du dir?«

»Hrlg ...«

»Du musst ehrlich sein. Kriegst du noch Luft?«

»Hnn.«

»Du weißt doch, wie es ist. Wenn man eine Sternschnuppe sieht, kann man sich was wünschen. Nur muss man ehrlich sein. Was wünschst du dir, Fjodor?«

Von ihm keine Antwort.

»Nun, wer weiß, vielleicht kennt ihr diesen Brauch nicht in Russland.«

Von ihm noch immer kein Wort, seine Beine schienen sich zu entspannen. Anna beließ ihn in dieser Position. Und tatsächlich, es dauerte nicht lange und eine weitere Sternschnuppe zog ihre Bahn über den Himmel von Lykkeland.

»Schön, oder?«, fragte sie. Von ihm immer noch keine Antwort. Wie auch? Fjodor Judin war nicht mehr bei Bewusstsein.

57

(DIE RASANTE ENTWICKLUNG DER WELT)

Auch Major Craemer hatte die Sternschnuppe gesehen und sich etwas gewünscht. Nur fehlte ihm im Moment die Kraft aufzustehen. Und so nahm er, obwohl er eigentlich zu seiner Frau wollte und hungrig war, nicht am gemeinsamen Abendessen teil. Stattdessen ruhte er in seiner Kuhle und wartete auf weitere Erscheinungen am Himmel.

Es gab kein künstliches Licht auf Lykkeland.

Daher wohl …

Die Sterne zeigten sich nicht nur in voller Pracht, sondern auch in großer Zahl.

Millionen … Milliarden … Myriaden …

Während Major Craemer sich weitere Bezeichnungen für große Zahlen ausdachte, sah er zwei Gestalten recht nah an sich vorbeigehen. Die eine war eine Frau. Craemer erkannte die Tänzerin an ihrem Gang …

Dora Westergaard …

Ihr folgte ein Mann, der ihr die Sternbilder am Himmel erklärte.

Craemer achtete nicht weiter auf die beiden, er bildete erneut phonetische Ableitungen des Wortes Myriaden.

Lena und Gustav lauschten unterdessen am Feuer einer weiteren Rede des Philosophen Magnus Ziegler. Der ließ die Gemeinschaft der Lebensreformer einen Blick in die Zukunft werfen.

»Ich sage es nicht im Spaß, ich meine es todernst. Europa

wird sich auf ein neues Mittelalter vorbereiten müssen. Ein jeder muss nicht nur Arbeiter oder Angestellter sein, sondern auch Bauer. Wir werden uns in dieser nicht allzu fernen Zeit die Energie der Religionen, allen voran des Buddhismus, aneignen. Wir werden diesen Buddhismus weiterentwickeln und an unsere europäischen Bedürfnisse anpassen. Nur so kann es gelingen, das Sinnen der Volksgemeinschaft auf ein künftiges Deutsches Reich zu lenken, dessen Volk bis zum Kleinsten hinab die innere Kraft in sich trägt, dieses Reich länger als vergangene europäische am Leben zu erhalten und ...«

Die Rede dauerte beinahe zwei Stunden und nahm alle sehr mit.

Kurz nach Eintritt der Dunkelheit hatte sich Craemers Zustand gebessert, und als das Feuer bereits hoch loderte, fing er erneut an zu tanzen. Wie am Vorabend glänzte sein Körper.

»Er schwitzt es aus«, sagte Lena, die zusammen mit Helmine, Inna und Gustav auf einem der dicken Holzstämme saß.

»Mag sein, dass er etwas ausschwitzt«, antwortete Gustav. »Aber was stellt das dar, was er ... Ich meine, er tanzt doch gar nicht. Er stellt etwas dar. Und er vergrößert sich dabei.«

»Er vergrößert sich nicht. Das sind nur die Schatten, die allein erzeugen diesen Effekt.«

»Du meinst, ich bilde es mir ein?«

»Ja. Aber was das nun darstellen soll, kann ich dir auch nicht sagen.«

»Der Elefant nimmt ein Bad, bevor er seine Angebetete bezirzt«, erklärte Helmine.

»So heißt das?«, fragte Lena. »Ich habe ihn noch nie in einem solchen Zustand erlebt.«

»Natürlich nicht«, sagte Helmine empört. »Diese Übungen

der Zuneigung und Aufmerksamkeit praktiziert er für gewöhnlich in unserem Schlafzimmer.«

»Ah!«

»Und ich kann nur hoffen«, fuhr Helmine sichtlich angespannt fort, »dass der Zustand, in den er sich offenbar verbracht hat, bald vorübergeht. Es gefällt mir ganz und gar nicht, wie mein Mann sich hier vor allen produziert.«

»So fällt er wenigstens nicht auf«, murmelte Gustav.

Lena konnte die Bedenken von Helmine Craemer nachvollziehen. »Natürlich. Dass Ihnen als seine Frau das unangenehm ist, verstehe ich. Andererseits leben wir in der Zeit einer sich rasant entwickelnden Moderne. Die Erfindung völlig neuer Transportmittel, wie zu Beispiel der Schnelllokomotive, des Autos ...«

»Die Flugzeuge nicht vergessen«, warf Gustav ein.

»Ja, Flugzeuge kannten wir bis vor ein paar Jahren auch noch nicht. Dazu kommen die Entwicklungen in der Kunst, der Architektur, der Medizin, Psychologie und Chemie. Das alles geht so schnell, dass wir der Sache kaum noch Herr werden. Vielleicht hat Magnus Ziegler recht und wir müssen ein neues Mittelalter ins Auge fassen. Einfach leben. Die Verwirrung hinter uns lassen. So, wie es die Menschen hier seit einigen Jahren versuchen.«

»Also, ob ich ein neues Mittelalter wünsche? Ich weiß nicht«, sagte Helmine. »Heißt es nicht immer, man solle nach vorne schauen und auf das Beste hoffen?«

58

(FÜNFTES PRIVATPROTOKOLL KOMMISSAR ADLER)

Wunderbar! Mutter weiterhin bei gutem Befinden. Ich ebenfalls. Sie erzählte mir gestern von ihrem Galan. Es ist eine Freude, sie so lebhaft zu sehen.

Von dieser erbaulichen Entwicklung abgesehen, ist mein Habert noch immer verschwunden. Aus Kopenhagen hat er vor zwei Tagen noch ein Telegramm geschickt mit dem Hinweis, dass er sich vermutlich gleich auf eine Fähre in Richtung Lykkeland begeben werde, er habe einen Hinweis darauf, dass Leutnant Senne ein kleines Segelboot samt Besitzer, wohl einem Fischer, gemietet hat, um auf diese Insel zu gelangen.

Dass die Suche nach Leutnant Senne am Ende eine so ausgedehnte Exkursion zur Folge hat, war nicht abzusehen. Eins aber scheint nun sicher. Der Adjutant von Oberst Kivitz wird nicht mehr zum Dienst erscheinen, denn es sieht nun doch ganz so aus, als sei er, nach einem halbherzig unternommenen Versuch, sich das Leben zu nehmen, auf der Flucht. Ich würde zu gerne Oberst Kivitz' zweiten Adjutanten, von Selchow, befragen. Doch das ist riskant. Der Oberst mag es gar nicht, wenn man sich in seine Belange einmischt. Ach und weh! So im Leeren zu stehen und niemanden zu haben, mit dem ich mich beraten kann ... Ich wünschte, mein lieber Habert wäre hier. Wie sehr ich ihn doch brauche, wenn er nicht da ist. Werde gleich seiner Frau einen Besuch abstatten. Die wird sich ja auch Sorgen machen, denn sicher will sie die Verantwortung für ihre vielen Kinder nicht allein tragen.

Eigentlich hatte Kommissar Adler vorgehabt, nach der Niederschrift dieses kurzen Privatprotokolls seine Dienststelle etwas früher als sonst zu verlassen, um Frau Habert aufzusuchen.

Nur war er so ganz und gar nicht in der Stimmung.

Die Sache mit seinem Habert ließ ihm keine Ruhe. Und so setzte er sich schließlich doch mit von Selchow in Verbindung. Natürlich war der etwas irritiert, ja fast schon alarmiert darüber, dass ein Berliner Kriminalkommissar Kontakt mit ihm aufnahm.

Dann muss Major Craemer ihm wohl von mir erzählt haben ...

Als Adler ihm erklärte, dass sein Gendarm Habert sich zuletzt aus Kopenhagen gemeldet habe und nun spurlos verschwunden sei, wurde von Selchow hellhörig.

»Kopenhagen? Da sind Sie sicher?«

»Absolut sicher. Er ist auf der Suche nach Ihrem Kameraden, Leutnant Senne. Und wenn ich nicht falsch unterrichtet bin, befindet sich ja wohl auch Major Craemer in Kopenhagen. Können Sie mir vielleicht verraten, warum er ausgerechnet dort hingefahren ist?«

»Weshalb möchten Sie das wissen?«

»Weil mir mein Gefühl sagt, dass die alle gar nicht wissen, mit was oder wem sie es eigentlich zu tun haben.«

»Nun, Sie ermitteln doch wegen der Schießerei im Tiergarten.«

»Von diesem Vorgang wurde ich von Oberst Kivitz abgezogen.«

»Ach.«

»Sie wussten das nicht?«

Die Information, dass man den erfahrenen Kommissar von der Ermittlung abgezogen hatte, bewirkte einen Sinneswandel bei von Selchow, den man guten Gewissens als blitzartig bezeichnen konnte. »Wir treffen uns morgen um 16 Uhr im Hippodrom.«

»Wo genau?«, fragte Adler.

»Ich reserviere uns Loge Nummer 86.«

»Es gibt Logen an der Rennstrecke? Das ist mir neu.«

Von Selchow antwortete nicht mehr. Er hatte aufgelegt, ehe der Kommissar noch etwas hätte sagen oder fragen können.

War ziemlich irritiert, dass man mich von der Sache mit der Schießerei abgezogen hat. Dabei arbeitet er doch für Oberst Kivitz. Hoffen wir mal, dass da oben in Dänemark nichts faul ist und außer der Reihe geschieht.

59

(ACHTER TAG - MORD)

Der nächste Morgen auf Lykkeland begann mit dem Schrei einer Frau. Sie hatte soeben die Leiche von Dora Westergaard zwischen den Dünen gefunden.

Da das Telefon im Hotel nach dem Sturm nicht mehr funktionierte ...

»Nur vorübergehend, ein Fernmeldetechniker wird bereits morgen eintreffen.«

... und es keine Telegrafenstation gab, wurde dem Kapitän der Fähre aufgetragen, die Polizei in Kopenhagen zu benachrichtigen.

Dann hieß es warten.

Es entstand ein kleiner Streit darüber, ob man die Leiche der Ausdruckstänzerin einfach in den Dünen liegen lassen dürfe. Eine Gruppe war dafür, sie ins Dorf zu bringen, eine andere strebte an, sie zwar in den Dünen zu belassen, ihren Körper aber mit Blumen zu schmücken. Zuletzt setzten sich diejenigen durch, die dafür plädierten, ihren Tod als das anzusehen, was er war.

»Mord.«

»Jemand hat sie mit dem Stein dort erschlagen.«

»Da klebt ja sogar noch ihr Blut dran.«

»Richtig. Und da man Dora offenbar einen Teil ihrer Kleider vom Körper gerissen hat, kann man sich leicht vorstellen, worum es bei diesem Verbrechen eigentlich ging.«

Für die Männer stand schnell fest, dass der Täter vermutlich einer der Fischer war, mit denen sie bereits mehrfach Ärger hatten. Die Frauen hielten dem entgegen, dass sich noch nie einer der Fischer dem Lager genähert habe.

»Die ignorieren uns doch in einer Weise, als gäbe es uns überhaupt nicht!«

»Genau!«

»Eher käme da wohl ein ganz anderer in Frage.«

»Jemand, der meint, die Gattenwahl sei ausschließlich Sache des Mannes.«

Keine der Frauen sprach den Namen Magnus Ziegler aus, keine zeigte auf ihn oder machte weitergehende Andeutungen. Aber es war doch allen klar, wer gemeint war.

Die Kopenhagener Polizei schickte ein Boot. Dem entstiegen ein Kommissar sowie mehrere Beamte, die sofort damit begannen, die Lebensreformer zu vernehmen.

Bei diesen Verhören war von den Fischern nur noch sehr allgemein die Rede. Dafür geriet der Philosoph Magnus Ziegler nun doch in einen deutlicheren Verdacht: Vor allem die weiblichen Zeugen waren sich ihrer Sache recht sicher.

»Es gab schon vorher unerwünschte Anzüglichkeiten.«

»Mehr als das.«

Sein Verhalten, seine Reden von der naturgewollten Verfügbarkeit des weiblichen Körpers wurden ihm beinahe zum Verhängnis.

Zuletzt war es die Aussage von Craemer, die die Sache entschied. Der Major hatte nämlich nicht Ziegler, sondern den Okkultisten und Maler Leopold Janatsch in den Dünen gesehen.

»Er stand dort zusammen mit Frau Westergaard und erklärte ihr die Sternbilder. Ich war ... Nicht ganz wach, aber ich bin mir sicher, sie dort gesehen zu haben.«

Leopold Janatsch hatte nicht viel zu seiner Verteidigung zu sagen.

»Sie fing an zu tanzen und ich hatte bereits einiges getrunken. Da muss ich dann etwas falsch verstanden haben. Ich setzte ein Einverständnis voraus, das offenbar nicht bestand. Erklären, wie aus mir plötzlich jemand wurde, der einen Stein nimmt und einer Frau so etwas antut ...? Das kann ich nicht.« Janatsch überlegte eine Weile, dann kam er auf etwas. »Ich glaube, ich wollte nur verhindern ... Ich weiß gar nicht, was. Sie hat ja nicht mal geschrien.«

Für Major Craemer war das, was hier passiert war, bei Weitem nicht so fremd und unerklärlich wie dem Täter selbst. Er hatte in seiner Zeit bei der Berliner Kriminalpolizei eine ganze Reihe von Mördern erlebt, die ganz ähnliche Worte gebraucht hatten. Auch ihnen war im Nachhinein völlig unverständlich, wie es dazu gekommen war, dass sie so etwas getan hatten.

Der Okkultist wurde verhaftet und gemeinsam mit dem Leichnam von Dora Westergaard zum Festland gebracht. Eine große Anzahl Aussteiger begleitete die Polizei, den Okkultisten und die Leiche zum Hafen. Sie waren erschüttert, ja fast schon verzweifelt. Es entstand ein regelrechter Tumult.

Craemer nahm den dänischen Kommissar vor dem Ablegen des Polizeiboots noch kurz zur Seite und bat ihn, ein Schreiben an den Gesandten des Deutschen Reiches am Dänischen Hof weiterzuleiten.

»Julius von Waldthausen wird den Boten sicher gleich vorlassen, wenn man ihm sagt, dass die Depesche von mir kommt.«

60

(WAL ODER NICHT WAL, DAS WAR DIE FRAGE)

Die Sonne.

Die Korona der Sonne, die stechenden Strahlen.

Schweiß, Brand, Glut.

Seit Stunden schon.

Das Meer immerhin hatte sich beruhigt. Und wie!

So spiegelglatt lag es da, dass niemand gewagt hätte, sich zu rühren.

Und die Insel, diese flache Wölbung unter dem Brand der Sonne, die Leutnant Senne seit zwei Stunden glaubte zu sehen, die war doch höchstens noch zwei, vielleicht drei Seemeilen entfernt.

Oder ist das eine Fata Morgana?

Das Segel hing schlaff.

Der Brand auf dem Schädel tat seine Wirkung.

Leutnant Senne begann Dinge zu sehen, die es nicht geben konnte. Gerade hob sich die glatte Oberfläche des Meers in einer Weise, als sei dort ein gewaltiger, wohl dreißig Meter langer und fünf Meter breiter Fisch unterwegs.

Es gibt hier doch keine Wale …

Das Wesen glitt direkt unter Sennes Boot hindurch, und das Schiffchen mit dem seit zwei Tagen toten Fährmann, dessen Körper ebenfalls brütete und Blasen warf – es schwankte mächtig. Leutnant Senne aber fürchtete sich nicht. Er wusste, dass es in der Ostsee und im Öresund keine Walfische gab.

Es war auch kein Wal, der unter ihm hindurchgerutscht

war. Es war ein Gefährt, das auf den Namen U-9 hörte. Und dort unten, wo es nun bereits wieder mit nicht mal viertel Fahrt schlich, herrschte ewige Finsternis. Auf minus vierzig Meter war der deutsche Nautilus bereits abgesunken. Weniger als ein langer Schatten, knapp über sandigem dänischem Grund.

U-9 lag nun ganz still.

Lauschte.

Seit Stunden schon ging das so.

Man hatte dem Schiff Befehl gegeben, in den Öresund einzudringen, zu lauschen und des Nachts vor einer Insel auf Lichtsignale zu achten, seien sie auch klein wie Glühwürmchen.

Ein Mann – seine Existenz war das Herz des ursprünglichen Befehls – trug Kopfhörer unter rotem Licht und ... lauschte.

Ungerührt, unbekümmert.

Aber da war nichts zu erlauschen in der Dunkelheit.

Er lauschte trotzdem.

Und sein elektronisches Horchen, das war, als ob sich Tentakeln, vom Kopf des Schiffes ausgesandt, wie die langen, ja die überlangen, einander umrankenden Fangarme eines Riesenkalmars, über Hunderte und noch mal Hunderte von Metern hineingeschoben hätten in diese dunkle Stille ... Um dort behutsam zu tasten.

Umsonst.

Die Tiefe des Meeres blieb stumm.

Wie hatte der Befehl gelautet?

Ausschau halten nach einem englischen U-Boot!

Es ging das Gerücht ...

Vage.

Man hatte darüber gelacht.

Und das tiefschwarze Wasser war still geblieben.

Bis jetzt.

Denn nun hob der Mann mit den Kopfhörern sein Haupt.

Es dauerte noch einen Moment, er wollte sichergehen.

Dann sagte er ein einziges Wort.

»Echo.«

Dieses Wort bedeutete nichts anderes, als dass da noch etwas war.

Ebenfalls aus Stahl.

Ebenfalls in der Tiefe.

Vielleicht ebenfalls lauschend.

Aber was suchte der Engländer tief auf dem Grunde, zu dieser Stunde, im Sund?

»Wohl uns«, hatte einer leise gesagt.

Das Gerücht, tausendmal belacht und dementiert, schien zu stimmen.

Der Engländer war da. Zwei Meilen nördlich von Lykkeland.

»Sie haben gestoppt.«

»Sie warten?«

»Sie warten.«

Gesichter mit geöffneten Augen in rötlichem Licht. Kaum eine Bewegung. Nun also galt es das Gleiche zu tun, wie der andere Schatten. - Warten.

61

(EINE TRAUERFEIER)

Als Major Craemer ins Hüttendorf zurückkehrte, kam ihm Lena entgegen.

»Er ist weg.«

»Wer?«

»Fjodor. Er hat die Unruhe und das Durcheinander nach Dora Westergaards Tod genutzt, um sich abzusetzen.«

»Seine Begleiterin, diese Anna, ist ebenfalls weg«, ergänzte Gustav.

»Gut«, sagte Craemer. »Die beiden haben sich also abgesetzt. Aber so ohne Weiteres kommen sie von der Insel erst mal nicht weg.«

Während sie sich auf der Krone einer der Dünen besprachen, versammelten sich unten die Lebensreformer. Zunächst standen sie wie Hinterbliebene in kleinen Gruppen. Hier und da hielt jemand jemanden tröstend im Arm. Dann erklangen die Trommeln. Ganz zart.

»Sie trauern«, sagte Lena. Es klang, als spräche sie mehr zu sich selbst.

»Dann hoffen wir mal, dass es eine stille Trauer bleibt und niemand diesem Magnus Ziegler erlaubt, eine Totenrede zu halten und sein krudes Gerede über die Rassen unters Volk zu bringen.«

»Ich glaube, danach ist im Moment keinem von denen zumute.«

»Wo ist eigentlich meine Frau?«

»Die habe ich zusammen mit Madame Petrov zurück ins Hotel geschickt«, sagte Lena.

»Und Helmine hat dem einfach so zugestimmt?«

»Sie sagte, sie habe ohnehin vor, zusammen mit Frau Petrov einen Notar nach Lykkeland zu beordern. Es geht wohl um Geschäfte.«

»Im- und Export«, ergänzte Gustav.

»Hauptsache, sie ist nicht hier. Was ist mit den anderen?«, wollte Craemer sofort wissen.

»Welchen anderen?«

»Na, diese Engländer. Keegan und Bates.«

»Ach guckt mal! Jetzt streuen sie Blumen.«

»Die Trommeln sind irgendwie unheimlich, finden Sie nicht?«

Eine kurze Suche wurde gestartet, auch Keegan und Bates schienen sich nicht mehr im Hüttendorf aufzuhalten.

»Wir gehen zur Küste«, entschied Craemer.

»Wozu das?«

»U-Boote.«

»Was für U-Boote?«, fragte Gustav.

»Zur Küste! Wir teilen uns auf.«

Craemer, Lena und Gustav verschwanden im Wald. Zurück blieben etwa vierzig Lebensreformer, die eine Totenmesse ohne Leiche abhielten. Sie taten das mit Würde. Es wurden Blumen gestreut, aber es brannten keine Fackeln. Und niemand hatte Magnus Ziegler gestattet, eine Rede über die deutsche Frau zu halten.

62

(KOMMISSAR ADLER SPRICHT MIT VON SELCHOW)

Von Selchow hatte als Treffpunkt das Hippodrom gewählt. Ein guter Gedanke, wie Kommissar Adler fand, denn zu den Rennen dort kamen regelmäßig Tausende.

Für heute hatte man, wie es schien, einige besonders hochwertige Wettkämpfe angesetzt, und Kommissar Adler musste seinen nicht mehr allzu beweglichen Oberkörper ein paarmal geschwind zur Seite pendeln lassen.

»Verzeihung.«

»Geht schon.«

Unter den Besuchern waren viele Frauen, manche trugen Hüte von der Größe einer Kleingartenparzelle. Adler ließ sich vom Strom des Gedränges ein Stück weit mitziehen, scherte dann jedoch aus und trat vor eine der grün gestrichenen Bretterbuden. Dort setzte er pro forma auf irgendwelche Pferde. Die Zeit, während der er vor dem Schalter stand, gestattete ihm, unauffällig nach eventuellen Verfolgern Ausschau zu halten.

Niemand. Wer sollte sich auch dafür interessieren, was ich nach Dienst mache?

Auf einmal kam Bewegung in die Menschenmassen. Nicht, dass irgendwer gerannt oder auch nur gelaufen wäre, aber Hunderte von Männern hoben Ferngläser vor die Augen. Die, welche in Damenbegleitung gekommen waren, fingen an zu reden. Offenbar beschrieben sie den Frauen, was sie gerade sahen. Kommissar Adler war noch nie bei einem Pferderennen gewesen, also fragte er den Mann am Wettschalter.

»Die sind auf einmal alle so attent. Was gibt es denn da zu sehen?«

»Na, die Gäule oder globste, hier hoppeln Karnickel?«

Schließlich näherte Adler sich einer Reihe von Logen.

82 ... 84 ... 86 ... Das da vorne wird er dann wohl sein.

Wenn man davon absah, dass Major Craemer von Selchows Namen ein paarmal erwähnt hatte, wusste Kommissar Adler kaum etwas über den ersten Adjutanten von Oberst Kivitz. Er war jünger und vor allem dünner, als er angenommen hatte.

Ein hübsches Jungchen, das muss ich schon sagen.

Craemer hatte von Selchow ihm gegenüber stets als einen Verbündeten auf kritischem Terrain bezeichnet, darauf musste Adler sich verlassen.

»Verzeihung, sind wir hier verabredet?«

»Wenn Sie Kommissar Adler sind.«

Sie hatten sich gerade die Hand gegeben, als ein Schuss ertönte. Dass Adler erschrak, war ihm ein bisschen peinlich, denn der Mann unten an der Strecke hatte lediglich den Startschuss abgegeben. Zwanzig Pferde stürmten los und die Menschen brachten tausendfach ihre Aufregung und Freude zum Ausdruck.

»Die sind so bunt«, sagte Adler, als die Pferde in die erste Kurve gingen.

»Wer ist bunt?«

»Na, die kleinen Männer. Die Reiter.«

»Man nennt sie Jockeys«, erklärte von Selchow.

Der Parcours hatte es in sich, Reiter und Pferde mussten hohe Hecken überspringen und wassergefüllte Gräben überwinden.

»Sie haben Kontakt nach Dänemark?«, fragte von Selchow.

»Abgerissen.«

»Und Sie verstehen nicht das Geringste von Pferderennen.«

»Nicht für zwei Pfennig.«

»Sie jagen Verbrecher.«

»Ich jage niemanden.«

»Dann muss ich jetzt doch fragen. Nur aus Neugier ... Was tun Sie?«

»Ich werte das aus, was mir meine Mitarbeiter zutragen. Ich bin derjenige in unserer Abteilung, der Schlüsse zieht und Verbindungen herstellt. Hin und wieder vernehme ich Zeugen oder Tatverdächtige. Gott!«

Von Selchow erschrak. »Was?«

»Da. Da am Ausgang der Kurve. Da sind drei Tiere gestürzt.«

»Das kommt bei dieser Art Rennen häufig vor. Solche Stürze sind eher die Regel als die Ausnahme«, sagte von Selchow gelassen. »Die meisten Unfälle ereignen sich an den Gräben, die mit sumpfigen Ausläufern versehen sind. Ein Pferd bricht sich das Genick, ein Reiter zieht sich einen Schulterbeinbruch zu. So was zu sehen, zieht die Leute hierher.«

»Das ist ... Also ich weiß gar nicht, was ich davon zu halten habe.«

»Ich habe Sie eben beobachtet, Sie standen am Wettschalter.«

»Um das Terrain ein wenig zu sondieren, ehe ich mich zu Ihnen begab. Aber konnten Sie denn inzwischen in der Sektion etwas in Erfahrung bringen.«

»Ich fürchte, ich werde mich des Hochverrats schuldig machen«, erklärte von Selchow.

»Weil Sie etwas in Erfahrung gebracht haben? Das gehört doch zu Ihren Aufgaben, nehme ich an.«

»Weil ich mein Wissen mit Ihnen teile.«

»Jetzt mal nicht so viel drum herum.«

»Nun, zum Ersten weiß ich inzwischen, dass Oberst Kivitz einige Informationen für sich behalten hat.«

»Zum Beispiel?«

»Dass er Sie von den Ermittlungen wegen der Schießerei abgezogen hat. Diese Anweisung kam nicht von höherer Stelle, das war eine eigenmächtige Entscheidung.«

»Ist nicht das erste Mal, dass mir so was passiert«, sagte Adler. »Ich nehme an, es ging bei dem Geballere um eine innere russische Angelegenheit. Nur dass man sie nicht im Inneren erledigt hat, sondern hier bei uns. Inmitten einer großen Anzahl Zivilisten. O nein! Gott! Sehen Sie doch!«

Wieder waren einige Pferde gestürzt.

»Einer der Reiter hat sich um eine Stange ...«

»Können wir bitte bei der Sache bleiben? Es scheint Oberst Kivitz große Sorgen zu bereiten, dass sein zweiter Adjutant, also mein Kollege Leutnant Senne, so kurz nach der Schießerei verschwunden ist. Wie es scheint, hat er Ihre Vernehmungsprotokolle unerlaubt gelesen. Da ihn das zu so plötzlichen Selbstmordgedanken und einer anschließenden Flucht veranlasst hat, liegt es nahe, dass er sich etwas zu Schulden hat kommen lassen, das mit dieser Schießerei in Verbindung steht. Hat man Sie vielleicht auch von der Suche nach ihm abgezogen?«

»Bisher nicht. Die Sache ließe sich auch gar nicht mehr stoppen, da mein Gendarm Habert bereits von der Leine ist, wenn Sie diesen Vergleich gestatten. Der Kontakt zu ihm ist abgerissen und wie ich meinen Habert kenne ... Den zieht keiner mehr ab.«

Die Pferde hatten die erste Runde fast hinter sich. Sie kamen auf die lange Gerade, die Menschen um von Selchow und Kommissar Adler herum wurden wieder laut. Einige beugten sich waghalsig weit über die Balustrade, fast alle reckten den Reitern ihre Arme entgegen, und nicht wenige hielten dabei Wettscheine in der Hand. Es sah beinahe aus, als wollten sie die Reiter darauf aufmerksam machen, dass sie viel riskiert hatten.

»Die Spreu vom Weizen«, sagte Kommissar Adler.

»Bitte?«

Das Feld hatte sich bereits einigermaßen in die Länge gezogen. Angeführt wurde es von drei Tieren, die bereits einige Pferdelängen Vorsprung hatten.

»Wie es aussieht, machen die drei es wohl unter sich aus.«

»Es war gerade mal die erste Runde«, erklärte von Selchow gelassen.

»Dass der Angriff im Zoo irgendwelchen Terroristen oder Aufrührern galt, scheinen Sie nicht zu glauben, wenn ich alles richtig verstanden habe.«

»Korrekt.«

»O nein! Schon wieder! Die Verluste hier sind aber recht hoch, wie mir scheint.«

»Es geht vermutlich weder um Terroristen noch um irgendwelche russischen Sozialdemokraten oder aufrührerische Studenten.«

»Sondern?«

Die noch übrig gebliebenen Pferde näherten sich der Kurve zu ihrer Linken und die Zuschauer reagierten erneut. Von Selchow war also nicht gezwungen leise zu sprechen.

»In Sankt Petersburg werden ein leitender Ingenieur und drei Mitarbeiter der Baltischen Werft vermisst. Der vermisste Ingenieur heißt Fjodor Judin. Und der Name Fjodor fiel ja offenbar bei der Schießerei. Die Beschreibung seiner Person deckt sich mit der Aussage Ihrer so überaus genauen Zeugin. Fast möchte ich meinen, sie war schon etwas zu genau. Aber stellen wir das erst mal zurück. Die Russen gehen davon aus, dass sich die vier nach Berlin abgesetzt haben. Und natürlich steht der Gedanke im Raum, dass es um so was wie Industriespionage ...«

Von Selchow und Kommissar Adler mussten ihr Gespräch nun doch unterbrechen. Die Pferde waren wieder auf der Geraden vor den Tribünen, die Zuschauer wurden erwartungsgemäß laut.

»Jetzt sind der Rote und der Grüne vorne!«, schrie Adler.

»Was geht vor?«

»Nicht vor! Vorne! Der Grüne und der Rote!«

Es dauerte ein paar Momente, dann waren die Pferde in der Kurve zu ihrer Rechten und die Menschen beruhigten sich.

»Industriespionage«, sagte Kommissar Adler. »Da waren Sie stehengeblieben.«

»Ja, um so etwas wird es sich handeln. Nur, wem will man überhaupt etwas anbieten? Dieser Fjodor war in Forschungen eingebunden, an denen deutsche wie auch russische Wissenschaftler beteiligt waren. Auch was die Frau angeht, die die Zeugin Ihnen so genau beschrieben hat, tappe ich noch im Dunkeln.«

»Ist Ihnen bekannt, woran die vier auf der Baltischen Werft gearbeitet haben?«

»Wenn ich die Informationen unserer Auslandsabteilung richtig verstanden habe, geht es um ein Ventil und um die Abdichtung eines Kolbens. Allerdings nicht in den Eingeweiden eines herkömmlichen Schiffs. Man arbeitet in der Sankt Petersburger Werft an der Weiterentwicklung eines U-Boots. Und wie ich bereits sagte, geschieht das in Zusammenarbeit mit der deutschen Marine.«

»Das kann ich mir kaum vorstellen«, sagte Adler. »Unsere Admiralität würde doch niemals mit den Russen zusammenarbeiten.«

»Vergessen Sie nicht, dass unser Kaiser eng mit dem Zaren verwandt ist. Sie wissen doch, wie lax manche russischen Angelegenheiten behandelt werden.«

»Ist mir bekannt«, sagte Adler. »Aber Russland ist Teil der Triple Entente und damit gewissermaßen unser Feind.«

»Oberst Kivitz hat stets behauptet, diese Zusammenarbeit stelle vor allem einen Versuch der Annäherung dar und die Dinge, die da in der Petersburger Werft gemeinsam entwickelt werden, seien letztlich für beide Seiten ohne Belang.«

»Die Abdichtung eines Kolbens sagten Sie. Das klingt wirklich nicht gerade spektakulär.«

»Vielleicht doch. Dieser Kolben sorgt dafür, dass der Torpedo mittels Druckluft aus dem Torpedorohr gepresst wird. Anschließend drückt das Außenwasser den Kolben wieder zurück, sodass nach dem Feuern keine Blasenspur die Abschussstelle und damit die Position des U-Boots verrät.«

»Das haben Sie in Erfahrung gebracht?«

»Und es war nicht mal schwierig«, sagte von Selchow. »Man misst dieser Angelegenheit mit dem Ventil und dem Kolben offenbar keine allzu große Bedeutung zu. Es handelt sich bei dieser Zusammenarbeit um eine eher diplomatische Angelegenheit.«

»Für die Russen scheint es durchaus wichtig zu sein«, warf Adler ein. »Eine Schießerei in aller Öffentlichkeit …«

»Nun, die Russen können nicht zulassen, dass jemand Geheimnisse verrät.«

»Macht einen schlechten Eindruck«, spekulierte der Kommissar.

»Es kann verschiedene Gründe dafür geben, dass man so riskant operiert hat. Vielleicht hat man schlicht unfähige Agenten geschickt.«

»Besonders treffsicher waren sie jedenfalls nicht.«

»Davon abgesehen, die Entwicklung mag für uns und die Russen von geringer Bedeutung sein, könnte aber die Franzosen oder Engländer interessieren. Wie auch immer sich die

Sache mit der Triple Entente entwickelt, dass den Franzosen oder Engländern diese Technologien in die Hände fallen, daran dürfe weder unseren Militärs noch den Russen gelegen sein. Was wiederum bedeutet, ihr Gendarm Habert sowie Major Craemer haben es da oben in Dänemark möglicherweise mit drei Gruppen zu tun. Den Flüchtigen, die offenbar bewaffnet sind. Einem russischen Spezialkommando, das sie liquidieren soll. Ganz sicher auch bewaffnet. Und einer dritten Partei. Entweder aus Frankreich oder aus England. Denn die Nation, die Interesse an dieser technischen Novität hat, wird ja nicht einfach abwarten, bis man ihren Informanten erschießt.«

Die Pferde schwenkten erneut auf die Gerade vor den Tribünen ein. Die Reihenfolge, in der sie am Publikum vorbeikamen, hatte sich erneut geändert. Vorne lag jetzt ein Jockey mit weißem Hemd, dicht gefolgt von einem in Blau. Eine Glocke ertönte. Diesmal waren die Zuschauer noch aufgeregter. Zwei Reihen rechts vor ihnen fiel ein Mann über die Balustrade.

»Es sieht so aus, als ginge es in die letzte Runde.«

»Aber gewiss doch«, sagte von Selchow.

»Wir haben also folgendes Bild. Ein Ingenieur und drei Arbeiter setzen sich aus Russland ab, vermutlich um Geheimnisse, die mit dem Bau und der Funktionsweise von U-Booten zu tun haben, an die Franzosen, die Engländer oder ein anderes Land zu verraten. Vielleicht gegen Geld. Vielleicht aus politischen Gründen.«

»Das jedenfalls scheinen die Russen anzunehmen.«

»Also schicken sie zwei Männer, die das Problem bei uns im Zoologischen Garten auf die denkbar einfachste Art erledigen sollen. Die beiden Schützen haben aber nur teilweise Erfolg. Ein Mann entkommt. Und wenn meine Hauptzeugin sich nicht getäuscht hat, gibt es auch noch eine Frau, die mit den Angegriffenen in Verbindung stand.«

»Richtig. Die Spur unserer beiden Flüchtigen führte zunächst in eine Lesehalle. Dort suchten sie, wie mir meine Kontaktperson, ein Student namens Kalisch, berichtete, Hilfe. Sie brauchten ein Versteck und gaben an, für die Befreiung des Volks vom Regime des Zaren zu agieren. Nur versammeln sich in dieser Lesehalle nicht, wie wir das aus der Vergangenheit kennen, abtrünnige Studenten, sondern solche, die der zaristischen Regierung treu ergeben sind. Da verliert sich die Spur der beiden. Was wir ebenfalls nicht wissen ...«

»Wo sind unsere Leute?«

»Möglicherweise noch auf dänischem Boden, möglicherweise in Schweden. Wir wissen ebenfalls nicht, ob ihnen überhaupt en détail bekannt ist, wer da gegen wen operiert und mit welchen Parteien sie es zu tun bekommen.«

Es wurde wieder laut.

»Gott, diesmal waren sie aber schnell. Und sie sind alle heil durchgekommen.«

»Nicht ganz. Der Grüne. Sehen Sie?« Von Selchow zeigte in Richtung der Gegengeraden.

»Ach Gott. Dem Pferd scheint es gut zu gehen, aber der Reiter ...«

»Keine Sorge, der Veranstalter beschäftigt eine ganze Reihe von Ärzten.«

Die Pferde kamen nun auf die Zielgerade, und so aufgeregt, wie die Menschen waren, würden sie mit Sicherheit keine weitere Runde gehen. Im Ziel waren zwei Pferde gleichauf. Man würde auf die Entscheidung der Rennleitung warten müssen.

»Wer hat denn nun gewonnen?«, fragte Kommissar Adler.

»Entweder die Nummer drei oder die Nummer sieben.«

»Ah!«

»Auf welche Pferde haben Sie gesetzt?«

»Gesetzt?«, fragte Adler.

»Na, Sie waren doch am Wettstand.«

»Ach so. Stimmt.« Kommissar Adler zog die Wettscheine aus der Tasche. Studierte sie. »Interessant. Für mich scheint die Angelegenheit gut auszugehen.«

»Wie kommen Sie darauf?«

»Ich habe auf die Nummer drei und auf die Nummer sieben gesetzt.«

»Vielleicht sollten Sie umsatteln.«

»Umsatteln, ja ... Schön gesagt.«

»Die Frage ist«, erklärte von Selchow. »Wie können wir unsere Leute unterstützen? Oder wenigstens warnen?«

»Gar nicht.«

»Sie werden nichts unternehmen?«

»Dazu müssten wir erst mal wissen, wo sie überhaupt sind.«

»Vermutlich noch immer auf dänischem Terrain.«

»Richtig«, sagte Kommissar Adler. »Und in Dänemark könnten wir, selbst wenn wir wüssten, wo genau unsere Leute stecken, nicht einfach eingreifen.«

»Ich werde der Sache in jedem Fall weiter nachgehen«, erklärte von Selchow entschlossen.

»Welcher Sache?«

»Nun, die Gründe für das plötzliche Verschwinden von Leutnant Senne müssen aufgeklärt werden. Sollte er tatsächlich Geheimnisverrat begangen haben, stellt sich die Frage, wie das unter der Aufsicht von Oberst Kivitz geschehen konnte.«

In diesem Moment wurde die Nummer sieben als Sieger bekannt gegeben. Nur ein paar vereinzelte Zuschauer jubelten, die meisten waren aufs Äußerste empört.

Von Selchow zog aus diesem Umstand sofort seine Schlussfolgerung. Wieder musste er schreien, um gegen den Lärm anzukommen.

»Offenbar ist die Nummer sieben ein Außenseiter!«

»Ein guter Reiter, keine Frage.«

»Nicht Reiter. Außenseiter! Wie viel haben Sie denn gesetzt?«

»Es tut mir leid, aber ...«

Die Menschen schrien und riefen so laut, dass von Selchow und Kommissar Adler kurz davorstanden, sich die Ohren zuzuhalten.

63

(DER WALD AUS STÄMMEN)

Es war so still, dass man es überdeutlich gehört hätte, wäre eine der Kiefernadeln zu Boden gefallen. Im Moment jedoch fielen keine Nadeln. Dafür war ein feines Knistern und Knacken zu hören. Eine Form von Leben, das sich auch an kochheißen Tagen in Kiefernwäldern unentwegt rührt.

»Pst …«

Hinter diesem unentwegten Quellen, Schwellen, Platzen und Verströmen verging die Zeit in ganz und gar unbestimmter Manier. Das Meer hingegen, dieses unendliche Meer, es verhielt sich an diesem Tag mucksmäuschenstill, die zum Äußersten abgeflachten Wogen krochen ganz langsam und behutsam auf den Sand.

Als Erstes hatten Craemer und die Seinen gemeinsam den Strand nach Fjodor und Anna abgesucht. Dort aber war niemand gewesen. Der Major hatte daraufhin zum oberen Rand des sandigen Abbruchs gezeigt, wo sich zwei bereits stark angekippte Kiefern noch gerade so eben hielten.

»Dann stecken sie wohl doch noch im Wald.«

Craemer, Lena und Gustav hatten sich eine herausfordernde Steigung aus rieselndem Sand hochgequält und anschließend getrennt.

Major Craemer war nun schon seit einer geschlagenen halben Stunde dabei, alleine und ganz für sich.

Zu lauschen.

Den Atem durch die Nase einzuziehen.

Behutsame Schritte zu tun, inmitten der Glut.

Und dann erneut zu lauschen.

In seinem Abschnitt des Wäldchens.

Er war zum Jäger geworden.

Er war auf der Pirsch.

Nach Fjodor, dem Russen. Nach Anna, wo auch immer sie herkommen mochte. Und nach zwei Männern mit englischen Namen.

Der Duft von Baumharz begann, den Major zu betäuben.

So still hier. Kein Tier, nicht mal Insekten. Jedenfalls keine, die fliegen, summen oder brummen, keine die im Licht der flachen Sonnenstrahlen hell erglühen.

Die Hitze wurde immer drückender und Craemer spürte die Nachwirkung seiner gestrigen Erlebnisse … War es nicht eher eine Erfahrung? Seine Erfahrung mit den Zigaretten von Roland, die ihm die Tore der Erkenntnis so schnell, so leicht, viel zu weit geöffnet hatten.

Oder lag sein mittlerweile leicht betäubter Zustand an der Sonne, die noch immer so stark strahlte?

Wie sie das wohl sonst nur auf dem Planeten Mars tut.

Was für ein abwegiger Gedanke.

Und das, obwohl sie doch schon dabei ist unterzugehen?

Aber war es nicht so, dass die Sonne in Dänemark auch im Jahr 1910 während der letzten Augusttage kaum wirklich unterging?

Mittsommernacht.

Das Wort ging Craemer durch den Kopf, nachdem er zuvor an den Planeten Mars gedacht hatte.

Davon abgesehen kamen ihm die schnurgeraden Stämme der Kiefern, die ihn umgaben, höchst sonderbar eingefärbt vor. Auf der einen Seite waren sie eindeutig rot. Auf der anderen dagegen …

Blau?

Die Wipfel oben schienen nicht grün zu sein, sondern ...

Gelb. Mit allenfalls einem Stich ins Grünliche.

Und das war dann der Moment, da der Major des Preußischen Auslandsgeheimdienstes erneut an die Ausstellung von Edvard Munch denken musste. In der hatte ein Bild gehangen, genau genommen war es ein Fries, auf dem die Bäume ganz ähnlich dargestellt waren.

In kreidiger Farbe.

Auf Munchs Bild, das den Reigen des Lebens darstellte, standen kleine Gruppen höchst geisterhaft gemalter Menschen zwischen diesen so kurios eingefärbten Stämmen in einer Weise herum ...

Als würden sie Verstecken spielen. Möglicherweise mit sich selbst.

Sie wirkten ...

Traurig. Einander und sich selbst ganz fremd.

In diesem Moment, der Major hatte sich gerade ein wenig in abseitigen Gedanken verloren, entdeckte er die Männer.

Drei.

Wie es schien, bedrohte einer die beiden anderen mit einer Waffe.

Der mit der Pistole ist Fjodor, die beiden anderen sind Keegan und ... Wo ist die Frau?

Es schien Craemer zunächst unmöglich, sich unbemerkt anzuschleichen. Es gab, abgesehen von den schmalen Stämmen der Kiefern, keinerlei Deckung.

Dann aber sah er, dass der Boden etwas wellig war und zudem mit Pulks von Blaubeerbüschen bewachsen.

Ja, so müsste es gehen ...

Er ließ sich ganz langsam auf den Boden hinab und kroch – ein Komodowaran hätte die gleiche Gangart gewählt –

vorsichtig zwischen den Blaubeerpulks näher heran. Wie jeder preußische Polizeibeamte oder Geheimdienstler hatte auch Craemer eine militärische Ausbildung absolviert. Schon das nützte ihm hier. Noch mehr nützte ihm seine Praxis in verschiedenen asiatischen Techniken der Annäherung und der Liebe.

Alles erfüllt seinen Sinn.

Endlich war er nahe genug heran, um wenigstens einiges zu verstehen.

Craemer verharrte.

In völliger Reglosigkeit bei sehr flachem Atem.

Craemer spürte etwas.

Ein leichtes Kitzeln am Bein.

Dann am Bauch.

Egal.

Es galt Ruhe zu bewahren. Fjodor schien sich inzwischen beruhigt zu haben. Jedenfalls senkte er seine Waffe.

Craemer erfuhr nun, dass bereits im Berliner Zoo ein Treffen zwischen Fjodor und seinen Genossen auf der einen und den beiden Engländern auf der anderen Seite geplant war. Das Vorhaben scheiterte, da er und seine Begleiter von zwei Männern beschossen wurden. Auch ein weiteres Treffen an einer gusseisernen Brücke schien missglückt zu sein.

»Also …«, hob einer der Engländer an.

»… wir brauchen Beweise«, ergänzte der zweite.

Die Engländer wollten irgendwelche Unterlagen sehen. Eine Forderung, die Fjodor veranlasste zu lachen.

»Glaubt ihr, ich bin so dumm und trage die Pläne mit mir herum?«

»Wo sind sie?«, fragte einer der Engländer nun mit militärischer Strenge.

»In Sankt Petersburg, wo sonst? Aber bevor wir weiterreden … Wer von euch ist Keegan?«

Es dauerte einen Moment, dann hob einer der beiden seine Hand.

Das Kitzeln an Craemers Körper war mittlerweile in etwas anderes übergegangen, und der Major musste seine ganze asiatische Beherrschung aufbieten, nicht aufzuspringen.

»Verstehe«, sagte Fjodor. »Dann bist du also Bates.«

»Wird wohl so sein«, sagte Bates. »Du und Anna, ihr habt viel Geld erhalten!«

»Natürlich. Und wir wollen sichergehen, dass wir auch den Rest kriegen. Aber nicht hier. In England.«

»Keine Pläne, kein Geld, keine Überfahrt.«

»Ich habe sie, keine Angst«, erklärte Fjodor. Ein Gedanke, was für einer auch immer es war, schien ihn zu amüsieren.

»Ich sehe keine Pläne«, sagte Bates. Und er sprach erneut mit einiger Schärfe. Bates war klein und dick. Er schien der Ungeduldigere der beiden zu sein und stand kurz davor, die Beherrschung zu verlieren.

»Natürlich siehst du keine Pläne. Meint ihr, ich lasse so was in Sankt Petersburg mitgehen wie ein Dieb? Damit man mir gleich auf die Spur kommt?«

»Offenbar ist man dir auch so auf die Spur gekommen. Die Geheimpolizei wusste sogar, wo wir uns treffen würden«, sagte Keegan.

»Irgendwer hat uns verraten«, erklärte Fjodor. »Vielleicht einer meiner Leute, denn der erschien nicht am Treffpunkt. Ich fürchte, mein Freund Pawel wurde gefoltert und … Egal. Die beiden Schergen des Zaren waren uns vermutlich schon im Zug auf der Spur. Oder sie haben am Schlesischen Bahnhof gewartet und sind uns in den Zoo gefolgt, in der Hoffnung, weitere Verbündete zu enttarnen.«

Bates verlor die Geduld. »Du redest sehr viel und hast nichts. Wie ich bereits sagte. Keine Pläne, kein Geld.«

»Und ganz bestimmt auch keine Reise nach England«, ergänzte Keegan. Fast sah es aus, als würde er sich freuen, das sagen zu können.

»Ich habe die Pläne«, erklärte Fjodor. Craemer sah, dass er unsicher wurde. »Sie sind hier.«

Indem er das sagte, tippte Fjodor sich mit seinem Zeigefinger an die Schläfe.

»So einfach wird die Sache nicht sein, dass du dir alles merken könntest.«

»Man wird auf der Baltischen Werft nicht Chefingenieur, wenn man nicht in der Lage ist, sich Pläne einzuprägen«, konterte Fjodor.

Die beiden Engländer sahen sich an. Lange. Major Craemer war unterdessen, was seine Beherrschung anging, eigentlich schon jenseits der Grenze, die er noch beherrschen konnte.

»Du bist ein sehr misstrauischer Mensch«, gab Keegan endlich nach.

»Deshalb bin ich noch am Leben.«

»Wo ist Anna?«

»Sie hält mir den Rücken frei.«

Was meint er damit?

Craemer wusste es nicht. Dafür nahm er ganz links am Rand seines Blickfelds eine Bewegung wahr. Er sah hin. Da schien ein Fuchs in den Blaubeeren zu lauern. Nach der Größe des Kopfes zu urteilen musste es sich um ein recht großes Tier handeln. Nun, der Fuchs war ihm im Moment egal, wichtiger war das, was nun kam.

»Morgen Abend«, sagte Keegan.

»Was ist morgen Abend?«

»Da wird uns ein Boot unten am Strand abholen.«

»Da hinten, wo die großen Findlinge liegen«, sagte Bates und zeigte hinab zum Strand. »Kannst du dir die Stelle merken?«

»Wie gesagt, ich habe ein gutes Gedächtnis.«

Die Augen von Major Albert Craemer begannen zu tränen. Es lag an den Schmerzen. Die waren enorm. Alles in ihm verlangte, dass das aufhörte. Dass er etwas dagegen unternahm. Aber er war nicht irgendein Zivilist. Er hielt durch.

»Um welche Urzeit wird uns das Boot abholen?«, fragte Fjodor.

»Mitternacht«, sagte Keegan. »Pünktlich!«

»Es ist ein besonderes Boot«, ergänzte Bates. »Eins, mit dem du vertraut sein solltest.«

»Ich nehme an, ihr sprecht von einem U-Boot der britischen Marine.«

»Wird wohl so sein«, sagte Bates feist grinsend.

»Bereitet dir das Probleme?«, hakte Keegan nach.

»Nun, so ganz recht ist es mir nicht. Ich habe gehört, eure U-Boote haben Probleme mit einigen Ventilen.«

»Ja, so sagt man.«

Die drei besprachen noch einige Details, dann trennten sie sich und gingen auf verschiedenen Wegen zurück Richtung Lager.

Major Albert Craemer wartete, bis sie außer Hör- und Sichtweite waren. Dann erst stand er auf. Kaum auf den Beinen begann er eine Art Kampf. Der fing damit an, dass er sich sehr schnell nackt auszog und sich anschließend, fast möchte man sagen, ein wenig außer sich, den Körper mit seinen Händen abrieb.

Es war ein besonderes Bild. Ein kämpfender, knallroter Körper zwischen stangengeraden Stämmen, deren Farbe mittlerweile in ein gedämpftes Blau übergegangen war. Der Kampf war lautlos und nahm einige Zeit in Anspruch. Craemers Gegner waren zahlreich, weil ... Rote Waldameisen treten fast immer in größeren Gefechtsformationen auf.

Als der Major wieder im Lager eintraf, waren Anna, Fjodor und die beiden Engländer bereits da und taten so, als hätten sie nichts miteinander zu tun.

Das Feuer wurde entzündet.

Man versammelte sich.

Die Tage im Lager der Lebensreformer schienen immer gleich zu verlaufen. Tagsüber ging man landwirtschaftlichen Tätigkeiten nach und erlernte turnerische Übungen, abends traf man sich, um einem Vortrag zu lauschen.

Zu diesem Zweck war der Platz um das große Feuer herum schlicht, aber sinnvoll angelegt. Das Zentrum war umringt von einem Pentagramm aus langen, liegenden Baumstämmen. Hinter diesem ersten Ring hatte man einen Wall aus Sand aufgeschichtet, verdichtet und mit Hunderten von in den Boden geschlagenen Holzpflöcken gesichert. Auch auf diesem gut vierzig Zentimeter hohen Wall lagen dicke Baumstämme. Auch sie bildeten ein Pentagramm, das allerdings um gut dreißig Grad gegen das erste verdreht war.

Insgesamt machte die Anlage den Eindruck eines kleinen Amphitheaters archaischer Art und bot etwa achtzig Personen Platz. Der Redner des jeweiligen Abends umkreiste, während er sprach, das Feuer.

Bates und Keegan saßen auf einem Baumstamm, Fjodor und Anna auf einem anderen. Einige Lebensreformer gesellten sich zu ihnen und sahen dabei zu, wie neues Feuerholz in die Flammen geworfen wurde. Als Lena und Gustav eine halbe Stunde später ebenfalls eintrafen, unterrichtete Craemer sie über das, was im kleinen Wäldchen geschehen war.

Die Frau, die schon Magnus Ziegler und den Okkultisten Janatsch vorgestellt hatte, begrüßte den Redner des Abends.

Diesmal sprach Dr. Karl Sternlieb. Sein Vortrag begann mit einer Schweigeminute. Man gedachte noch einmal der ermordeten Ausdruckstänzerin Dora Westergaard. Anschließend gelang Dr. Sternlieb ein leidlich eleganter Übergang zu seinem Thema.

»Vom Leben will ich reden.«

Was nun kam, so empfand Craemer, war weder so reaktionär und antisemitisch wie die Ansprachen von Magnus Ziegler, noch war es so verrückt wie das Gesäusel des mittlerweile wegen Mordes verhafteten Okkultisten Leopold Janatsch.

Dr. Sternlieb war in seinem bürgerlichen Beruf Ökonom und saß im Vorstand einer landwirtschaftlichen Vereinigung. Er sprach über die Vorteile einer natürlichen Düngung und Fruchtfolge. Davon abgesehen propagierte Sternlieb eine naturnahe Lebensweise, wozu er auch tägliche gymnastische Übungen zählte. So schien es für die Anwesenden nur normal, aufzustehen und nach seiner Vorgabe eine Reihe von Übungen zu absolvieren.

»Insbesondere der Rücken, davon können viele von uns ein Lied singen, braucht ab einem gewissen Alter einiges an Zuwendung.«

Nach Abschluss der Übungen vertiefte der Ökonom seine Rede, die nun von naturnaher Landwirtschaft, vegetarischer Ernährung und einem weitgehenden Verzicht auf Zucker, alkoholische Getränke und Tabak handelte. Angeblich verhinderte die Befolgung dieser Regeln vor allem im Alter eine ganze Reihe von Krankheiten und Wehwehchen, ja sie versprach in manchen Fällen sogar ein längeres Leben. Zuletzt behandelte Dr. Sternlieb die Vorzüge der Reformkleidung.

»Vor allem die Frauen, die ja hier, wie mir scheint, in der Überzahl sind, wissen, wie man sich fühlt, wenn man Brustkorb und Bauch über die Maßen einengt und verschnürt.«

Dann kam er zum Schluss.

»Wir alle reagieren mit dem Wunsch uns zu versammeln,

Neues zu erlernen, ja vielleicht sogar unser Leben zu verändern, auf die negativen Folgen der Industrialisierung des vergangenen Jahrhunderts. Es war ein Jahrhundert voller Brutalität. Nicht nur gegen die Natur, sondern auch gegen die wirklichen Bedürfnisse des Menschen. Etwas Neues muss kommen. Manche greifen hoch und sprechen von einer neuen Philosophie. Eine, die das Ganze umfasst und nicht nur Details und Begriffe neu durchdekliniert. Um jedoch zu einer inneren Haltung, also einer neuartigen Philosophie des Lebens zu kommen, ist es nach meiner Auffassung gar nicht nötig, sich fernöstlicher Gedanken zu bedienen. Es ist auch nicht nötig, das Sexuelle in überzogener Manier in den Mittelpunkt zu stellen, von der Kraft magnetischer Schwingungen zu schwärmen oder gegen Juden zu hetzen ...«

Bei diesem Angriff auf die Anhänger von Magnus Ziegler wurde die Gemeinschaft der Freien unruhig. Es schienen durchaus nicht alle der gleichen Meinung zu sein. Zum Glück blieb es bei einigen Unmutsäußerungen und Sternlieb konnte fortfahren.

»Ich habe während der letzten Tage gesehen, dass fast alle hier die grundsätzlichen Übungen des Yoga praktizieren. Das ist schön. Und auch richtig. So richtig wie traditionelle Gymnastik. Trotzdem scheint es mir naheliegender, was das Denken angeht, nicht in Richtung des Asiatischen zu streben, sondern auf den Kanon spätromantischer Elemente zurückzugreifen. Denn die Alten, das sagt man doch, wussten es bisweilen schon recht gut. Ich wünsche euch noch einen schönen Abend.«

Dank Dr. Sternliebs rhetorischen Fähigkeiten war seine Rede trotz einer Länge von beinahe zwei Stunden nicht langweilig. Allerdings wirkte sein Angriff auf die Weltanschauung des Magnus Ziegler stark nach. Es wurde an einigen Stellen so heftig debattiert, dass es beinahe zu Handgreiflichkeiten gekommen wäre.

Craemer hatte die Rede von Sternlieb zunächst mit Interesse verfolgt, war dann aber abgelenkt gewesen. Er hatte sich gefragt, wie viel Munition er aus Berlin mitgenommen hatte und ...

Die Taschenlampe.

War sie im Koffer?

Ich muss ein Signal absetzen.

Hatte er sie eingesteckt? Die Taschenlampe war winzig. Kaum vierzig Zentimeter lang. Das Neueste vom Neuesten.

Leicht ...

Kaum ein Kilo schwer. Sie wurde mit Zink-Kohle-Trockenbatterien der Firma Diamond betrieben.

Unsere Zeit ...

Die Arbeitsweise des deutschen Geheimdienstes änderte sich fast wöchentlich.

Man hat so viel erfunden in den letzten Jahren.

An der Charité in Berlin war man dabei, Krankheiten, die lange als Geißel der Menschheit gegolten hatten, zu besiegen. Man hatte nicht nur Soldaten und Prediger, sondern auch Krankenschwestern und Ärzte nach Afrika geschickt, um in den Kolonien ...

Allein, dass immer mehr Dienststellen inzwischen über ein Telefon verfügen.

Von all dem abgesehen war Craemer sich nicht sicher, ob auch Gustav bewaffnet war. Er konnte es nur hoffen, denn morgen Abend würden sie Waffen vermutlich brauchen.

War ein langer Tag und Dr. Sternlieb hat eine lange Rede gehalten.

Major Albert Craemer hatte sich beim Angriff der roten Waldameisen bis fast schon über die Grenze des Menschenmöglichen beherrscht. Jetzt war Beherrschung nicht mehr nötig. Er gestattete sich also, ausgiebig zu gähnen und an das fabelhafte Bett im Hotel zu denken.

64

(NEUNTER TAG – NEUANKÖMMLINGE)

Als Craemer am nächsten Morgen aufwachte, zeigte sich ihm genau das Bild, welches er Helmine gut eine Woche zuvor geschildert hatte.

Schwalben …

Sein Blick ging durch eine weit geöffnete, zweiflüglige Balkontür. Draußen flogen Schwalben vor einem blauen dänischen Himmel, er schmeckte salzige Luft, die kühl vom Meer her zu ihnen aufstieg, und er lag zusammen mit Helmine in einem großen Doppelbett stabiler Bauart.

Bald werde ich Vater …

Da seine Frau noch schlief, nutzte er die Gelegenheit und durchsuchte seinen Koffer. Er war erleichtert, denn neben seinem Revolver fand er zwei Schachteln mit Munition und …

Taschenlampe also doch eingesteckt, sehr gut. Hoffen wir mal, dass auch Gustav alles dabeihat, was nötig ist.

Dass Lena irgendwelche Schusswaffen mit sich führte, war nicht anzunehmen.

Sie wird sich, sollte es zum Kampf kommen, irgendwelcher grässlichen Gegenstände bedienen.

»Du bist schon wach?«

»Ja. Wie hat meine Lokomotive geschlafen?«

»Gut hat sie geschlafen, aber was ist mit deinem Körper passiert? Bekommt dir das gesunde Essen nicht …?«

»Wie?«

»… oder hast du die Masern?«

»Ach so. Nein, weder noch ... Rote Waldameisen.«

»Rote ... Aber wie kamen die da überall hin? Du bist ganz zerstochen.«

»Die rote Waldameise sticht nicht, sie beißt.«

»Aber wie konnte sie?«

»Ich kroch durch die Blaubeeren im Wald.«

»Wie der Waran im siebten Vers?«

»Genau so.«

»Nun, du kannst tun, was du willst, aber jetzt möchte ich, dass du zurück ins Bett kommst.«

»Wir wollen praktizieren?«

»Was hast du denn gedacht?«

»Welche Strophe ...?«

»Die mit dem großen weißen Storch.«

»Oh! Gleich am frühen Morgen?«

»Jetzt red nicht und komm.«

Eine Stunde später saßen sie auf der Terrasse ihrer Pension, frühstückten und blickten auf ein Meer, das so sanft, so glatt, so blau und friedlich war wie der Himmel darüber.

»Man kann es fast nicht unterscheiden«, sagte Helmine.

»Was kann man nicht unterscheiden, *my darling*?«

»Sprichst du jetzt Englisch?«

»Es gefällt dir nicht, wenn ich *›my darling‹* sage?«

»Ja, nein, aber ... Nicht zu oft. Es klingt, als wolltest du etwas in mir sehen, das ich nicht bin.«

»Und was ist nicht zu unterscheiden?«

»Das Meer und der Himmel. Man weiß gar nicht so recht, wo das eine aufhört und das andere beginnt. Schmeckt dir der Lachs?«

»Sehr.«

»Wir gewöhnen uns immer mehr internationale Gepflogenheiten an. Die Bahn legt inzwischen eine solche Geschwindigkeit vor, dass wir eines Tages frisches indisches Obst in der Brotschale haben.«

»Gestern Abend hat jemand am Lagerfeuer genau darüber gesprochen.«

»Über indisches Obst?«

»Nein, über die Technik, die während der letzten Jahrzehnte entwickelt wurde. Er nannte sie brutal. War aber eine sehr gute Rede.«

»Freut mich.«

»Und du? Was hast du gemacht?«

»Nachdem du mich hast wegbringen lassen?«

»Ich habe dich nicht wegbringen lassen, ich möchte nur nicht, dass dir bei den Lebensreformern etwas passiert.«

»So gefährlich wirkten die auf mich gar nicht.«

»Nein, die sind wohl nicht über die Maßen gefährlich, aber es gibt einige Neuankömmlinge ...«

»Du wirst hoffentlich nicht auf irgendwen schießen.«

»Aber Helmine! Wie kommst du darauf?«

»Du hast deinen Revolver überprüft. Denk bitte dran, wir sind im Urlaub und du hattest mir versprochen ...«

»Natürlich. Jetzt lass uns über etwas Erfreulicheres reden. Wie hast du den gestrigen Tag verbracht?«

»Ich habe mit Inna die Grundzüge einiger Verträge ausgehandelt. Danach hat jede von uns ihren Notar benachrichtigt.«

»Ihr wollt Geschäfte machen?«

»Besser als wenn wir Rivalinnen sind. Es gab in der Vergangenheit einige Missverständnisse.«

»Und ich dachte, wir sind im Urlaub.«

»Jetzt red nicht so dumm.« Helmine sah auf ihre Uhr. »Oh, in einer halben Stunde.«

»Was ist da?«

»Da treffen unsere Notare mit der Fähre ein. Wird mein Waran mich noch zum Hafen begleiten?«

»Aber natürlich.«

Dann sehe ich gleich, wer heute so alles eintrifft. Nicht, dass wir am Ende eine Überraschung erleben.

Craemers Überlegungen wurden unterbrochen, da Inna Petrov an ihren Tisch trat.

»Darf ich mich dazusetzen?«

»Unbedingt.«

»Möchtest du etwas essen?«, fragte Helmine ihre neue Freundin. »Es macht keine Umstände, ich sage dem Wirt Bescheid und er bringt ...«

»Danke, eine Tasse Kaffee reicht.«

Zehn Minuten später brachen sie auf und gingen zur Anlegestelle.

Das Schiff war weiß, es glitt ohne Probleme durchs glatte Wasser, der Wind trug einen leichten Geruch von Fisch zu ihnen herüber.

Das Anlegemanöver inklusive Vertäuen dauerte kaum fünf Minuten, dann wurde das Fallreep, das kaum mehr war als eine breite Planke, zum Ufer hinübergeschoben, und die Fahrgäste verließen das Schiff. Zuerst kamen einige Touristen in herkömmlicher Aufmachung, ihnen folgten weitere Personen, in der Regel Paare, die unzweifelhaft zu den Lebensreformern wollten. Nach diesen betraten zwei Männer den Kai, denen man auf sechshundert Meter Entfernung ansehen konnte, dass sie Notare waren.

Das war alles.

Fast.

Denn als die Fähre gerade einen langen und auch recht kräftigen Ton von sich gab, der allen bedeutete, dass sie nun ablegen wolle, betraten zwei Männer um die vierzig die Planke.

Offenbar hatten sie bis zum letzten Moment gezögert, das Schiff zu verlassen.

Major Craemer tat so, als würde er sich am Begrüßungsgespräch zwischen den Frauen und ihren Notaren beteiligen, behielt die beiden aber unauffällig im Auge. Sie unterschieden sich von der Kleidung her von allen Gruppen, die zuvor das Schiff verlassen hatten.

Beide trugen große sportliche Brillen mit gefärbten Gläsern, blaue Anzüge und blaue Hüte moderner Machart. Sie wirkten, als habe eine Maschine sie in exakt gleicher Ausfertigung in einem Arbeitsgang hergestellt.

Klein, gedrungen, einander zum Verwechseln ähnlich. Genau so haben die Zeugen im Berliner Zoo Kommissar Adler gegenüber die Angreifer beschrieben.

»Kommst du noch mit in die Pension?«, fragte Helmine.

»Nur kurz.«

»Die Blauen?«

»Wovon sprichst du?«

»Die beiden blauen Männer. Wegen denen warst du doch mit uns an der Fähre.«

»Ich wusste nicht ...«

»Du wusstest es sehr genau. Und mir hattest du versprochen, dass es im Urlaub nur um uns beide geht.«

»Was hast du heute vor?«

»Na, das siehst du doch. Verträge verhandeln, Schriftstücke aufsetzen.«

»Dann können dir die Blauen doch ganz recht sein.«

»Das ist etwas anderes. Bei Inna und mir geht es um unsere Zukunft.«

»Du meinst ums Geschäft.«

»Wovon mein Waran ja wohl Tag für Tag profitiert. Der Lachs jedenfalls hat dir geschmeckt.«

»Lass uns das mit dem Waran nicht zur Gewohnheit werden.«

Die Frauen begaben sich zusammen mit ihren Anwälten zurück auf die Terrasse des Hotels, Craemer schloss sich, nachdem er eine Taschenlampe, seine Pistole und Munition eingesteckt hatte, der Gruppe an, die zu den Lebensreformern wollte.

Diesmal benutzte er den Karren mit dem knurzigen Kerl auf dem Bock.

65

(VORBEREITUNGEN)

Im Lager angekommen setzte sich Craemer sofort mit Lena und Gustav zusammen, um das weitere Vorgehen zu besprechen. Nur …

Er war irritiert.

Was soll das?

Lena trug an diesem Tag ein rotes Seidenkleid. Es war in der Taille mittels einer sehr langen, ebenfalls roten Schärpe ähnlich einem Gürtel umwickelt. Auch um den Hals trug sie eine solche Schärpe aus Seide. Die war schmal, schwarz und wirkte, als wolle sie eine etwas lang geratene Krawatte darstellen.

»Was soll das? Sie fallen in diesem Aufzug extrem auf. Vor allem hier, unter den Lebensreformern.«

»Seide ist reißfest«, erklärte Lena.

»Es tut mir leid, Fräulein Vogel, aber ich kann Ihnen nicht folgen.«

Lena zeigte auf Anna, die neben Fjodor Judin auf einem der Stämme saß.

»Wie Sie sehen …«

Anna trug ein smaragdgrünes Seidenkleid.

»Was soll das? Wir sind hier auf keinem Ball.«

»Das nicht, aber ich habe es doch als eine Art Aufforderung verstanden«, erklärte Lena ihrem Chef.

»Eine Aufforderung? Wozu? Und von wem?«

»Nun, ein Zufall wird es nicht sein, dass unsere Anna heute in einem solchen Aufzug erschienen ist.«

»Albern«, sagte Craemer. Damit war die Frage der Kleiderordnung für ihn erledigt.

Stattdessen entwickelte der Major seinen Agenten nun einen Plan, der gewährleisten sollte, eine Flucht von Fjodor und Anna zu vereiteln. Kompliziert war er nicht.

»Ihr werdet die beiden sowie auch die Briten im Auge behalten und sie mit allen Mitteln daran hintern, ihr Unterwassergefährt zu besteigen. Ich werde unterdessen, nur für den Fall der Fälle, mit einem deutschen U-Boot Kontakt aufnehmen. Du bist bewaffnet, Gustav?«

»Natürlich. Aber warum nehmen wir Anna und Fjodor nicht einfach jetzt fest und bringen sie nach Berlin?«, fragte Gustav. »Dort können wir sie in Ruhe befragen und ...«

»Wir befinden uns auf dänischem Hoheitsgebiet, wir können nicht einfach jemanden festnehmen und verschleppen. Und bis jetzt ist den beiden nichts vorzuwerfen, außer, dass man auf sie geschossen hat. Davon abgesehen will ich feststellen, ob die Engländer tatsächlich über ein U-Boot verfügen, das so weit von der Heimat entfernt operieren kann. Das zu wissen ist für die weitere Planung unserer Marine mit Sicherheit von einiger Bedeutung.«

»Und wir haben hier ein U-Boot?«, fragte Gustav. »Wo kommt das so plötzlich her?«

»Nichts kommt plötzlich. Ich habe bereits vor einigen Tagen den Gesandten des Deutschen Reiches am Dänischen Hof gebeten, eins herzubeordern.«

»Und Sie sind sicher ...«

»Niemand ist sicher in solchen Dingen. Aber Julius von Waldthausen ist ein zuverlässiger Mensch. Trotzdem ist das Ganze etwas ... grenzwertig.«

»Wegen der Grenze?«

»Ganz richtig, Gustav. Unsere Marine ist natürlich nicht

befugt, einfach mit einem U-Boot in dänische Hoheitsgewässer einzudringen. Hoffen wir, dass niemand von seiner Existenz erfährt.«

»Aber wozu überhaupt ein U-Boot?«, setzte Gustav nach.

»Fjodor und diese Anna planen, sich zusammen mit Keegan und Bates abzusetzen. Es ist eure Aufgabe, das zu verhindern. Ich selbst werde mich an Bord von U-9 begeben.«

»Also die Engländer haben so einen Nautilus und wir haben ...«

»U-9. Ganz recht. Ich plane ganz gewiss nicht einzugreifen, möchte aber im Interesse unserer Marine in Erfahrung bringen, wo dieses britische Unterwassergefährt vielleicht Halt macht. Zum Beispiel, um Treibstoff zu bunkern.«

Gustav wirkte noch immer verwirrt. »Also Lena und ich geben auf Fjodor, Anna und die Engländer acht, bis ein englisches U-Boot auftaucht?«

»Ihr verhindert, dass sie an Bord gehen. Die beiden Engländer sind uns egal, die rührt keiner an. Aber diesen Fjodor und seine Anna, die möchten wir doch gerne ein wenig in Berlin befragen. Ist das zu kompliziert?«

»Die beiden sollen nicht abtauchen und verschwinden.«

»Sie sollen vor allem nicht erschossen werden, Gustav. Mit der letzten Fähre sind zwei Männer auf Lykkeland erschienen, bei denen es sich mit an Sicherheit grenzender Wahrscheinlichkeit um die gleichen handelt, die bereits im Berliner Zoo geschossen haben. Sie werden es hier vermutlich erneut versuchen. Du wirst sie leicht erkennen. Wenn dir jemand von der Kleidung her blau vorkommt ...«

»Verstehe.«

»Bleibt noch eine Frage«, sagte Lena. »Nehmen wir an, alles gelingt und wir nehmen Fjodor und Anna gefangen. Wie schaffen wir die beiden nach Berlin.«

»Ganz einfach. Ihr wartet mit ihnen im Wald. Morgen Mittag kommt ein Minenleger, der nimmt euch an der Küste auf.«

»Und die Männer auf dem Minenleger wissen, wo an der Küste wir warten?«

»Ich habe meinen Freund Julius von Waldthausen genau instruiert. Davon abgesehen ... In deinem roten Gewand werden sie dich ganz gewiss nicht übersehen.«

66

(KÄMPFE)

Bis zum Abend blieb alles ruhig. Man exerzierte Leibesübungen, aß gemeinsam wie eine große Familie an dem langen Tisch zu Mittag und ließ sich während der Nachmittagsstunden in die Macht der Kräuter einweisen. Als die Sonne hinter dem Wald verschwand und es zu dämmern begann, wurde das Feuer entfacht, und ein bärtiger Mann, der auf den Namen Wundel hörte, begann, die Gemeinschaft in die Grundlagen des Parallelismus einzuweisen und in die Verhältnisse zwischen Leib und Seele. Erst danach geschah etwas, das vom Plan abwich.

Lena und Anna traten bis nah ans Feuer heran. Jede kam von ihrer Seite. Major Craemer verstand nicht, was das sollte, dachte sich aber sein Teil.

Eine Art Protzerei.

Die Farben der Seidenkleider beider Frauen schillerten im Schein der Flammen, während sie das Feuer in einer Weise umkreisten, dass sich die Flammen stets genau zwischen ihnen befanden.

Irgendetwas geschah da zwischen den beiden, etwas, das sie gleichzeitig verband und trennte.

Irrational, dem gesetzten Gemüt fast schon fremd.

Von den beiden Männern in ihren blauen Anzügen war nichts zu sehen.

Als die Sonne endgültig hinter den Kiefern verschwunden war und die Lebensreformer einem weiteren Vortrag lauschten, verließen Fjodor und Anna das Lager und begaben sich in den Wald.

»Nun gilt es«, sagte Craemer. »Und noch mal: Wir halten uns zurück.«

Die Verfolgung gestaltete sich schwieriger als geglaubt. Es war zwar bereits viertel vor elf, aber die Sonne war noch immer nicht vollends untergegangen. Sie strich ganz flach durch den Wald und umflorte alle Stämme in leuchtendem Rot. Das Licht war so stark, dass sie die beiden immer wieder aus den Augen verloren.

»Die wollen zur Küste«, flüsterte Lena.

»Was Sinn macht, wenn ein Unterseeboot auf sie wartet«, brummte Gustav.

»Ihr wisst, was zu tun ist«, sagte Craemer noch einmal, dann trennte er sich von seinen Agenten.

Kurz darauf ertönte der erste Schuss.

Aber die Sache spielte sich anders ab, als Major Craemer vorausgesagt hatte. Nicht Fjodor und Anna wurden angegriffen, sondern ...

Direkt neben Lenas Kopf zersplitterte die Rinde einer Kiefer. Sie und Gustav nahmen Deckung. Als Gustav sich hinwarf, pufften einige Boviste auf und hüllten ihn in eine gelbe Wolke.

Zunächst geschah nichts, dann ...

»Da sind zwei, da links«, flüsterte Lena.

Es war, wie Craemer gesagt hatte. Zwei Männer, die blaue Anzüge und blaue Hüte trugen, schlichen geduckt durch den rot flammenden Wald.

Blaue Männer zwischen Blaubeeren, schoss es Gustav in den Sinn.

»Blendung.« Lena war nicht so gefangen vom Sporendunst der Boviste, sie dachte klar. »Die beiden nutzen die tief stehende Sonne als Deckung.«

Während der nächsten zwanzig Minuten geschah nichts. Der Wald lag so still, als sei niemand anwesend. Das letzte Fitzelchen Sonne ging unter, es wurde kühler.

Und noch immer geschah nichts.

Dämmerung senkte sich über alles.

Keine Bewegung, kein Schuss, kein Laut.

Dann, im letzten Licht, geschahen zwei Dinge gleichzeitig. Zum einen meinte Gustav, für einen kurzen Moment den Kopf eines Fuchses gesehen zu haben, zum anderen war Lena plötzlich verschwunden.

Was sagt man dazu?

Hoffen wir, dass alles nach Plan läuft.

Auch Albert Craemer hatte den Schuss gehört. Doch das durfte ihn im Moment nicht bekümmern. Seine beiden Agenten besaßen genug Erfahrung und er hatte sie vor den Schergen der Geheimpolizei gewarnt. Nun kam es darauf an, dass er selbst seine Aufgabe meisterte.

Craemer zog seine Uhr. Das Ziffernblatt war kaum noch zu erkennen, das Meer zwischen den Bäumen zeigte sich als eine einzige Schwärze.

23 Uhr 15, also los.

Die Taschenlampe, auf die kam es jetzt an. Am Abbruch über der Küste angekommen, versuchte Major Craemer mittels eines Lichtsignals Kontakt zu einem deutschen U-Boot aufzunehmen, von dem er nur hoffen konnte, dass es irgendwo dort draußen auf ihn wartete.

Nichts geschah. Dafür kam der Mond heraus. Er hatte sich, als gälte es den vollständigen Untergang der Sonne abzuwarten, hinter einer Wolke versteckt. Das Meer war nun nicht mehr vollends schwarz. Quecksilberne Streifen und Laken kräuselten und schlängelten sich zwischen tiefschwarzen

Flecken. Craemer hob seine Taschenlampe und gab erneut Signal. Diesmal kam Antwort. Ebenfalls in Form eines Lichtsignals.

Wie es aussah, lief alles nach Plan.

Zehn Minuten später teilte sich das flüssige Silber an einer Stelle und ein länglicher Körper tauchte auf.

Die Kinder hatten recht, es erinnert an einen Wal.

Langsam schob sich das Gefährt Richtung Ufer.

Machte dann Halt.

Eine Luke öffnete sich.

Männer ließen eins der neuartigen Schlauchboote zu Wasser. Diese an Bord eines Unterwassergefährts zu verwenden, war sinnig. Ohne Luft nahmen sie wenig Platz weg und sie aufzublasen ...

Nun, Druckluft gibt es an Bord eines solchen U-Boots mehr als genug. Im Grunde basiert die ganze Idee des Absinkens und Auftauchens dieser Nautilusse doch auf der Idee, sich Druckluft zunutze zu machen.

Das Schlauchboot reflektierte das Mondlicht so wenig wie sein Mutterschiff. So konnte Craemer nur ahnen, dass es nun, gerudert von einem, vielleicht auch zwei Matrosen auf ihn zukam. Er fand eine Stelle, an der der Abbruch nicht allzu steil war und rutschte hinab.

Kaum zehn Minuten später stieg er in das leicht schwankende Boot, setzte über und kletterte in das Unterwassergefährt.

Ein Dunst von Öl und Schiffsdiesel umfing ihn und verhinderte zunächst den Wunsch, überhaupt zu atmen.

Kurz darauf tauchten sie ab.

Eng hier. Muss aufpassen, dass ich mir nicht den Kopf einrenne.

Was für eine Weite …

Fjodor Judin wusste natürlich, dass der Öresund nicht unendlich weit war, doch es kam ihm so vor. Das Meer lag ganz still. Der Mond stand noch nicht hoch. Er beschien die lang gestreckten, kaum merklichen Wogen stets nur von einer Seite.

Hinter ihm ragten drei große Findlinge aus dem Sand. Fjodor hatte nicht übertrieben. Er konnte sich nicht nur Pläne mit fotografischer Genauigkeit merken, er hatte auch mit topographischen Gegebenheiten kein Problem.

Seine Füße waren ein Stück weit in den Sand eingesunken und er stand nicht allein hier am Ufer. Keegan befand sich zu seiner Linken, Bates stand rechts. Es sah aus, als wollten die beiden Engländer sichergehen, dass ihnen der Russe mitsamt seinen Informationen nicht noch im letzten Moment entwischte.

Aber Anna, wo bleibt sie?

Anna war noch irgendwo oben im kleinen Wäldchen.

Was will sie da noch? Das Boot wird doch sicher gleich aufsteigen, es ist Zeit abzureisen.

Ich bleibe einfach hier zwischen den Blaubeeren und warte ab, entschied Gustav. *Es wird sich schon alles zeigen.*

Er patschte mit der flachen Hand auf einige Boviste. Sie pufften auf, es war zum Schießen. Kein Wunder, dass sein Kichern kein Ende nahm.

Vor einer guten halben Stunde hatte Lena sich von ihm weggeschlichen. Sie war einem der beiden russischen Geheimpolizisten begegnet. In ihrem roten Kleid hatte er sie natürlich sogleich entdeckt. Oben im Baum. Wo sie hockte. Wie ein rotes Tier. Es gibt rote Tiere. Eichhörnchen zum Beispiel. Sie hatte ihm zugewunken, mit der Schärpe ihres roten Kleids. Er hatte seinen blauen Hut vor ihr gezogen und sich einen Spaß daraus gemacht, ihr nachzusteigen. Er war ein flinker Kletterer und wollte noch ein wenig auf den Ästen mit ihr spielen, bevor er seinen Revolver zog, sie abzuknallen.

Nun, das Spiel war inzwischen vorbei.

Lena stand jetzt neben einem der Stämme und wartete auf ihre Gegnerin. Sie trug noch immer ihr rotes Seidenkleid. Nur die Schärpe, die schien sie verloren zu haben. Es war kein Versehen, dass sie dieses Kleid heute angelegt hatte, es war ein Zeichen. Als wäre sie der Nordpol eines Magneten. Denn der wurde stets rot markiert. Für den Südpol dagegen stand Grün.

Anna ist sicher eine, die sich auf ein lautloses Vorankommen versteht. Und eine Russin ist die ganz bestimmt nicht.

In diesem Moment hörte Lena ein Geräusch direkt über sich. Sie blickte nach oben und ... Da kam sie herab. Es gab nicht viel Licht hier im Wald, nur hier und da fand der eine oder andere silbrige Lichtstrahl des Mondes seinen Weg zwischen den Stämmen hindurch. Und einer davon erwischte ihre Gegnerin mitten im Flug. Ihr grünes Seidenkleid schillerte auf und der Kampf begann. Ohne vorherige Blicke oder Worte, weil ... es war doch längst alles abgemacht.

Hier passiert wirklich gar nichts. Aber warum soll auch immer etwas geschehen?

Es störte Gustav nicht im Geringsten, dass nichts geschah. Dabei hatte man ihn doch einst zu einem Kämpfer ausgebildet. Dabei hielt er doch sogar eine entsicherte Pistole in der Hand. Aber die Pistole, sie kam ihm seltsam fremd, ja überflüssig vor. Er hatte einige Beeren gegessen, die er für Blaubeeren hielt. Sie schmeckten köstlich und fremd zugleich.

Was für ein Wald. Nun, es ist ein dänischer Wald und ...

Wieder kam er auf das Wort Blaubeeren. Erst jetzt fiel ihm auf, dass es mit einem dicken B begann.

Genau wie Boviste! Russische Bolschewiken zwischen Blaubeeren und Bovisten. Fängt alles mit B an. Fehlt nur noch, dass einer eine Balalaika dabeihat.

Leutnant Gustav Nante konnte angesichts dieses Spiels mit Worten und Buchstaben ein Kichern und Glucksen nicht länger unterdrücken. Sich in einem dänischen Wald zu befinden war einfach zu amüsant. Es ging seltsam zu, hier am Boden, zwischen den Bovisten und Blaubeeren. Ganz kurz nur kam ihm ein klarer Gedanke.

Wozu bin ich eigentlich gut, wurde ich nicht bereits besiegt?

Keine Frage. Seine Welt war dabei, sich mehr und mehr zu entstellen ...

Abzugleiten ins Sonderbare.

Ob es am Baumharz lag? Die Bäume waren so voller Harz, dass hier und da Tropfen zu Boden fielen. Er hatte einst in der Schule gelernt, dass sich dieses Baumharz im Laufe von hunderttausend oder mehr Jahren in Bernstein verwandelt.

Wird es mir auch so ergehen, werde ich hier am Ende zu Bernstein?

Ein beängstigender Gedanke. Klarste Erkenntnis schloss sich an.

Das liegt alles an diesem gelblichen Dunst, den die Pilze verpulvern.

Über wie viele war er bereits gekrochen, wie viele hatte er plattgepatscht?

Wohl einige ...

Es war lustig gewesen, denn sie waren, kaum dass er sie berührt hatte, geplatzt. Noch immer befand er sich in einer gelben Wolke. Sicher war das der Grund für die Entgrenzung seines Bewusstseins.

Ich will nicht zu Bernstein erstarren in diesem Bernsteinwald.

Er musste hoch auf die Beine, raus aus der gelben Wolke.

Es dauerte, es war eine große Willensanstrengung nötig, weil ... Eigentlich gefiel ihm sein entfremdeter Zustand.

Endlich auf den Beinen, stolperte er, wie ein verirrtes Kind, durch den Wald. Da er nicht mehr auf seine Deckung achtete, kam er gut voran. Der Mond hatte an Höhe gewonnen, es gab mehr Licht.

Silberlicht.

Dann stieß er gegen etwas.

Das ist kein Stamm.

Er blickte nach oben und sah den Körper eines der beiden russischen Geheimpolizisten.

Craemer hat recht, er ist ganz blau. Nicht nur, was die Kleidung betrifft.

Der Mann hatte Lenas roten Seidengürtel um den Hals und baumelte an einem Ast.

Als er den zweiten Russen entdeckte, war es bereits zu spät. Der Mann – auch er trug einen blau schillernden Anzug – forderte ihn auf, seine Waffe fallen zu lassen.

Gustav befolgte den Befehl des Blauen. Glucksend vor Vergnügen. Dann kam der andere auf ihn zu. Gustav war klar, dass man ihn nun erschießen würde. Warum störte ihn sein bevorstehender Tod nicht?

Er hätte es nicht sagen können. Aber er musste es auch nicht sagen. Denn in diesem Moment wurde der Blaue von einem großen Fuchs ergriffen und verschleppt.

Bis tief in den Ginster hinein ...

Eine Weile wackelten dort noch die Zweige, dann hörte es auf.

Gustav tappte weiter. Er wollte Lena finden, um ihr zu erzählen, wie es in diesem dänischen Zauberwald zuging. Nur hatte der Zauberwald ihm noch gar nicht alles gezeigt. Plötzlich nämlich meinte Gustav Nante in einiger Entfernung zwei leuchtende Bälle zu sehen, einen roten und einen grünen, die einander verfolgten.

Irrlichter …

Die Leuchtbälle flogen hin und her zwischen den Stämmen, schienen einander mit höchster Geschwindigkeit zu verfolgen. Wenn sie sich trafen, prallten sie voneinander ab, als würde eine geheime magnetische Kraft oder eine elektrische Ladung …

Verhindern, dass sie beieinanderbleiben.

Das alles war unerklärlich, kam Gustav aber doch passend vor. Und es wurde immer wilder. Er beobachtete, wie die leuchtenden Punkte die silbernen Stämme des Bernsteinwalds hochstiegen, einander durch die Wipfel der Bäume verfolgten. Und wenn sie einander umwirbelnd durch die Wipfel preschten, entfachten sie dort einen kalten blauvioletten Brand.

Elmsfeuer.

So ging es eine ganze Weile. Erst dann sah es so aus, als gäbe es nur noch einen einzigen Punkt.

Einen roten.

Gustav näherte sich der Stelle und entdeckte zuletzt Lena, die gerade dabei war, Anna zu fesseln.

Ganz zerzaust die beiden und vollends hinüber sind ihre schönen Kleider.

Er wollte ihr Fragen stellen, hatte auch selbst viel zu erzählen. Doch Lena hatte es eilig.

»Zum Strand, ehe dieser Fjodor uns entwischt.«

Gustav war angenehm müde und matt, er hatte so gar keine Lust.

Geh nur meine Gefährtin. Ich wache hier über deinen Fang.

Es war so weit. Das englische U-Boot war aufgetaucht, ein Schlauchboot wurde ans Ufer gerudert.

»Jetzt komm, Fjodor«, sagte Bates. »Die warten nicht ewig.«

Bates stieg als Erster ins Schlauchboot. Keegan folgte ihm. Als er das Gefährt fast erreicht hatte, drehte er sich um. Fjodor stand noch immer am Strand.

»Worauf wartest du?«

»Anna.«

»Die schlägt sich schon durch. Jetzt komm.«

Die Matrosen drängten zur Eile, Bates blickte in Richtung des U-Boots. Er war froh hier wegzukommen.

Keegan aber ... Victor Keegan aus Southwark, einem Distrikt im Zentrum Londons, Sohn eines baumlangen Straßenbahnschaffners und einer kleinen, gemütlichen Schneiderin, blickte noch immer Richtung Strand. So war er der Einzige, der sah, wie der Chefingenieur Fjodor Judin aus Sankt Petersburg plötzlich verschwand. Und Victor Keegan war, als habe ein Fuchs ihn sich geholt.

67

(ABTAUCHEN)

»Sie dürfen uns nicht entkommen, aber es wird nicht geschossen.«

»Wir schießen nicht an Bord eines U-Boots.«

»Ich meine …« Es war peinlich, Major Craemer kam nicht auf das Wort.

»Torpedos sind bereit«, sagte eine Stimme.

»Aber nur für den Fall, dass man uns angreift«, befahl Craemer. »Wir werden keinesfalls die Ersten sein, wir wollen keinen Konflikt heraufbeschwören. Vor allem aber müssen wir herausfinden, wie die Engländer eine so große Strecke bewältigen und wo sie Treibstoff aufnehmen.«

»Ich handele nach meinen Befehlen. Sie sind hier nur geduldet.«

Der Kapitän, wie es schien, war ein störrischer Bursche.

Eigensinnig geworden in diesem roten Licht.

Noch schlimmer war die Enge. Und der Geruch.

Dieselöl. Schmierfett. Männer.

Das Unterwassergefährt hatte für Craemer etwas von einem lebenden Organismus, in dessen Inneres er geraten war. Die Wände waren mit Kabeln und Leitungen überzogen wie Adern. Er hatte einen der Offiziere gefragt, was das für Leitungen seien. Der Mann hatte ihm mit einem Grinsen im Gesicht geantwortet.

»Druckluft, Strom, Petroleum für den Diesel. Und Öl. Viel schwarzes Öl, Herr Major. Also immer aufpassen.«

Craemer hatte gewartet.

Der Kapitän des U-Boots hatte gewartet.

Die Mannschaft war ganz leise gewesen.

Hin und wieder hatte ein Mann von einem Druckmesser Zahlen abgelesen.

»Zwanzig Meter. --- Dreißig Meter. --- Fünfunddreißig. --- Vierzig ...«

Kurz darauf war eine leichte Erschütterung durch das Schiff gelaufen.

»Wir liegen auf«, hatte der Mann am Tiefenmesser noch gesagt. Dann war es still geworden. Craemer konnte die Männer atmen hören. Es gab noch ein anderes Geräusch. Es war hell. Es hatte einen metallischen Klang.

»Keine Ortung«, hatte einer gesagt, der Kopfhörer trug.

»Die liegen auch auf«, erklärte ein zweiter.

»Die wissen, dass wir hier sind. Bleiben ganz still.«

»Warten wir also«, sagte zuletzt der Kapitän. »Die werden sich schon rühren.«

Und dabei war es geblieben.

68

(WARTEN)

Lena und Gustav saßen oben am Abbruch neben ihrer Gefangenen und blickten aufs Meer. Es war noch dunkel, es war nichts mehr geschehen. Aber Craemer hatte ihnen ja erklärt, wie alles Weitere, sollte von Waldthausen in Kiel Erfolg gehabt haben, ablaufen würde.

»Warten wir auf unseren Minenleger.«

»Craemer wird enttäuscht sein, dass uns dieser Fjodor entkommen ist.«

Lena ging nicht darauf ein. Gustav war ihr bereits während der ganzen Tage ihrer Aktion etwas matt und verbraucht vorgekommen. So etwas hatte sie schon öfter beobachtet. Manche Männer wurden so, und bei einigen fing es noch früher an als bei anderen. Nein, Gustav war ihr im Augenblick egal, sie interessierte sich für ihre Gegnerin. »Vielleicht möchten Sie etwas sagen?«

»Fragen Sie.«

»Wie heißen Sie wirklich?«

»Anna.«

»Sie haben einen Ingenieur überredet ...«

»Es war nicht schwer. Fjodor ist ein Mensch, der vom Luxus träumt. Als ich ihn kennenlernte, hat er sich unentwegt beschwert, dass er unterfordert und zu mehr befähigt sei, als man ihm in Sankt Petersburg abverlangte. Er wollte mehr von der Welt sehen, er wollte Großes leisten. Kaum waren wir in Berlin, ging das sofort in den Wunsch über, sich dieses und jenes zu leisten, dieses und jenes länger auszukosten und zu genießen. Er war kaum noch von der Stelle zu bewegen.«

»So sind einige.«

»Ist er entkommen?«, fragte Anna.

»Es sieht so aus, als sei es ihm gelungen, das Unterwasserschiff ihrer Majestät zu besteigen und abzutauchen. Was wird in England mit ihm geschehen? Was werden Ihre Auftraggeber mit ihm anstellen?«

»Das kommt darauf an, was er weiß und kann.«

»Man wird ihn liquidieren?«

»Das glaube ich nicht«, sagte Anna. »Er ist, wie man mir sagte, ein guter Ingenieur.«

»Er wird also für die Engländer arbeiten?«

»Wenn er sich nicht irgendwelchen Träumereien und Bequemlichkeiten hingibt. Sie dürfen nicht vergessen, dass er Russe ist. Die neigen ein wenig zum Träumen.«

»Ich bin übrigens Lena. Wir müssen hier im Sand nicht förmlich sein.«

»Weißt du, Lena, es gibt Menschen, die meinen, sie würden im falschen Land leben. Dann kommen sie in ein anderes und merken, auch das ist falsch. Wie auch immer, ich helfe ihnen, in ein richtiges zu kommen.«

»Ist Russland ein falsches Land?«

»Würden sonst so viele gehen?«

»Es gab vor einigen Jahren eine Revolution. Vielleicht wird es eine weitere geben. Vielleicht wird dann alles besser.«

»Möglich. Aber Fjodor wollte jetzt gehen, nicht irgendwann. Wie ich sagte, ein Hang zum Luxus, ein Hang zum Träumen. Ich bin ebenfalls müde und mehr habe ich auch nicht zu sagen.«

Anna legte sich flach auf den Rücken, ihr reichlich ramponiertes grünes Kleid schillerte im Mondlicht.

»Ich übernehme die erste Wache«, bot Gustav an.

»Einverstanden. Aber halt dich von den Pilzen fern.«

Kurz darauf lag auch Lena flach auf dem Rücken. Ihr rotes Kleid schillerte ebenfalls im Mondlicht.

Von oben, dachte Gustav, *sehen die beiden bestimmt ganz prächtig aus.*

Leider hatte der Sporenstaub der Pilze dann aber doch eine Nachwirkung. Und so schlief zuletzt auch Gustav ein. Daher bekam niemand mit, wie Fjodor von einem großen Fuchs gebracht wurde. Er schlief nicht, und er war nicht tot. Er war nur bewusstlos.

69

(DUELL DER U-BOOTE)

Als Craemer aufwachte, sah er als Erstes auf seine Uhr. Sechs Stunden hatte er geschlafen. Oben musste es bereits dämmern. Hier unten aber war es einfach nur still.

Stickig und öldunstig.

Die schwache Beleuchtung ließ die enge Röhre, in der sie steckten, aussehen wie eine Dunkelkammer.

Wohl damit sie ihre Instrumente besser ablesen können.

Alles hier unten hing von den Instrumenten ab.

Fühler wie bei Insekten, Adern, wie in einem Leviathan.

Es gab keine Bullaugen, es gab nichts als Zahlen, Lichtpunkte und schwache Reflexionen.

Die Männer vor den Instrumenten bewegten sich nicht. Sie waren wach. Sie waren konzentriert. Aber sie bewegten sich nicht.

Der Kapitän lehnte an einer vertikalen Strebe und überwachte die Männer vor ihren Instrumenten.

Was für ein Leben? Hier passiert wirklich gar nichts. Wie kann ein Mensch das auf Dauer aushalten, ohne ...

Major Craemer brachte den Gedanken nicht zu Ende. Denn nun fiel ein Wort.

»Echo.«

Erneut Stille. Der Mann trug Kopfhörer. Sein Oberkörper bog sich ein wenig vor. Offenbar konnte er in dieser Haltung besser hören.

»Sie steigen auf.«

Stille. Eine Weile geschah nichts.

»Ihre Motoren laufen an.«

»Peilung«, befahl der Kapitän.

Von einem Moment zum nächsten erwachte alles zum Leben. Zahlen wurden durchgegeben.

»Anblasen.«

Ein Zischen.

Ein Ruck.

Weitere Zahlen.

Ein Blubbern und Gurgeln.

Metallisch irgendwie. Craemer wurde flau im Bauch.

»Kleine Fahrt.«

Der Boden schwankte. Körper bewegten sich. Ventile wurden über große Drehräder aus Stahl einreguliert. Und wieder kam es Major Albert Craemer vor, als sei er im Inneren eines großen Tiers. Es hatte lange geschlafen. Jetzt war es erwacht. Jetzt ging es auf Jagd.

Die Fahrt führte nach Norden, in Richtung des Großen Belt. Vermutlich wollten die Engländer durch das Skagerrak in die Nordsee gelangen.

Doch für U-9 ging die Fahrt längst nicht so weit, denn bereits als das britische U-Boot gerade die schwedische Festung Landskrona passiert hatte …

»Sie wenden.«

»Torpedos bereit machen.«

»Jawohl.«

Männer in schneller Bewegung. Geräusche. Schuhe auf Metall. Metall auf Metall.

»Ruhe!«, schrie der Mann mit den Kopfhörern.

Alles blieb stehen, Craemer hörte unwillkürlich auf zu atmen.

»Torpedo«, sagte der Mann mit den Kopfhörern.

Es folgten eine Winkel- und eine Entfernungsangabe.

»Zwei!«, korrigierte sich der Mann.

Der Kapitän war die Ruhe selbst, als er seinen Befehl gab.

»Abschuss Nummer eins und zwei.«

»Abschuss Nummer eins und zwei«, wiederholte ein Mann. Er sprach dabei in ein Gerät. Der Satz, so leise er auch gesprochen war, schien durch das ganze Schiff zu gehen, wie ein Echo.

»Torpedos kommen näher«, sagte der Mann mit den Kopfhörern.

»Ausweichen nach …« Wieder folgte eine Reihe von Zahlen und Winkelangaben.

Die Männer blieben ruhig.

Nur nützte ihnen diese Ruhe nichts, denn der Mensch ist gegen Maschinen und Geschosse in der Regel machtlos.

Der Einschlag des ersten feindlichen Torpedos erfolgte fünfzehn Sekunden später.

Das Metall um ihn herum begann so laut zu schreien, dass Craemer nichts Besseres einfiel als ebenfalls zu schreien.

»Druckabfall!«

Das Letzte, was Craemer mitbekam, war das Platzen der Adern.

70

(HELMINE AM STRAND)

Das Seegefecht war den anderen nicht entgangen. Eine Wasserfontäne wurde beobachtet. Dann noch eine.

Helmine war, als man ihr das berichtete, in heller Aufregung zum Strand geeilt.

Dort stand sie nun. Zusammen mit Inna, Gustav und Lena. Auch Fjodor und Anna lagen am Strand. Sie trugen Fesseln.

Noch außer Atem diese Worte: »Was ist denn ... Wo ist mein Mann?«

Lena nahm sich ein Herz. »Draußen.«

»Was heißt draußen?«

Und da blieb Lena nichts anderes übrig, als mit der Wahrheit rauszurücken. Sie hob den Arm und zeigte eben nach dorthin. Nach draußen. Hinaus auf die See.

»Ein Gefecht«, traute sich Gustav zu sagen. »Ein britisches gegen ein deutsches U-Boot.«

»Ein Gefecht, gut«, sagte Helmine. »Aber wo ist mein Mann?«

Und wieder hob Lena ihren Arm. Wieder zeigte sie hinaus aufs Meer. Und Gustav erklärte. »Ihr Mann, Frau Craemer, befindet sich an Bord unseres U-Boots.«

»Ein Gefecht? Heißt das, mein Albert ...?«

Weiter kam Helmine nicht. Sie sank. Aber sie sank nicht ganz. Lena und Gustav hielten sie und brachten sie zu der Abbruchkante aus Sand.

Und oben über dieser Abbruchkante standen die Kiefern

des Wäldchens, in dem Lena Anna besiegt hatte. Und die obersten Äste dieser Kiefern leuchteten bereits in einem schönen kräftigen Orangerot, denn die Sonne war soeben dabei, sich über den Rand des Meeres zu schieben. Eine Stunde später leuchteten alle Kiefern des Wäldchens, in dem man den gefesselten Chefingenieur Fjodor Judin neben seiner Gefährtin liegend gefunden hatte. Wie er dort hingekommen war, konnte sich niemand erklären.

Helmine saß auf einem großen Findling, denn Findlinge waren an diesem Strand keine Seltenheit.

Und sie erzählte, beschrieb unter Tränen einen Raum. Es dauerte, ehe Lena begriff, dass es um ein Kinderzimmer ging.

»Er wollte Tapeten mit chinesischen Drachen ...«

Der Gedanke an die chinesischen Drachen schien Helmine Craemer aufs Äußerste zu erschüttern. Man verstand sie kaum noch, als sie sagte, was sie noch zu sagen hatte.

»Und ich habe es ihm ausgeredet. Ich war gegen die chinesischen Drachen.«

Als sie diesen letzten Satz gesagt hatte, wurde auch Gustav das volle Ausmaß der Tragödie klar. Hier würde ein Kind ohne Vater aufwachsen.

Die Stille wurde enger und enger.

Dann aber wurden die Gaffer auf einmal unruhig.

Und dann ... kam der Wal hoch.

Er blutete schwarzes Blut.

Schwer beschädigt schob sich U-9 gen Land, setzte auf.

Eine Luke wurde geöffnet. Ölbespritzte Männer entstiegen dem Rumpf. Aber kein Albert. Helmine erhob sich. Stand da, wie eine Säule aus Salz.

Dann endlich, als vorletzter, kam Albert Craemer aus der Luke. Schwarzglänzend von Öl.

Als er das Ufer erreichte, als er Helmine entdeckte, erklärte er sich.

»Du musst bitte entschuldigen.«

»Wir sind im Urlaub!«, sagte sie noch mit einiger Kraft. Dann aber sank sie erneut, und diesmal sank sie vollständig.

71

(ZEHNTER UND ELFTER TAG – SUCHE)

Noch am Abend seiner Rettung traf sich Craemer mit Gendarm Habert. Der Untergebene von Kommissar Adler hatte sich ihm zuvor zu erkennen gegeben.

»Sie waren die ganzen letzten Tage auf der Insel?«, fragte Craemer.

»Sie wissen doch, dass ich auf der Suche nach dem Leutnant Senne bin.«

»Senne, stimmt. Das erwähnten Sie bereits auf der Fähre, aber ... Gibt es diesen Leutnant Senne überhaupt?«

»O ja. Sind Sie ihm nie bei Oberst Kivitz begegnet?«

»Jeder kann sich Leutnant Senne nennen«, antwortete Craemer. »Jeder kann so bezeichnet werden. Nicht, dass uns daraus am Ende ein Sprichwort entsteht, das immer dann benutzt wird, wenn eigentlich von einer verdeckten Operation die Rede ist.«

»Sie springen von einem Punkt zum anderen, Herr Major.«

»Sie nicht?«

»Nun ...«

»Man würde dann nicht mehr sagen, unser Agent operiert verdeckt, man würde sagen, unser Agent sucht seinen Leutnant Senne.«

»Aber den suche ich wirklich, Herr Major.«

»Und diese Suche hat sie hierhergeführt.«

»Ganz recht. Und es wird einen Grund geben, warum sich der Adjutant von Oberst Kivitz nach einem so gerade noch abgebrochenen Selbstmordversuch auf eine Reise hierher begeben hat.«

»Sie hatten jedenfalls noch keinen Erfolg.«

»Es zieht sich hin, aber am Ende löse ich in der Regel die Aufgaben, mit denen Kommissar Adler mich betraut.«

»Das würde ich Ihnen auch raten. Bleiben Sie bei Ihrem Leutnant Senne. Oberst Kivitz kann ziemlich kiebig werden, wenn man sich in seine Angelegenheiten einmischt und einen Befehl nicht befolgt.«

»Oberst Kivitz ist mir gegenüber nicht weisungsbefugt«, sagte Habert in einem für ihn bei manchen Gelegenheiten charakteristischen Tonfall. In gleicher Art zum Beispiel sprach er zu Hause, bei Tisch, wenn er zu seiner Franziska sagte: »Gibst du mir bitte noch mal die Kartoffeln?«

»Dann viel Glück«, sagte Craemer. »Finden Sie Leutnant Senne.«

»Schwierig.«

»Nun, Sie haben ja auch den Ingenieur Fjodor Judin gefunden.«

»Er wollte ein englisches U-Boot besteigen und da dachte ich, bring ihn zu seiner Gefährtin.«

»Brav.«

»Kann ich Ihnen vielleicht noch irgendwie von Nutzen sein? Jetzt, wo ich schon hier bin.«

»Im Wald ...«

»Die beiden russischen Geheimpolizisten.«

»Genau. Wenn Sie die in geeigneter Weise ...«

»Man soll sie nicht finden.«

»Man soll vor allem nicht auf die Idee kommen, dass deutsche Behörden etwas mit ihrem Tod zu tun haben.«

»Ich kümmere mich darum.«

»Sehr gut und ... Und danke noch mal, dass sie Fjodor

Judin an seiner Abreise nach England gehindert haben. Und ihre Verkleidung …«

»Der Fuchs ist bereits wieder verstaut.« Zur Verdeutlichung zeigte Habert beiläufig auf seinen großen Koffer.

»Verstehe«, sagte Craemer. »Der Fuchs teilt sich dort den Platz mit einem Bison und einem Chow-Chow.«

Als der Major später am Abend seine Frau fragte, ob sie denn mit Inna Petrov geschäftlich zu einem Ergebnis gekommen sei, zeigte sich Helmine hochzufrieden.

»O ja. Inna und ich werden uns in Zukunft nicht mehr in die Quere kommen. Jetzt, wo wir uns so gut kennen. Sie findet übrigens, dass du ein sehr ausdrucksstarker Tänzer bist. Sie würde dich gerne einmal auftreten lassen. Inna würde uns dafür sogar in ihre Heimat einladen.«

»Dir geht es immer nur ums Geschäft. Und jetzt auch noch mit einer Russin.«

»Genau genommen ist Inna keine Russin.«

»Sondern?«

»Nun, sie spricht sehr gut deutsch. Das ist dir sicher aufgefallen?«

»Erst ein fragwürdiger Leutnant Senne«, sagte Craemer, »und jetzt eine unechte Russin …«

»In Dänemark ist, wie es scheint, nicht immer alles so, wie es scheint.«

»Wie du wieder redest, Helmine. Ich finde, du solltest in Gesprächen mit mir weniger spitzfindig sein.«

»Ach ja? Ist es nicht so, dass dich gerade das Spitzfindige reizt? Davon abgesehen finde ich, du solltest etwas für deine Haut tun. Gehen diese Ölflecken irgendwann wieder weg?«

»Lass das mal meine Sorge sein, ich weiß schon, wie sich das regelt.«

»Stimmt! Seit der Sache in Frankreich hast du ja diesen fabelhaften Hautarzt.«

Während der nächsten beiden Tage suchten zwei deutsche Minenräumboote zusammen mit einer Fregatte der dänischen Streitkräfte den Öresund ab. Man hatte den Behörden von König Friedrich VIII erklärt, dort sei möglicherweise ein englisches U-Boot bei Gefechtsübungen beschädigt worden und in Seenot geraten. Ob der dänische König diese Geschichte dem Gesandten des Deutschen Reiches wirklich glaubte, darüber gingen die Meinungen im diplomatischen Corps später auseinander. Doch der Monarch, der einst selbst bei der Königlich Dänischen Marine eine Offizierslaufbahn absolviert hatte, steuerte einen strikten Neutralitätskurs. Die Außenpolitik der Nation war darauf ausgerichtet, den großen deutschen Nachbarn nicht zu provozieren.

Ein englisches U-Boot wurde nicht gefunden, Craemer zog seine Schlüsse.

»Wie mir scheint, sind unsere Torpedos nicht besonders treffsicher. Was schwerer wiegt, ist die Frage, wie es die Engländer schaffen, so weit entfernt von ihren Heimatgewässern zu operieren.«

Lena beteiligte sich nicht an all diesen Vorgängen. Ihr ging es nicht gut, denn das Zittern ihrer Hände hatte wieder angefangen. Zum Glück hatte sie zwei von den Fläschchen des stabilisierenden Mittels dabei, die ihr der Militärarzt aus Wien verschrieben hatte.

72

(GENDARM HABERTS SEGELTOUR)

Die Operation auf Lykkeland war abgeschlossen. Gustav und Lena wurden gemeinsam mit ihren Gefangenen von einem deutschen Minenräumboot abgeholt und traten die Rückreise nach Berlin an. Während der Fahrt schwieg Gustav beharrlich und war durch nichts aufzumuntern. Der junge Flieger schämte sich, da er im entscheidenden Moment nicht in die Kämpfe im kleinen Wäldchen eingegriffen, sondern sich ...

Von Pilzstaub besiegt, wie jämmerlich.

... kindlichen Träumereien hingegeben hatte.

Gekicher, das war mein ganzer Beitrag.

So blieb zuletzt nur der Gendarm Habert auf der Insel zurück.

Als Erstes schnitt er den Geheimpolizisten ab, der im Baum hing. Dann zog er seinen ebenfalls toten Kameraden aus dem Ginster und schleifte die beiden zum Abbruch. Dort beließ er sie jedoch zunächst noch im Schutz des Waldes.

Bei der Suche nach einer geeigneten Grablege entdeckte Habert in einer schwer zugänglichen Bucht ein herrenloses Segelboot.

In diesem Boot lagen zwei Körper. Offenbar war einer der Männer erschossen worden, der andere verdurstet. Bei dem ersten schien es sich der Kleidung nach um einen Fischer zu handeln, den anderen identifizierte Habert ohne jeden Zweifel als Leutnant Senne.

Wie es aussah, hatte er tatsächlich in Kopenhagen ein Boot gechartert, um unerkannt hierherzukommen.

Gendarm Habert mochte es, wenn die Dinge so waren, wie er gemeint hatte. Er mochte es, wenn die Rechnung aufging.

Aber was hat Senne hier gewollt? In das Geschehen einzugreifen? Etwas wieder in Ordnung bringen? Oder ebenfalls nach England entschwinden?

Es hatte zwei Tage heftig gestürmt. Habert nahm an, dass die Männer im Boot die Orientierung verloren. Warum Leutnant Senne den Fischer erschossen hatte und ob Lykkeland wirklich sein letztendliches Ziel gewesen war, ließ sich nicht mehr ermitteln. Es tat auch nichts zur Sache. Er hatte den Leutnant gefunden und nur das war seine Aufgabe gewesen.

Es kostete Habert zwar einige Anstrengung, doch zuletzt gelang es ihm, die beiden toten Geheimpolizisten ins Boot zu schaffen. Auch ihre Waffen kamen an Bord. Anschließend zog Habert sich bis auf die Unterhose aus, setzte Segel und fuhr hinaus aufs offene Meer.

Als er gut drei Meilen vom Ufer entfernt war, nahm er die Pistole eines der Russen und schoss damit dem toten Leutnant Senne in den Hinterkopf. Die Waffe drückte er anschließend in die Hand des anderen Geheimpolizisten und gruppierte beide so, als hätten sie bis zuletzt miteinander gerungen. Nachdem Habert mit seinem Arrangement zufrieden war, sprang er mit einem gut ausgeführten Köpper ins Wasser.

Natürlich! Es war ein weiter Weg bis zum Ufer, aber Habert hatte sich schon im Knabenalter unter Anleitung seines Schwimmlehrers Rösling in einer Weddinger Lake eine sehr effektive und höchst individuelle Schwimmtechnik angeeignet. Sie erinnerte frappierend an die Art, wie gewisse Meeressäuger sich im Wasser fortbewegen. Diese Tiere kamen an vielen Küsten der Nord- und Ostsee vor und trugen in jedem Land ihren eigenen Namen. In Deutschland zum Beispiel nannte man sie Robben, in England hießen sie Seals.

73

(DIE FAHRT ZUM BIRKENWÄLDCHEN)

Das Verhör von Anna ergab nichts, da sie beharrlich schwieg. Nicht mal ihr Nachname war in Erfahrung zu bringen. Das Einzige, was sie von sich gab, war die Forderung, man solle sich mit der Englischen Admiralität in Verbindung setzen, sie habe im Austausch einen gewissen Wert.

»Ich wünsche baldmöglichst nach Hause zu kommen. Erkundigen Sie sich, meine Herren. Es gibt doch bestimmt jemanden, den Sie im Tausch gerne zurückhaben möchten.«

Anna hatte also dichtgehalten. Fjodor hingegen war bereit auszupacken. Was er dann auch in aller Gründlichkeit tat.

Viel Neues kam nicht dabei heraus. Er hatte zusammen mit seiner Abteilung, bestehend aus deutschen und russischen Ingenieuren, ein neuartiges Ventil entwickelt sowie die Abdichtung eines Kolbens verbessert. Anna hatte ihn überredet, seine Geheimnisse den Engländern zu verkaufen. Keegan und Bates sollten ihn in Berlin in Empfang nehmen und nach England bringen.

»Aber dann wurde auf mich und meine Genossen geschossen.«

»Wenn Sie Genossen sagen, dann klingt das, als würden Sie sich zu den russischen Sozialdemokraten oder gar Revolutionären zählen.«

»Und?«

»Es scheint doch eher so zu sein, dass Sie die Geheimnisse schlicht verkauft haben.«

»Und?«

»Was sollte nun Ihrer Meinung nach mit Ihnen geschehen?«

»Wir haben noch mehr entwickelt als nur ein Ventil und die Abdichtung eines Kolbens.«

»Sie schlagen einen Tausch vor.«

»Meine Freiheit gegen das, was ich weiß.«

»Und wohin soll man Sie entlassen?«

»Nach England, wohin sonst?«

Es ging nicht nach England für Fjodor, es ging an die russische Grenze. Dort wurde er gegen einen Deutschen ausgetauscht.

Zwei Russen setzten ihn in ein Auto.

»Wo fahren wir hin?«

»Zurück nach Sankt Petersburg.«

Diese Mitteilung traf Fjodor wie ein Schlag. Er war keinen Schritt weitergekommen. Man würde ihn zurechtweisen und sicher zurückstufen. Er würde wieder in einem Land leben, in dem er nicht leben wollte, er würde wieder eine Arbeit verrichten, die ihn unterforderte.

Zwei Tage dauerte die Fahrt. Seine Begleiter waren äußerst schweigsam. Aus dem Wenigen, was sie sagten, hatte er geschlossen, dass sie nicht gerade die Hellsten waren.

Als sie sich Sankt Petersburg näherten, als er bereits die Türme der Stadt sah, bog der Wagen falsch ab.

»Ihr müsst umdrehen«, erklärte er seinen Bewachern. »Nach Sankt Petersburg geht es hier nicht.«

Die Männer schwiegen. Eine Viertelstunde später kam ein Birkenwäldchen in Sicht. Die Bäume waren noch jung, höchstens zehn Meter hoch. Wie es aussah, hatte man sie alle zur gleichen Zeit gepflanzt.

Am Rand dieses Wäldchens hielt der Wagen an.

»Aussteigen«, sagte einer der Männer.

74

(ASIEN)

Albert Craemer zeigte sich zufrieden. Er war seinem Ziel, ein Vertrauensverhältnis zu dem französischen Reformsozialisten François Gaillard aufzubauen, nähergekommen. Und es war jetzt bekannt, dass die Engländer über sehr leistungsfähige U-Boote verfügten.

»Trotzdem müssen sie irgendwo auftanken. Wir sollten ein paar unserer Agenten nach Norwegen und Schweden schicken.«

Einen Wermutstropfen allerdings gab es. Anna wurde bereits drei Tage nach ihrer Vernehmung ausgetauscht.

»Die ist wieder in England«, sagte Craemer, als Lena sich nach ihr erkundigte.

»Man hat sie gehen lassen?«

»Enttäuscht?«

Lena lächelte. »Nein, eigentlich nicht. Ihr Entkommen ist auch eine Chance.«

»Wofür?«

»Nun, vielleicht treffen wir noch mal aufeinander.«

Auch Gendarm Habert war zufrieden. Man beließ ihn zwar weiterhin im Rang eines einfachen Gendarms, doch dank des erfolgreichen Abschlusses seiner Mission erhielt er eine weitere Extragratifikation.

Kommissar Adler ließ sich von Habert alles haarklein erzählen, weil …

»Ich komme doch so selten aus meinem Sessel raus!«

Als Habert mit seinem Bericht fertig war, klopfte Adler mit der flachen Hand auf seinen Schreibtisch und sagte: »Donnerwetter, da kann man nur sagen: Sie sind ein echter Fuchs.«

Es gab eine letzte Besprechung in der Sache. Major Craemer trug der Leitung des großen Generalstabs die Ergebnisse seiner Ermittlungen vor.

»Auslöser des ganzen Schlamassels – er trägt in meiner Sektion intern die Bezeichnung *Elefant* – war eine Operation der Engländer. Eine ihrer Agentinnen hat sich zwei Männer gefügig gemacht. Ich glaube, so kann man das sagen. Zum einen den in Deutschland geborenen und in Russland aufgewachsenen Fjodor Judin in Sankt Petersburg, zum anderen den zweiten Adjutanten von Oberst Kivitz, Leutnant Senne. Den Engländern war vermutlich weniger daran gelegen, irgendwelche Wunderwerke der Ingenieurskunst in die Hände zu bekommen. Vielmehr dürfte sie interessiert haben zu erfahren, wie weit die deutsch-russische Zusammenarbeit in Sankt Petersburg ging und welche Bedeutung die dort erzielten Forschungsergebnisse hatten. Um es gleich zu sagen: Das Resultat dieser deutsch-russischen Zusammenarbeit ist marginal. Indem wir den russischen Verräter seinem Heimatland ausgeliefert haben, wo er vermutlich sogleich liquidiert wurde, ist es uns gelungen, jegliche Weitergabe von Informationen an die Engländer, diese Zusammenarbeit betreffend, zu unterbinden. Dass zwei Mitglieder der russischen Geheimpolizei im Berliner Zoologischen Garten bereit waren, ein Blutbad unter der Zivilbevölkerung anzurichten, ist ein Hinweis darauf, dass sich das Land von Nikolaus dem Zweiten entgegen aller zwischenzeitlichen Beteuerungen bereits sehr weit von uns entfernt hat. Meinen Mitarbeitern wiederum ist es gelungen, die beiden Mitglieder der Ochrana auf Lykkeland zu liquidieren. Vielleicht bewirkt das in Zukunft ein größeres Maß an Zurückhaltung von Seiten russischer Stellen. Weitere Mordaktionen der Ochrana mitten zwischen Berliner Passanten wird sich sicher niemand von uns wünschen. Ich fasse zusammen: Eine Operation der Engländer geriet außer Kontrolle, konnte aber von unserer Seite aus in der Wirkung neutralisiert werden. Wichtiger als die eben beschriebenen Zusammenhänge scheint mir zu sein, dass die Abteilung III b in naher Zukunft herausfindet, wo die Engländer ihre U-Boote auftanken. Vermutlich geschieht dies entweder in Schweden oder es gibt getarnte Tankschiffe. Darum sollte sich eine kleine Einheit kümmern.«

»Taucher?«

»Froschmänner! Es sei denn, es wäre der Deutschen Admiralität egal, dass britische U-Boote während einer möglichen militärischen Auseinandersetzung ungehindert in der Ostsee operieren und sich dort mit russischen Verbänden zusammenschließen.«

An dieser Stelle kam etwas Unruhe auf.

»Ein Letztes noch. Ich möchte dringend anregen, Oberst Kivitz mit einem anderen Posten zu betrauen, da er, wie sich während der Operation zeigte, erstens nicht in der Lage ist, Geheimnisse für sich zu behalten, und zweitens einiges unternommen hat, polizeiliche Ermittlungen zu behindern. Wenn Sie Fragen haben ...«

Es gab keine weiteren Fragen. Der Vorgang *Elefant* war somit abgeschlossen.

Jetzt aber schnell ...

Craemer hatte etwas Wichtiges zu erledigen, das keinen Aufschub duldete. Er kaufte Blumen, fuhr heim und entschuldigte sich bei Helmine.

Die erklärte ihm, ihr sei selbstverständlich von Anfang an klar gewesen, dass es kein normaler Urlaub werden würde.

»Du hättest es doch merken müssen, Albert.«

»Was merken?«

»Dass ich längst alles wusste. Ich denke, du arbeitest für den deutschen Geheimdienst.«

»Und woran hätte ich merken müssen, dass ich durchschaut wurde?«

»Nun, ich habe es dir mehr als deutlich gesteckt.«

»Du hast ein paarmal ›soso‹ gesagt.«

»Eben.«

»Also deutlich, liebe Helmine, war das nicht.«

»Ach, ich mag es ab und zu gerne, wenn du zappelst und versuchst, etwas für dich zu behalten.«

Mehr gab es in dieser Sache nicht zu bereden. Helmine war vor allem daran interessiert zu erfahren, wann die Ölflecke im Gesicht ihres Gatten verschwinden würden.

»Drei oder vier Tage dauert es wohl noch, sagt Dr. Reese. Warum fragst du?«

Helmine hatte bereits alles in die Wege geleitet. »Die Ferien sind noch nicht vorbei. Das Gleiche gilt für deine Pflichten mir gegenüber.«

»Oh.«

»Ich habe eine Reise organisiert.«

»Ach ja? Wo fahren wir hin?«

»In die Schweiz. Ein hübsches kleines Bergdorf. Bescheidener als Lykkeland, was das Hotelgewerbe angeht.«

»Und wie heißt dieses Dorf?«

»Breuil-Cervinia.«

Major Craemer hörte den Namen dieses Orts nicht zum ersten Mal. Er lag am Fuße des Mont Blanc.

»Warum ins Gebirge?«

»Erstens wird die Sonne deiner Haut guttun. Und zweitens gebe ich mich der Hoffnung hin, dass dort keine U-Boote auftauchen.«

»Bis jetzt ist nichts in diese Richtung zu erwarten.«

»Gut.«

»Und meine Lokomotive hat keine Hintergedanken? Sie verheimlicht mir nichts? Es sind keine Geschäfte mit irgendwelchen italienischen Weinbauern geplant?«

»Niemals.«

»Soso.«

So war also die Sache mit dem Rest des Urlaubs geregelt. Craemer und Helmine machten es sich für den Abend gemütlich. Sie kontrollierte Abrechnungen ihrer Lieferanten und Abnehmer, er hatte das Bedürfnis, die Empfindungen, die ihn in dem kleinen Wäldchen auf Lykkeland überfallen und vollständig eingenommen hatten, zu vertiefen. So studierte er also noch einmal das Buch *Der Deutsche und seine Kunst*. Ein kämpferisches Plädoyer für den Impressionismus als maßgeblicher Richtung der Moderne. Der Autor war nach Craemers Meinung auch über das Künstlerische hinaus ein genauer Geist. Gerade erst war sein Buch *Berlin – Ein Stadtschicksal* erschienen. Er hatte es bis jetzt nur einmal gelesen, aber ein Satz war ihm sofort in Erinnerung geblieben, nicht wörtlich natürlich.

Berlin ist verdammt, ohne Ende zu wachsen und niemals zu sein.

Das stimmte, denn die Stadt wuchs und fraß sich ins Gelände, als gelte es dringlichst, Platz für mehr und immer mehr Menschen zu schaffen.

Während Craemer und seine Frau bei höchst angenehmem Licht etwas für das Geschäft und ihre Fähigkeit zur Empfindung taten, trafen am Schlesischen Bahnhof unentwegt Züge ein. Sie kamen aus dem Osten und brachten Menschen und immer mehr Menschen nach Berlin. Niemand wäre auf die Idee gekommen, jedem dieser Neuankömmlinge ins Gesicht zu sehen oder sich auch nur für diesen oder jenen zu interessieren. Eins immerhin zeigte sich später. Am Schlesischen Bahnhof kamen nicht nur Züge an, es fuhren auch welche ab. *Gen Osten.* Denn dort, am Bahnsteig, so hatte Craemer mal gelesen, begann Asien.

ENDE